玉龙湖

曾 剑

济南出版社

图书在版编目(CIP)数据

玉龙湖 / 曾剑著．—济南：济南出版社，2019.7
（2024.3 重印）
（文学新势力 / 张清华，邱华栋主编）
ISBN 978-7-5488-3969-9

Ⅰ．①玉… Ⅱ．①曾… Ⅲ．①短篇小说—小说集—中国—当代 Ⅳ．① I247.7

中国版本图书馆 CIP 数据核字（2019）第 156866 号

出版人	谢金岭
责任编辑	宋　涛　张慧敏　姜天一
封面设计	璞　间

出版发行	济南出版社
地　　址	山东省济南市二环南路 1 号
邮　　编	250002
印　　刷	山东百润本色印刷有限公司
版　　次	2019 年 7 月第 1 版
印　　次	2024 年 3 月第 3 次印刷
成品尺寸	145 mm × 210 mm　32 开
印　　张	12
字　　数	232 千
定　　价	69.80 元

“文学新势力”文丛·序

张清华　邱华栋

2012年10月，莫言荣膺诺贝尔文学奖，再度激发了国人的文学激情，也唤醒了各界在文学教育方面的旧梦。这其中就包括北师大。因为一段至关重要的学缘，莫言曾于1991年获得了北师大授予的文学硕士学位，而此刻，作为母校的师大自然倍感荣耀，遂立刻决定成立北京师范大学国际写作中心，并邀请莫言前来担任主任。中心成立之初，其核心职能便被提到了议事日程，这就是文学教育和创作人才的培养。

需要稍加追溯前缘，才能说明这套文丛的来历。1988年，由当时在研究生院任职的童庆炳教授牵头，由北京师范大学提供学制条件，牵手中国作家协会所属的鲁迅文学院，共同招收了首届作家研究生班。那时的学位制度还相对处于比较早期的阶段，各种规章还没有现在这样严苛和完善，所以运作相对容易，招生考试环节也相对宽松。因此，一批在当时的文坛已崭露头角的青年作家，便被不拘一格，悉数收罗。之前，他们中的很多人并未受过太正规的教育，刘震云几乎是唯一一个，他是北京大学中文系77级的本科毕业生，系出正宗名门。余华便只是在浙江海盐上过中学；莫言之前虽有在解放军艺术学院文学系学习两年的经历，但更早先却是连中学教育也不完整；严歌苓、迟子建等差不多都只是受过中等专业教育；其他人我们未做过严格的统计，但可以肯定，其中多数未曾上过大学。然而不容置疑的是，这些人是那时中国最具希望的一批，是青年作家中的翘楚，未来文坛的半壁江山。从这里出发，二十年过后，他们的确未负众望，为中国文学争得了至高荣誉，也几乎成为一代作家的代言人。

很显然，这一传统成为北师大和鲁迅文学院共同的一个记忆，一笔不可多得的财富，无论从哪个角度看，这都是两所学校引以为豪的历史。在这样一个背景下，再续昔日文学教育的前缘，找回这一无双的荣耀，也就是很自然的事情了。

因了以上的缘由，2016 年，北师大校方经过认真研究，参考过去的合作模式，从全校不多的单招单考的硕士名额中拿出了 20 个，交由文学院和国际写作中心，来寻求与鲁迅文学院合作，并于 2017 年秋季正式招收了“非全日制”学术型文学创作硕士研究生。为了省却过于烦琐的制度性限制，我们特地在中国现当代文学专业二级学科下，设立了“文学创作方向”，并采用了学术导师加创作导师相结合的培养模式，以给学员创造更为合适和充分的学习条件。鲁迅文学院则为他们提供居住和学习的物质条件，提供尽可能好的一切形式的支持，并拟在培养方案中结合鲁院的讲座制培养模式，两相结合，尽显特色互补的优势。

同时还必须指出，有几位至关重要的人物支持了这项事业。时任北师大党委书记的刘川生教授、校长董奇教授，他们在推助写作中心的文学教育工作方面给予了大力支持，在制定相关体制机制方面也给予了诸多方便；晚年在病中的童庆炳教授，多次勉励我们传承好过去的经验，大胆探索，争取把工作尽早落到实处。中国作协这一方面，作协党组、特别是铁凝主席也同样给予了积极支持和热诚关怀；分管鲁迅文学院工作的吉狄马加书记，则在工作中给予了非常具体的关心和指导。

参与该项工作，制定合作规划、培养方案、课程体系，以及日常服务管理等诸项事务的，便是本文的两位作者，时任鲁迅文学院常务副院长的邱华栋，和北师大文学院负责研究生教育的副院长兼国际写作中心执行主任张清华。整个过程中，要想实现两个职能完全不同的单位之间的密切合作，在所有培养工作的环节上都无缝对接，是一个至为琐细的工作，难以尽述。好在这不是一个“工作汇报”，我们在此也就从略了。主要想说明的是，两校之间目前的合作进行得非常顺利，一切都在愿景之中。

迄今为止，该方向的研究生已经招收了三届，共 56 人。从总体情况看，达到了预期的要求。在学员中，有鲁迅文学奖获得者乔叶、鲁敏，有多位全国少数民族文学奖获得者，有“70 后”“80 后”广有影响的青年作家，像东紫、杨遥、朱山坡、林森、马笑泉、高满航、闫文盛、曹谁、曾剑、王小王，等等，他们在文学创作上都已经有了相当出众的成绩，或是十分丰富的经验，然而他们共同的诉求，又是都有“充电”的渴望，有成大家的梦想，所以因了冥冥中某种命运的感召，汇聚到了一起。

关于文学教育，历来也是分歧明显众说不一的，有人坚称“大学不培养作家”。这话一定程度上是对的，大学的使命很多，成败胜负的确不在乎是否出产了一两个作家。但这话的“潜台词”值得商榷——其意思是有轻蔑的，是说“你培养不了作家”，“作家不是谁培养出来的”。这当然也对，没有哪个大学敢说自己“培养”了几个作家，而只能说，那儿“走出了”哪些个作家和诗人。但这么说是否意味着文学教育是无必要的呢？似乎也不能。因为照某些人的逻辑，我们就可以反问，大学不能培养作家，难道就可以“培养”经济学家、政治家、科学家和法学家吗？谁又敢于说，他们“培养”了那些伟大和杰出的人物呢？很显然，各行各业的杰出人才都是很难通过“定制”来培养的。但从另一方面说，大学又必须要提供人才成长和受教育的条件，从这个角度看，宣称大学不培养作家又是不负责任的。回顾当代文学的历史，文学的变革和作家的成长与大学教育的恢复和发展密切相关。“文革”及“文革”前大学教育的草创和荒芜时期，也出现过许多作家，但他们要么是从战争年代的洗礼中锻炼出来的，要么是在长期的自学中成长起来的，因为没有条件受到良好的教育，他们的文学道路多有延宕，艺术成长和成就也都受到了限制，这是人所共知的常识。正是“文革”后教育的全面恢复与发展，才让文学事业出现了人才辈出蓬勃兴旺的局面。

所以，正确的理解应该是，作家是无法培养的，但文学教育是必需的。当然，文学教育对于高校而言，其目标确乎主要不是“培养作家”，而是为所有学生提供一个素质养成的环境条件，这才是成立“国际写作中心”、引进著名作家执教的核心意义所在。换句话说，能不能出产一两个作家或许不是最重要的，其培养的人才是否具备写作的能力，成为文学的内行才是重要的。传统的文学教育虽然有各种各样的问题，但是所培养的读书人大都是既能够研究，又可以写作的双料人才。新文学的早期，大学的教授也有许许多多是学者和作家集于一身者，之后才逐渐文脉不彰，大师不存，大学教育渐趋沦为工具化和技术化的知识教育，名实不符的学术教育。

但无论如何，北师大与鲁院联办的这一培养模式，其目标还是直接而干脆的，就是“培养作家”。当然，这培养不是从根上栽植开始的，而是“选苗”和“移栽”的过程，甚至有的就属于“摘果子”。即便是后者也不是无意义的，当年莫言、余华、刘震云、迟子建、严歌苓等这批人，在进来之前早就是声名鹊起的青年作家了，录取他们无疑也是“摘果子”，但系统的阅读与学习，大学综合环境下的熏陶成长，谁敢说对于他们后来的写作没有助益？所以，我们坚信这一工作是有意义的。

最后再来说说这批作为“文学新势力”的新人。显然，他们都属于“70后”或“80后”的一代，较之他们的前辈，这批新人的主要差异在于代际经验。前代作家的成长期大都经历过历史的大波大澜，童年也大都有原初和完整的乡村生活经验，所以某种程度上还是受到“总体性经验”支配和支持的一代作家。莫言笔下的“高密东北乡”，可以说寄寓了他对于农业社会生存的全部感受和想象，也寄寓了他对近现代中国历史巨变的全部记忆与理解，读之如读一部血火相生、正邪相伴、生死轮替、魔道互换的史诗。这种具有总体性和原生性的经验与美学，在下一代作家这里早已变得不可能，他们都命定地处在某种“晚生”和“后辈”的自我想象之中，不得不在碎片化、个体化的历史经验与记忆中探索前行。

这些都并非新鲜的话题，我们也只是重复了前人既成的说法。但这也是所谓“新势力”的根基与合法条件，“新”在哪里，又何以成为“势力”，这是需要我们想清楚的。在我们看来，所谓“新势力”其实就是指：一是有新的文化特质的，他们在文化上所拥有的“新人”特色或许很难用一两句话说清，但一定是更具有个性、自主性和独立思考的一代，是拥有新知和新的经验方式的一代，是用新的思维与视角看取人生与世界的一代，是在网络信息时代生存和写作的一代；二是有新的美学属性的，这些属性自然更难以总体性的概括来描述，但毫无疑问他们是具有陌生感的一族，是难以用传统范型所涵盖和统摄的一族，是游走和不确定的一族，是空间化和个体性得以充分彰显的一族，当然，也是相对琐屑和相对真实，相对平和和相对日常性的一族。有时我们觉得是这样的不满足，但有时我们又会觉得，他们离着理想的文学，离所谓普世性的“世界文学”的距离越来越近了。

旁观者说一千句，不及读者自己去观照、去体味其中的丰富和微妙，“总体性”之不存，我们的概括也自然显得苍白无力，不如读者们自己去一一打量和细细辨识。

看，这就是“文学新势力”，他们来了。

2019 年 7 月，北京西山暑热中

目 录

我们去战斗

一

那年二爷十三岁，跟着红军的队伍走了，就再也没回来。他在黄麻起义战斗中牺牲，红安县黄麻起义烈士纪念馆的烈士墙上，刻着他的名字。二爷名叫曾念钊。二爷参军前，没有学名，小名叫石头。二爷去参军，他的哥哥我们的爷爷说，叫念钊吧。

二爷十二岁时，就给红军游击队送信。他那时还是一个放牛娃。二爷成功地为红军送过很多封信。二爷的故事，像放牛郎王二小一样，在我们红安县到处流传。

二爷是我们心目中的英雄，是我们家族的骄傲，我们家凡是来了客人，我们都给他们讲二爷的故事。邻居家的客人来了，我们也把他们扯进屋，给他们讲我们的二爷。

二

秦铁匠的儿子也叫石头。

石头来到我们竹林垸时，天气刚有些热。小麦灌浆了，变黄了。油菜花谢了，油菜籽鼓胀得像一排排刚下完崽的母猪的奶，挂在焦黄的油菜枝上。这时日，山里青黄不接，但熬过这饥饿的十几天，日子就好过了。小麦磨成白面，油菜籽榨出黄亮的油，油炸韭菜面粑的香味，便掺杂进铁锤的叮当声，在竹林垸上空飘荡。

叮当声来自村西的铁匠铺，香味来自除铁匠铺以外的竹林垸各家各户。

铁匠是一个五十岁的男人，姓秦。秦铁匠是我们村的熟人，每年都来。不同的是，往年，他带他的徒弟来，这次，他带来的是一个小男孩，叫石头，看上去与我一般大。石头是秦铁匠的儿子，也是他的徒弟。石头大眼睛，长睫毛，黑亮的眸子，瞅上去就机灵，可他却总是躲闪着目光，显得胆怯，眼神像极了秦铁匠。父亲说，那是外乡人特有的眼神。

秦氏父子是从大别山那边过来的，河南新县人。竹林垸地处三省交界处，北面是河南，东面是安徽。我们竹林垸，归属湖北。

父亲说，石头应该读书，不应该这么早就让当学徒。

“李铁匠为么事不来？”父亲问。李铁匠是秦铁匠的徒弟，跟他三年了。秦铁匠尴尬一笑，不回答。父亲就知道，老徒弟与他闹分裂了，另立了门户。

我与石头第一次见面时，铁匠铺的炉火烧得正旺，秦铁匠刚安顿下来，没有干活，父亲到他屋里坐，同秦铁匠说着话。石头给他们沏了茶，就坐在那里，一双胆怯的眼，扫视着父亲，当发现父亲看他时，那目光便迅速闪回。他头大，脖子不太壮实，脑袋转来转去的，像拨浪鼓。

铁匠铺临河。河叫高桥河，因河上有一条很高的石拱桥而得名。铁匠铺原是我们竹林垸生产队队部。几年前，分田到户，队部名存实亡，三间瓦房闲置起来。每年春末夏初，秦铁匠来到我们垸，将自己的铁砧、火炉和大小铁锤挑进去，铁锤声响起来，整个竹林垸便热闹了。不仅仅是我们竹林垸请他打铁，秦师傅人缘好，加工费便宜，十里八村的人，都会到这里来，给菜刀开刃，给镰刀加钢，给用秃了的锄头铁锹接上一截生铁，烧红锤打，淬火，一把新的锄头铁锹就成了。秦师傅的手艺活漂亮。

高桥河从大别山南麓穿越山水，流到我们这里来，在竹林垸转个弯，打个转，继续她的征程。高桥河河面宽处像一座大水库，烟波浩渺，窄处只有一丈多宽，垸子里半大小伙子，一个箭步，前腿一蹬，后腿向前劈出，双手高展，人就飞过去了。高桥河是我们的乐园，我们山里男孩子，几乎天生就会耍水，跳进河里，就像鱼儿游进了大海，比在陆地还自由自在。

我们在水里耍够了，倦了，就到石拱桥上玩跳水。石拱桥一共五个拱，全部是石头垒砌的，每个拱下，有一副弓箭。传说河里有怪物，黑色的像龙一样的东西，它若是出来兴风作恶，那五支箭就会自动射向它，一支射出，让它痛，如果全部射出，就会要了它的命。所以，那个像龙一样的怪物，很少出水来祸害人。母亲说，这故事是我奶奶告诉她的。其实，这个故事，村子里的老人都讲过。

箭是铁的，弓也是铁的，我们夏日在水里仰头凝视过，那箭是焊在铁弓上的，它怎么能射出来呢?

老人们笑而不语，他们总喜欢故弄玄虚。他们中的某一个人，还说看见过怪物，但我们并不害怕。夜里，岸边的灯火映照在水里，水里像有人家，像一个童话世界，很美，不像有怪物。

拱桥中间的那个拱弧度大，离水面足有三丈高。桥从中间向两边矮下去，我们都是在矮下去的地方向下跳，只有两丈高。石拱桥最高处，垸子里还从未有人敢往下跳过。

在竹林垸少年男孩的眼里，跳水是最刺激的戏耍。我们先在河边的竹林里脱得赤条条，跳进河里玩耍一阵，之后，拽条毛巾，围在腰间，走上石拱桥，抱着石头狮子的脖子，越过石板护栏，站在伸向空中的条石上，将腰间毛巾拽下，握在手中，人瞬时就跃向空中，飞向水面。这在我们竹林垸，算不上粗野的举动，更不能说是流氓行径，就是那些胆子大起来的新媳妇，将眼睁得像铜铃，看到的，也只不过是一片人体状的白光。白光高升、急坠，倏地一闪，就湮没在河面菊花状的白色水花里。

石头很快加入到我们的队伍里。我原以为他是个旱鸭子，结果他的水性竟然比我们还好。他在水里能闷很长时间，急得我们屏住呼吸，焦躁地望着平静的水面，以为他被河里的怪物带走了，急得就要喊出来时，他才在我们眼前，突然蹿出水面。他能蹿出一人多高，当然，依然是一片人体状的白。之后，他落入水里。他会踩水，脚在水下踩动，人直立在水中，头、肩膀甚至胸脯都露出水面。他一边踩水，一边将双手架在水面，搓揉着他手里的毛巾。我们像看哪吒一样，看着这位英俊少年。

竹林垸并不大，三十来户人家，不足二百人，是一个小生产队。秦铁匠每年只在我们湾待上一个多月，把我们垸子里的活干完了，附近垸子里活也没有了，就挑着担子挪窝，北上或南下，有时东征有时西进，去到下一个村庄。

我家与铁匠铺一河之隔，石拱桥将我家与铁匠铺连接起来。在远处的河堤上看，铁匠铺立在石拱桥的西边，像是竹林垸伸出去的一只脚，我家那两间土墙瓦屋，则像是另一只脚，而石拱桥，就是那蹲马步的两条腿。光线很好，没雾的时候，在我家能看见铁匠铺。那年分田地到户后，大伙干劲足，犁具损耗得厉害。三三两两进出的人，见证着秦铁匠铺的生意，虽算不上兴隆，但小钱不断，日子过得去。

每次放学，我不是回家，而是直奔铁匠铺，好像铁匠铺是我的家，好像秦铁匠是我的爹，石头是我的兄弟。石头两颗门牙略大，但并不难看，很白，感觉很健康很坚硬，像哨兵把守着山洞一样，守着他那棱角分明的一张嘴，嘴于是沉默的时候多。嘴角咧开时，能看见两颗小虎牙。他喜欢侧着脸看人，左侧那颗小虎牙隐去，右侧那颗露出来，像是在调皮地笑。

石头不上学，他要生炉子，帮着打铁，烧开水，给秦铁匠沏茶，有时还要淘米洗菜，帮着做饭。

父亲问秦铁匠石头为何不上学，他应该上学的。“秦铁匠，你想让石头子承父志？”父亲教过两年书，喜欢用成语，偶尔会夹杂半句普通话，与竹林垸的山水不相融洽，母亲就骂他“陕西的骡子做马叫”，怕别个不晓得你教了几天书，丑死了。父亲自然是不理母亲，微红了脸，立在一旁，略显尴尬。

这一闹，秦铁匠就忘记回答父亲石头为何不读书。

我们后来知道，秦铁匠的女人，去年腊月里死了，他走乡串巷，家里没人照顾石头。

日头挂在西山顶，秦铁匠封了炉子，坐在铁匠铺门前抽烟，喝茶。我和石头把凳子搬到屋外，在夕阳的光线里看书。这个时候，我们是最高兴的，但似乎也有一丝不快。我明白石头的心思，就对秦铁匠说：“秦伯伯，你让石头上学吧。”秦铁匠说：“上什么学呢？我们走南闯北的，没个根。”

我说：“就在这铁匠铺住下去嘛，这不就是你和石头的家么？你再把石头他妈接过来。”我看见秦铁匠的脸，陡地冷下来，人僵在那里，好像突然被什么东西击中。我转过脸去看石头，他低着头，看着自己的光脚丫，两根脚拇指挤在一起，上下交攀。我这才想起，石头是没有娘的，瞧我这记性，我抽了一下我的嘴。我可怜石头，心里悲伤，但似乎也有一丝庆幸。如果不是这样，石头怎么会到我们竹林垸来，我也就不会有他这个朋友了。

三

一个电影剧组进驻了红安，竹林垸沸腾了，石拱桥沸腾了。他们在我们红安城拍一部与黄麻起义有关的电影，名叫《我们去战斗》。他们要以石拱桥为背景，拍一组镜头。

听说要群众演员，一垸子的人，都涌上石拱桥，导演吓得赶紧往桥下撤，说："这么多人挤到桥上，桥非得垮塌不可。"有人说："不会塌，塌不了，这桥有三百多岁了，是清朝的货，结实着哩。"

导演络腮胡子，母亲说他像个野人，引来人群窃窃的笑。导演的衣服上有很多兜，都瘪着。母亲拽了一下他腰间的一个兜，笑道："不装东西，要这么多兜做个啥，费布。省下的布，能做个裤衩哩。"母亲的话，引得人群又一阵笑。

父亲说，《射雕英雄传》就是这么拍出来的。那几天，竹林垸首富奇货家的电视里，正播放《射雕英雄传》。父亲的话，让我们兴奋得像疯子，路都不会走，在垸子人多的地方跳来跳去，渴望被导演看中。当然，更多的人还是看热闹。

父亲不仅是看热闹，他问导演："要我不？"导演说："你会演啥？"父亲把胸脯一挺，头一仰，脖子一伸，说："共产党员！"顺喜娘笑道："共产党员？我看你像汉奸。"人群一阵哄笑。

顺喜娘三年前死了男人。顺喜的爹是开拖拉机的。他们一家人日子本来过得很富裕，他那个爹突然得了肺癌，把钱都诊进去了，命没救过来。顺喜娘忧伤了三年，这几日，脸上才有很淡的笑容。

我们不知道导演要什么演员。我和石头正在玩跳水，像以前一样，用毛巾围着羞处，上到拱桥上，扯下毛巾，纵身一跃，像人体状的白云在河面飘荡。导演对我们这些村野的孩子们很感兴趣。

剧本里有这样一段戏：一个放牛娃，给红军的游击队送鸡毛信，被敌人发现，遭到追赶。他越过石拱桥，借助石拱桥的掩护，爬到老槐树上去了。敌人没有发现，接着往前追。当导演看见我们跳水后，突发奇想，决定让这个通信员在情急之中，从几丈高的石拱桥上跳下去。

父亲说：“这拍的不就是我二父吗？我儿子的二爷，我的二父。”那个衣服上有很多兜的导演说：“你让开。”父亲说：“真的，我二父十二岁就给红军游击队送信，被敌人追着跑，就是从这桥上跳下去，才捡了一条命。”导演说：“你二父叫啥？”父亲说：“叫曾念钊。”导演说：“不对，这里写的，是一个叫石头的小孩。”父亲说：“对对对，我二爷小名就叫石头。”导演说：“也许是吧。”父亲就说：“那你得给我钱。我二父只有我们这一支后人，我们是他的财产继承人。你得给钱，版权。”

父亲当了两年教书匠，还是代课，却常以竹林湾的文化人自居。他向导演要钱，还有母亲拿导演开玩笑，这些让我好尴尬。我有时觉得，他们像两个笑话，在竹林垸存在着。

导演说：“这写的也不完全是你二父，是几个小孩子的故事综合在一起。”父亲说：“那也得给一部分吧。”

导演没理父亲，在人群里寻找会水的小男孩，我们乐了。我从七岁就从桥上往下跳，跳了五年了。石头也会。我拽着石头，从众多大腿和肥硕的臂部间钻过去，站到导演跟前。母亲说的没错，导演胡子拉碴，戴着太阳帽，像神农架来的野人。我说，我们会从桥上往下跳，我们每年都往下跳，夏天时，我们每天都往下跳。

导演没理我，一步跨到石头跟前，两手捉着石头的两只耳朵，问石头："你也会跳？"石头点头。导演将双手从石头的耳朵移到他的头顶，拍打着他的顶门心，问："你敢跳？"石头又点头。导演笑了，说："你莫不是个哑巴。"石头笑了，笑出声来。导演问石头叫什么，石头说，叫石头。导演惊呼道："哇，天赐啊，名字都不用改，就是你了！"

原来只要一个，我心里很不是滋味。我想，我要是不拽着石头，石头绝对没有胆量站在导演身边。可这是没办法的事，石头虽然少言语，但那一双闪亮灵动的眼睛，纯净无邪，把该说的话都说了。我要是导演，我也会选他。

导演后来说，他本来在县城选了一个小演员，石头原本是那个通信员的替身，见到石头后，导演又临时改变了主意，石头不是替身，他就演那个叫石头的通信员，也就是我父亲所说的我的二爷。

导演同石头的爹秦铁匠谈价钱，让石头从拱桥上往下跳，要跳五次，取最好的一次，每次五十块钱。顺喜娘说："这不是二百五么，好几丈高哩，少说也得给三百。"导演点头。顺喜娘就说："先拿钱。"导演让他的助理从口袋里掏出三百块钱，递给顺喜娘，顺喜娘搔首弄姿，道："我拿这钱算么回事？"她没接钱，脸上却是笑开了花。

然后就说戏。

导演让石头穿着戏装——黑长裤，白土布坎肩，让他从河东，也就是我家住的那个地方，往石拱桥上跑。后面是七八个"敌人"，边追边打枪。石头跑到石拱桥上，越跑视野越宽阔，无一遮挡，眼看跑不掉，就翻上桥，去抱那个石狮子，借助石头狮子躲避"敌人"

射过来的子弹。河岸围观的人，都为石头担心，不让他跳。导演的确有水平，把那个氛围营造得特别像真正的战场。当石头穿着摄制组给他准备的衣服，从村东跑过来时，很多观众入戏了，不断地冲石头喊："跑，快跑！"都担心他真的中弹。

导演要石头一边跑，一边脱去坎肩，随手扔在石拱桥上，营造紧张气氛。之后，他跨过石拱桥栏杆，借助石狮的遮挡，迅速褪去长裤，抓着长裤，赤裸地往下跳。导演助理说："这不符合情理。当时孩子着急了，哪顾得上脱裤子。"导演说："这河边的男孩有经验，知道穿着裤子游泳不利索，当然就要脱去裤子。"

光着屁股从这里跳下去，是我们常干的事，可现在，当着这么多人的面，面对摄像机，要脱裤子，我没这个勇气。但是，石头做到了。他里面没穿短裤，这让他把这件事做得很利索。他褪去长裤，抓在手中，纵身一跃。我感到石头不是在下坠，而是在飘落，因为他下坠得特别慢。我伸着脖子往下看，才想起石头跳下去的地方，是石拱桥的最高点。这么高跳下去，或许淹不死，但会不会砸在水面，摔个鼻青脸肿？

石头显然扎得太深，他在水里待的时间有些长。水面溅起的浪花落下去了，波浪歇了又起了，只听见桥上和岸上人的呼吸，就是听不见水里的动静。

许久的寂静之后，先是石头的裤子漂起来。这时，只听我母亲的哭声撕裂盛夏的天幕："儿啊，我的儿啊……"有人拽着我的手，将它高高举起来，冲母亲喊，你儿在这儿呢！母亲并不理他，依然喊着："儿啊，我的儿啊……"大伙才知道，她是喊石头，她曾跟秦铁匠说，认石头当干儿。

母亲并没有眼泪，她的干号声，让大伙的心都悬起来，似乎石头的死，成了事实。

天地静得可怕。

按照剧情，石头会从水底下一直潜游到河岸边，躲进水竹丛里，躲过敌人的追捕，终于把信送给了游击队。但是，这一百多米宽的河面，石头做不到，我们村任何一个男孩都不能完成，导演说，这要两个镜头来组合。尽管这样，我还是把目光投向河岸的水竹林，希望石头从那里钻出来。但是，没有。我们知道石头水性好，能在水里憋很长时间，可这也太长了，长得让人崩溃。

秦铁匠冲向拱桥，朝着水里喊道："石头——"

似乎是听见他爹的呼喊，石头像一条白鲢鱼蹿出水面，之后，倒下，然而，他没有游动，只是平躺在上面，随波逐流。石头像一具溺水而亡的尸体，不过，从他阳光下一闪一闪的两颗大门牙看，他的嘴在一张一合，他在和着水浪的韵律，大口大口地喘息。

石头还活着，只是在水里憋得太久了。

石头游向他的裤子，拽着他的裤子游到竹林边，穿上长裤爬上岸，走上石拱桥。导演要求石头跳第二次，导演这次让石头头朝下跳。这样的跳水姿势，我们还没跳过。

我们都是脚朝下，在入水的瞬间，还要腾出一只手来，捏着鼻子，怕被水呛着。石头这么头往下，会不会有危险？石头直摇头，说没事，没事的。

我从那些树林一样的腿和肥大的屁股间蹭过去，对导演说：

“石头太累，我跳吧。”导演摇头，说：“你俩长得并不像。你没有肌肉，只有肥肉。看他的肌肉多发达。你俩的身材，在镜头里一眼就能看出来。”我把肚子一缩，胸肌鼓起来。导演根本就没理我，继续同石头说戏。

石头似乎没有耐心听导演细说，他开始了又一次表演。他走到石拱桥的最高点，双手扶着那个最大的石狮，跨过石板护栏，站到那伸出来的石梁上，借助石狮的遮挡，褪去长裤，背对着我们，一跃而下。

石头没能成功。他虽然没有像第一次那样双脚朝下，成自由落体，而是像我们平时在河岸往水里扎猛子那样；但因为太高，运行时间长，石头没能控制好，他的动作过了，后背重重地砸向水面。

白色水花溅起一丈多高。如果是肚子朝向水面，那就完了，五脏六腑都碎了。

当石头第三次站到石拱桥的大石狮身前时，我冲向他，但被人拦住了，因为镜头还没完事。挡着我的是个大个子，长像特凶。我灵机一动，从他胯下钻了过去。我拽着石头，可石头不听，我就冲父亲喊：“爹，你别让他跳，你快去阻止他。”父亲说：“那是人家的事，人家愿意。”我说：“爹，你可是他的干爹！”父亲说：“他亲爹都没阻拦。”

我站到石头旁边，说：“爹，你要是不让石头回去，我就先跳下去。”

我是父亲的独苗，他指望我传宗接代呢。他吓得直朝我喊：“黑鱼，你可别瞎来。”又冲石头喊：“石头，你下来。”见石头没动静，我的母亲跳出来，拽着石头的手，说："儿啊，你莫跳，你跳了，要是有个好歹，我这当干娘的，心里怎么过得去，心里怎么过得去……"母亲说着，拍打着自己的胸脯，但我总觉得，母亲有演戏的成分，我要是那个导演，一定把我母亲选为群众演员。

石头跳了下去，这次，他跳得很成功。他只在快入水时，才将头朝下，深深地扎进去。而且，这次，他没让更多的人担心，很快就钻了出来。

石头依然往石拱桥上走，看来他要接着跳。父亲见石头不理他，也不理我母亲，就冲向导演说："你们在我的地盘上搞，招呼不打一个，屁不放一个，没门！"他冲上去，挡在摄像机前，说："你们欺负这样一个孩子？不能再跳了，再跳就要死人了。"父亲说着，把一只粗大的手掌，伸在导演面前。

"干什么？"导演说，"要打架吗？"父亲说："拿钱来，他跳了三次，拿三百块钱来。"

导演说："说好的，一次五十块，共一百五十块。"父亲说："这么玩命，才一百五十块？拿三百，一分不能少。"导演就递给父亲三百块。父亲接了钱，把钱递给秦铁匠。秦铁匠从三百块里，抽出一百元，递给父亲，说："黑鱼也出力了，这个给他。"父亲说："你算了吧，我才不拿儿子的命挣钱。"

父亲的话，伤秦铁匠很深，我看见秦铁匠手脚无措地站在父亲面前，又看见不远处的柳树下，顺喜娘掩面而泣，她数说着："别让石头跳，我的儿啊，你别跳啊！"她的哭声比母亲的更真实，更撕扯人心。竹林湾人关于她对秦铁匠"动了心思"的猜测，随着这哭声浮出水面。

石头挣扎着，父亲像老鹰抓小鸡一样，把他死死地抓住。

石头虽然认我父亲做干爹，但是，他是怕父亲的，他一直躲避着父亲，眼光躲避着他，人也尽量地躲避他，脖子扭到一边去。父亲把石头拖进我家，对我母亲说，给他弄得点吃的，压压惊。

母亲一把抓住石头的手，说："你那个狠心的爹同意你去跳水，是想得到一些钱，给顺喜娘买金耳环吧。这个当爹的心，可真硬！"

母亲说这话时，咬牙切齿。母亲说："公狗想母狗想疯了，什么都舍得出来。石头要是有个意外，这个秦铁匠就后悔去吧！"

母亲的话让我烦，我道："你莫在这里放屁！"母亲大吼一声："我的儿，你也责怪娘？你这个无法无天的孽种，敢骂娘放屁。娘是可怜你那个干兄弟石头哩。"

我说："你可怜石头，你们就该给他拿三百块钱，让他不要跳！"母亲说："我哪有钱？我凭什么拿钱？"

我说："石头不是你的干儿子吗？你平时一口一个儿子，原来口是心非。他爹的心硬，你的心也软和不到哪里去！"

母亲不再说话，到灶屋给我们煮了油面，里面煨了四个鸡蛋，我们每人碗里盛了两个。我们热乎乎地吸着面条。父亲望着我们吃。父亲说："这个秦铁匠，想女人想疯了，他不向我认个错，儿子他别想领走。"

石头说："不关他的事，是我自个儿要跳。"

母亲叫道："哎呀呀，我们忙乎半天，一家人到底还是一家人，替他那个狠心的爹说话。"

父亲说："你看住这两个小崽子，我找他们去。"父亲说着，冲出屋去了。

我们很快吃完了面条，因为好奇，我们趁母亲洗碗，又跑了出来，直奔拍摄现场。

我们一边向河边走，一边说着话。我问石头："你这个苕货，你为什么要跳？"石头说："导演告诉我，他们在县城的金沙河还要拍一场戏。这场戏演好了，下场还要带我去演。"

"你真的就相信他们？"

"我不想打铁。"

"他们真的能把你带走？"

"我喜欢演戏，像打仗，好玩。"

"你真的这么想离开这里？"

"这儿不是我的家。"

"你要到哪里去？"

石头望一眼远山近水，眼里除了迷茫，没有别的内容。

我和石头回到电影拍摄现场，看拍别的镜头。我看见父亲正冲着导演指手画脚的。父亲向导演要五百块钱，导演吓得瞪大眼看着父亲。父亲说："五百怎么了？五百多吗？"

导演说："我们没有那么多的钱，你这样闹下去，我们的戏没法拍了。"原来导演相中了铁匠铺前的那棵大槐树，那是我们村子最大的一棵树。导演为了展现战争残酷的场面，把桥上，铁匠铺前的那棵树，还有田埂，河套，弄得乌烟瘴气。导演让人在大槐树上像挂灯笼一样，挂满蘸了柴油的破抹布。

在导演要将树点燃的那一刻，父亲冲上前去，制止他们。父亲说："这是我们村最大一棵树，是宝贝，是树神，你们这样会把树烧死的。"导演说："不会的，因为蘸了油，燃烧的只是油。油烧没了，火就熄了。这是夏季，树叶最旺，最有水分的时候。"

导演说着，就往父亲手里塞了一样东西。我后来知道，那是五百块钱。他真的给了父亲五百块，作为昔日的生产队长、今天的村民组长，我父亲竟然将钱拿着了。父亲给我和石头买了一个西瓜。我和石头抱着西瓜，到铁匠铺里，同秦铁匠一起，将西瓜切开。秦铁匠吃了一小块，我和石头吃得肚子滚圆。

如导演所说，那树并没燃起来，那棵古树，顽强地活着，只是树叶掉得太多，尖硬的枝丫，像刀枪剑戟，戳向天空，也是村子里的另一道风景。

我土匪头子一样的父亲，带着五六个未婚的年轻小伙子，组成一个"民兵小组"，缠住那个导演，赚了一小笔钱。父亲曾在一次酒后吐真言，说剧组拍戏用的那些残砖断瓦，都是死去的五保户家门前拆来的，砌成残垣断壁。父亲站出来要钱。砖不拿走，只用一下，父亲要五毛钱，是买一块砖的价钱。

导演给了父亲一些钱后，父亲还是狮子大张口。父亲百般纠缠，导演同意给父亲一个角色。父亲在那场电影里演一个汉奸，把鬼子带到我们的石拱桥上，来抓那个通信员，也就是石头。父亲说："挣钱，不是目的。他们宣传小红军，宣传我的二父，黑鱼的二爷，我怎么会要钱？我只是故意刁难导演。这不，让我演戏了。"父亲演了汉奸后，摄制组再动我们竹林垸的一草一木，他都不要钱了。一个月后，导演带着剧组，到七里坪山里拍摄别的镜头去了。

摄制组走前，要带石头一起走，说等一段时间，还要拍一部电影，叫什么《告别大别山》，也是战斗片。石头同意了，石头的爹放心不下，没让去。

后来，我们果然在电影里看到了石头的表演，原来石头那么机灵，那么可爱，有着明星气。他跳水的姿势很美，比我现场看到的好看。可惜电影是在腊月里放的，那个时候，石头已经离开了我们竹林湾。我在电影里，看着石头穿着个白色坎肩，单裤，赤裸着跳水，觉得心里很冷。看完电影，我一个人躲在那株枯死的老柳树下，哭得很伤心。我先是想石头，可怜他，后来又可怜起我自己。

整个电影里，并没出现父亲演的汉奸，父亲一边看电影，一边拍打着自己的脑门，骂道："狗日的，让那个导演给骗了。这帮家伙，不是个东西，当时管他们要钱就对了。"

四

拍电影的走了后，喧闹的竹林垸越发喧闹，除了铁锤的敲打声，还有我们小孩的打闹声，响彻竹林垸。我们自此迷上了"打仗"。以前在电影里看打仗，我们模仿着玩，那是小打小闹。现在，这场近乎真枪实弹的"战斗"在竹林垸上演，点燃了我们的激情。我们的野性暴露无遗。每天黄昏，顺喜带一拨，我和石头带一拨。我们把柳枝绕成圈，戴在头上，背着木头枪，口袋里装着"子弹"玩攻城的游戏。我们把石拱桥当碉堡。有时转移阵地，撤退或攻另一个高地，去到村南的王母寨，后来又到七角山，这都是当年红军战斗过的地方。我们不喜欢演“敌人”，都愿意演红军。我们多次跑到红军洞里隐蔽。

起先，秦铁匠不要石头去，要石头学打铁，后来又让石头去了。母亲对石头说：“你爹可不舍得让你去？你们前脚走，顺喜的娘，后脚就到铁匠铺了。”

母亲说话总是那么尖刻，指桑说槐。我们不理她，继续我们的“战斗”。有时候，那“仗”打得真逼真，不小心给脑袋“开了瓢”的，折了手的，崴了脚的，都发生过。我们瞒着大人，当钢铁战士。实在痛得受不了，没瞒住，我们也不说是“打仗”负了伤，只说是不小心摔倒了。

我们的暗号含蓄，在伙伴家门前一晃，一个眼神，递过去一句话：走，我们去战斗。

我们乐此不疲。那是一段快乐的时光，记忆中再没有过。

那天“打仗”累了，我和石头沿着河套上的石头台阶，下到石拱桥下，沿着河套往下走。河水涨了，农忙了，河面没有了捕鱼的竹筏子、木浮子，空荡荡的，不好玩。石头说：“咱们下到拦河坝那边去吧，去那边捡鹅卵石。”我知道，石头是要躲避他的爹，躲避大人们的事。

他爹和顺喜的娘，最近有些“情况”。

我们沿着河套走出两里地，看见了拦河大坝。大坝西侧就是一个水力发电站，小型的。其时，水电站正在工作，我和石头走了进去，从那个很深的洞口往下看，看见水撞击着巨大的叶片，带动水磨坊的水磨，正飞快地转动。

我们被看磨人赶走了，说是怕我们掉到井里，被叶片打成肉末。我们就沿着石阶，下到大坝下，除了发洪水，大坝下的水流是平缓的，很浅，只一米宽的细河沟，两旁的水刚没脚踝。鹅卵石到处都有，我们的脚踩在上面，都看花了眼。我挑那种最光滑的，真正像鹅卵的石头，攥在手里。

我们看见一个寡汉在那里放牛，也就三五头牛吧。他不是我们垸的人，下畈垸的，外号叫大卵，真名叫什么我们不知道。他患病时，裆里肿得像熬肉的瓦罐那么大，他就把上衣外套脱下来，散开的衣扣朝向他，两只袖子系在腰间，像扎一条围裙一样。但那个地方还是鼓起老高，好像有个小孩拦腰抱住他。现在，他正患着病。我们看着他笑，他知道我们笑他的大卵，就拿话刺激我们。他说："你俩长得可真像一对双胞胎，不是双胞胎，也是一个爹的种。你们的爹是谁呢？是秦铁匠，还是教书匠？"

我们知道他说的不是好话，就拿他的大卵取笑他。我说："这鹅卵真大。"石头附和着说："这鹅卵还没人的卵大。"大卵就过来夺我们手中的鹅卵石。他成日放牛，跨沟过坎的，脚倒腾得利索，几下就把我们两个的鹅卵石头都抢走了。他一手拿一只，在手中掂量一下，将手掌翻转，并排托在一起。他突然笑了，说："你们不是一个爹生的，鬼都不信。日你娘，捡的两个鹅卵石都一样。"他说着，笑着，把两个石头递给我，说："大小一点不差，比你爹裆里的两个蛋还匀称。"

我接过鹅卵石，不再理他。他就是一堆牛粪，我们躲开他。顺喜爹死后，这个没女人的寡汉，竟然想住到顺喜家，与顺喜的娘成夫妻，让顺喜娘一顿好骂，说：“你别做梦，我就是守一辈子寡也不跟你过。”喜欢用词语的父亲说大卵是“癞蛤蟆想吃鹅肉，不知天高地厚”。不过，此刻大卵的话倒是提醒了我，我们把两个鹅卵石拿出来一看，还真的，几乎是一模一样，我们可是信手捡的。我心里一动，好像我和石头真的是亲兄弟。

石头说：“我们一人一块，放在床头。我离开竹林垸，就把这块石头留给你，看，它们还真的像双胞胎。”

他笑了，我也笑了。他的目光转向很远处，突然有所悟似的说：“长大了，我们去当兵，我们去战斗……”

看他那神情，他是认真的。我点头说：“好，我们去当兵，我们去战斗……”

田畈里都是忙碌的人，像我和石头这样大的孩子，也都在水田里帮大人干活，顺喜就在。我和石头是我们湾最快活的两个人，父亲疼我这根独苗，不让我下田。石头家不在这里，根本就没田。

五

河那边，铁锤声传来，叮当，叮当，叮叮当，叮叮当当……声音断断续续，不如石头他们刚来时那么密实，但炉火依然很旺。我从我家的地里，抠出几个红苕，拿到铁匠铺来，扔进炉子里，不一会儿，炉子里的香味飘出来了。

母亲不让我抠红苕，说还没长成，可惜了。一棵红苕秧下，会长三五个红苕。我用手指把土轻轻刨开，抠出最大的一个来，再将红苕根轻轻地埋上，把红苕藤顺过来，覆盖在鲜土上，既不暴露被抠过的痕迹，那剩下的红苕还能生长。

炉子里烤的红苕，与娘为我们煮的红苕完全是两种味道。烤红苕那么香，那么软，剥开皮，里面流着黄亮亮的油。我和石头吃着红苕，烫得直吸气，嘴弄得漆黑，成熊猫脸。秦铁匠说，这时的红苕，味道其实不太足，红苕到深秋或初冬才好吃。这么烤，可惜了。他其实是怕我家的大人说我，我撒谎，说我娘晓得。心里却埋怨他行事过于谨慎，虽是外乡人，可毕竟只是几个红苕。他见我们吃得香甜，也就不再说我们。

烤红苕香了整个竹林垸，整个高桥河的水面都飘荡着它的香味。母亲显然闻到了，她过到铁匠铺这边。秦铁匠木讷着，说："我不让他们烤的，我不让他们烤的。"母亲说："我儿子愿意，我就由着他。"母亲说话时，扭头，撇嘴，下巴斜上翘，很做作，我只觉得全身一阵酸麻，让我在盛夏天里，心里有些冷。我知道母亲，她才不在乎几个红苕，她就是借口，到这个外乡人面前卖弄。

说好秦家父子在这儿留下来，石头九月一日同我一起，在王母寨学校上学。秦铁匠同顺喜的娘组成新的家庭。当然，那是大人的事，我们小孩不管，石头能留下就行。九月一日清晨，高桥河笼罩在晨雾中，石拱桥在时集时散的雾里，若隐若现。我背着书走，走在石拱桥上，像走在仙景里。在桥上时，我看不见铁匠铺，走过石拱桥，没见石头的影子。铁匠铺就在眼前，但门前晃动的影子，竟然不是石头。是秦铁匠。我走近了，才看清他阴沉着的脸。他正在归拢门前摆放的杂物。我问："石头呢？"秦铁匠说："你以后别来找石头了。"

"为什么？"我大声问。他说："我们要走了。"我只觉得周围的雾全压了过来，又重又冰冷。我质问他："不是说好了吗？"我冲进屋去，石头低着头，一边生炉子，一边抹眼泪。以前，这个样子我也见过，眼睛是被烟熏的，但今天，显然不是。我听见了他的呜呜哭声，很轻，但我还是听见了，像蜂鸣，像河水呜咽。

我搬来父亲当救兵。天已亮开，我看见秦铁匠已经在收拾东西，看来，真的是要走了。

父亲问："一定要走吗？"秦铁匠用沉默回答了父亲。父亲说："把石头留下吧，你安顿好了再来接他。"秦铁匠没有回应父亲，埋头叠放石头少得可怜的几件衣服。

我一直看着他们。父亲对我说："你上学去。"我说："石头不去，我也不去。"秦铁匠说："我们先不走，我们还欠别人的几件农具要打。"

如果是平时，我肯定不上学，偏偏那天，举行开学典礼，我作为尖子生代表发言。

下午放学，我快步冲向竹林垸，直奔铁匠铺。铁匠铺门关着，那把象征性的旧锁挂在门环上。我推开门，屋子里空荡荡的，属于秦铁匠和石头的东西，几乎都带走了，只有那块鹅卵石，静静地躺在床头的那张旧桌上，虎头虎脑地朝着我。石头上有水滴，我也不知道是他洗过，还是他的眼泪滴在上面。

我一把抓起石头，冲上石拱桥最高处。

西望茅草地，一条路空荡荡的，将茅草地切割成两半。在坡地转弯处，我看见了他们，秦铁匠挑着担子。他的背，比夏初他刚来时驼得更厉害。重担压迫下，脖子像长颈鹿似的努力向前向上伸展。石头在他身后，半低着头，脖子前伸，像背着书包。但那书包并没有在他肩上。

我拔腿去追，父亲在身后拽住我。母亲说：“太远了，石头都等你半天了。他爹非要走，石头说，要等你放学回来。”

我说：“那为什么还是没等我？”母亲说：“这不，太阳都落山了。”母亲长叹一声：“石头这孩子可怜，天都快黑了，也不知道要去哪儿，在哪儿落脚。”父亲骂了句：“你个妖婆子，怕是舍不得石头他爹吧。”声音却变了，震颤着，像弹花匠手里的钢丝绳。

我嫌恶地瞥父亲一眼。

他们向西，朝着太阳落下去的地方，走得很快，好像是要追赶那轮就要沉下去的遥远的夕阳。

我紧握那块石头。我抱着石拱桥最顶端那头大石狮，那是石头经常抚摸的地方。我看见石狮凸起的眼珠湿淋淋的。我知道，那不是它的泪，石狮是不会流泪的，那是河面升上来的水汽。

说好是他们留在竹林垸的，怎么就走了？不知是顺喜娘伤了他的心，还是这儿铁匠的生意不好。大人的事，我们小孩子弄不懂。

我哭了。我想，石头走时，也一定哭过。我低头拭泪。等我抬起头时，他们的背影已随着天边晚霞的暗淡，渐渐远去。一同远去的，还有我的少年时光，我的欢乐和悲伤。耳畔那熟悉的铁锤声，也随着夕阳最后那一抹余晖的消逝，湮没在悄悄弥漫过来的酽稠的暮色里。我隐约听石头的呼喊，声音穿透夜幕的微暗，成一道光亮，向我奔来：长大了，我们去当兵，我们去战斗……

六

我自此再没见到石头。人们都开始买现成的锹镐和别的农具，秦铁匠再也没来过我们竹林垸。有几次，我很想去找石头，虽然两县搭界，他毕竟是外乡人，茫茫人海，我怕找不到他。

那年中学毕业，乡村贴出征兵标语“好青年，当兵去！”，就贴在村里那棵大树上，还有旧房子的墙上，这让我想起《我们去战斗》的拍摄情景，石头的话，飘然至耳旁：我们去当兵，我们去战斗……

我去镇上报了名。

父亲说，你到部队后，抽空到部队的干休所去打听一下，有没有一个叫曾念钊的老红军。他固执地认为，二爷还活着，且是一个大官，现在退休了，在干休所里养老。他之所以没回到我们竹林垸来，是因为他当兵时年岁太小，记不得家。父亲认为烈士墙上那个曾念钊，很可能是搞错了，是同名同姓的另一个人。

我觉得父亲是臆想。

我去当兵的地方是东北。邻近几个县去东北的兵，乘同一列火车。我正襟危坐，看着对面的新兵，从他们的脸上，我看到了自己的傻相。越过那排新兵的头顶，我看见远处有个新兵，虎头虎脑，很像石头。我起身，向那边挤过去。

接兵干部问我：“干啥去？”我竟然脱口而出：“我们去战斗！”说完，我愣在那里。与我一样的新兵们，都看着我，傻乎乎地笑。我也笑了。

接兵干部没有批评我，他粗大的手，落在我的头上，摩挲了一下，那细微的力量告诉我：“去吧。”

我热泪奔涌。

穿军装的牧马人

我穿上军装，来到这深山老林时，有一种被贩卖的感觉。我家是鄂西山里的，跑到这东北原始森林。我如果像电影里那些大兵，在崇山峻岭间真枪实弹地干几场，倒也像个兵。连队居然让我放马，成为整个连队执行任务时，唯一不带实弹的兵。

那是个灰蒙蒙的冬日，连队一个满脸通红的老兵，把我领到一群军马前，把一只狗尾巴草一样布满毛刺的旧马鞭递到我手中。我心里亮闪闪的希望，就在眼前的灰蒙蒙中淹没了。我没有立刻去接马鞭，而是把右手掌贴到胸前。我摸到了我的心，像这冬日山里的石头，又冷又硬。

老兵说："怎么？"

我接过马鞭。老兵走了，他已退伍，几天前就该走的，就等着新兵来队，挑选新一任马夫。

在老兵的背影就要消失在马棚拐角处的那一刻，我一个百米冲刺，追上那个老农一样的背影，问："为什么偏偏是我？"因为有怨气，我连一声班长都没喊。

老兵转身，把右手搭在我的肩上，把自己装扮成一位慈祥的长者。

老兵反问："为什么不能是你？"

他说完这句话，伸了一下脖子，好像还想说什么，但没说出来，只盯着我的一张脸看，许久，给我一个僵硬的笑。

我的脸上有什么？我冲到溪沟边，弯腰。在水里，我看到了自己：黑皮肤，娃娃脸，月牙眼，自来笑，这不就是个山里放牛娃嘛！

我站起身，望着班长那个令人沮丧的背影，哀叹道："我会成为他吗？"

我顺着溪流，走向我的马群。

白雪覆盖的高粱地空寂辽阔。那些白色的马，黑色的马，棕色的马，枣红的马，它们毛色闪亮，像是抹了油。在雪地里，它们有的低头，有的仰望，在冰雪中"闲庭信步"。这些马的体型保持得很好，大都不胖不瘦，像军营里的男人，有着强健的肌肉。而我呢？我一身迷彩，高勒的迷彩棉鞋沾满污泥。我知道，我的样子像一个东北农民，我比东北农民还要辛苦。东北农民天冷就猫冬了，而我每天要在外放牧八小时。

我斜眼，看见水里的倒影一跳一跳的，那就是我。我的童年，基本上是在四个姐姐的背上度过的，她们造就了我轻度的罗圈腿。

我走路一蹦一跳的，像轻轻跳着迪斯科。

为什么偏偏是我？为什么不能是我？这两个巨大的问号，像两把弯刀，砍着我脑子里的每一根神经，折磨着我。日后很长一段时间，我常站在山坡上，手握这两把无形的弯刀，胡挥乱砍，然后嘶喊：为什么偏偏是我？每当这个时候，我的那些马，都会抬起头，伸长脖子看着我。它们看不见我手中两把无形的弯刀，只看见我疯子一样手舞足蹈。

“看什么看！”我训斥着我的“兵”，“都欠收拾！”

它们就老老实实低下头去，故意把草吃得唰唰响。

除了马群，我还有一条狗，德国种，叫黑贝。黑贝就是我的通信员，而二十五匹马，就是我的二十五个兵。每天，我把它们赶到水草丰美的地方，让它们唱歌，唱《学习雷锋好榜样》。我说，这是饭前一支歌，好好唱，唱不好重新来，唱不好不开饭。

我知道，它们不会唱，但是，我要唱。我长期在山里，没个人说话，再不唱歌，我会变得像它们一样，成为一个无声的战友。

时间长了，它们好像会那么一点点。我把它们赶到目的地，我唱饭前一首歌，它们静静地立在那里。我唱完，喊一声“开饭！”它们才低头啃草。

羊群有头羊，马群也有头马。我任命那匹俊俏的白马为头马。我看过金庸的《白马啸西风》，我也叫它西风。有几匹马不服，总要往前冲，我挥响马鞭吓唬了它们几下，它们就老老实实地跟在西风的屁股后面走。

事实证明，我很有眼力。西风为了回报我对它的赏识，竟然几次在我身边跪下，让我骑它。我只在很开阔的一片草地上骑过一回。它的蹄子轻快地响起，我神清气爽，耳边的狂风呼啸而过。可当我跳下马背时，西风的喘息从它嘴里传来，那里像装了一只破旧的风箱，我就再也不忍心骑它了。

指导员到马场来看我。

指导员的到来，让我在这个冷意很浓的马棚里有了一丝暖意。指导员是来开导我的。指导员说："你真行，刚当兵就是班长。""班长？"我直着脖子问。指导员笑着拍拍我的肩，说："对呀，你不但是班长，你的兵员还是咱连最多的，你看……"指导员指着那些马说。我说："指导员，你就别逗我了。"指导员说："我怎么就逗你呢？它们都是战马，曾经驰骋过疆场。现在，都实行摩托化了，用不着它们了，不忍心把它们抛弃，就养起来，任它们老去，死去。但是，马班是有编制的，它们都有编号，军委首长都知道我们这儿有二十五匹马。"

说来说去，我做的是无用功，我还以为这些马，有朝一日能驰骋疆场，或是能成为某位将军的坐骑。

我感到自己像那些马一样，可有可无。不同的是，马等着死去，而我，等着成为一个老兵，然后离开。

我很烦，直到有一天，我发现了我的价值。

那天，我、马群，还有我的黑贝，走在冬日的暮色中。在林边雪地的映衬下，我看着我的狗，我的马群。我听着它们走在雪地上踏出不同的声响，和着树梢的风声，像一曲美妙的轻音乐。

黄昏沉寂，空荡荡的大地显得悲戚。本来放牧一天我应该很疲惫，可一只马鹿的出现使我兴奋起来。我其实并不认识马鹿，是一个老兵告诉我的。老兵说，马鹿像小马驹，但长着鹿茸，特别漂亮。马鹿见了我，并不惊跑，而只是静静地立在那里，用两只充满灵性的眼睛望着我。我也望着马鹿。马鹿一动不动，在黄昏的光线里，像一张色彩强烈的油画。

然而，一杆猎枪，却要毁坏我眼前的这一切。那是一个身披翻毛羊皮坎肩的猎人。我走向他，用我的身体，挡住他朝向小马鹿的枪口，一动不动。

所有的马，都睁大眼看着我。我的狗黑贝也惊呆了，倘若猎人手里是一把刀，我想它就扑上去了。可那是一把猎枪，只要它一动，那枪机可能就扳响。黑贝没有动，它眼里不是怒火，而是哀求，是泪。

天地静得一枚松针掉下来都能听得见。

最终猎人枪口朝下，长吐一口气，人像泄了气的皮球，软了下去。他冲我喊："行，当兵的马夫，你行！"

我行吗？当那个猎人远去时，我问自己。我吓出一身汗，心都快停止跳动了，血好像凝滞不流了，他居然说我行。

那人的背影完全消失在林子里的那一刻，我的血管跳得更厉害了，像解冻的冰河。是后怕吗？我问自己。是的，我后怕，但是，我行！我回答自己。我只是一个牧马人，制止猎人的捕杀，这不是我的职责，但是，我站出来了，站在一管随时可能把我打成筛子的老式猎枪面前。从那个黄昏起，我在我的心里，不再是一个可有可无的人了。我是个马夫，但我不可以被忽略！

我慢慢地对我的马好起来。我从来没有重重地抽打过它们，现在，我连鞭哨都不忍心挥响。

有一天，我遭遇了熊。

那天黑贝身体不舒服，我就没带它，独自赶着马群，走在附近的山洼里。我突然看见一个黑影，越来越大，越来越近。它竟然站了起来，是一头熊。我惊出一身冷汗，顿时感到头皮爆裂，冷汗仿佛从裂缝处流出来。

我只有一根防身警棍，没有刀，没有枪。但在那一刻，马的镇静提醒了我。所有的马都不吃草了，抬起头来，静静地望着那只大熊。我学着我那些马的样子，把我的恐惧隐藏起来。我非常清楚，熊要是朝着我冲过来，马是无法救我的，马从来只会协助打仗而不会真正参与战斗。我就那么与熊对峙了片刻，熊并没有伤害我的意思。但是，我怕万一,万一它愤怒了呢。我就慢慢地猫下腰，悄悄地隐藏在一堆灌木丛中，又退到山路上，确认熊并没跟上来时，我撒腿狂奔到连队。

连长带着一个排的兵，荷枪实弹，带着锣鼓。我们回到放马处，熊正在吃一团野菜。连长让大家停下，静等着熊吃。熊吃了几口，连长举枪，我喊："连长，别……"然而，枪响了。我在枪响的那一瞬间，不忍目睹。我闭上眼，熊没伤我，我却带人来射杀它。

锣鼓刺耳地响起。不仅是刺耳，更刺痛我的心。是的，他们打死了一只熊，他们在欢呼。我酸涩的眼泪流了出来，这时，我感到一支冰冷的枪塞进我手中。我死死闭上眼睛，没去接。连长推我一把，说："这把枪以后就是你的了，以后遇到熊，就像我这样，不要打它，把它吓走就行了。"

什么？熊没死？我睁开眼，看到不远处，那一个黑色的影子，正不紧不慢地往林子深处移动。

连长说，几年没见过熊了，真棒！

黑贝的病一直没好，浑身发烫，很痛苦地小声哼着。我托人到镇上买回一些犬药，喂了，也没好。连队请来兽医，诊断是脑炎，治不了，建议给它多灌一些安眠药，结束它的生命，让它少受一些苦。我冲那个兽医吼叫："你先给我灌安眠药吧！"

兽医走后，我陷入了矛盾之中。我怎能亲自杀死它？黑贝的病越来越重，它虽然叫得很轻，但是那种压抑着的痛苦的呻吟。它脑袋轻轻颤动，时常躲在灌木丛里，发出像苍蝇般嗡嗡的鸣叫声。它通人性，它怕我看见它痛苦的样子。它这个样子，反而让我更痛苦。

我请我一个在城里读大学的同学给我买了本兽医书，我决定当一个兽医，治好黑贝的病。可是，书还没收到，黑贝就自杀了。当时，我和它都在山洼里，黑贝无精打采地跟着我。我不让它来，它似乎害怕寂寞，硬是跟着我。天近正午，我突然看见黑贝一跃而起，像一枚炮弹射向两丈远的一块大青石，伴着沉闷的响声，黑贝倒在地上，七窍流血。它挣扎着，身体像一把弯弓，很快又拉直，瘫软了。我冲过去，看到它的眼像两块石子一样，没有了光泽。

我抱着黑贝回到连队，与战友们告别，很多战友都流泪了。我把它埋在马场前面的林子里，当最后一锹土落在坟尖上时，我一直克制着的眼泪还是流了下来。我给它立了个碑，写上“战友黑贝之墓”。

那天，似有一个火把，在我全身燎过，我满嘴是泡。我早早地把马圈进马场，来到黑贝坟头，陪着它，坐到太阳西沉。然后，在暮色中走回马场。

日月久了，黑贝坟头那块木牌被雨雪浸泡，烂了，黑贝的坟也矮了下去。我搬了块石头放在它的坟头，算作墓碑，之后，我再没有去给黑贝上过坟，因为它最终还是要回归大自然的。但是，每次回到马场，我还是忍不住朝着那片林子看一眼。

云雾山离马场三里地。夏日的云雾山，是一片雾的海洋。一天，我带着干粮，赶着马群，来到云雾山。抬眼望，云在雾之上，雾在云下，一片缥缈流动的洁白的世界。

我把马散放在洼地，独自往山上走。我想超越头顶的雾，我想与云比高低。放马久了，想撒野。

我在一片山槐遮蔽处，发现一个山洞。一个大石头门挡着洞口。石头门很沉，我憋出几个响屁，才把门推开。我进到里面，只听咚的一声闷响，门自个关上了。洞里黑漆漆的，我往里摸，好像里面很宽。我往外去时推门，怎么也推不开，我开始感到害怕。干粮在西风背上，如果不被人发现，我会饿死在这里。我一次次努力，汗流浃背，还是打不开石头门。洞里阴冷，我一次次冲里面喊："有人吗？有人吗？"听到的只是回音。

我绝望了。我试着摸墙壁，希望找到别的出口。我摸到柴火棒子一样的东西，这让我很高兴，这里一定有人住。但随后，我摸到了干枯得像鸡爪子一样的东西，没有一点肉感。一阵恐惧袭来，我感觉我摸到的是一具死人的骨架。但我很快说服自己，不是，是柴火，是手指状干枯的树丫。我不敢再摸了，怕摸到更令人心惊胆战的东西，甚至怀疑墙壁上爬着蛇。

这一日长于百年，我饿了，困了，疲惫地坐在地上。我听到石门响，我冲石门喊："有人吗？"回答我的，是马的咴儿咴儿声。是西风！可是，它来了有什么用，它又不会开门，也不会像黑贝那样，能回连队通风报信。

但西风的到来，毕竟壮了我的胆，让我不再惧怕这黑漆的洞。我跟它说着话。门还在轻微地响动着，像马皮在墙壁上磨蹭的声音。后来，石头门终于开了一道缝。我伸出手去，死死地抠住门缝，怕它再次合上。我和西风合力，将石门打开了，我钻了出去。那一刻，我回头，在门洞透过的光线里，我看见里面有两具人的骨架。那两个骷髅上，几个窟窿放着黑漆漆的光。

我头皮一下子绷得紧紧的，像被一双无形的手，死死地箍住。

石门砰的一声关上了，也不知是有机关，还是它本身重量的作用。

天其实并没有黑，只不过日头偏西。我已没有心情放牧，赶着我的马群回了马场。

离开云雾山，我惊飞的魂魄才回到现实中来，我看见西风额头、脸上血肉模糊。它推门救我磨成了这个样子！我走不动了，搂着它的脖子，哭得鼻涕眼泪糊了一脸。

西风自此破了相，我手下最帅的一匹马，变成了马群中最难看的。

这次事件，是我心里的一个秘密，除了我的马群，我谁也没告诉。我怎么能告诉连长？这不是向连长暴露自己的愚蠢吗？

连长还是看到了西风的伤，问：“怎么回事？”我说：“山上一块滚石砸的。”

“滚石能砸成这样？”连长疑惑地看我一眼，走了。我怕连长追究，但连长的冷漠让我有一丝痛感。连长居然没问我伤着没有，难道在他眼中，我还不如一匹马？

那个晚上，在马棚里，我没敢灭灯，直到天快亮开，我才迷迷糊糊地闭上眼。我做了一个梦，在那个山洞里，一个活人，慢慢变成一堆白骨。

我吓得坐起来。

外屋的马，摆尾声、咴儿咴儿声、打嗝声、放屁声，声声入耳，将那暖烘烘的臭气传过来。

不干了，说啥也不干了，明天就找连队干部。我怕连长，就找指导员。可是，第二天，我找到指导员说时，竟然没能把我不想放马的话说出来。我只怯怯地说：“指导员，给我再弄一只狗吧。”指导员说：“省军区军务部已经给你买了，拉布拉多进口猎犬，过几天就送过来。放心吧，我想着这事呢。放马怎能没有猎犬？一只狗，就是一个兵力。”

我笑了，但同时想起了黑贝，想起它自杀的情景，眼泪流了出来。

拉布拉多进口猎犬很快就送到了马场，我叫它的名字拗口，后来就简称拉多。

山洞的秘密折磨着我，我想，我还是说出来吧，不说出来，我会疯掉。

那天，连长带着云雾山哨所的一个班进了山洞，看见了那两架白骨。他们联系当地派出所，法医都来了。最后结论，洞是日本人修的。这两个人，死于十年前左右，一男一女。而十年前，几里地之外的一个村子，有一对恋人失踪。他们美丽的青春，就这样化成了两具白骨。

有两种传言，一是说这两个人，到洞里寻求浪漫，进去后，就出不来，饿死在那里。另一个版本是，他们的婚姻受阻，便殉情在山洞里。我倾向于第二种说法，这样，他们的死是主动的，不那么痛苦。

在山上放牧，经常碰到美艳的野公鸡，野猪也碰见过两三次。野猪并不可怕，只要装成一具挺立的僵尸，它那两对尖牙就不会伤人。反倒是人，难得见一个，见到了，就是麻烦。有几次，我碰到老百姓到俄罗斯的土地上，采摘那种白色的蘑菇。我只是个牧马人，不负责巡逻，禁止这些人越界采蘑菇不是我的职责。可我总还是忍不住，把他们劝回自己的国土上。

我最怕遇到女孩子，她们三人成群两个成伙，拎着篮子，旁若无人地越过国界线。我让她们回到这边来，她们嘻嘻哈哈，不睬我。我生气，她们就笑。我恨不得放狗，可又怕吓坏她们。我就站在那里，铁青着脸等她们。她们闹几下，笑几声，也就过来了。

她们过来后，我就赶着马群，急忙走开。我胆小，见了女孩就想逃。

可是，夜里，我却总是主动走近乡妹子，还敢同她们说话。

“月亮走我也走，我送阿哥到村口，到村口，阿哥是个边防军，十里相送不分手，不分手……”

梦里，总会有这样一位乡妹子，站在遥远的村口，冲着我唱这首歌。

那个乡妹子就是秀清。是几个月前，家里给我介绍的邻村一个姑娘。我们通电话，秀清问我干什么的，我说成天跟马在一起。我没敢说得太明白。秀清说，好啊，骑兵，真威风！我们就这么处上了。处了一年，秀清让我回家，可马离不开我。我没敢说马离不开我，我说部队训练任务太紧，回不去。秀清就说，你回不来，我去看看吧。我想拦，还没找到合适的理由，她已经出发了。

秀清要来队，让我头疼。我把这事闷在脑子里，闷了两天，闷到她下午就快到了，我找指导员，把这事向组织报告。指导员很高兴，说：“下午到是吧？好说，下午我找个人替你放马，你洗个澡，换上一套干净的军装。连队不是还有几匹马可以骑吗？你就骑你的西风，虽然西风破相了，但它跑起来还是蛮潇洒的。你给她来一个‘白马啸西风’，把她拽上马背，带着她在山道上跑，没个不成的！”

谁知，西风长年在大深山里，很少见过女人。秀清红色的上衣，淡青色的裤子，山里女孩子走路如风。西风看到一片红冲它而来，受了惊吓，狂奔而起，把我扔在路上。那是近一个世纪前，日本人修的水泥路，虽然没有骨折，也足让我在地上躺了半个小时。

第一次见面，秀清呈现给我的，是一张面无血色的脸，一双惊恐的眼。我想对她解释，可我嘴笨，什么也说不出来。本来就木讷，常年在山里放马，语言功能退化了。

在连队招待房，我还是不会说什么。后来，我想，就把她当一匹马吧，不需要说话，只伺候着。我给秀清打水洗脸，倒水沏茶；之后，我递给秀清一只苹果。我说："吃苹果。"秀清说："不打皮？"我说："有苹果吃就不错了，还打什么皮。"

不管怎么，终于对上话了。这时，通信员敲门，喊道："马跑得满山都是，谁也整不了，连长说让你去。"西风像风一样消失了，我找了整个晚上，也没找着。马是有编制的，丢了可不是小事。直到第二天上午十点多钟，我才在一条溪沟里找到西风，它被困在了那里。我把它救了。我赶着西风往连队走，我说："西风，你老实点，我欠你一条命，今儿个还你了。"

我赶着西风回来时，秀清的行李包已背在肩上。

秀清说："养马，在家里也可以养呀，干吗非要到部队来。"她又说："你不就是一个穿着军装的农民吗？你还不如农民自由呢！"秀清走了，自此没了音信。后来听家里人说，她跟一个搞建筑的包工头走了。

我迎风而立，风在我脸上，刀刻一般。我把我不屈的形象，挺立在全连战士面前。

连长不但给了我一杆枪，还有子弹，是空包弹。连长说，没有弹头，但会喷出火光和火药味，足可以把野兽吓得屁滚尿流。连长除了给我枪弹，还决定配给我一个新兵。新兵叫单凯，瘦得像旱地里的一株高粱，脑袋大身子细。说是来放马，不如说是来养身体。我固执地认为，人太瘦了就是有病。连长可真绝，一个是穿着军装的马夫，一个是穿着军装的病号。不过，总算多了一个会说话的，我这个光杆班长司令，也真正意义上带起了兵。

单凯那说不上俊但也算不上丑的脸，一下子扭曲变形。我像是在镜子里，看到了多年前那个从老兵手中接过马鞭时的我。

我说："走吧！"终于有了兵，我语气很硬，完全是下命令。单凯没反应，他长吁一口气，转过脸去，透过树梢，看那遥远的落日，之后，他整理一下背包，跟谁赌气似的，把步子迈得飞快。

这兵貌似老实，其实有脾气，不能来硬的，要感化。我冲上去，想抢过他身上的背包，他却飞也似的，把我甩出几丈远。

大雪飞扬。雪被风卷进马棚，在马棚里满屋飞舞。马受了惊吓，把栅栏撞开了，马全跑了。

风雪中听不到马蹄声，也看不到马走过的痕迹。马怕风，灵性的马，一定是顺风跑到山洼里去了。我带着单凯，往山里追。在岔路口，碰着连长，他带着全连的兵出动。我们很快找到了马，但马就是不停下来，我们又不能丢下马，就这样跟着军马走，一直跟到滑青山脚下。山洼里风小，马终于停下来。我们试着把马往马场赶，因为是逆风，马的眼都睁不开，更别说行走。我就对连长说："你们都回去吧，你们守在这里，马也回不去，与其大伙都挨冻，还不如我们两个人守在这里。"

雪天，巡逻任务也重，连长就带着兵回去了。雪地里，只有我和单凯。连长回去后，又带着两个兵，给我们送来饭菜和汤，放在保温盒里的。那汤不热了，只有温乎气。我们喝了，心里暖暖的。

我和单凯站一会儿，活动一会儿，两个人彼此提醒、鼓劲，怕冻死在山里。我们守了整个夜晚，第二天早晨八点多钟，风停了，我们踏着深深的积雪，把马往回赶。

我浑身冻得哆嗦。单凯的眼泪都流出来了，他一路走一路哭，哭了二里地。一边哭一边擦泪，怕眼泪在脸上结了冰。一边擦泪一边自言自语："这当的什么兵，这兵当得为了什么？"又自我回答："都是父母的错，让我来当兵！"

我也哭了，单凯停止哭来安慰我。他说："班长你别哭，这不马上就到了吗？"马群也都停下来，不嘶叫，静静地望着我。又慢慢地都耷拉下头，像是很自责。拉多跑过来，用它的脸蹭着我的腿肚子。之后，马群移动了，它们默默地往马场走。

雪地无声，马蹄在雪地里踩出清脆的声音，宁静了整个雪野。一路无人，洁白的天地间，只有一只狗，二十多匹马，两个军营牧马人。雪地里的单凯、马群和狗，在我眼里，是一幅磅礴大气的油画。

我们快到连队时，一连人站在雪中迎向我们。我和单凯的脚冻青了，军医用雪给我俩摩擦脚，按摩脚掌，硬是把我们青色的脚，变成肉红色。四只脚保住了，军医大汗淋漓。

雪化后，老兵退伍了，我留了下来，成为一名士官。指导员说：“马是有编制的，可忽略不得。你这样的老实人，最适合放马。”

我冲到雪花飞舞的林子里，喊了一声爹，我说：“爹，儿子出息了！开春了，一定回去看你。”

春天我并没回家。

马班的整个夏日都是在马点度过的。

马点就是临时放马场。夏秋时节，我们像游牧民族，赶着马进山，在野草茂盛的山里或河套搭帐篷，建临时马圈。那时，我和单凯每天三点起床，做早餐，准备午餐。早晨四点，我们带上午餐出发，晚上天黑回马点。大山沟里没有电，整个夏天，陪伴我们俩的是一个小半导体，还有我们从连队带去的几本书。一个夏天，那些书也被我们翻烂了。

马无夜草不肥，我们晚上要起来给马添草，难得睡一个囫囵觉。夏日，蚊子、蠓子多，躲避不及。即使我们穿着长袖衣服，戴着网罩，蠓子还是能叮满脸。草爬子常爬到我们身上，浑身瘙痒，一抓就冒黄水。上厕所成了一件非常困难的事，比上厕所更难熬的，是寂寞。冬天寂寞难耐时，可以在雪地里抽支烟，那寂寞，就慢慢地随着那缕青烟而逝。夏天防火，烟都不敢抽。

七月一日，我被批准为一名预备党员。指导员和连长带着一面党旗来到马点。我对着党旗宣誓。我非常激动，流了一脸的泪。泪水把我的过去都冲走了，也冲走了马点的苦，我走向了新的一天。

开春后，单凯走了，被送到地方农业大学学兽医。

我又恢复了一个人的放牧。

四姐在深圳打工，知道那个叫秀清的没看上我，心疼我，把她一个车间的四川妹子介绍给我。这次，我直接告诉她我是部队放马的。

人家回信了，没说行，也没说不行，谈了她在那里的工作，也问了我的工作累不累。

我望着远山近水，我的拉多，我的马群，之后，眼前就是那个四川妹子。她叫陈晓，一个很洋气的名字，肯定也是一个洋气的女孩，人家能看上我吗？一个穿着军装的放马人。

晚上拉多睡了，马也消停了，我疲惫地躺在床上。我每次入睡前，无一例外地想起陈晓，那个我不曾谋面的川妹子。我连照片都没看过，但脑子里有一个模糊而漂亮的轮廓。我不让自己想，因为一想就失眠。但我做不到，还是想她。有几个晚上，我成功了，不想她了，她在深夜，却自个到梦里来了。

这是恋爱的滋味吗？清晨，我任凭马嘶狗叫，赖在床上不起来。

除了想四川妹子，我最想的人就是父亲。

母亲生我那年，我的农民父亲五十岁。父亲给我起名黄叶青。

父亲识的字少，为何给我起这么个诗意的名字，我懂。我是他唯一的儿子，是他生命的延续，使他秋叶泛青。我这个名字，引起很多人误解，以为我爸至少是个乡村教师。

父亲最喜欢我这个宝贝疙瘩。这年初，父亲病了，托人发了加急电报，就想我回去看看，就想见见我这个老幺。单凯学习还没回来，别的人我放心不下，我说："等一等吧。"就把中秋节等来了。连队给我送来饺子，包的现成的，肉馅素馅都有。其实，我很想跟大家一起体验中秋节包饺子的快乐。

白天的日头似乎还有些毒辣，但阳光照在我的身上却感不到温暖。这夜无月，夜并不黑，我也感觉不到夜风的凉意。我想，莫不是自己麻木了。我坐在帐篷外，久久不进屋，成为拉多和马群眼里，一个盼月的人。马就在我身旁躺着。马嘴里喷出来自它腹腔里的温热的气味。我似乎已习惯了这种气味。

我远离故乡，却是那个离故乡最近的人。这几天，我夜夜梦回故乡，与父亲相见，幻想中的那个川妹子的样子，却越来越模糊。

是心灵感应吗？第二天，我正在林子里放马，通信员坐着营部的吉普车，给我送来一份电报。我的老父亲，突发心肌梗死，最疼爱我的那个人去了。

我手捧那份电报，一屁股坐在地上哭起来。我哭得很伤心，越哭越想老父亲，越哭越觉得自己可怜。那些马都站立着，不吃草，静静地望着我。我突然感到，这些军马就是我的亲人啊！

每次回连队取给养，我总会到营院后面看一眼射击训练场。我面前的射击训练场总是寂静的。而我，从这寂静中，隐约能听见子弹的喧嚣与呼啸。多少年了，我没打过实弹。九七式全自动步枪，我从没摸过。炊事班的人都能打上枪，我不能。我的马，一天也离不开我。

马群在暮霭中的小树林里像云朵涌动，山谷的深处，雾正在慢慢地积聚起来，把白桦树湮没了，使山冈渐渐阴暗下来。

我领着狗，赶着马群往连队走。无论走多远，回到营区，最后踏上的是那段长长的一米多厚的水泥路。我每次踏上这条路，心情总会很复杂。这是日本人修的，营区后的军营仓库，也是日本人留下的。他们把路修到这里，疯狂掠夺。他们砍树，开矿，杀人。我们赶走了他们。

这个时候，我的脚踏在坚硬的水泥路上，就特别有力，特别神圣。

指导员来马点，问我进退走留的打算。我才知道，作为兵，我几乎已经干到了头，十二年了，时光过得真快呀。我说，我听上级安排。我回答得轻描淡写，因为我心里清楚，晋升三级军士长太难了，全团总共就那么两三个名额，各专业各行业，大眼小眼都盯着呢，怎么会给我一个放马的。

离老兵离去的日子越来越近，我越来越难过，甚至烦躁。以前烦它们，真正要走了，竟然那么留恋。要走了，也不知道，我除了放马，还能干啥。我抚慰着一匹匹马，年老的、年轻的，搂着它们的脖颈，跟它们说话，话还没出口，声音已哽咽。它们听懂了我的话，摇头，摆动尾巴，踏出一片马蹄声。

下了一场雪，天凉了。我穿着摘去军衔的军装，站在长长的站台上。火车就要开了，我却不上车。我眺望着远山，眼前是那游动的马群，耳畔全是马蹄声响。

列车员第三次催我上车。就在我要钻进列车的那一刻，我听见一个声音，响亮地喊着我的名字。

“黄叶青，黄叶青！你别走……”

我转过脸，长长的空荡荡的站台上，团长狂奔着，向我冲过来。团长后面是营长，营长后面是连长，连长后面，是我新选上来的那个叫王小旺的兵，一张与我颇有些相像的放牛娃的脸。

我给团长敬礼，团长没有还礼。团长说：“你不用走了，上级特批你为三级军士长。”团长语气平淡，却像冬日里的炊烟，让我感到家的温暖。我当兵离家那天，年已七十的爹说他不送我。他坐在自己的屋子里不出来，可是，当我走到村角转弯处，回望我家的那青砖瓦屋时，我看见爹还是走出来了，他站在门前的土堆上，朝着我张望。我的眼泪，就是在那一刻，像初春的水流一样划过我的脸。

我把背包扔在那铺土炕上，冲出去搂抱我的军马，一匹匹地搂着，搂着它们的脖子就不愿松开。年老的，年轻的。我知道，是它们的存在，才有我存在的价值。人在军营，不就是图个存在的价值吗？

当然，我最终还是要走的，兵如庄稼，一茬又一茬。但我知道，这辈子我再也忘记不了我的军马，每一匹，都铭刻在我心里。再过几年，当我回到鄂西那个我称为故乡的小山村时，我的心，也一定会留在马场。我会常常梦回号角连营，与老马对话，与年轻的马潇洒驰骋，与它们缓慢地走在芳草萋萋的坡地上，同它们一起，慢慢老去。

饭堂哨兵

哨兵来到机关大院，成为哨兵时，是初春，阳光在风中跳跃着。那一刻，哨兵是幸福的，像院落里的银杏、洋槐、白玉兰和紫丁香，被温暖的阳光和春风抚慰着。他内心深处的某种期冀，像紧绷了整个冬天的叶芽，正悄悄地打开。

哨兵本来是市远郊装甲团的一个新兵。那天下午，哨兵在新兵连训练，眼看就要下到老兵连，成为一名威风的装甲兵，两个上级来的军官，突然出现在队列前。军官在队列前走了个来回，目光在他们身上扫来扫去，像羊场老板在羊群里挑种羊，令哨兵头皮发紧。最后，军衔高的军官指着哨兵说："你，出来！"哨兵一阵惶恐，一脸茫然。连长及时给他放松情绪，拍拍他的后脑勺，说："是好事，到大机关给首长当警卫。"连长的声音压得很低，有一种故作的神秘。

哨兵回头，一连人的目光，追光灯似的打在他身上，那是一束束羡慕的光柱子。哨兵感到心里开了花，却故意绷着脸，摆出一副可怜样，好像他是受害者。他跟随两位军官钻进小车，狭小的空间以及身旁的两个军官，令他感到陌生。

哨兵不敢看军官，他脸朝着窗外。看着窗外闪过的风景，新兵连生活的一幕幕，在他脑海中放电影般闪回。入伍以来，哨兵一直不被重视。新兵班里，哪一个不身怀绝技？邻村同一个车皮来的王秀虎，瘦，背地里大伙叫他“王瘦虎”，可“瘦虎雄风”，那体质，五公里越野，像一只梅花鹿在长长的队伍面前跳跃着，越跑越轻松。胡杨是新兵班与哨兵最铁的哥们，两人都是上铺，一南一北，头顶头睡。有好吃的，胡杨一抬手，就递过来了。胡杨会中医，针灸、按摩、开几副草药，祖传的。他的理想是上部队军医学院，将来当一名军医。湖南兵李森林，就更不用说了，在校大学生入伍，那素质，让他当个排长都够格。哨兵再想想自己，大山沟里的放牛娃，一身军装，掩盖不了满脸土气，唉，命中注定是一个被忽视、不被关注的兵。

没承想，今天自己居然被选到大机关。哨兵有一种无法言说的甜美，那感觉像是回到了村里那爿逼仄的麦芽糖作坊。

窗外的一切虚幻地飞奔而去，即将谋面的首长跳跃在他眼前，威严、和蔼、帅气、慈祥。这一系列表情在他脑子里跳跃着，却也是虚幻的，并没有一个具体的形象。

到目的地，下了车，哨兵并没被带进机关大院，而是走进大院对面那条胡同。胡同有哨兵把守。进了胡同，是一片篮球场大的空地，四周是二层楼房。哨兵站在空地中央，像站在天井里，有一种被关押的感觉。

哨兵在心里惊叹：我的妈，首长家这么大。

哨兵很快知道，这不是首长家，是大机关的保障连。

出来一个下士，自称是哨兵的班长，让哨兵跟他走。班长脸上的肌肉铜铸似的，哨兵感知到了他的冰冷和坚硬，刚才车上那种陌生而甜美的感觉倏地溜走，一阵轻微的恐惧在心尖拂过。他花了近三个月的时间，刚刚适应自己的班长，突然又冒出一个班长来，这就是新兵啊！

吃晚饭，整理内务，洗漱。临睡觉前，班长把他带进机关大院，在机关饭堂前，一跺脚，点给他一个哨位。

原来是站饭堂哨！

班长跺脚时很给力，哨兵满肚子希望，哗的一声，被震落在他庞大的膀胱里，就再也寻不着踪迹。如同一瓢水，泼向宽阔的湖面，消失得那么干净。

班长说："别傻站着，回吧，从明天起。"

出大院时，班长指着那些持枪的哨兵，告诉他，大门哨兵同他一样，也是刚从下面连队选上来的，都是新兵，每年一换。

"那换下来的兵呢？"哨兵壮着胆问。

回原来连队。

班长话语轻柔，哨兵只觉世界一下子凝滞在他的脚下，万籁俱寂，唯有脚步声，他和班长的。因为是齐步走，他只听见一个人的足音，他的脚步声淹没在班长的脚步声中。哨兵心里清楚，从这一刻起，他的工作，也将淹没在班长的工作中，因为，他只是一个哨兵，平淡无奇，亦步亦趋。

这个夜晚，哨兵久久难以入睡。他一翻身，面朝窗，窗外是清冷的月光，杳无人息，班长的呼噜，使夜越发显得凄凉寂静。再一翻身，扔给月光一个后背。他对自己说，哨兵就哨兵吧，这可是大机关，为首长和大机关干部服务，即便是站岗，也是一件荣耀的事。入伍第一天，班长就说过，要做革命一块砖，哪里需要哪里搬。现在被“搬”到这里来了，就在这里做贡献吧。这机关，是周围好大一片战区的指挥中心呢。为他们服务，保证他们就餐的安全，这贡献可不小。哨兵这样想，就有一丝骄傲，像微弱的火苗，在心中轻轻摇曳。他甚至盼着时间过得快一些，盼着首长和大机关的干部来饭堂吃饭。他为他们服务，开门，敬礼，下额微收，露出似笑非笑的表情。

转来机关的好消息，应该写信告诉槐花吧。哨兵模模糊糊地想。

槐花与哨兵同村，大别山脚下，一个叫竹林湾的小村庄。哨兵眼前浮现出槐花那双眯缝眼，她在朝他笑哩。槐花笑过之后，就悄悄地后退，消失在他的目光之后，首长一张慈祥的脸，近在眼前。首长亲切地问他：“小伙子，叫什么，家住哪里？”

一阵欣喜掠过哨兵心头，他刚要回答，首长倏地远去。首长根本没来，首长光顾的，只是他的一个梦境。

饭堂共三层，一楼是空旷的大厅，二楼机关干部用餐，三楼是首长专用雅间。每次用餐，哨兵就站在饭堂门口。机关干部用餐时间一个小时，他提前十五分钟到位，延后十五分钟撤离。一日三餐，每天三班岗。哨兵给每位进入饭堂的干部开门，给着军装的军官敬礼。对穿便装的，瞅着年龄大一点的，也敬礼，他知道他们是“潜伏”的大官。

哨兵上岗下岗，路过大门哨时，会有一种优越感。毕竟，他是直接面对首长和机关干部。而大门哨兵，是看不见首长的。首长坐车进出，隔着深色车玻璃。尽管哨兵到现在，也没看见过首长，但他相信，他总会见着的，近距离地，面对面。

但哨兵的优越感，时常被大门哨兵手中那几杆枪驱走了。大门哨有枪，有子弹。哨兵尽量不去看他们，显出自己的孤傲，更不能去看他们背的枪。他不能让他们知道他对枪的渴望。饭堂哨兵不掮枪，他有的，只是帅气的面庞，刚毅的神情，和洁白的手套。

哨兵从未打过枪。新兵连怕出事故，把射击科目留到三月份，新兵下到老兵连后，与老兵同步进行。可哨兵没等下到老兵连，就被选到这儿来了。

如果打枪，哨兵自信他是全连最棒的。小时候，在家乡，玩弹弓，射箭，他能击中飞行中的鸟。

机关干部陆续进入饭堂后，哨兵不用那么标准地挺胸，抬头，收腹，提臀，两脚并拢，两腿绷直，下颌微收，两眼平视前方了，他可以放松一下。当然，只是偷偷地，极细微地。表面看，他依然站得笔直，只有他自己知道，身体深处绷紧的弦，松了一点点。

干部们用完餐，陆续离开饭堂，有的回机关楼，有的出了大院。哨兵在空旷的饭堂门口，坚持了十五分钟，自动下岗。一整天，三餐饭，没一个人同他打招呼，没一个人问起他的名字，好像他不是一个有血有肉的兵，而是一个人体模型。哨兵感到自己又一次被忽视，失落的情绪升上来，脸上既非颔首微笑，也失却了刚毅的神情。

连队开过饭了。哨兵的饭菜摆在饭桌上，是放在保温盒里的。保温效果并不好，只有余温，但品种不少，四种，荤素搭配。

哨兵味同嚼蜡。

哨兵失落的情绪，被班长捕捉到了。班长像一位长者，坐在他身边，看着他吃，给他讲故事。班长说："前年有个新兵，长得像你，很帅，被保障连选到机关饭堂站岗，后来被首长挑去当警卫员。后来，首长把他送到基层锻炼，给他提了干。"

哨兵遽然心动。班长的话，传递他两个信息：一是自己长得帅，才选到机关饭堂当哨兵；二是他有希望被首长挑中，当警卫员去。

班长还说了一句："春天是希望的季节。"这句话不是班长的原创，但从班长的嘴里说出来，哨兵就觉得，班长是一个有文化的人。

哨兵看一眼窗外，夜色中，灯影朦胧，淡黑的雾气升腾，如同他体内正在升腾的希望。

从明天起，只想站岗的事；从明天起，当个好哨兵。

新的一天。更暖的阳光，照耀着哨兵年轻俊俏的面庞。他站得标准，一动不动，只有那双眼，偶尔那么闪一下，又长又黑的睫毛忽扇着，使他的脸于阳刚中，有一丝灵性逸出；他鼻子高而直，额头和颧骨饱满；嘴唇微红，充满活力；从他那帽檐下钻出来的头发，浓密而有光泽。

年轻的哨兵正怡然地平视正前方，眼前空无一物，眼前又是一个万花筒，各种幻想浮在眼前：首长又一次站到他面前，说，小伙子，军姿不错。哨兵定眼一看，哪里有首长。首长的话，更是没谱的事。

真正的春天来了。哨兵在阵风的间隙里，感到春天的暖意。各种花争相开放。这时是哨兵最寂寞的时光。军官都上了楼，哨兵微微转过脸去，数园圃的花。花的品种多，数不过来，仅颜色就有很多种。数不过来也数，春天总是伴着伤感而来的，春天的时间似乎更难熬。哨兵是用那些有关花的数字，来占据他的头脑。哨兵最喜欢的是槐花。他觉得，槐花是世界上最好的花，不浓，不淡，沁人心脾。但大院里的园圃，就是没有槐花，可能觉得槐花太过平凡，不及牡丹什么的娇艳吧。

机关下午开会，一个很长的会，晚餐时间随之后推。机关干部用完餐，都离去时，寂寞的哨兵，感到夜的寒意很重。哨兵想起家乡山里的夜，是那么宁静，温暖；春天最后的日子，能嗅到山槐的香；天空是深蓝的，能看见云朵飘动，星星在云层里钻来钻去。城里，是看不见星光的，星光被灯光湮没了。灯光显得那么华而不实，他从来没觉着，这霓虹灯装饰的夜是美丽的。有一天，这条街突然停了电，眼前漆黑一片。他听见机关楼里跑出很多人，他们抱怨，他却是那么兴奋。他认为，这样的夜，才有夜的味道。他就望着黑沉沉的夜。夜把他带到遥远的家乡，这个时候，家乡的田禾长势很好，蛙声开始鸣叫，宁静了整个乡村的夜。乡村的夜，是梦乡，那么甜美，他那么真切地嗅到了泥土的味道。这城里的夜，只是梦幻，离自己那么遥远。

电路接通，家乡的夜消失了，路灯把整洁的院落照得很亮，也照着园圃里的看桃。看桃在灯光下像哨兵，一动不动。

在乡村，照亮土路，照着桃树的，不是灯光，是月色。乡村的桃，也不是看桃，白里透红，长着一层可爱的绒毛，咬一口，全身都是甜的。哨兵忍不住咽了一下口水，他那刚刚发育起来的喉结，像一只小耗子，在喉管上蹿了个来回。

哨兵还是没能见着首长。他自己也说不清，为何渴望见到首长。他并不幻想被首长选去当警卫员，不是不想去，是不敢奢望。他似乎只是想看看首长是不是他想象中的那个样子；似乎只想让首长看见，即便是一个饭堂哨兵，他是多么努力，多么认真，注重每一个细节，让自己的军姿得那么标准，无可挑剔，就是拿到国旗护卫队，也毫不逊色。

但首长并没出现，哨兵内心的渴望，在机关干部离去后，退潮一样准时消逝。

夏初的一天清晨，哨兵的希望在内心升腾得特别厉害，像锅面的蒸汽一样翻滚，灼烫着他。那天中午，他终于看见首长了，他高兴得差点惊叫起来，清晨那么强烈的愿望原来是一种预感。首长高大，帅气，戴着中将军衔，肩上金星闪耀。首长离他只有十步之遥，他惊讶得差点叫了出来，因为首长与他无数次想象中的首长形象，竟然有些像，高大、帅气，一张端庄而慈祥的脸。

首长近了。哨兵站得笔直，挺胸，收腹，提臀，眼平视前方，敬礼，手砍刀似的，砍得阳光下的空气里，尘埃翻滚。哨兵离首长是如此之近，他都能看清首长黑头发里，掺杂着的少许白发。哨兵盯着首长，首长的目光，却并没扫向他。

首长的身影，被吞没在电梯里，一楼大厅，恢复成原来的空荡荡。

半个钟头后，首长走出电梯，回机关楼。首长依然没有发现他的存在，他的身边，多了几个簇拥着的大校。

哨兵就这么，看着首长和几位大校离去。那一刻，哨兵莫名地被一种失落感侵袭。他觉得身体突然变得轻飘飘的，立在空荡荡的空气里。

后来，首长每次到饭堂，情形大致一样，慢慢地，哨兵也就习惯了，不再在意首长是否注视他，是否发现他站姿如何标准。他的目光，有时在首长身边那几个大校身上。他们胸前的资历章，有那么一小片红，像火一样，在他眼前燃烧着。哨兵想，他们的官也不小呢，为他们服务，也是一件很荣耀的事哩。是一件荣耀的事，就得把它做好。哨兵做没做好，站岗用没用心，给不给力，他们目光一扫，就会摄像似的收进了他们的眼里。

哨兵的目光，有时也会在那些上尉中尉少尉身上搜寻。他们那么年轻就进入大机关，可见他们是多么的才华横溢，他们中间的不少人，以后也会成为胸前戴着一片红的大校呢，成为这里的首长也未可知。哨兵想，多年后，他在乡村，那时的竹林湾通了闭路电视，他指着电视里，某个大军官，告诉槐花，还有他和槐花的儿子，对他们说，这个人，我认识，我当兵时，给他站过岗哩。

哨兵这么想，脸上不觉有了一丝燥热。他斜一眼高空，有一只鸟，在空中孤独地飞过，蓝色背景上，留下一道灰白色的痕迹，那痕迹很快就被蓝色吞噬。哨兵突然觉得自己很像那只鸟，这么下去，他两年的军营生活，估计不会比这飞鸟更能给人留下印痕。

其实，鸟飞过，是没有痕迹的，那只是他的视觉暂留。同样，人生其实也没有轨迹，只有记忆。

记忆！哨兵想起新兵连的战友，他知道那些装甲兵，现在威风得很——野外训练，真枪实弹。哨兵不想去想，可脑子里，那些战斗影片里的镜头，全浮现出来，变成了真实，而他的新兵战友，则是那些真实故事里的主人公。

哨兵想得受不了，决定故意不好好站岗，站成三道弯，站成烈日下一支枯萎的禾苗。这样，那些首长就会注意到他，就会说，什么形象，滚蛋！这样，他就可以被退回到装甲团了，就可以和战友在一起，成为一个帅气的装甲兵。然而，只要远处有人影走来，哪怕是听见他们的脚步声，哨兵就本能地站得笔直。哨兵清楚，他骨子里已经是一个兵了，自己的一言一行，哪怕站立时的静止状态，都不可能再还原成以前那个随随便便的山里娃。

有一个人，引起哨兵的警惕。他个子不高，穿着有很多兜的便装，身上一股油彩的味道，搅浊了清爽的空气。他头发乱，单眼皮，瓶底状的镜片里，是一双白多黑少的眼，散发出迷惘的光。他冲哨兵笑，向他问好。他吐字不清，声音黏稠，湿漉漉的，像是嘴里痰太多，这让哨兵觉得他脏兮兮。他因为瘦，颧骨突起得厉害，微张嘴，牙露出来，白得放光，令哨兵脊背顿生寒意。幸亏是大白天，要是晚上，哨兵非得叫喊。

哨兵并没阻拦他，那是大门哨的职责。既然大门哨放他进来，那他就有进来的理由，或许是饭堂请的装修工。

又一天，来饭堂的人特别多。那军礼敬的，哨兵只觉胳膊酸软。眼看人都进到饭堂，哨兵偷偷地放松自己。谁知这时，那个头发凌乱的人慢悠悠走进来。一身军装穿在他身上，扎眼，不协调。凌乱的头发，从他那空荡的大盖帽里爹出来。他穿军装的样子，比穿便装，更令哨兵惊讶。哨兵无法想象，他竟然是一个军官，还是正团职。

哨兵没有给他敬礼，甚至都没正眼瞅他。哨兵的目光，盯着阳光下浮动的尘埃。那个军官站到哨兵面前，立正，抬起手臂，给哨兵敬礼。他将地跺得砰的一声响，将空气砍出一阵风。哨兵急忙回礼，脸像炭火灼烤，不仅烫，伴有疼痛。被动了，如同挨了那人一耳光。

那人伸手，拍了拍哨兵的肩，表明他刚才只是个玩笑。那手碰哨兵肩膀的动作，和那张并不好看的笑脸，带给哨兵的，是一种微妙的，流向心灵的感动。这是哨兵站岗以来，第一次有机关干部正面朝他笑；第一次有人伸手，抚慰他的肩膀——其实是抚慰一颗孤闷的心。比起那些军官随手抬一下，像赶蚊蝇一样的回礼，眼前这个人的军礼，严肃，刚劲给力。

如果这个军官在哨兵面前多站一会儿，问他一些温暖的话，哨兵真担心自己的眼泪会流出来，好在军官上楼去了。哨兵望着他竹竿一样的背影，心想，这形象，咋能当兵呢？又想，他咋就不能当兵，不是有那么多歪瓜裂枣都到部队来了么？有些还是歌星影星小品明星。这个人，或许是搞文艺的。

一场雨。哨兵站在大厅外的哨位上，虽然头顶有伸出的玻璃板，但有风，将雨滴飘进来。外面大雨，门檐下，细雨如丝。哨兵就站在细雨中，等首长到来。他没穿雨衣，怕雨衣损坏他的形象，遮挡他的脸，让首长看不清他雨中挺立的姿态。

首长并未在雨中走来。从他身边走过的，是那些机关干部。他们打着伞，或穿着雨衣。雨衣或伞遮挡了他们的脸，他们仿佛谁也没发现哨兵还站在门檐下的细雨中。哨兵觉得冷，像冬天一样，凄凉而暗淡。刺骨的凉。

如果这个时候，有一个人，哪怕一个尉官，对哨兵说，进去吧，哨兵就会进到大厅里。但是，他们比晴天更忽视哨兵的存在。他们走得快，似乎哨兵是他们熟视无睹的一尊雕塑。没有人让他进到大厅，他也就无台阶可下，得一直站到下岗。

那两个把他从装甲团选来的军官，从他身边经过时，也没有叫他进到厅里去，一个关切的眼神都没有，好像他们根本就不认识哨兵，这令哨兵费解。哨兵被他俩选中，还同他们在小车上，一路同行了那么长时间。当时他不敢正眼看他们，都记住他们了，他们怎么对自己一点印象没有呢？

他们上了楼。哨兵感到楼梯间旋起一股凉风，拂过他周身。他觉得自己要哭了，还好，那泪并没流下来。虽然脸庞有水，但他非常清楚，那是纯粹的雨水。

离开饭堂时，有人将一件雨衣，披在哨兵身上。哨兵抹了眼前的雨水，看清是那个一身油彩，不像军人的军官。哨兵推搡着，那人却已冲进雨中。哨兵没有去追。哨兵有哨兵的职责，不可乱跑。他心里暖暖的，这种感觉，好久没有过。

哨兵记住了那个不像军人的军官，他的形象很好描述，哨兵找到了他。他果然是一个搞艺术的，哨兵去送还雨衣时，他正在俱乐部画室画画，是油画。哨兵说："首长，给您雨衣。"那个人说："呵，你放凳子上吧。"他连头也没抬，只专心他的涂抹。哨兵等了一会，就悄然往外走。哨兵悻悻地走到画室门口，他听见画家说："你等一等。"哨兵就停下了，转过脸。画家冲他笑，说："你过来。"

哨兵就站到他跟前去。画家说："你站着，别动。"画家另外拿出一张纸，看他一眼，在纸上画一笔，再看一眼，再画一笔。这是让他当模特。哨兵从没当模特，有些不习惯，却很快活。也就十来分钟吧，画上就出现了一幅画，是素描。长长的睫毛，大眼睛，略厚的嘴唇。哨兵惊叹于画家的才华，画得太像了。画家也在夸赞着他画上的人，其实是在夸他自己的画。他说："太好了，阳刚、帅气、有质感，像一尊青铜雕像。我再涂抹上油彩，参加全国美展，没准能拿个金奖。”

谁不喜欢被人夸呢？哨兵心里涌现出一阵温暖，甚至是感动，他渴望那个画家在他的画上，写上自己的名字。但是，画家并没问他叫什么，看来，这画的主题并不是某个具体的人，它只是一个符号，一个象征，一个威武的普通哨兵。

哨兵走出画室，他感到心里酸酸的，失落的情绪缠绕着他，像雨后的雾气，氤氲在他周身，久久不散。

就像太阳落下，第二天会照常升起。哨兵跌落的希望，经一夜的沉睡，常常会伴着黎明的光，再次在心里升腾。那是个清爽的早晨，玫瑰色的朝霞，从机关大楼照射过来，落在园圃上。哨兵的心情很好，一对机关干部的心情也好。他们边往饭堂走，边说笑着。临近哨兵时，一个干部说，这孩子多精神，看着也机灵，要是调到身边，当个通信员，准行。哨兵屏声息气，心跟着他们的脚步声，跳起，落下，再跳起。他盼着那个人问他愿不愿意去他那儿工作，因为在这喧哗的饭堂里，他过于孤独，他想换一个工作。他正准备响亮地回答愿意，另一个人却把同伴的话顶了回去。那个人说：“在咱机关饭堂站岗的，哪有不精神的。前两年，有一个小伙子，长得比他还帅呢！”两人说着便离去了。

留下来的哨兵突然对他们所言的，前两年的那个小伙子充满着猜测。他现在哪里？还是当哨兵吗？八成退伍了吧？当了一年哨兵，在部队没专业，恐怕很难长干。他突然有些同情那个哨兵，继而有一种想认识他的愿望。想同他见面，上街对面那家烧烤店，一人一杯扎啤，谈论作为饭堂哨兵的感受。哨兵想，恐怕只有他那样当过哨兵的人，才能体会他现在的孤独与寂寞。

东北的夏日，不像南方那么热得要人命，似乎是在转瞬间，就过去了。

秋风凉。

起风了，更深的一层寒冷侵蚀着哨兵，但他故意不加衣服。穿多了臃肿，精神气出不来。

中秋节，机关干部搞联欢，就在二楼饭堂。

首长来得早，这让哨兵措手不及，他迎接首长的情绪还没酝酿好呢，只有紧张和慌乱。好在首长身边有人围着，是那些大校们。他们都穿着便装，比平时显得年轻。他们的身后，是一群说说笑笑的女人，花枝招展，粉蝶似的，看来是他们的家属了。哨兵很想判断哪一位是首长的家属，这显然太难。家属们看上去都很年轻，没有明显的长者。再说，首长的家属，未必就更老，更年轻更漂亮，也是有可能的。

陆续有机关干部和他们的家属，往饭堂来。干部的家属们，大都很漂亮。有一两个，也不那么漂亮，但气质挺好。最后来的，是一对年轻人。男的是一个中尉，拉着那个女孩的手。他们从哨兵面前经过时，手并没有松开，笑嘻嘻的。哨兵拿他没办法，因为军官没穿军装。就是穿着军装，他们这么亲密，他也管不了，这不是饭堂哨兵的职责。

中尉和那个女孩，上了楼梯，在身体就要消失在楼梯口时，中尉突然扭头看了哨兵一眼。他一脸幸福，眼里是炫耀和满足，与哨兵羡慕的目光撞在一起。哨兵急忙回过头，垂下眼皮。哨兵觉着羞愧，丢人，似乎是偷看了别人的隐私，被人逮了个正着。

秋日的风，在房顶婆娑出一种声响，像是风在歌唱。哨兵在暮色中，看园圃树叶的飘落，和花朵的凋零。

该来的都来了，一楼大厅静下来，寂静让哨兵多思。军嫂们的形象渐行渐远，槐花近在眼前。

虽说是一个村子住着，槐花很少同哨兵说话。最后的一次交谈，是在他穿上军装，要走了，在溪边的槐树下，无意中碰到槐花。说是无意，他觉得槐花像是故意在那里等他。当时，他上邻村的姑家，回来时路过这条溪沟。槐花说："啊，要走了？到部队好好干哪！"仿佛哨兵是她的什么人，弄得他的脸烧得像是着了火。

那把火给了哨兵动力。哨兵想，可不是，得好好干。他暗恋的情愫突然加剧。那个晚上，他望着窗外清冷的月，感受乡村寂静的夜。他一夜未眠，他在设计自己的军营生活。自己文化不高，考军校肯定不行，最好当个专业军士，这对于他这个山里娃来说，就意味着一个很好的前程，他在槐花的眼里，就不一样了。

哨兵这样的想法，在成为哨兵不久，就淡了，远了。现在，那种想法被这两个手拉手的背影拽了回来。哨兵感觉有一根神经牵动着他，令他幸福得全身微微发痒。那是一种屏气敛息才能体会到的感觉，哨兵不敢用手去触摸，怕一碰，那感觉就吧嗒一声掉地上了。

这种感觉突然被歌声驱走了，哨兵回到现实中，联欢开始了。

先是一曲《映山红》，很好听，谁唱的呢？哨兵摇头，他无法将他们的声音与他们的形象一一对号。接着是一首《我爱北京天安门》，声音那么稚嫩，可能是谁家的孩子。哨兵突然想起槐花。槐花也会结婚，也会有孩子的。那么，她的孩子，会是她和谁的呢？哨兵想到了自己，浑身燥热地想着。接着又是唱歌，男女对唱：

九九那个艳阳天来哟
十八岁的哥哥呀细听我小英莲
哪怕你一去呀千万里呀
哪怕你十年八载呀不回还
只要你不把我英莲忘呀
只要你胸佩红花呀回家转
……

哨兵喜欢这首歌，歌声让哨兵感到亲切。家乡的河流，水车，在他眼前流淌，旋转。去年深秋，槐花说要出去打工，那时，哨兵还没有决定当兵。后来，他换上军装，就要走了，又听说槐花不出去了。槐花为什么又不去打工了呢？她的临时改变，与我有关系吗？她是在家等我吗？山里有些女孩，到广州、深圳打工，回来后，挣了钱，却丢了名声。槐花是不是怕这个，就守在家里。她是为我守在家里的吗？哨兵的心夸张地动了一下，血像开闸的河水，奔流得汹涌。

哨兵的面颊有些痒，伸手一摸，湿湿的，怎么就流泪了呢？要是让机关干部撞见，多丢人，当兵大半年了，不是新兵蛋子了。

哨兵抬手，去擦面颊，又将手臂放下。是一个兵了，早就不是小孩子了，还用袖子擦泪?

楼梯右侧，有一个吧台，上面放着纸巾盒。机关干部用过餐，走下楼梯时，有人会伸手抽出一张。哨兵几步跑过去，抽了一张纸巾，擦了泪，他嗅到一股暗香，很淡，像槐花的香味。哨兵记得，在溪沟边的槐树林，遇到槐花时，她身上就有这种香味。他当时觉得怪，初冬时节，别说槐花，树叶都没了，枯干的树枝，骨瘦如柴，没丁点水分，哪来的槐花香。他怀疑槐花身上洒了香水。哨兵忍不住再次跑向吧台，抽出一张纸巾，像叠军被似的，叠得方方正正，放进自己的口袋里。结果惹了祸，下岗回连，班长闻到了他身上的香味，以为是香水，在他屁股上踹了一脚，骂道："你是不是个男人？"踹得不重，屁股不疼，心疼。

哨兵走出宿舍，走到院外那片围成天井的空地。月光从头顶洒下来，温情默默地抚慰着他的心。

自此，每天晚餐后那班岗，哨兵都会做贼似的，抽一张纸巾，叠在他的口袋里。这种怪癖被班长监视到了。班长又在他屁股上来了一脚，骂道："占小便宜，小农意识！"

班长哪懂我的心呢？哨兵想，他怀揣这个秘密，像怀抱一只蜜罐，每日早起，像个程序永远不会改变的机器人，机械地上岗，下岗。说是机械，其实也不对，只是慢慢地习惯了，甚至偶尔也会爱上这份工作。好像他是这个大机关的一员，好像他是这个饭堂必不可少的一份子，好像他不到饭堂，不站在那个哨位上，他们——首长和那些机关干部，就不能开饭，就得饿着。他们吃饱了饭，幸福地走向机关办公楼，或是走向宿舍。好像这种幸福，都是他给他们的。哨兵望着他们远去的背影，心里也有一种不可言说的，不易觉察的幸福火苗，随着他轻轻的呼吸而摇曳着。

时光就在这平淡之中，慢慢地流逝。一年时间，就像是眨眼间，哨兵就要走了。他将回到连队，因为没有转业，他只会在连队站岗、打杂、出公差，给那些有专业的人提供更多展示的机会。这么再过一年，他就退伍，回到大别山脚下，那个他叫作家乡的竹林湾。

哨兵从机关干部的资历章上，看到有的人军衔升了，加了杠，或添了星，而他自己，只有金黄色的那么“一拐”。明年吧，明年他的肩头，就有“两拐”了。展望那个样子，军衔和他，像一个书名号，括着一个巨大的感叹号：《！》。对，就是这样的，似乎在向别人展示，他的军旅生涯之书，就是站立。

哨兵去年被选上来时，新兵连连长乐呵呵地告诉他，他是来给首长当警卫员的。他不知道是连长信口胡诌，还是挑选他的那两个军官对连长这么说过。这个问题困扰他很久，他很想找机会问问连长，现在，离开机关大院的日子逼近，他很快就要回到城郊他的老连队，能见到连长，但他反而不想问这个问题。他觉得问这样的问题，已经没有意义了。他努力地让这个问题烂在肚子里，可新的问题又滋长出来。明年的这个时候，自己就该回家了。当了两年兵，起点回到终点，他不知道，槐花还会不会像他离家时那样，含情脉脉地看着他，他不敢想。

时光消逝，哨兵的目光由单纯，变得深邃。回望去年离别的那一刻，全连战友羡慕的目光。现在，那些目光变成麦芒，扎着他的心。一想起要去面对他们，他浑身就轻微地颤抖，发冷。他们一定会认为，是哨兵没干好，才把他踹回连队。怎么干好呢？年轻的生命和勃发的青春，压制在这小小的哨位上，越平静，才越是一个合格的哨兵。而平静，注定平淡。

平淡就平淡吧，不是有歌这么唱，说平淡是一首歌么？自己的平淡，未必就不是一首歌。哨兵安慰自己，这心也就慢慢地平静了。

但新兵连时的两个战友突然出现，像两颗顽石，跌入他平静的心湖。王秀虎和胡杨。他们到省城来办事，顺便到大机关来看他。王秀虎胖了，壮实了。“王瘦虎”这个绰号，用不上了。王秀虎说，团里年终总结刚搞完，他秋天参加了实弹演习，他们那辆坦克全部命中目标，炮长立了三等功，他是瞄准手，被评为优秀士兵。打实弹，在直瞄镜里看炸点开花，那种感觉，又过瘾又有成就感！还说，明年，他就是炮长了，也能立功，没准后年年底能提干呢。胡杨刚从卫生大队培训八个月回来，准备明年考军医大学。现在全团没有人不知道他的祖传医术，上次团长腰痛，还让他针灸哩。他们又说到李森林等其他几个人，都是哨兵新兵连的战友，大家都干得挺好。哨兵先是为他们高兴，后来，脸上的笑就僵住了。想想在新兵连时，他就是一个被忽视的兵，现在，他们一个个更加出息了，而自己，就这么平平淡淡地当了一年哨兵，还是饭堂哨兵。

失落的情绪再次包裹着他。他低下头去，沮丧得眼泪都快流出来了。王秀虎问："你怎么了？"哨兵说："没事，就是有点想家。"王秀虎笑起来，笑声中有一丝嘲讽，说："都老兵了，还想家？连队多好，不跟家一样吗？"哨兵在心里抢白他一句：你是站着说话不腰疼，你哪里知道一个哨兵的寂寞？

晚上回来后，哨兵回味王秀虎说的一个词：成就感。自己每天重复同一工作，动作都亦步亦趋，可不，也有"陈旧感"，却毫无自豪之处。

哨兵转过脸去，那些年轻的树，依然顽强地站在冰冷的空气里，直指苍茫的天空。哨兵本能地站得笔直，把自己站成了一棵树。一身的希望，像一树的叶子，飘零了，但树干依然坚挺。

新兵是正午时来的，哨兵没同他们正式谋面，他只看见班长又在挑选饭堂哨兵。班长选中了一个帅气、满脸稚嫩的小伙子。班长站在小伙子面前，说着话，好像是在讲去年讲给他听的，那个很帅的新兵，最后被首长选去当警卫，并提了干的故事。哨兵特别想打断班长的话，但理智告诉他不能这么做。在军营，有些想法，永远只能是想法。

下午时，班长给哨兵照了相，放进了连队的橱窗里。哨兵既不是先进个人，也不是优秀士兵，更不是军功章获得者，把他的照片放进去何用？可能班长会指着他的照片，向新兵讲述他的故事，就像去年他来时，班长向他讲的那个被选去当警卫员的新兵一样。

然而，有什么可讲述的呢？太平淡。精彩的故事，都在内心，翻江倒海。可心里的故事，谁知道呢？

这是哨兵最后一天的最后一班岗。

没有同机关的人进行过语言的交流，但是，心灵的交流还是有过的。他看着他们，猜测着他是干什么的，在那个部门。而他们，或许也揣摩过哨兵，关心过他，只是，没有说出来。

哨兵突然发现，他其实非常留恋这个地方。的确，他在长时间的站立中，长成了这儿的一棵树。一年四季，树变换着，春天，树叶绿得透明；夏日，树叶的颜色深了，花谢了，挂果了；秋日，金黄的落叶，衬托着高远的天空；冬日的枝头，只有雪和雾凇，是一种沉静的美。

在这里，自己也是变换着的，春夏秋冬，变换着军装，军装里包裹着的那颗心，也在变换着。比如现在，哨兵的心就特别平静，突然觉得，他长时间地站立，也是一种静态的美。怎么突然有这种感觉呢？他说不清，像是顿悟。他突然想留在这个地方，哪怕让他再站一年岗。他留恋这个饭堂，舍不得首长和这些机关干部。怎么能舍得呢？应该说，他认识他们了，他从他们的胸牌上，早知道他们叫什么名字了。想起一个名字，他就能与他们的形象对应，高的矮的胖的瘦的单眼皮双眼皮光洁的下巴铁青的下巴……

哨兵突然有一种愿望，就是在他要离去时，告诉他们，他叫什么名字。就像自己知道他们的名字一样，这样，他们才算真正地认识，而不是擦肩而过两不相关的路人。但哨兵迟迟没有这个勇气，他眼睁睁地看着机关干部一个个走进饭堂，又一个个离去。他几次张嘴，因觉得突兀，到底没说出来。

哨兵知道，这是今晚最后离开的三个干部，饭堂再没有干部了，哨兵记得很清楚。每次进去几个人，谁吃完饭出来了，谁还在饭堂，他非常清楚。

这三个背影越来越远，离他三步、五步、十步……眼看就要到办公楼了，哨兵终于冲着他们的背影，喊出自己的名字。但是，那些背影，无一回转过来，也不知道是他们没听见，还是他们根本就不在乎他叫啥。他们继续往前走，跟平日没有两样，身影越来越远，脚步声由清脆变得模糊。

风是寒冷的。当那三个身影，踏上机关大楼的大理石台阶时，夜突然暗了下来，苦涩的孤独噬咬着哨兵的心，无法控制的失落和悲伤袭来。哨兵浑身轻微抖动，相伴的，还有鼻眼酸涩。他闭上眼，那眼睫毛，在灯下像黑色的弧形的流苏。他克制自己，不让眼泪流出来。但他失败了，眼泪还是像冲过栅栏的洪水，从他那长长的睫毛间奔涌而出。接着，他的哭声也迸发出来，就像洪水总会咆哮。

哨兵哭得痛快淋漓。他没想到，哭是如此舒坦的事，难怪不少新兵爱哭鼻子。当然，在军营，哭似乎是新兵的专利，成为一个老兵，再哭，就不是那么回事了。于是，哨兵就这么痛快地哭着，他不怕被别人听见，也不怕被别人看见，任泪珠顺着笔直的鼻梁滚落。那鼻梁显然太狭窄，泪水很快洪水似的，途经脸庞，钻入脖颈，划过男子汉的胸膛。一种奇妙的感觉。

哨兵放任自己哭，把未来一年，老兵的眼泪，全部预支出来。当老兵了，就不能哭了。不仅是老兵，以后的岁月，无论遇到什么事，他可能不会再流泪，因为他曾经是个军人。但是，今天，他要痛痛快快地哭一场。

哨兵的哭声，于浑厚中，夹杂着掩饰不住的稚嫩，那是少年时期的假嗓子。哨兵不觉得难堪，他知道，哭完这场，就好了，他将蜕变成一个老兵，一个内心无比强大的真正的军营男子汉。他放任自己哭，似乎是为了这个蜕变，似乎泪水会把他洗刷一新，如同好多年前那个婴儿的啼哭。一声呐喊，划破夜的寂静，这次，他没有喊出自己的名字，他喊道："我是哨兵，饭堂哨兵！"

"哨兵"这两个字，从哨兵自己的嘴里喊出来，传进耳朵，使哨兵心为之一震，如同听到自己给自己下了一道命令，让他恢复成哨兵。于是，哨兵挺胸，抬头，收腹，提臀，两腿绷直，两眼平视前方，把自己站成一个标准的哨兵。夜的黑漫过来，路灯的光，像夜幕里的一面镜子，映照出他一个哨兵站立的姿态，其实是留在他脑子里的，那个画家笔下的哨兵，阳刚、帅气、有质感，像一尊青铜雕像。

向大海

一

月亮升起老高。岛在深蓝的夜空下披着一层银光，脚下是无际的海水。远处的指航灯倒映在海面上，海水波光粼粼。粼光从脚下向远处散开，一个浪，又从远处向脚下袭来。天水相接。我面向大海，凝望着海水，凝望着远处的灯塔。班长在我对面不远处，在夜的微暗里，挺立成为一个朦胧的剪影。

下了岗，我在前，班长在后。手电光闪动在我们脚下，照着那条忽明忽暗的路。我极不情愿地踏上它。路逼仄，曲曲弯弯，向岛的深处延伸。进到岛的腹地，就感觉不到它是岛，是一座山。

今天下午刚上岛，晚上就站岗。一路上，领兵干部告诉我们："三山岛，是个迷人的岛。你们到岛上，那就是旅游，就是疗养，就是做客。"

磕磕碰碰回到连队。班长给我打了两牙缸水，我刷了牙，没有洗脸洗脚。“累了，早点睡吧！”班长说。班长平时不开口，开口就是吼，把我的睡意赶跑了，幸而有悠扬的熄灯号，抽丝似的把我的睡意又拽了回来。一夜无梦，没有听到传说中骇人的紧急集合，我们睡得很香，几乎是自然醒。早晨起来，想好好地洗一把，结果依然是每人两牙缸水，班长在那里给我们分发。我想多舀一牙缸，班长问：“你想把晚上的预支了？”预支？我恍然明白，这水怎么用，用多少，是有数的。我说：“水在哪里，我自己去打吧。”班长说：“好吧，你跟我一起去。”我跟着班长，走到炊事班门口。班长扶起一辆双轮推车，车上平躺着一只油桶。油桶的肚子切去一块椭圆形的大口子，这是水车。

班长姓王，叫王超越，连队干部叫他超越，把他叫得很兴奋，后来我们背地里也叫他超越。我跟在班长身后走，沿着山路，来到我们昨天登岛的那个小码头。一条粗大的挡浪坝，是通向中山岛的路。班长说，路是天然形成，全是海沙和鹅卵石。小山岛与中山岛孤立开，虽然只有十几米远的距离，却是风口浪尖，风浪拍打着悬崖峭壁。班长说：“站在遥远的大船上看这三个岛，大岛是丈夫，中岛是妻子，他们手拉着手，领着儿子小岛。这三个岛，是完整的一家人。”

我跟着班长走了很长一段时间的路，空水车颠簸着，把我的手震得生疼。我以为这里有一口井，竟然只是一眼泉，用水舀子舀两下，还要等一会儿，那泉眼才像一只委屈的眼睛，慢慢地溢出泪来。

下坡时，两人都拽着车把。上坡时，我在前面拉，班长在后面推。一桶水，虽然用盖子盖了，还是颠出了大半，裤子和鞋，被水和尘土弄得像涂抹了迷彩。

我午休醒来的时候，起床哨还没响，阳光亮晃晃地从窗玻璃照过来，这岛上采光真好。我将头凑到窗玻璃上，鼻子贴上玻璃。玻璃对面晃动着一个影子，是一条蛇，它从窗台翘起头来，两眼放着白光，而红色的蛇信子，像烧红的弯针，朝我勾动着。我吓得滚落在地，惊呼道："蛇，蛇！"班长在我的惊呼中坐起来了。整个班的人都坐起来了。我的一声惊呼，算得上我们新兵上岛后的第一声紧急集合哨，不但我们班上的人都坐了起来，指导员和春阳军医也都赶了过来。走廊里响起零乱急促的脚步声。我的眼泪都吓出来了。班长把我拖拽到床上。我看到郭水旺，也就看到了我自己：脸纸一样苍白，全无血色。极深的恐惧穿透迷茫的眼神，从眼睛的深处流露出来。班长将脸凑到窗前。班长说："过来！"他让我到窗前看那条蛇。他说："它不伤人，习惯就好了。"我隔着玻璃，看见它已下了窗台，在窗外那块平地上爬行。它有手腕粗，尾巴在平地上摆动，而头和前半截身子，已经钻进了紫竹林。

我自此没有忘记那条蛇，它好像一直蛰伏在某个地方，觊觎着我。我忘不了它那双冰冷的眼，它带着寒气。那次虽然隔着玻璃，但玻璃的冰凉，让我感觉是贴着蛇的脸，这种感觉许久挥之不去。

班长说："中午太阳足，它出来晒太阳，顺便给你们这些新兵见个面，打个招呼，以后就是朋友了。在岛上，没有它们，我们都得喂耗子。"

我后来果然看见一场蛇鼠大战，但不是我想象的那么激烈。蛇缠着老鼠，老鼠一动不动。都不出声，一点也不像是搏斗，把我恶心得好多天没有少年男子的正常生理反应。

下午开始走队列。营房门前那片逼仄的地方就是操场，还不如我家的碾场大呢。我总是走不好，总担心蛇会悄然从那片紫竹林里爬出来，被我踩着。直到岛上霜降，班长说蛇冬眠了，我才慢慢地淡忘了它。忘记它后，突然觉得岛上空荡荡，顶无意思。

这就是我闯入的世界。我想走，当逃兵是不敢的，那得上军事法庭。我只想换个地方，到团部去，到我们对面那个美丽的海滨城市去。我把自己变成一条蛰伏在暗处的蛇，等待着时机。

三五天后，岛上来了几个军医，在营院住下。第二天一早，不让我们吃饭，给我们每人抽了一管血。之后，军医带着我们的热血，乘船而去。又过了几天，郭水旺被一个船接走了，据说与那管血有关，这叫退兵。我与郭水旺是一个班的，当我们到海边送他上船时，我哭得像泪人，而小个子郭水旺，更是痛哭流涕。一个人哭，带动了所有的新兵都哭了，却又不敢放声大哭，表情压抑，五官凝聚，原本年轻稚嫩的脸庞，惨不忍睹。

指导员站在码头上，发表演说："同志们，团里动一次船不容易，费油费钱，还有谁想走？不想在海岛上干的，赶紧站出来，一起走。看好了，这是郭水旺离去的地方。你们想走，很容易，从这里踏上船，也就十几步。十几步，你们就自由了，不用在岛上了，就踏上人生的另一条路了。上来吧，谁不愿意干的，上来吧，给你自由！"

我的脚，本能地后退两步。不走了，不走了。看人家郭水旺，一张被泪水分割得一塌糊涂的脸，多么惨痛，他是多么想留下。

除了拉水，连队平时不让我们到海边，都在这山洼子里圈着，人圈着，心也圈着。只在周六的下午，除了站岗的、坐班的，新兵被统一带到海边，坐在礁石上，看海，想亲人。无论家在南国，还是北疆，都朝着同一方向，好像家在同一个屯子。我们在海面迷蒙的雾气里，都能看见自己的亲人。只要面朝大海，海上就会出现家的影子，海市蜃楼似的。亲人们的脸庞越来越清晰，爹的，娘的，弟弟的。我眼前竟然还有李泽川。

我与李泽川非亲非故。去年，他到我们竹林湾山里勘探认识的。我脑子里最后浮现的，是细竹那张胖乎乎的脸。她随着海风而至，仙女般踏在浪尖上。

我们像一群垂钓的人，坐在礁石上，但我们不钓鱼，我们探亲。指导员说，今天是我们的探亲日。指导员说这天我们可以放肆些，把亲人的照片带到海边，还可以放声与亲人说话。我看见战友们把亲人们送的礼物拿出来，向着大海显摆，我按捺不住，把细竹为我织的红色围巾拿出来围上，在战友们的呼喊声中，我爬上最高的那块礁石，迎风而立。那是我最为快乐的一天。阳光无遮拦地照耀着，我胸前的红围巾像两条红色的火舌，轻轻舔吻着我。我感到整个胸腔被爱情激荡着，像这风中的海浪。茫茫的海面上，远处路过的船，缓慢地驶向更远处。海无边无际的蓝，无边无际的寂静。无边无际的思念啊，就是我这一刻的心境，它是幸福的。

二

指导员说："今天下午，新兵下连！"我们站在队列里，由连队干部裁决。连长看我的目光有些不屑，可能觉得我太瘦，怕我拖军事训练的后腿。

"你就当连队通信员吧。"连长说。

通信员还没当热乎，连队选人去接受卫生员培训，连长又说："让夏雨去吧，他倒挺像个卫生员。"我是那么盼着离开岛，可刚上到船上，思念就像船尾翻起的白色的浪花，越拉越长，伸向我刚离开的那个岛。

在医院里，我碰见了郭水旺，像做梦一般。原来他没有被退兵，他是被选去给团首长当公务员，这次重感冒，住到医院来了。郭水旺说："到团部我才知道，所谓退兵，其实是演戏给那些不甘心留的新兵看。"

我愕然无语。

郭水旺出院后，每逢双休日都去看我，给我带水果和零食。这个与我相处时间最短的同年兵，竟然成了我最好的朋友。

我回到三山岛时，岛上已进入夏季，是岛上最美的时光。岛像一幅 3D 画，立体，动感。我沿着那条曲折摇摆的路，往大山岛腹地走。路旁的枝叶，像绿色的海浪扑打过来。空气清爽奢华。我贪婪地呼吸，吐故纳新。

就在我大步迈向连队时，一条蛇挡住了我的去路。我停住脚，静静地看着蛇。蛇将头翘起来，盯着我。我知道遇见蛇不能惊慌。我任凭冷汗在脊背上爬行，却只能站立，不敢奔跑。

蛇悄然钻进林子里，那是一条手腕粗的蛇。我想起来了，它就是我上岛后碰到的第一个动物，就是它在那个午后贴着窗琉璃翘头看我。我本来忘记了它，它却像幽灵一样，在我离开半年后，一上岛就撞见它，而且它是那平静，好像一直等在那里迎接我，好像我们是老朋友。

蛇凝望我几眼，走了。沿着它爬行而去的地方，荆棘和杂草颤动，瞬间静止，蛇彻底消失了。我继续前行。我跨过蛇刚才躺卧的地方，好像蛇还在那里躺着，好像我不跨过去，就会踩着它。

春阳军医站在营门口迎接我。看见我，春阳军医很高兴，他终于有了卫生员，不再是光杆司令。看见春阳军医，我噙在眼睛里的泪终于滚落。春阳军医问我怎么了，我说："又是它，吓死我了。"春阳军医明白了，说："你都是老兵了，还怕它？连里知道你回来，中午给你加菜哩，我亲自掌勺。"

岛上病号少，闲来无事时，春阳军医喜欢越庖代厨。

我与春阳军医同住一屋。我身兼两职，是卫生员，也是通信员。战友调侃，说我是首长身边的人，是连队的三号首长，我有些飘飘然。

周六下午，我们简短"探亲"之后，开始撒野，一个个脱得一丝不挂。略为偏西的日头，照耀着一群雄性的男人，照耀着我们凸起的胸肌，紧绷绷的臀部，一片赤裸裸，很是壮观。

我没有参加这赤裸裸的队伍，我一直怕在别人面前坦露我的身体。他们的赤裸，让我想起李泽川。那是一年前的一个下午，天出奇的好，阳光照耀着大山，山洼难得一次没有雾。溪水缓慢流淌。

李泽川脱去上衣，裤子，直至一丝不挂。他一步步往溪水凼里下，身子从脚背，到小腿，到大腿，一点点地淹没在水中。我从未这么看一个人的身体，哪怕是一个男人。我转过脸去不看，可又忍不住去看，看他怎么从容地下到水里。我望着他赤裸的后背。他那已经开始发福的身体，激发着我的想象力又破坏着我的想象力。

李泽川完全淹没在水里。片刻，他慢慢露出头，一步步往边上走。汗水从他热气腾腾的太阳穴处往下流，在他光洁的面颊上划出一条条晶莹闪亮的小道道。我接着看见他的脖子，接着是白胖胖的肚腹。阳光耀眼地照着他白亮亮的城里人的身体，白得刺眼。那白亮的水滴，从他的头发梢落下，顺着他的胸肌流淌，经过他的腹部，闪耀着转瞬即逝的黄昏的光。他还在往上走，我难为情，不好意思看。他却毫无羞涩地站在那里，像一尊高大、轮廓分明的汉白玉石雕像。他说："夏雨，你也下来吧。这么清亮干净的水。"我忘记应答。我望见温暖阳光从远处斜射过来，被树叶切割成鳞片状，洒在李泽川光滑白净的身体上，散落在地上，风一吹，地面亮闪闪一片。

"过来洗吧！"我再次听见李泽川喊我，我下意识地收了一下小腹，好像我也一丝不挂地暴露在他们面前。我说："我不洗，我回家洗！"

李泽川头悄悄来到我身边，我以为他不洗了，他却突然将我按住，抽下我的皮带，剥去我的上衣，褪下我的裤子，我便像一只洗净了的水萝卜，呈面在他面前。他把我扔进溪水凼。我羞愧得直想没进水里不出来。李泽川冲我笑：“城里大澡堂里，赤条条一大片，你到城里还不洗澡了？”

“我不到城里！”我大声说。

眼前的情景，果真如李泽川所言，赤裸裸一片。我笑了。我拉起水车，到中山岛拉山泉水。他们海水浴之后，要用淡水冲洗，要不，皮肤会奇痒，甚至溃烂。

春阳军医好像也不喜欢这样露天裸浴，他爬到半山头吹笛子，曲调是低沉缥缈的，有些感伤，或许是想起了他那个叫白杨的大学同学吧。春阳军医大学毕业来到军营，她继续读研。岛上信号不好，他们以书信来往，但据捎信件的司务长说，他们的通信明显地少了。

野山羊立在春阳军医旁，凝望着他，立着耳朵静静地听。夕阳的光线漫过来，太阳似乎离得更近。朦胧的光，在岛上铺了一层淡紫，像遍布沙滩的海藻。

三

听指导员说，以前地方钻井队来打过两回井，打了一个多月。第一口井打浅了，没出水，再往下打，都是岩石，怎么也深入不了。第二年，他们换个地方打，井又打得太深，过了海平面，与海水连上了，水又苦又咸，吃不得。

“没关系的，”指导员望着春阳军医和我，说，“一个春阳，一个夏雨，咱们岛上风调雨顺。”

经过一个春天的消耗，那些装咸菜的水缸都空了，放在厨房的一侧。十几口缸排列在一起，像列队的壮士，颇是壮观。真是人多力量大，那么成缸成缸的咸菜，说没就没了。

进入夏日，潮气日重。海体像在咸水里泡过的鸭蛋，一摸，滑溜溜的一层涎液，每天都得洗澡。每晚八点钟，各班派出一个人，拎一只桶，到炊事班领取热水。回到班里，再往每个人的脸盆里分发。水有限，锅也有限。一锅水烧热了，不够分，再烧一锅。今天一二三班先洗，明天四五六班先洗。

我分得半盆水，是我和春阳军医的。我倒给他一大半，剩下的一点水，毛巾扔进去，像海绵一样，就把那点水汲干了，毛巾摆弄不开。春阳军医把他盆里的水，又倒一些给我。他那盆水，就快见底了。他说：“算了，合在一块洗吧。”他又说：“你年轻，干净，你先洗。你洗了脸，我再洗脸。之后，你洗脚，我再洗脚。”

我望着那一盆水，生活呀，咋这么惊人地相似。我想起我遥远的过去，那是我人生一片无法抹去的灰暗。那天，我家几个男人正在抹汗，李泽川在暮色中走进我家。父亲、我，还有弟弟夏天三人共用一盆水，就在堂屋里。竹林湾的男人，是不洗澡的。只有女人，才打了水，到里屋倒插了门，坐到大木盆里洗。男人躲到里屋，坐到盆里去洗澡，是一件丢人的事，会被人骂成是假女人。男人只会在堂屋里抹汗。而这个时候，屋子里有无女人，孩子，男客女客，都不用躲避。竹林湾乡风淳朴。

我爹、我和小弟站成一排，大半盆水，一个毛巾。我爹洗了脸，退下，我上。我抓起盆里的毛巾，搓一下，洗把脸，退下；弟弟夏天再上。之后，我爹洗前胸，后背。我爹抹后背时，两手反剪到背后，一上一下拽着毛巾。毛巾贴在他脊背上，像锯似的来回拉动；接着是我洗前胸后背，接着是夏天。接着，我爹把毛巾拎干，放在右手上展开，左手撑开裤腰，右手伸进去，前后左右地掏着擦着，之后，把毛巾扔进盆里，系好裤子，退下。我上，我抓起毛巾，解开裤子，用左手撑开，右手正要往裤裆里伸时，看见李泽川盯着我笑。尽管李泽川并无恶意，却伤害了我。我将毛巾重重地扔进盆里，说："我不洗了，我一会单独洗！"十二岁的弟弟夏天就走上前去，拿起毛巾，学着爹的样子，先解开裤腰带，裤腰仍卡在腰间。他把毛巾拧干，展开在右手上，左手撑开裤腰，右手伸进去，擦洗他那鼓溜溜的屁股。

李泽川看着夏天，一脸好奇。他的目光从他身上，移到盆里。我们这样擦洗，看似没洗干净，盆里的水，在灯光下，却已变得灰暗了。稍微停一下，那盆底就沉淀着一层黑色的泥。

娘瞪着我说："你不将就着这盆水洗，就没得水。"

我说："缸里还有。"

"缸里的水，不洗菜？不做饭？不喝？不知道老娘的苦！"

我说："我自个儿去挑水。"

"哪里去挑？"

"山那边，溪水凼。"

"五里地，你挑去吧！"

"五里就五里！"

“还翻山。”

“翻山就翻山！”

自这个夜晚起，我发誓我再也不与别人共用一盆水，永远不！

“不洗能睡得着吗？”春阳军医问我。

“我到泉水边洗。”

“那我陪你。”

月光下的泉水，像一摊水银，白亮白亮。春阳军医站在一块石头上，披一身月光。白天的时候，他也喜欢站在高处，比如坡地，或者礁石。我总觉得他像悬崖上的一只鹰，随时准备起飞，飞向更高远的天空，海岛留不住他。

我找了几个与我要好的兵，将炊事班柴火棚里闲置的几口缸挪到棚外，摆在阳光下。我们一趟趟地拉水，从早晨到傍晚，才灌了三个水缸。那个小小的泉水凼，再也溢不出更多的水来。但这已经够幸福的了。黄昏临近时，水缸经过一个下午的暴晒，水温上升。我近乎赤裸地坐到缸里。班长说：“这是腌菜的，多不好。”我说：“咱们的脸盆，不是又洗脸又洗脚？秋天腌咸菜时，我多涮几次。”班长说：“就你能！”但他终于经不住诱惑，比我还放肆，连裤衩那最后的遮羞布都褪去，赤条条坐进缸里，一边洗浴，一边哼起歌。他夸我聪明。他哪里知道，这一招，也是那个叫李泽川的技术员教我的。我家有几口半人高的缸，装粮食的。夏日的时候，有一口缸的粮食吃没了，积满了雨水。太阳一晒，水发烫。李泽川半裸着坐了进去。他泡了半个时辰，跳将出来，他对我说：“你进去洗吧。”我站着不动，李泽川说：“进去吧，体验一下啥叫温泉。”

我在他的怂恿下，脱了衣裤，钻了进去。我从没这样全身地被热水包裹过，这种舒坦，我找不到词语来形容。山里人脑子实，祖祖辈辈，就没想到用缸，来泡个热水澡。

四

春阳军医受命，到陆上一家医院培训，时间是三个月。春阳军医走前，叮嘱我怎么给药，怎么急救，我这才想起，我是一名卫生员。我心里暗喜，我早就受够了这种边缘人的尴尬，我的春天来了。我也不到山上跑，海边也去得少，就坐在卫生室里，等着来病号。陆续盼来几个人，是感冒。我给他们拿药，反复叮嘱他们：多喝开水。第二天，他们来了，说没有好转。我说，还是开水喝的少。那几个病号笑了，自此谑称我为“开水哥”。“开水哥”三个字，像三杯开水泼洒向我，我的脸火辣辣的又痛又烫。我望着五颜六色的药片，和一团团永远也扯不到头的白色纱布，眼泪在眼眶里悄然转着圈。我知道，我一闭眼，那泪滴就会滴落。我努力地睁大双眼，走出连队，走到海边，凝望着蔚蓝的大海，和纯蓝的天空。海浪声声，海风送来那股咸涩味道，它那么熟悉。它的黏湿让我无所适从。我盼望春阳军医回来。明知一个月时间未到，但每天我都会来到海边，站在码头眺望。

到底把春阳军医盼回来了，我迎上去，原本想笑脸相迎，却是一脸泪水。

春阳军医回岛的当晚，就做了一台手术。说来也巧，他上岸的那个黄昏，海上有一艘渔船发出求救信号。船靠岛，一个渔民躺在甲板上，不断地呻吟。他抽搐成一团，头发湿淋淋的，整个人像刚从水里捞出来。

“急性阑尾炎！”春阳军医按了按病人的小腹说，“来不及送陆地上的医院了，赶紧上岛！”

在连队卫生室，春阳军医叮嘱我：“听我指挥，动作要麻利。手术能否成功，他能否活下来，就看咱俩的了！”

给器械消毒，麻醉，输液。我是助手，负责递器械。我紧张。我说：“春阳军医，我不行，我怕做不好。”春阳军医说：“你行的，来吧，你得帮我，没有你，我一个人做不了！”

岛上没有无影灯，六个兵分立四周，用强光手电从不同的角度照着病人的小腹。在陆上医院进行卫生员培训时，我见过动手术，但那时，我只是静立在一旁观看，这次直接参与，我紧张，两股微颤。我强迫自己镇定。递错一柄手术器械，都可能会要了这个渔民的命。

手术结束时，我像一摊泥，但我挺住了，没让自己趴下。我拖着酸软的腿，精心照料渔民。渔民在岛上住了一周，恢复挺好，我给他拆的线。

这是我入岛后最为辉煌的一页，春阳军医和指导员在多个场合表扬我。指导员还把我和春阳军医合作的这次手术写成事迹，报到海防团。指导员说，他亲自去给我们请功。

我一直很平淡，从未想过立功，指导员这么一说，我倒惦记上了，天天盼着团里的批示，想象自己把三等功的喜报邮寄回家时，父亲那张脸将是怎样的神采飞扬。父亲是一个爱面子的人。还有细竹。父亲在信里说，她常上我家，旁敲侧击，探听我的消息。

但我这个功，最终没能被批准，团里同样没给春阳军医立功。或许这样救人的事，在海防团太普通，或许还有别的原因，比如连里没向团里请示，擅自把渔民带上岛。到底为何，指导员没说。总之，空欢喜。

入了秋，菊绽山野，寒雁南飞，一场霜在夜幕里落下，树枝上挂了一层银白。霜在清晨的阳光里晶莹剔透。随着太阳的升起，白霜慢慢融化，慢慢地就成了烟雾，消失了。正午时，霜化净，树叶露出本来面目，干枯，焦黄。风一吹，树叶纷纷飘落。慢慢地，只有光秃秃的枝丫伸向天空，呈现出仙女飞天的姿态。但紫竹林不荒凉，紫竹林里的竹子四季常青。

我除了喜欢看海，也喜欢看竹林。我站在深秋的竹林前，突然看见那条蛇，它凝望着我。我的心很明显地蜇痛了一下，仿佛蛇信子刺中了它。但我没有惊叫，一直那么故作镇定地盯着它，脚步很轻地悄悄地后退。退回连队，躲到卫生间，我哭了。班长问我怎么回事，我流着泪说："又是它，为什么总是我第一个看到它，它为什么总这么跟着我？"他问是谁，我往竹林一指，他明白了，安慰我道："没事的，它喜欢你，跟你打个招呼。它是我们的老朋友，我说过，没有它们，耗子会把我们啃得只剩下骨头。"

班长说："我去告诉它，让它离你远点。"班长去了，他冲林子里喊："喂，朋友，夏雨胆小，下次离他远点，别吓着他，听见没有，走远点！"

我们看见竹林旁的杂草颤动，像一阵微风远去。班长说："它走了，走远了，不会再吓你了，它其实是喜欢你。"

雪花满地。先是细末的，渐渐大了，雪片随风飞舞，很快把整个岛，用洁白严严实实地盖了。三山岛，便像一艘巨型的白色战舰，傲立于海上。

年关到，想家。腊月中旬，伙食很好，每天都有肉，有青菜。腊月二十五这天，海面突然起了风浪。司务长说："趁浪还不是太大，上陆地去准备年货。"

司务长上了陆地，几天却不能上岛。除夕这天上午，指导员带着我们，到海边接司务长。眼前风浪一丈多高。岛上没有信号，指导员用军线向上级作了报告，无法与司务长本人联系，只知道他上了船，天气不好，不知他是否返回陆地。

"我不希望他回来，我等在这里，不是盼他回来，是害怕他回来。"指导员说。话音刚落，就见一艘登陆艇出现在海面。它像穿越一堵又一堵的墙，在波浪里钻进钻出。那些波浪随着风向的改变，变换着形状，像怪兽。登陆艇几乎成了潜水艇，跌跌撞撞。指导员不敢呼吸，停止呼喊。我凝望着那艘登陆艇，死死地盯着，生怕一眨眼，它就消失了。

"他到底要上岛！"指导员说。

很长时间，那只登陆艇既没有靠近，也没有远去，就那么原地斡旋。几个老兵请求出征，要驾驶另一艘登陆艇去接他，被指导员喝住了他们。指导员说："浪向我们这边，逆风而行，那无疑是飞蛾扑火。"说话间，就见海面升起一股浓烟，接着，我们看到了一小片火光。

我们静静地看着那浓黑的烟柱，那火光。几个新兵，已经开始抽泣。

风浪像流水线作业，一堵浪灭了，一堵浪又起。我们向着大海，明知悲剧是不可避免地发生，还是企盼出现奇迹。除了风声浪声，就剩下我们彼此的心跳。就在我们绝望之时，一长串的轰鸣声在遥远的海面响起，接着，我们看到了一架直升机，出现在海的那边，由远而近。

司务长被直升机送到我们营院门前的时候，全身几乎一丝不挂，除了那条军绿色裤衩，他的衣服，都蘸上汽油，燃了，原来那烟与火光，是他的求救信号。

回到岛上的司务长，神情有些漠然，像是梦游中。指导员让他休息，他没有。他一边剁着饺子馅，一边念叨："除夕夜，战友们怎能吃不上饺子呢。在岛上，春晚看不上，再吃不上饺子，这还叫过年吗？"他一遍一遍地说，完全是自言自语。此后一连好几天，司务长都是这种梦游状态。在大海上，他到底经历了什么？肯定不只是我们看到的那么简单。

我感到忧伤。忧伤来的时候，像一场绵绵秋雨，暗含凉意，浇透了心灵深处的每一片土地；忧伤去的时候，却像墙角的光阴，走得很慢很慢。就算今晚走了，明天又悄然而至。

雪停了，天空中露出一轮白色的太阳。我走到海边，坐在礁石上。阳光明晃晃地从云朵中穿过，我感到寒冷深处的一丝暖意，感到那轮太阳很低，很强烈，好像单独为在这三山岛上停滞，单独在抚慰着我。一对海鸥悬在空中，像两朵遗落的云的碎片。海浪轻轻地拍打着这个古老的海岛。海岛像是摇晃着的，像是一个梦境。我有一种不真实的感觉，这种感觉自我上岛后一直都有，好像海岛是行走的，是一艘航空母舰。岛像是我们的客栈，像是我们流动的家。

五

南山洼在大山岛的南面，朝着一片海湾。这里曾有一个海军部队，不知何年何月，海军搬走了，留下一片旧营房。孤山野地，向来无人。但那天，我们竟然发现一块新平整出的菜地，接着看见一个耄耋老人。他在旧营房的一张旧床上，睡得正香。那床上没有被褥，只有干枯的野草。老人头发花白，衣衫褴褛，但呼吸均匀，可见身体还不是太糟。面对连队的审问，老人说："我不是坏人，我只是这个岛上的老兵，今天，我回家了，不走了。"

他说着，手伸向怀里，掏出几张破旧的纸，他说那是他的立功喜报。我们接过来，上面的确有"三山岛"几个字，字迹模糊。

可是，这岛是军事要地，除了我们守岛连，不准有人居住，任何人来了，都要遣送走。指导员要向上级报告。老人抓住指导员的手，说："莫要报告，莫要报告，我只是想死在岛上。我死在岛上，你们把我埋起来，这样，岛上不就没有居民了么？"

"你要自杀？你为什么要跑到这里自杀？你这不是害我们吗？那我更不能留你了，我们负不起这个责！"指导员声音像海浪，一浪比一浪高。

“我不自杀，我是说，老死，自然死亡，明白吗？”

“明白了，你是到岛上来养老的，”指导员说，“可我们这是连队，不是敬老院。我做不了主，我得向上级请示。”

“孩子，求求你，莫请示，你请示，他们知道了，就得把我押回去。我真的不想回去，我只是想死在岛上，埋在岛上，同我们的老战友们埋在一起。孩子，如果你一定要报告，我这就跳海！”

指导员无奈地叹气。他在岛上干了整整四年指导员，面临提升，这老头，从大海上一杠子斜挺过来，这不是下绊子么。

“我真的不是坏人。”老人望着指导员说。之后，他将目光转向我，满眼乞求。

我说：“要不让他待几天看看？我看他也不像是坏人。他真要是坏人，这年纪，这身板，怕也是小鱼翻不了大浪。”

指导员瞪我一眼。他走到海边，看一眼那个破旧的木船。老人已将它砸漏了，一半船身没进水里。他破釜沉舟了。

“那就先留下吧，”指导员对我说，“总不能让他去死。”

连队留下了老人，但不让他生火做饭，南山洼不能有人居住的迹象，上级巡逻船要是发现了，可不得了。我负责给老人送菜，馒头，开水。老人也知道配合，白天在屋子里睡觉，天黑了，才到海边走。

而老人突然而至，让我觉得新鲜，多了一丝温情。

我很想知道老人的身世，有无后人，但他从来不讲，他说到最多的就是死亡。南山洼有一片坟，老人指着那片坟说：“他们都是我的战友，是当年修筑工事时，牺牲在这里的。那是上世纪建国初期的事，那时条件太差，完全靠人工，牺牲了不少人。这岛下全是山洞，有的通向悬崖，有的通向海底，有的连着海平面。这样，万一出现不测，岛上的人，也有很多逃生的出口。那时候，我们都学会了潜水。”

老人一脸严肃，不像是在编故事。至于他说的山洞，我们进去过，他说的没错。

“我想死在岛上，”老人说，“等我死了，你们把我埋在这里，让我与我的战友们在一起。”他在坟地的最南边，给自己挖了个坑。看见那个新坑，我一阵心悸。

“你家里人呢，他们不找你？他们该多着急。”

“没人找我了，我就一个人。”

我心里突然一冷，滋生出一丝怜悯。海风凉。毫无遮挡的阳光，照着老人那张苍老的脸。老人的脚有点瘸，我以为他过海时受了伤，要给他包扎，老人说：“不用了，旧伤，在这个岛上打山洞时留下的。”

连队给老人送了新被褥和迷彩服。天阴下来，接着下起了小雨，雨给海岛装饰了一层薄雾。老人把我带到房后的洼地，那块菜园里的青菜，在雨后疯长。这是我入岛以来，看到的实实在在长在土地上的青菜：细密的水萝卜，翠绿的葱。一泓泉水，在薄雾里，像一面蒙了哈气的镜子。

老人拔了一些菜，让我带到连队。我说：“爷爷，你留着吃吧。”老人笑道：“看你说的，我这儿不能生火，你知道的。”但他还是在递给我的菜里，往回抓了一把。他说：“这泉水种的菜，生吃口感更好。”

我们从来没想到来这儿种菜，从未想到这儿能种活菜。岛上终于有了自己种的青菜，老人待得仗义了，他说：“我不白吃你们的。”指导员给老人菜钱，老人生气道：“我要钱有什么用？”

那几天，老人笑脸常开，满脸都是核桃纹。我想，那一定是他人生最快乐的时光。我们坐在海滩上。身后是一片秋日的树林。阳光洒落，满目金黄。风中的阳光在潮润的沙滩上，碎银般闪耀。

老人又一次谈到死。他说：“等我死了，你们就把我埋在这里。”他指着林子里那片坟。我头皮一紧，颤声道：“爷爷，你身体好好的，不要老说死。”

“我身体是好，可总有一天会死的。死后能与战友们在一起，我高兴。”他拉着我的手，走出小屋。他的手像柴火棒子一样，磨得我的手掌生疼。我们坐在海边的礁石上，夕阳照耀着我们，海风吹拂着我们。我突然觉得，我是与自己的爷爷坐在一起，一股温暖而幸福的感觉将我包裹。我突然觉得，我早逝的爷爷，又回到了我身边，我被包裹在暖暖的温情里。

哪知半个月后，老人就走了。那天，我照例去给他送饭。在小屋门前，我喊爷爷，无人应答。我走进去，老人静静地躺在床上。我喊了好几声，没有回答。他死了，穿戴整齐，毛巾是湿的，脸盆两壁上还挂着水珠。显然，他给自己净了身。他换了一身洗得发白的旧军装。这显然是有预谋的死。

“爷爷，你怎么这么不讲究啊？！”我埋怨着，眼泪奔涌。我急忙往连队跑。我自己感到奇怪，我竟然一点也不骇怕。记得小时候，村子里死了老人，我不敢去跟前看，好多天，都不敢从那家人门前路过。

“他没有骗我们，他是跑来死的。”指导员说。

墓地背靠大山岛，面向大海。连队埋葬了他。入土的那一刻，全连列队，向他行军礼。每次来南山洼巡逻，我们都会到坟前，静立片刻，我们怕老人孤独。奇怪的是，战友们并不骇怕这个新坟，不骇怕这个死去的老人。司务长是到坟地来得最多的人，每次来，他都要坐上半天，一句话也不说，只默默地抽烟。他一坐在那里，大伙就默默地走开，把满世界的寂静留给他。我后来才知道，他的第一个孩子，就埋在这片坟地。那是一个早产儿。那年，他的妻子来岛上探亲，动了胎气。那几天也是风浪大，一连七天上不了陆地，孩子没活下来。

“是个男孩，他是我们岛上最小的烈士。”指导员望着遥远的海面，平静地说。

我的心一阵刺痛。

夕阳给海面装饰了一层玫瑰色的薄雾，一切都像梦幻，像传说。

六

秋日的凉意，并未阻挡我们看海的热情。我盯着阳光下的礁石落在沙滩上的阴影。时间过得真慢啊，阴影其实就是看得见的时光，它缓慢地产生位移，它悄无声息地流逝。我不觉到部队两年了。昨天夜里，指导员找我谈心，希望我留下来。他说岛上需要我。当然，连队会最终会尊重我的意见，也就是说，走与留，最终由我自己决定。

我从军挂里拿出围巾，把它围在脖子上。微风掀起红色的围巾。蓝色的天空，宁静幽远，海面波光荡漾，浪拍打在挡浪坝的洞穴，有节奏地脆响。我静静地听着，凝望大海。太阳使云彩呈玫瑰色，那玫瑰色的深处，一个女孩子的身影，就像藤蔓一样缠绕着我，像彩蝶一样无数次地光顾我的梦，是细竹。她总是在梦里翩翩而至，又急匆匆飞向远方，没入竹林。

几天前，我收到家里的信，是父亲写来的。父亲的字歪歪扭扭的，像乡村路上的蚂蚁，但意思说明白了。父亲说，李泽川在我们竹林湾发现了矿，竹林湾建了矿厂，因为占地，招收了一批工人，细竹成为一名正式矿工。这一喜讯，相伴着一个令我不快的消息，飞扑到我心里，我的心差点碎了：细竹跟那个同李泽川一起来的小金子好上了。

父亲说："你娘做主，让李泽川认你做干儿子，李泽川应下了。你娘说让你早点回来，让你干爹在矿上给你安排个工作。"文字无言，可娘的声音，就响在耳边："李老师，你那么喜欢我家雨，就认他当干儿子吧，把他带到城里去，给他找个事做，让他将来孝敬你。"李泽川笑道："好啊。"娘的话让我难为情，李泽川的回答，我当时也只当是讲笑话。

宁静的竹林湾，变得喧哗了。变得喧哗的竹林湾，是一种什么样子呢？

人生啊！

如果不是李泽川，我或许还在山里。

那天下午将尽时，一辆三轮摩托车放着响屁，艰难地开进山里，来到我们竹林湾。车上下来几个人，那个干部模样的人就是李泽川，大伙叫他老李。老李其实并不老，也就四十出头。他们说是来勘探的，说我们竹林湾四周的山里，可能蕴藏着萤石矿，一种白得近乎近明，深处泛着绿光的石头。我放牛时捡到过，没当回事，在手上把玩几下，牛跑远了，那石子就扔过去了。

一同来的那个年轻人就是小金子。他们勘探，白天到山里，只怕山里有豺狗和野猪，夜里就住到垸子里。

他们就是这么闯进了我的生活的。

“出去走走吧，到外面的世界去，看草原，看大海。”李泽川离开竹林湾时对我说，未提带我到城里的事。就在这年初冬，海防团到镇上招兵，我就报了名，细竹陪我去的。娘却不同意我与细竹在一起，娘说：“细竹是你能够得着的？”娘的话总是那么精准地刺到我的痛处。细竹长得好看，姑父是副镇长。细竹每个月都上镇上住几天，她姑说要给她在镇上找个小伙子。我不回应娘的话，只是步子迈得没有先前有力，有些犹豫，有些无奈，有些零乱和躲闪。但我穿上军装后，细竹的态度变了，竟然在我临走前，送我一条亲手织的红围巾。谁知现在，她竟然同小金子处上了，唉！

我摘下细竹织的那条红色的围巾，我知道，我再也不会将它围在脖子上了。我走向大海，向着大海，闭了眼。眼前一片绚丽，一片光辉，而脚下，海浪拍打着坚硬的礁石。我的双脚感到礁石的震颤。我像站在一只硕大的船上，船随着海浪动荡着。我静静地听着海浪声，哗，哗……我静静地听着。走还是留？我问大海。浪远去了。浪在最远处又踅回来，撞击着礁石，撞出一片声响。那是海的回答。

岸

十七岁的孟吉祥躲在草垛里，冷空气使枯草变成一根根冰冷坚硬的钢丝。风透过枯草的缝隙钻进来，针芒一样，刺痛他周身每一块皮肤——裸露的和被衣服包裹着的。他颤抖着，牙磕着牙，咯咯响。他的目光透过枯草，也如针芒，向深邃的草原探去。

草原无边无际。孟吉祥蹲在草垛里，好像是蹲在庙宇的中心，无边无际的黑暗，向四野，向他的头顶和周身，无边无际地扩散。

孟吉祥想回家，可是，他不知道往哪儿走。这里是科尔沁大草原，孟吉祥的家远在湖北，隔着千山万水，他不知道家的方向。他身上没有指北针。他清楚，如果方向不对，出发时错一小步，最后可能差去千里万里。他没有盲目行动。他在判断，在等待。其实，他并不想回家。他只是个逃兵，回家，无异于自投罗网。可不回家，又能上哪儿去？逃跑，也得有个目标吧。

夜，黑漆漆的，除了干冷，没有任何夜的征兆，比如月色，比如星光，都没有。整个草原，像是罩在一个巨大的倒扣着的黑锅里。干硬的黑，令人窒息的黑。

孟吉祥钻进草垛，不完全是因为寒冷，他是躲避战友的追捕，他是逃兵。其实，他从没想到当逃兵。是突发的一场灾难，逼他远赴“梁山”。

灾难是伴随着黄昏的光线悄然临近的，那时候，天还很亮，孟吉祥在这片营地站岗。这里不是他们的营房，是他们的冬季临时训练场。也是他们的考场，是骡子是马，要被拉出来遛遛！

这两天的训练科目是战地伪装。明天清晨，或许今天午夜，上面要来检查他们伪装情况，还要评比。两昼夜，他们挖掩体。掩体上面用木头杆或是拉绳网起来，上面铺上干草，让掩体顶端现出无限接近草原的原本面貌：弧形小包，四周是接近平缓的坡形；再将枯草像南方农民插秧苗一样，密密地插上去，让掩体的顶部与周围未动过土的草地浑然一体。

下午三点刚过，孟吉祥他们完成了对掩体的伪装。除了哨兵，所有人都撤离（其实是躲避），留下空荡荡的掩体，等着上面来的那些参谋干事的品头评足，指指点点。哨兵两人一班岗，两小时一换。此刻，哨位上的是一连一班班长丁月朗和新兵孟吉祥。

这片掩体区，是装甲一营的。此刻，站在哨位上。哨兵两小时一换。在这片冰冻的草原，两个小时，会让人觉得漫长，对人的意志是一个巨大的挑战，可谁叫你是军人呢！

半小时后，丁月朗对孟吉祥说："孟吉祥同志，为了我们班的荣誉，我下到掩体里，加工完善我们班的掩体，你在这里认真站岗，提高警惕！"

孟吉祥有些不愿意，一个人站岗，太寂寞，但想到班长是为了他们班这个集体，是去干活，又不是躲避风寒，就立正，答道："是！"

丁月朗掀开枯草编织的门，下到掩体内。掩体漆黑一片，他点亮一支蜡烛，开始忙碌。烛光在他挥镐产生的空气中流动，跳跃，并没有不祥的预兆。丁月朗在这明亮的烛光中，在掩体内的猫耳洞里，再挖一个洞。

丁月朗喜欢军事，高中时梦想考军校，因为一次意外，得了风寒，带病考试，没发挥好，差了几分。他放弃了上地方大学的机会，来到部队，想圆他的军校梦。谁知，军校从战士中招收学员的名额越来越少，这就意味着，只有文化、军事特别突出者，才有机会进入军校考场。

丁月朗设计的这洞中洞，就其实用价值看，或许可有可无，但对丁月朗来说，很可能是他们班获取第一名的关键。从入伍第一天起，丁月朗就铆足劲干。两年了，他在各种赛事中，获得过师团第一，唯独这集团军的桂冠，是他眼前的海市蜃楼。这次四年一次的综合演练，集团军首长要对装甲部队实弹射击进行考核，还要考验所有部队的野战生存能力。伪装，是野战生存中一个大课题，集团军首长非常重视。丁月朗暗自拍掌：机会来了！

然而，一个小兵，要想在四年一次的集团军大演习中抓住一次机会，谈何容易。但丁月朗自信机会会钟情于他，机遇不偏爱他这样既聪明又勤奋的人，又偏爱谁？虽然这可能得到的荣誉，属于他们班这个集体，但他是一班之长，荣誉最终归属，不言自明。荣誉除了荣誉本身外，还能带给他别的东西，比喻考学。这样的好事，拼出一身汗，磨掉一层皮，是值得的。

丁月朗凝视烛柱上跳动的火焰，转过脸，仔细查看四壁。掩体四壁如刀切般齐整，丁月朗心中暗喜，除了他，除了他所带的班，谁又能把掩体外表伪装得如此逼真，内部又如小屋般干净平整？可以说，掩体是完美的，完美得如同他家那几间青砖瓦屋，温暖舒适。

掩体内空间不大，镐抡不开，就是锹，也得弓着腰悠着干。起初，丁月朗觉得自己有劲无处使，时间一长，腰便痛得受不了。丁月朗干脆跪在地上，双手握住锹头，一点一点地抠。掩体内的土原本冻得如冰如铁，伪装上顶篷后，气温比外面高，冻土缓解，渗出水来。这盐碱地，经水一掺和，黏性极强，好不容易抠出一锹土，往别处一扔，收回锹，锹上居然粘回一大半。时间一长，丁月朗的腰便由酸变痛。地下水渗透厚厚的棉裤，膝盖潮乎乎凉飕飕的，像粘着一块猪肉，很不舒坦，但丁月朗并没有停止，干得更凶。

这洞中洞是丁月朗的创举。他构筑好掩体后，也有意无意看过全营所有掩体，大都一个样，美观实用，但毫无特点，更谈不上特色。他们班的掩体，除同样按上级的要求，构筑了炕台、渗水沟外，还修了烛台、微型包库。但在集团军范围内，他们的掩体，到底能处于一个什么样的位置，他不知道。要想在集团军获胜，掩体就必须是独一无二的，也就是说，他要根据上级的要求，在原有基础上进行发挥和创造，但发挥和创造又必须实用、得体，否则将是画蛇添足。两天来，丁月朗一有空儿就琢磨这个问题，终不得其法。刚才，营长的话提醒了他。营长站在黄昏的苍茫里，下令全营官兵回临时驻地吃饭，休息。营长说："部队所有人员所有物资将全部转离掩体，只留哨兵，迎接上级检查。哨兵要留心，防止有动物，野兽入侵，把我们辛辛苦苦修筑的掩体弄塌了。"这话令丁月朗心里一动：如果掩体塌了呢？掩体内的兵，是否能逃过这样的坍塌事件？虽然掩体内没有兵，但是，如果有呢！

丁月朗的洞中洞修整完毕，像房间里的一间暗室。

孟吉祥掮着枪，也站在黄昏的苍茫里，眺望无际的草原。西边的太阳，刚才还是一个白亮的点，现在完全隐去了。不远处，一对奔腾的马引起他的兴致。这马一红一白，跳跃着，离他越来越近，最后，竟然在离他几丈远的地方停下来，不走了，嬉闹着。"马！"孟吉祥惊呼道。他望着这对马。这里怎么会有马？不像是野马，带着缰绳，看来是从哪个牧民家里跑出来的。

孟吉祥盯着马。他的目光，越过这两匹马，飞越千山万水，飞到家乡一个叫木兰湖的地方。湖畔是一大片青草地，听爷爷说，那就是传说中花木兰骑马训练的地方。

那段时光，是孟吉祥最痛苦又最快乐的时光。在此之前，孟吉祥有一个完整的家。那个家很穷，却很温暖，但后来，一切都变了。孟吉祥记得，有一天，爸爸在几里外的山脚下，搞了一个空心砖厂，家里的钱慢慢地多了，可爸爸回家的次数越来越少。再后来，他在城里买了房，同另一个女人住在一起，不久，给孟吉祥带来一个小弟弟。妈妈呢，经常躲在灶房里流泪。有一天，妈妈收拾了行装，走了，到深圳打工去了。那年年底，妈妈回家过年，打扮得特别漂亮，给他买了很多东西。但过了年，就再也没回来。听邻村上深圳打工的人说，她又嫁人了，男人是浙江小老板，在她那家工厂进货时认识的。

奶奶早逝，爸妈离去后，爷爷成为孟吉祥唯一的依靠。爷爷心疼他，惯着他。有一天，爷爷问他："吉祥，你就要过生日了，爷爷想给你买个礼物，你想要什么？"那时，孟吉祥正坐在青青草地上看《三国演义》，他读到吕布骑着赤兔马，追赶老贼董卓，便随口说了句："马！"

第二天，爷爷就给孟吉祥牵回来一匹马，一匹儿马。这里的人，是很少养马。种水田，养黄牛水牛，养马不合算。这里除了湖畔这片草地，四周其实是丘陵，马既不能用于交通，也不会下水田干活。所以，这匹马，爷爷纯粹是给孟吉祥买来耍的，它花去了爷爷全部的积蓄。爷爷要让他知道，他失去了爸妈，但并没失去爱。

自此，每日放学后，孟吉祥牵着马，在那片草地上奔驰，迎来最快乐的时光。似乎一夜之间，孟吉祥的个头，同儿马一起蹿了起来。

去年，爷爷对孟吉祥说："你到部队去吧，爷爷老了，你得自个儿养活自个儿。"

孟吉祥盯着爷爷，忽闪着他那长长的眼睫毛说："当兵打仗，又不是过日子，怎么养活自个儿？”

爷爷说：“到部队，学本事了，当然就能养活自个儿。”

“我要当骑兵。”孟吉祥说。

离家那天，爷爷叮嘱孟吉祥：“到部队好好干，别惦记我这把老骨头。骨头老了，就该变成灰，肥了山上的树，惦记他干啥哩。”孟吉祥鼻子一酸，眼泪流出来了。

梦碎了，部队根本就见不到马，只有摩托和装甲车。现在，孟吉祥看见那匹白色的马跑到自己面前，像认识他似的，似乎爷爷来到了眼前。他听见爷爷冲他喊：“上马！”孟吉祥热血沸腾，冲过去，抓住缰绳，一跃而起，跨上了那匹白马。他跟随着马跳跃、奔腾。他本来想骑三五十米，过过瘾，再跳下来，谁知上去了，马飞奔着，他一时下不来。

马在坡地上驰骋。他被马颠起，落下，击打着马背。而他背后的枪，一下一下，击打着他的后背和臀部。有一个很重的击打，使狂热中的他一下子冷静下来，他知道他的任务，他身上还背着枪呢。他想让马停下来，但这蒙古马性子烈。它飞奔着。他根本停不下。他随着它向远方奔驰而去。而那个红马，显然受了惊吓，它并没跟着白马，而是冲向了掩体，孟吉祥他们班的那个掩体。孟吉祥惊出一身冷汗。掩体内，班长丁月朗正在干活哩。他迅速举枪，拉枪栓，然而，一切都晚了。他看见红马马鬃飞扬，像被巨石溅起的一团海浪，腾空，落下，接着，他看见那个掩体坍塌，飞起的尘埃，像烟一样升腾……

丁月朗干活时，不觉得累，活干完了，锹一放，人便像一摊泥，没了支撑，往下矮去。他坐下来，汗湿的内衣铠甲一般，冰凉如铁，膝部也有一股凉气，蛇信子一般舔舐着。丁月朗拽把干草，塞在屁股下，背倚墙，仰望篷顶。他双眼微闭，慢慢进入了梦乡。

在梦里，丁月朗看到了军校录取通知书，它像一张立功喜报，以淡黄为底色，有着鲜红的两朵光荣花。两朵簇拥着丁月朗三个镏金字，字在阳光下闪着光芒。

丁月朗心里乐。他张开双臂，冲向通知书。他飞奔而去时，还看见了远方的爸妈，还有奶奶，他们在冲他笑。他伸手去取通知书。他想拿到通知书后，再把它递给亲人。要是爷爷活着就好了。爷爷，那个最疼爱他的人，那个他长到十几岁还搂着他睡给他暖脚的人，在他当兵的前一年死了。当时，他躲在墙角哭，一直不肯走到棺材跟前见爷爷最后一面。他怕看到爷爷死去的样子，他只想记住爷爷那苍老的笑脸。

丁月朗就要拿到通知书的那一刻，猛听见一声轰响，越来越激烈。他顿然醒悟，知道有情况了。他本能地飞身，扑进了他为自己设计的洞中洞。

孟吉祥勒住缰绳，凝望着那个坍塌下去的坑。黄昏骤然撤退，黑夜陡地降临。巨大的恐惧，伴随着黑暗一起袭来。完了，一切都完了！这迎接检查的成果，这全连一百多号人一个昼夜的汗水，都成泡影。更令他心惊胆战的是，班长丁月朗还在掩体里。巨大的掩体顶棚，和千斤重的红马砸下来，班长不死即伤。

孟吉祥冲上去，他要救他的班长。可是，掩体被压得乱糟糟像一只蜷缩的大刺猬，他无从下手。他试着伸去手去，根本扒不动。他朝着黑漆漆的苍穹，哭喊着："班长……"没有应答，他再喊，还是没有。夜像一只黑色的巨兽，张着黑洞洞的大嘴，将他的呼喊全吸进肚里，那么干净、彻底，像一团黑色的烟雾钻进另一团烟雾。他望着眼前的一切，望着这灾难性的一堆凌乱的黑影，脑子里浮现的，是班长那砸得血肉模糊的躯体……恐惧像一股海浪向他扑来，他的双腿不由自主地跑动，跑动，他不敢面对。他逃，却不是跑向驻地跑向兵群，他们要是知道班长没了，迎接他的，将是一双双责备的眼睛，是一道道愤怒的目光，这同样让他惧怕，不敢面对。

几步之后，他回转身，将枪扔进坍塌的掩体。携枪而逃，弄不好是要掉脑袋的。

孟吉祥跃上白马，骑了一程，觉得与马同行，目标太大，便弃马徒步前进，朝着想象中那个家。大约半个钟头，身后传来机动车的声音，伴有车灯照射过来。天无绝人之路，一堆堆草垛，出现在他眼前，那是牧民给马储存的干粮。他一头钻进草垛，将自己隐藏起来。

车来了，车又走了。他们走后，孟吉祥说不出的侥幸，野战部队，应该有警犬的。警犬一来，他就是钻到草垛心去，怕是也要被叼出来。

又来了一辆车，驶向远方，远方有一个小镇，有车站。孟吉祥苦笑：傻瓜，都是傻瓜！傻瓜才会往车站跑。车站就是死胡同，聪明的人会漫无目的地跑，跑进这黑夜，这大海似的茫茫黑夜，让找的人毫无目标。那辆车突然停了下来。车上跳下两个人。车灯在茫茫夜色里，显得光亮不足，他看不清那两个人，但一听声音，知道是排长。排长说："连长，你们先走，我们在这附近找找，他肯定还没走远。"连长回应："行，我们到镇上去截他。"

孟吉祥努力地往草垛里钻了钻。

车灯消失了，四周黑下来，草原像无边无际的海。孟吉祥听见排长的跺脚声，他可能走得太匆忙，没来得及穿大衣。排长跺脚声越来越响，跟着排长的那个兵，因为一直没吱声，孟吉祥不知道他是谁。他那个兵是在跺脚，是在小跑。跑几步，就停下来，嘴里咝咝地吸着冷气。他咝咝的吸气声，传递给孟吉祥，孟吉祥感到天越发地冷，那些枯草干硬冰凉，孟吉祥待不下去了，想逃，轻轻拨开压在头顶的枯草，可能动作太大，他听见排长喊了一声："谁？"就往这边冲。但没走几步，他又停下来，自言自语："这风可真够大的。"

排长带着那个兵，向远处去了。

孟吉祥动作慢下来，轻下来。他控制着自己的呼吸。好长时间，他才从枯草里钻出来。外面更冷，风似乎一下子扒掉了他的棉衣棉裤，让他感到自己浑身赤裸。他一刻也不能停，他认为自己必须走，快点走。他怕排长发现。好在他在新兵连时学过战术，学过匍匐前进。他就那么趴在地上，左手撑，右腿蹬；右手撑，左腿蹬，一点点往前去。也不知过了多长时间，手已麻木，完全失去知觉。他悄悄地回头看，早没了排长那黑树桩般的影子。他爬起来，树大招风。他感觉风扯着他的衣襟，肥大的棉袄空荡荡。风在他的胳膊上，腿肚子上，刮出呜呜的声音，如同吹着一根孤零零的电线杆子。孟吉祥心里发怵，他立定。

孟吉祥又想到了爷爷。爷爷老花眼，看别的都是模糊一团，唯有孙子，他看得真切，目光追光灯一样粘在孙子身上。孟吉祥在家，没累着饿着冻着。他想爷爷，爷爷也一定想他。他要回到爷爷身边去。

一种声音传进孟吉祥的耳朵，孟吉祥心生恐惧。他立定，仔细听，是自己的肚子在叫，咕咕，咕咕，如鸽哨，一阵折腾，饿了。冷风灌进肚里，胃直往上泛酸水。孟吉祥往前走，隐隐约约，他看见前面有盏灯。有灯就有人家，有人家，就可能讨口饭吃。他眼前幻出一间热气翻腾的屋子。走，朝向那盏灯！

走着走着，竟看不见那盏灯。灯灭了，孟吉祥不敢前行。他想起家乡坟地里的鬼火，冷汗从额头渗出，像是有无数根冰凉的针，扎得他的头皮发紧，发麻。他狠狠地抽了自己两个耳光，他感觉到了疼，知道他还活着，真实地活着，不是梦境，不是在阴曹地府。走吧，朝向那盏灯。灯没了，凭感觉走。不是有首歌，叫跟着感觉走吗？自己逃出来，其实就是那一瞬间的念头，一瞬间的感觉。

孟吉祥往前走，有一脚踏空了。他滚下了坡地，等他站起来，刚迈开腿，又摔倒了。地很滑，他伏下身，用手摸了摸，全是冰。他知道，他跑进了湖里。这条湖，白天他在望远镜里看见过，离得挺远的，不经意间，竟然离开掩体这么远。他听见了冰裂的声响，像夏日干旱天遥远的雷声。他停下来，不敢前行，怕掉进冰窟窿里。他爬到坡上，想绕着走，他没有立刻迈动步子，他在寻找线路。他希望眼前出现光，哪怕是一丝微弱的光。仅凭感觉，似乎已经不行了。他甚至觉得自己已经没有感觉。四野静，可怕的静。寂静中，风抽打电线杆的声音再次传来，呜呜呜，带着愤怒，像狗吠，像狼嚎，或许真的就夹杂着狼嚎狗吠。

孟吉祥看见了光，在黑地里，绿幽幽的，像夜明珠闪烁。难道这次出逃，就是为了寻这块宝贝？不，它是动的，天哪，是狼眼！但那光闪动得并不厉害，或许狼并没发现他。也可能发现了，正与他对视着。他屏住呼吸，夹紧裆，双手护着腹下，唯恐身上凸起的部位，让狼一口咬掉。他一动不动地站着，许久，那绿幽幽的光远去了。孟吉祥感动地朝着狼的背影鞠了一躬。

饿，前胸贴上了后背。孟吉祥再次想到了爷爷。爷爷是最疼他的人。他一饿就想到爷爷。肉丝面，鸡蛋饼，炸糍粑，炖排骨……爷爷总是变戏法似的弄给他吃。他想着爷爷，眼睛湿了，他朝他想象中的家的方向，狂奔。但几步之后，他停了下来。他突然想到，爷爷疼他，爱他，但绝不欢迎他用这种方式回去看。想着爷爷对他的好，想着爸妈伤了爷爷的心，自己是爷爷唯一的支撑，他不能再让爷爷受伤。他伫立在草地上，冷风一绺一绺的，像片片柳叶刀，剐着他的肌肤，裸露的和没裸露的。他想起穿上军装后，爷爷送他的情形。爷爷哭了，又笑了。年少的他知道爷爷为什么笑，爷爷高兴，因为他当兵了，有出息了。他也清楚爷爷为什么会落泪，爷爷舍不得他。当然，爷爷的眼泪，还包含着伤感的成分——想到了吉祥的爸妈。孟吉祥当兵了，他们都没有回来。“他们咋不回来呢？

浪子回头金不换！他们的心怕是石头做的。”孟吉祥听见爷爷当时小声地自言自语，心中一阵剧痛。

又来了阵风，一阵更猛烈的风，像一阵巨浪，孟吉祥差点被打倒。他努力使自己站稳，但那双脚已被冻得有些麻木，不太听使唤了。他虽然是一个新兵，但班长向他们传授过防伤冻的知识，知道这样意味着什么。“浪子回头金不换。”爷爷突然乘一朵云，出现在他面前，声音那么清晰。爷爷说完，就随风而去了。孟吉祥立在风中，风似乎一下子不那么冷了，或者说，寒冷的深处，有一丝暖意。这一丝暖意，给他一股力量。是的，开弓没有回头箭，既然穿上军装，怎么能当逃兵？当兵了，就是一个男子汉，怎么就能当逃兵？

漆漆的夜，像无边无际的大海，那风，一阵紧似一阵，海涛一样咆哮着。黑暗中，草原尽头的那些树，在风中摇晃着，像人群。他明知是树，可他感觉他们就是一个个披着粗衣黑纱的阎罗殿里的喽啰。

他想撤，想回到掩体边，那里一定新派了哨兵。或者，干脆回驻地，他们找不到他后，一定都回去了。

可是，这夜的大海，何处是岸，自己该往哪里走？孟吉祥再次摸了摸口袋，确认自己身上没有指北针。他凭感觉，判断出一个方向，快步行进。几次滑倒之后，他意识到他踏上了一片冰面，是湖，白天他在望镜里看到过。他心里一紧，脚发软，停下来。

有一声裂冰的巨响，像干旱天的雷声，沉闷而遥远，其实，就在脚下。他的脚感到冰的裂纹电流一样传来。他听见脚底下暗流涌动。他吓得慢慢地蹲下，继而趴地冰面上。他知道怎么增大受力面积，减小压强，以保证他不把冰压破，不掉进冰窟窿里。

孟吉祥很快感到，这不是个办法，冷气直往身上钻，而他身上那仅有的一点热气，慢慢将冰融化，他已经感到湿滑的水在光溜溜的冰面上爬行。他想爬起来，可是，他不敢动，他一动，脚下就会响起冰裂声。

茫茫夜海，何处是岸。他哭了，哭出声来，像野狼嚎。

孟吉祥看见了灯。微弱的，接着就明亮了，闪动着。是光柱子，一道，两道，三道……光柱子刺得他睁不开眼。他听见有人喊了句："孟吉祥……是你吗？"他犹豫了一下，应答了，但是，他的嗓子被涌上来的一股酸涩堵住，他没能喊出来。但他听见了他们的嘈杂声。他们的脚步声像乱马蹄，沿着他响过来。

"孟吉祥……"

声音沿着手电光传来，是班长丁月朗。"班长，你还活着？班长！"孟吉祥张嘴，声音终于冲破喉管里的酸涩，冲出来，带着哭音。班长朝他吼道："不许哭，下年的新兵马上来了，就要成老兵了，还哭？"然而，班长丁月朗的声音，却是湿润而黏稠。班长哭了。

有人冲过来。孟吉祥弓起身，正要拔站起来，丁月朗喝住他，说："别站着，趴下，爬过来。"他知道班长的用意，站起来，受力面积小，容易造成冰裂。丁月朗将手中的背包绳往前一甩，孟吉祥死死抓住，将它系在腰间，尔后，他在冰面上匍匐前行。一米，两米，三米……两只手，孟吉祥和班长的手，紧紧握在了一起。班长用力翻动手臂，借助惯性的力量，他站了起来。班长笑了。他羞于面对这种笑容，迅猛地低下头去，不让班长看见他的泪。他真想扇自己一个耳光，为自己没有勇敢地留下来，那样，或许班长就不会留下这么多伤痕。

丁月朗伸出一只手，托起他的下巴。他明白班长的意思，班长的每一个动作他都明白，这是让他挺胸抬头。班长这轻轻的一托，似乎触动了他的泪腺，眼泪再次涌出，比刚才更加汹涌，但却是喜悦的泪水，因为，班长还活着。

丁月郎向孟吉祥讲述着自己的逃生经历。在黑暗里，他的手舞动着，似乎还有些得意。丁月郎说：“我听到你喊我了，我也喊你，可喊不出来。我胸闷，就像在一个噩梦里，我意识到是洞里缺氧，我努力地让自己清醒。我知道，这样的条件下，我最多能撑一个小时。我尽最后的力气和意识，耗子打洞似的一点点往外爬。我做到了，只用了四十多分钟，我爬出来了。但我茫然四顾，不知道你跑向哪里。这时候，我遇到了巡逻兵，他们说，远远地看见有人往南，他们以为是牧民。向南，是你家的方向，但我知道你不是逃兵，你是跑向连队驻地求援，只是跑错了方向！”

孟吉祥的心里，涌起一股热热的东西，直奔眼窝。“班长！”他带着哭音喊。丁月郎应一声。他向孟吉祥身边靠了靠。孟吉祥感觉到了他的喘息，带着一股粗粝的温暖。丁月郎的一只手伸过来，搂着孟吉祥的腰。孟吉祥学着班长的样子，将自己的一只手伸过去，搁在班长的腰间。他感到班长腰板坚硬，阔大，像脚下这厚实的湖坝，向陆地远处延伸。他们搀扶着，两人都累了，没有一丝力气，都像了被抽了筋。他们就这么搀扶着，一个人是另一个人往前走的信心和勇气。

快到驻地的时候，班长甩开孟吉祥，尽管知道他很累，需要搀扶。班长说：“回头路，你自己走！”

远处的地平线上，有一抹红光冒出来。那抹红光慢慢地变得粗壮、明亮，照耀着两个男人。两个男人一前一后，离得并不远，一个一脸泪水，一个满脸伤痕。班长伤痕累累的脸上，是孟吉祥永世难忘的那种坚韧的笑。

像白云一样飘荡

时令进入腊月。下了一场冬雨，接着零零落落飘起了雪花，但人们并不感觉到冷。因为每年也就见一场雪，所以都很兴奋，女人顶着雪花，拔地里的胡萝卜，或是抠了盆，到水塘边洗衣服，手冻得通红，呵口气，接着洗。男人们挑两只桶，里面盛了大豆，上豆腐坊磨豆腐。有一个跛腿的，不小心滑倒了，黄豆散了一地，他不气不恼，爬起来，连泥一起装入水桶，回家重新淘去。村子里有鸡叫声，猪嚎声，此起彼伏。人最多的地方，是村头那口清水塘，渔匠正在那儿撒网。年轻力壮的，都喊着号子拉网，白花花的鱼，钻出水面，又跌落下去，溅人一身水。有家嘴馋的，院子里先飘起了腊肉的香味。这时候，狗是最狂的，过年了，鸡、鸭、鹅、猪，什么都杀，就是不杀狗。

黑鱼不去看这些，黑鱼站在高高的送水堤上，顶着飘飘扬扬的雪花，眼前却是鲜红一片。那个穿红夹袄的新娘子，占据了黑鱼的脑海。黑鱼从没见过这么漂亮的女人，她在微雪中一脸红晕。独眼的三奶掐着指头，小声嘀咕了一会，恍然抬头说："这个漂亮的女人，生错了时月，要是早些年，是要做娘娘的。"新娘子是上午在一片唢呐声中娶过来，成为银山媳妇的。

黑鱼想着这个女人，浑身胀胀的，总想尿，却总也尿不出来。路过的村长仰头说："黑鱼，回吧，要病的。"他也许在想，在雪地里干活很正常，要单待在雪地里，就不是那回事了。黑鱼没理他，村长又问："你没病吧？"黑鱼低头，小声说："你才有病呢！"村长听见了，嗔怪道："这黑猴，碰不得，谁碰挠谁！"

村长哪里知道，黑鱼满脑子正想着晚上闹洞房的事哩。

听大人们说，新婚之夜，那些结了婚的，或者曾经结过婚的男人，都要去闹洞房。他们用极押韵的话，极富想象力的词，将新郎新娘引入那种神奇的幻想之中，直到他们烦躁得坐不住了，有经验的人便吆喝所有的人撤出来。这还不算完事，他们还要耐心地听壁，听洞房里没有动静了，知道新郎新娘疲劳而畅快地进入了梦中，便悄悄撬开新房的门（正屋的门，新郎的父母故意给留着），一拥而上，去抢夺新郎新娘的被子，第二天，卡在湾里的神树上，让新郎新娘拜天地，拜树神。黑鱼从没闹过洞房，只在去年看过新郎新娘顶着被子"舞狮子"，黑鱼总要上洞房去，黑鱼爹不让，说黑鱼太小。黑鱼爹每年都这么说，但这次，黑鱼没有像以前那样无可奈何地低下头，黑鱼大声说："我不小，我十二了。我都尿稠了！"黑鱼爹摸摸黑鱼的头，笑笑，说："那就更不能去了。"

夜晚，雪停止了飘洒，大人们踏着薄薄的积雪，呼唤着：“走哇，走啦！”黑鱼爹就放下碗往外走，黑鱼娘骂了句：“老不正经的！”不让黑鱼爹动身。过了不长时间，门外又有人喊黑鱼爹，黑鱼爹故意说：“黑鱼娘不让去，你们自己去吧。”屋外的人便蜂拥而入，劝说黑鱼娘：“你男人不去？教书匠不去，洞房还有的闹？谁都知道他口才好，能把那些事说得天花乱坠。”黑鱼娘便骂道：“去去去！”黑鱼娘是叫那些人去，那些人便故意喊道：“啊，同意了，走了！”就去拽黑鱼爹的胳膊，黑鱼爹乘机溜了出来。黑鱼爹进了洞房，如同偷渡的人越了境，进入安全地带。女人是不能闹洞房的。

黑鱼尾随黑鱼爹，偷偷地进入了洞房，挤入人群中，他们已经闹上了。黑鱼见村长点了支烟，吸了一口，让新郎含在嘴里，要求新娘不用手，将烟叼过去吸。新娘羞答答地将脸贴过去，噘起好看的樱桃嘴。因为怕烟燃着的那端烫着新娘，新郎也极力将脸贴过去，噘起嘴，于是，他们就当着大伙的面亲嘴了。两人配合了十几次，新娘才将那支烟含在嘴中。屋子里的人笑成一片，有人甚至杀猪似的尖叫。

村长笑过之后，走到新郎新娘面前，要新娘坐到新郎的身上去。新娘扭扭捏捏的，漂亮的脸上泛起好看的红晕。村长说：“你不干？你不干那就坐到我身上来。”说着坐在婚床上，一把将新娘抱在自己的两腿上，还怕新娘坐得不踏实似的，使劲将新娘的身子往下按。新娘在村长的身上不断挣扎，新郎大概怕村长过了瘾，一下子就把新娘抢过来，稳稳地让她坐在自己的大胯上。

黑鱼抽出身来，走出新房，走出银山家大门。门前就是清水塘。黑鱼身体胀胀的，想朝着水里尿泡尿。清冷的月映在水里，银山家的房屋倒映在水里。灯笼也映在水里，散发着幽静的红光，水里像有一座富丽堂皇的龙宫。黑鱼转身，他可不想得罪龙王，他朝着一棵香樟树尿。香樟树在冬日也是有香味的，银山媳妇闻不到他尿臊气。

黑鱼尿了，膨胀的身体轻松了。他回到洞房。一个叫发财的，站在洞房中央的凳子上，手中举一只茶杯，让新娘给他斟茶，规矩是新娘不准踏凳子。大约这是以前闹洞房惯用的一招，新郎很老练地递给新娘一个茶杯，抱起她，新娘正要斟，发财将杯子往高了举，老半天才斟了半杯茶，将新郎折腾得满头是汗。新郎笑着说："别以为你结了婚，你的儿子也老大不小了，到时候看我怎么闹。"发财笑道："闹吧，把媳妇闹到我的床上才好呢！"人群中便哄笑一片，有人骂他老不正经。

黑鱼爹终于出场了。黑鱼爹说："我说的第一句话是新郎说的，我说的第二句话是新娘说的。我说完，你俩学着说一遍，要爽快点，否则，你俩今晚别想美事。"

黑鱼爹用那种诵古诗的语调，抑扬顿挫地说：

"细瓷杯，盛白酒。"

新郎学着说：

"细瓷杯，盛白酒。"

黑鱼爹又说：

"晚上睡觉肚贴肚。"

新娘低下大红脸，不说。众人起哄，有人就要把稻谷皮往婚床上撒。新娘急忙道："喝了白酒睡两头。"黑鱼爹说："不行不行，新婚之夜，睡两头，以后还不得分居。看来你们是要我出新招了。"

新娘赶紧说："肚贴肚。"说完自己忍不住笑了，但她立马憋住笑，将头更低地低了下去。黑鱼爹说："不行，偷工减料，表述不明。别人还以为你们大白天肚贴肚哩，重来一遍。"这时，再次兴奋起来的村长复又走到新娘面前，新娘也许是怕村长动手动脚，急忙说："晚上睡觉肚贴肚。"新娘的声音细如丝竹，脸如一片火烧云。新郎就不一样，他笑得嘴都合不拢，眼里闪着幸福的光，仿佛已进入他渴望已久的那个梦幻般的世界。

黑鱼爹好像兴致未尽，倒了一小杯白酒，端在手中，在新娘面前晃了晃，他眯缝着眼问："嘴对嘴，腿缠腿，中间钉螺丝，你说美不美？"新娘扭过脸去不回答。众人附和道："快说，美不美？"新娘知道，今晚的话，无论她懂还是不懂，都不是什么好话。但不回答是不可能的，他们不会就此罢休。新娘细声说了句："不美。"黑鱼爹说："不美？不美喝酒，喝点酒就美了。"说着就将酒杯往新娘嘴边送。这不是一般的白酒，里面早掺了辣椒末，新娘当然不敢喝，只好说了句："美。"大伙满足地哄笑一片。

村里人说黑鱼爹是才子，黑鱼却不这么认为。"细瓷杯，盛白酒"与"晚上睡觉肚贴肚"似乎没有什么因果关系。"嘴对嘴，腿缠腿"也太直露。黑鱼说："爹，你说得太白了。"黑鱼爹说："你这个小杂种，怎么跑这儿来了？还不快滚！"黑鱼说："我也要闹洞房。"黑鱼爹说："小杂种！你有这本事，老子就不当教书匠了。"

黑鱼说："教书匠有什么了不起，不就是个民办老师么？"

黑鱼爹说："臭小子，你将来当公办老师，让你老子脸上也见点光！"

大伙又起哄，说："让他来吧，让他来吧。没准这会他就能让你脸上见光。"

黑鱼一步跨到屋子中央，说："新郎新娘听着，我说的第一句，是新郎说的，我说的第二句，是新娘说的，我说完后你们赶紧说，不要拖拖拉拉的，我第一次闹洞房，要给面子啊。"

"好，就给小秀才一个面子。"人群中有人说。

黑鱼说："阿哥有个大萝卜。"

新郎笑着说："阿哥有个大萝卜。"

黑鱼又说："阿妹见了乐呵呵。"新娘的脸上再次涌起潮红，用极细的，然而大伙都听得见的声音说："阿妹见了乐呵呵。"黑鱼说："阿哥让阿妹拔萝卜，阿妹说'丢了萝卜别怪我'，阿哥说'不怪你，谁叫我是你的情郎哥'。"

新郎新娘就这么说了，屋子里沸腾起来，笑声冲上屋顶，撞击得瓦片发出噼里啪啦的响声。村长说："黑鱼有水平，比你老爹还有发展。"

经黑鱼一闹，新娘的胆子大了，她一步走过来，说："这位小兄弟长得眉清目秀的，你有没有萝卜？"说着手就伸过来要抓黑鱼。大伙大声疾呼："他有，你拔不拔他的？"黑鱼急忙拨开人群，钻了进去。但钻进去后，黑鱼立马后悔了，心想，如果让这样一个美人摸一下，那感觉一定美妙极了。

大约闹到三更时分，大伙都倦了，村长宣布闹洞房到此为止。人群便闹哄哄地往外涌。村长挤到黑鱼身边，小声说：“小子，考验你的时候到了，今晚我们要揭新郎新娘的被子，明日要挂到神树上去。这两个家伙太狡猾，门上上了暗栓，刀是撬不开的。他们送客时，你顺势钻到床底下，等他俩睡熟了，你偷偷起来，打开门，我们在外接应，注意，动作一定要轻。”

这不是当地下党么？黑鱼想起《两个小八路》里的大兴、小武，想起《闪闪红星》里的潘冬子，他们都是那么机灵那么勇敢，我得向他们学，一定要完成这个光荣而艰巨的任务。

大伙都往外挤，新郎新娘送客，没人注意黑鱼，黑鱼顺势钻到婚床底下。

床下很潮，地上冰凉的潮气浸入黑鱼的身体。黑鱼盼着新郎新娘快点上床，快点睡去，黑鱼想早点离开。新郎一定也困了，他对新娘说：“早点睡吧。”新娘说闹了一身汗，想擦洗身子。新郎就出去打了水来。新娘却说：“你先洗吧，你们男人简单。”新郎便又拿出个大盆，将刚打来的水一分为二，把暖瓶里的水往盆里兑了些，脱光衣服，试探着踏进去。

由于床沿的遮挡，黑鱼几乎移到了床边，也只能看见新郎腰身以下的地方。但这大半截赤裸的身体，同样让黑鱼惊讶不已，黑鱼以为他们只有在昏暗的床上，才那么有情趣。他们居然在灯光下就那么大方，仿佛一对老夫老妻，新郎将水往自己身上撩。他转过身去，让新娘给他擦背，新娘娇滴滴地“嗯”了一声，从新郎手中接过毛巾，在新郎宽大的脊背上轻轻搓揉。

黑鱼第一次看见一个男人当着女人的面，脱得赤条条的，内心隐隐有一丝羡慕，几分妒忌，恨自己不是新郎官。

地气大概已侵入黑鱼的全身，或许已顺着毛孔，流进黑鱼的血管。黑鱼全身酸软无力，必须赶紧离开。在新郎新娘上床后，不知过了多长时间，床上静止了，响起了呼噜声。黑鱼悄悄爬出来，他该走了。这个村长，一定是骗黑鱼。黑鱼举手，正要开门，传来三声猫叫，接着又是三声，是村长来了。

黑鱼迅速地打开门栓，便有人闯进来，冲锋陷阵的样子。黑鱼还没来得及把新郎设的陷阱告诉他们，其实黑鱼也并不想告诉他们，他以为一定是村长冲在最前面，黑鱼想摔他一个狗啃屎。果然，就听见有人摔倒的声音，黑鱼跑过去，村长居然好好地站在黑鱼的对面，见有人摔倒，也不去扶，一步跨过去，扯起新郎新娘的被子。

力大无比的村长，不费吹灰之力，就扯走了被子，像旋起一阵风，像拽走一片云，露出两片洁白的云朵。但云朵很快消失，新郎新娘把床单拽起来，裹住了身子。

黑鱼没想到，冲在最前面被摔倒的是黑鱼爹。黑鱼扶起他，没好气地说："你这个老流氓。"黑鱼爹说："你这个小流氓。你才十二岁，将来怎么得了。"黑鱼说："我不会像你那样讨个老婆么。"黑鱼爹说："小杂种，那是一两年的事么？"

黑鱼回到家，仰面躺在自己的床上，半天不能入睡。窗外清冷的月光照进来。月光里，银山和银山媳妇的影子时而轮番浮现，时而重叠出场。

银山时常穿一身绿色的军装，戴着军帽，走路脚下生风。站立的姿态也帅，像山里一棵松树。有时，银山会脱去军上衣，露出里面的白衬衣，人显得那么干净，像是从清水塘里钻出来的。难怪那么好看的银山媳妇，会从城里嫁到山里来。听大人们说，银山媳妇是菜农。菜农在县城仅次于工人，他们不种水田，不种旱地，只种蔬菜和鲜花，不像山里人这么辛苦。随着县城的扩建，他们还有机会成为县城里的工人。

到底是当过兵的！黑鱼的耳旁，回想起大人们的话。他们望着银山媳妇俏丽的身影，称赞的却是银山。他们的话，在黑鱼的心里埋下了一颗种子，一个叫作理想的东西，在他心里滋生：长大了，当兵去。

月光慢慢地暗了，之后，又慢慢地有了光亮。人们在老柳树上，看见了新郎新娘的被子，被夹在高高的树丫上，像一个巨大的喜鹊窝。

老柳树长在清水塘塘坝上。清水塘的水，总是那么清澈、平静，只要没有捣衣妇，没有光屁股的男孩嬉水，清水塘就是安详的。东、西、北各一条溪，泉水流进清水塘。南面一条出水沟。清水塘是活水，所以长年那么清澈。

老柳树有三人合抱粗，是村子里一棵神树。树老得空了心，中间成了一个洞，树神就住在洞里。

老柳树下，已是人头攒动。男人不下地，女人不生火，都涌到塘坝上，看新郎新娘拜树神，接被子，耍狮子。除了新郎新娘，黑鱼也是这个早晨的主角。黑鱼猴一样爬上树，去树上取被子，然后，扔给树下的银山和银山媳妇。这活神圣。扔得准，飘到岸上，这对新婚夫妇接稳了，明年能生个大胖儿子，将来还会贵为人父人母，小两口会白头偕老。新娘高兴，会掏赏钱，运气好的，扔被小男孩能挣够下学年的学费。这样机灵的小男孩，在大人们看眼里，将来也是有出息的，是要吃国家饭的。

新郎新娘接了被子，不能随便抱着就回家，而要一手抓个被角，将被子顶在头顶。女人前，男人后，跳“狮子舞”。跳着，闹着，将整个村子转一圈，再把各家各户拜一遍，才能回到新房，猴急地过他们的日子去。

新媳妇的被子被扔进水里的，将来的日子就不顺。有一个叫和平的娶媳妇，就因为被子扔得太飘，新郎新娘没接稳，湿了一个角。婚后，他们夫妻总不和谐，三天不吵五天吵，吵着吵着就砸锅摔碗，日子过得惊天动地。还有一个叫天福的，洞房闹得挺好，被子没扔好，湿了大半块。好好的一家人，运气一下子就差了。起先两口子并没当回事，依然高兴地过日子，生儿子，可是，三年后的一天，天福媳妇到城里打工，成了别人的老婆，再也没回竹林湾。

所以，扔被子的小男孩，是精选细选的，要机灵，眉眼俊俏，年龄在十二三岁。孩子太小，没力气，肯定把被子扔在水塘里。孩子太大，就可能不是童男，不吉利。

黑鱼瞅一眼树下，银山翘首，一脸倦怠，却咧着嘴笑。银山媳妇低着头，扭捏着。黑鱼给自己加油，一定要让被子飞起来，像银山和银山媳妇手里的风筝，稳稳地飞到塘坝上，落在他们手中。他要让银山媳妇一辈子在山里，不去给城里人当老婆。

黑鱼瞅一眼新郎新娘，昨晚那两个水萝卜状的人体，浮现在黑鱼眼前。他浑身燥热。他抱住被子，使出全身力气向下扔。被子上，两只鸳鸯在白色的浪花里戏水。鸳鸯像在飞翔，浪花像白云一样飘落。

没有人注意黑鱼，所有的目光，都朝向那飞翔的被子，朝向银山媳妇。黑鱼被冷落，他无助地仰头看天。蓝天下，白云就在头顶飘荡。他伸手，却触摸不到云朵。他垂下头，看见水里的蓝天离他那么近，白云在蓝天里，随着微波轻轻飘荡。白云旁，银山和银山媳妇顶个被子，慢悠悠地跑动。他们脚朝着天，头朝水里。他们都映在清水里了。水面，升腾起一股清香的味道。黑鱼突然那么强烈地想跃入水里，去追赶银山媳妇，去同水里的白云一起飘荡。

黑鱼摸索着脱光衣服，把它们夹在树丫上。他低头，看了看清凌凌的水面，飞身一跃。

后记：

那个黑鱼就是我。时光逝去二十年，我成为一名军官，在东北某部队当团长。很多个夜晚，当训练场上的厮杀声、车辆的轰隆声远去，营区静下来，我躺在床上，那个闹洞房的夜晚，那个扔被子、耍狮子的早晨，时常会像梦境一样，出现在我的眼前。

去年腊月，我回到鄂东北那个我叫作故乡的竹林湾，找寻我昔日的少年时光。

当兵的回家探亲，湾里的人，都会到家里坐一坐，问问寒暖，听一些国家大事。我从面外带一些当地的糖果、烟酒，散发给来玩的每一个人。来玩的人家，会回赠一些鸡蛋、花生或地瓜片，让当兵的吃，让当兵的煮熟了炒香了带给战友尝。礼尚往来，送祝福，送吉利。

娘的记忆好，知道湾子里二百多号人，谁上我家来玩过，我给他们散发过糖果，谁没来，没送鸡蛋、花生或地瓜干。我要走的前一天下午，娘说："怪了，银山媳妇咋不来看你，我又没同她吵过架。我们家同她家，一直有来往的。"

我心里一颤，仿佛娘看透了我的心思。我在家的这几天，每次听见门外有动静，心就会动一下，以为是她来了，可每次，都不见她的影子。我掩饰着我脸上的不安，劝说着娘："各人有各人的事，人家太忙了，别计较。"

娘说："忙成那样？一根烟的工夫都没有。要不，你带上糖果，主动上她家去坐一坐。"

我不想去。我故意看看天色，说："算了，太晚了，下次吧。"娘说："下次？下次等到猴年马月。"

娘的话音刚落，银山媳妇进来了。娘笑道："说曹操，曹操到，你可真不经念叨。"

银山媳妇红着脸笑。她一身鲜亮的红棉袄，脸上抹了粉。看得出，她精心打扮了一番。

银山媳妇拎着一个大竹篮，里面满满一篮花生，花生上面摆满了鸡蛋，少说也有三十个，这在竹林湾是大礼。娘一边去接，一边客气着："你真是礼性重，你的两个伢崽还在读书，要补身体，留给他们吃吧。"银山媳妇说："还有，还有哩。"声音并无多大变化，有着县城菜农的味道。声音的深处，夹杂着一丝颤抖。

我给她递烟。竹林湾的女人是不吸烟的，但烟要接着，这是礼节，夹在耳朵上，带回去给自己的男人抽。但银山媳妇硬是没接，她的男人银山在武汉，没回来过年。

我一直不敢仔细看银山媳妇，只是偶尔极快地扫她一眼。我怕我看清她脸上的皱纹，那无疑是一柄柄弯刀，会将她留在我心中的美丽，生生剔除。

银山媳妇坐不住，好像我家椅子上有钉子。她站起来，先是说谢谢我。我不知她要谢我什么。她又说："不怨你，是风水破了。"说完，她低着头匆匆离去。我望着她竹竿一样的背影，一头雾水。

娘懂儿的眼神。娘盯着我，说："她是谢你那年把她的花被子扔得准，没有被水打湿，他们接住了。银山媳妇心眼好，你跳进水里，把她吓得，她盯着清水塘，大气都不喘，差点晕过去。后来你从北岸水竹林钻出来，光着屁股冲大伙挥手，她才长吐一口气，同银山扯了被子，舞起狮子。"

"你那年被子扔得好，她的两个孩子都聪明，儿考上了大学，女在县一中读书。"娘说着，哀叹一声，"伢崽是出息了，她却累出一身病。"

娘说话时，不看我，目光散淡地盯着脚旁觅食的溜达鸡（它们在乡村也变得金贵了）。娘说："那年你给她扔完被，扔得又准又稳，你慢慢爬下来不就好了，偏偏要往水里跳，溅了人家被子上几滴水。银山媳妇知道了，对谁都没说。还是银山在外面有了女人，她才同我说起这件事。"

我朝着娘一笑，很快，又在山风里感到一阵寒意。娘又说："银山媳妇是好人，从未埋怨你，说是风水破了。你去看看清水塘吧。”

往清水塘走的路上，一辆大卡车在我身边飞驰，车上拉着一株老态龙钟的松树，树枝在我眼前掠过，惊飞几只山鸟。我儿时只见过鸟儿掠过树梢，从未见过树在鸟的身旁飞奔。生活真的超越了我们的想象。我抬眼望，路两旁的山，俨然两个瘌疤头。山上那些长了十年二十年的松树，像乡村长大的人一样，都飞奔到城里去了，去装点城里的花园、广场。我盯着脚下新修的柏油路。我们儿时渴望有这样一条通向城里读书的路，现在，路像一条僵死的巨蟒，硬硬地躺在脚下。我怅然若失。

我眼前的清水塘，完全是一个大粪池。绿头苍蝇落在那些漂浮着的一次性纸杯上，落在塑料碗的边沿、爬行在方便筷上。儿时的清水塘，漂浮的是木板，木板上歇息的，是我们光屁股的小男孩。一切都变了，家家户户装了抽水马桶，安了下水管，像一根根大肠，直通清水塘。清水塘四周的养猪场、养鸡场、造纸厂，如同一个个蹲在塘边，正在排泄的肥硕屁股。

神树死了，我记忆中塘坝上所有的柳树都死了，被沼气熏死了，被粪便沤死了。湾子里人娶媳妇，完全像城里人那样，拍照、录像、请车，不再闹洞房，不再需要小男孩去神树上取被子，扔被子；新郎新娘不再拜树神，舞狮子。没有鸟在柳梢鸣叫，没有风吹树枝的瑟瑟声，没有光屁股的小男孩从树上朝着水里的白云飞身而下。

我闭上眼，企图沿着时光之河，逆流而行，回到我的少年时光，回到我的清水塘，在那里，与白云一起飘荡。一股凝重难闻的气味将我裹挟，我如入泥沼，思绪受阻，怎么也到达不了我的清水塘。

今夜有雪

李明辉走进这片旷野时，天空更加阴沉灰暗。这时风正强劲，一阵一阵的。那些早已冻僵的枯草，到底经不住它的摧残，一根根从腰折断，向同一方向扑去。旷野一片寂静，寂静得只能听见呜呜的风声。风声也是一阵一阵的，像是来自脚下的枯草丛，又像是来自远处的树林。

李明辉伫立在风中。风像无形的小刀，轻轻切割他面部的肌肉。他没顾及疼痛，举目搜寻掩体所在的位置。

眼前是一片大草地，是一望无际向同一方向扑倒的枯草。李明辉怀疑自己走错了地方，身后的通信员也狐疑地向四周看，他同样找不到兵待过的迹象。李明辉正要往前走，走向另一片草地，前面的枯草丛忽地伸出一面红旗，一面炮长指挥用旗。小红旗在风中飘动了两下，就冻住不动了。通信员急忙走过去，李明辉道一声：

“慢，小心掉进去。”李明辉惊喜地立在那儿，等着兵们给他开道，他的确找不到进去的地方。他为他的部下能伪装出这种效果而兴奋不已。

通道开了，就在李明辉的脚下。通道口的门居然是一捆高粱秆，它四周的缝隙间夹上了枯草，往那通道口一挡，与四周的枯草浑然一体，李明辉因而难以发现入口。李明辉弯腰慢慢走进去，眼前立马漆黑一片，但很快，一束手电光出现在他的脚前，随着他的脚尖移动。

李明辉猫着腰，慢慢走在通道里，通道不宽不窄，两个人侧身刚好能挤过去。李明辉满意地点点头，在手电光的指引下，他走进了一个战炮班的掩体，掩体内的结构还真像那么回事。四周的墙壁齐刷刷直上直下，贴着墙壁，竖直排满了干枯的向日葵秆，用以防潮。一个大土炕，占据了掩体相当大的面积，五六个战士躺在土炕上休息，发现手电光，问了声：“口令！”见是营长，战士们弹簧一样坐起来，腰板立马挺得笔直。与土炕相对应，是一个窄长的土墩，上面摆放着军用挂包、水壶和洗漱用具。战士们的鞋，整齐地摆放在土墩与火炕之间的浅沟里。

李明辉掀开战士们的被褥，见下面铺了半尺厚的枯草。妙极了，李明辉说：“我上军部开会，仅一天半时间，我的部下竟干得这么漂亮。伪装是高技术条件下局部战争中的一个难题，也是这次战术演练的一大项。咱们构筑的工事，隐蔽性好，实用性强，肯定能在集团军考核验收中获得好名次。大家再加加工，力争把第一名夺过来。”战士们异口同声回答：“是！”

李明辉在坑道内走着，外面的天空虽然灰暗，但让掩体内没有一丝光亮，也不是那么容易做到的。

“有没有通气孔？”李明辉问。

“有。”

“如果下雨下雪呢？”

“水不会流进来，通气孔都是从最顶端斜开出去的。”

声音短促有力，李明辉听出，是营基准炮炮长丁晓亮在回答。

李明辉要过手电筒，亮开，仔细察看掩体。他的目光突然停留在头顶一根木头上，他伸手摸了摸，又用手指抠了一阵子。

“这树杆是从哪儿弄来的？”李明辉问。

“报告营长，是从营房带来的。”丁晓亮答道。

“我再问一次，树杆是从哪儿弄来的？”

“是我们从那边树林里砍来的，今夜有雪，我们怕天黑前完不成伪装任务。”丁晓亮的声音明显地弱下去。

李明辉不再吱声，沿着通道，弓着腰向别的掩体走去。他看完了全营的工事，各连都有新砍的树杆，有的连一个掩体就用了好几根。李明辉立刻用电话命令各连：“撤除所有新的树木，一根不留！”

然而，十分钟过去，没有一个连队行动。李明辉看一眼表，走出掩体，眼前的草滩，依然一片死寂。李明辉再次钻进掩体，下了第二道命令：“全营官兵，撤出掩体，成营横队集合。”顷刻，两百多名官兵蚂蚁一样钻出地面，成四个纵队向这边集合。脚步声口号声响成一片。

各连值班员向营值班员报告。

营值班员向营长报告。

李明辉没有向全营官兵下达“稍息”的口令，他太激动了。

“同志们，”李明辉开始他的讲话，“我知道大家很苦很累，我知道大家不分白天黑夜地干，是为了我们营这个整体。我们的同志，在天气恶劣，条件如此艰苦的情况下，砍老百姓的树支撑掩体顶篷，也是为了把任务完成得更快更好。但是，我们是军人，怎么能反过来损害老百姓的利益？砍老百姓的树，这是犯罪。同志们，在这片盐碱地上，种一棵树容易吗？他们种树不是要用木头，是防风沙，是为了活命，而我们的同志，呼啦啦一下子给别人砍倒十几棵，不心痛吗？我，一营之长，是我考虑不周，没有早看一步，这责任主要在我。我本应带着砍树的同志，去向老百姓请罪，赔款。但是，依照森林法，砍一棵树罚款四百元，我查了一下，我们一共砍了十八棵，大家算算多少钱？七千二百元！我们一个小小的营级单位，别说是在外驻训，就是在营房，一下子也拿来不出这么多钱。更主要的是，砍树达六棵以上，就得判刑。我能忍心将自己的同志送上法庭？我们的行为，就是全军所有部队的行为，我们的形象，就是所有军人的形象。我们砍伐老百姓的防护林，形象不好，影响极坏，我们只有一错再错，将树埋上，任何人不得将这件事传出去，这是秘密，更是命令！”

“同志们，我们将树埋掉，可是我们已犯的错误是埋不掉的。”李明辉声音颤抖，布满血丝的眼睛湿润了。他极力控制自己的情绪，接着讲：“后天军长将带领作战指挥部人员来验收伪装情况，但实际上，属于我们的时间只有今天天黑前的几个小时，天气预报，今夜有雪。为了使伪装达到最佳效果，为了在这次验收评比中取得好名次，我们必须克服重重困难，在下雪前搞好伪装，大家能不能做到？”

“能！”声音响彻阴沉的天空。李明辉下令：“解散，开始行动！”他立在风中，刷啦刷啦的脚步声消失后，兵们便从地面消失了，瞬时，眼前的草地出现二十多个土坑。李明辉摘去棉手套，用几乎麻木的手指揉揉酸涩的眼睛，心里一阵惊痛：这是全营官兵的心血呀。天寒地冻，整整干了四天，而现在，一切又得重新开始。他摘下棉帽子，轻轻叹了声：“唉！”

随着李明辉的一声长叹，冬天就过去了，春天来临。李明辉带领全营指挥分队，迎着第一缕春风，出现在这片旷野。村子里，老百姓便陶醉在这“幺两”“栋两”的口令声中。当这动听的口令声骤然停止时，一个个身着迷彩服的兵又劳作开了，远远望去，像一只只涌动的蚂蚁，匆匆搬运食物。老百姓知道兵们在用训练间隙挖工事，只是他们不明白，这些兵以前都是冬天来临时出现在这里，今年怎么就提前到了春天。

迎春花开遍旷野时，细心的老百姓发现，他们的防护林加宽了。几千株幼苗，像部队集合的兵，虽在风中，却一个个站得那么直，那么立整。

循着父亲的目光远行

出了鄂东北那个高桥河镇，没人知道我父亲的名字。但父亲的名气并不小，全镇老幼皆知的只有两个人，一个是镇长，一个就是父亲。父亲的名气并非来自于他自己，而是他的“兵”。父亲的兵不多，只有三个：大哥、我和弟弟。那年春节，父亲说他身体不好，一封又一封电报，将我们弟兄三人召回。我们刚踏进家门，父亲就弹簧一样从床上坐起来。父亲说：“难得你们聚齐一次，去给乡亲们拜个年吧。”

正月初一这天，父亲领着我们三兄弟，走街串巷。父亲让我们都穿上军官服，他自己也穿上大哥邮给他的那套旧军装。他让我们站成一路纵队，他自己站在队列之外，喊着口号，调整我们的步伐。往往我们走得很整齐，让父亲一喊，反而乱了脚步。街上的行人都立住看我们。我们三兄弟走在队列里，都有点不好意思，但都不吱声，力争走得好些。父亲大病初愈，我们不想惹他不高兴。父亲带领我们挨家挨户，走完了全村一百多户人家后，获得了很多好听的话。村民看父亲的眼光，简直有些崇拜。村民说："看人家的三个儿子，都是军官！"父亲从这些眼光里，得到了极大的满足。第二天一早，他居然带领我们去给镇长拜年，向镇长表示感谢。其实，我们都知道，父亲除了去表示谢意，更多的恐怕是去炫耀。父亲这个举动也太大胆了，我们都想劝他。但父亲说："我的身体快不行了，你们就让我领着你们在镇上走一走吧。你们都是我的兵，怎么能不听我的命令！"我们听了，眼泪在眼圈里打转，不就是陪他走走吗？

父亲这一举动，引起了全镇人的注意。镇电视台还进行了跟踪采访，镇长亲自出来迎接我们。父亲就这样，接连几天与镇长频频出现在电视上。父亲这一壮举，让我们有时很难堪，我们别别扭扭，就是不愿同他站在一起。父亲终于看出我们的心事，黯然神伤。他默不作声地请大伯来做说客。大伯见到我们，沉下脸，问："你们懂你爹的心事吗？"我们点头又摇头。大伯说："其实你们爹当年也是要当兵的，只是后来……"我们才明白，父亲当年体检都合格了，就要成为首都北京的一名军人了，可惜一时失控，做了件蠢事，事后，他声名狼藉。

这与我的母亲有关。

那天，我的父亲与母亲，正在牛舍的草丛里。一个柔情似水，一个激情似火。于是，天暗下来，地旋转着。但他们的欢愉，被一双惊呆的大眼吞没了。是民兵连长！他去给父亲送入伍通知书，路过牛舍。父亲喊叫一样的喘息，使他误以为牛舍有头病重的牛。当他终于明白眼前的一切时，他两手飞扬，手中的通知书便七零八碎，雪片般飘落。

那天对于我的母亲来说，太幸福也太残酷。那时母亲尚不是我母亲，是村子里一个叫秀芝的大姑娘。秀芝知道父亲即将成为一名军人后，在宁静的黄昏里，将父亲约了出去。她白嫩的手拉着父亲的手。她的手顺着父亲的袖筒往里去。父亲起先不搭理她，对秀芝柔软滑润的手没有一点感觉。秀芝便将头埋进父亲的怀里，手像滑溜溜的蛇一样，从父亲的脚脖子往上滑，一直滑到大腿，还在往上。父亲的身体终于被这蛇一样的手滑得活泛起来，目光一下子有了异样的色彩。他忽然疯了一般，拉着秀芝的手，一口气跑进村头的牛舍里，在干枯的稻草上，成了一个真正的男人。这是父亲第一次体验男欢女爱。他做梦都没想到，这一草率的举动，断送了他本已注定的军营生活，断送了他的前程。爷爷奶奶看不起秀芝，认为她是个浪女人。奶奶说："这是新社会，宽大了，自由了，要是搁从前，不是活埋，就是沉水。"母亲听了奶奶的话，哭成了泪人。父亲眼看着要到手的军装，一下子像受惊的母鸡，飞得无影无踪，而且听说原本要去当兵的地方，是首都北京时，父亲懊悔得握紧拳头，擂鼓似的敲打着自己的脑袋。幸好，那个叫秀芝的女人，并没因为父亲最终没成为军人，而离父亲而去。她每天来看望父亲，坐在父亲的床前，像在牛舍里那样，抚摸着父亲。植物人的父亲，在秀芝的抚慰下，气色一天比一天好，爷爷奶奶便容下了她。爷爷望着秀芝那日渐鼓胀的肚子，说："他娘，是孙子哩，就把她娶过来吧。”

父亲母亲的婚事，是我们那个村子最简陋的，没有请客，没有新房，没有嫁妆，甚至连一个炮仗都没放。

母亲在一种悲戚的心境中分娩了，那个白胖胖的小男孩就是我大哥。

大哥是母亲走进洞房不到七个月出生的。我不知道大哥算不算私生子，只听村里人说，私生子特别聪明。那些与父亲一样贫穷、却没有父亲这份艳福的光棍们说，大哥的聪明，是因为他是野外的产物。可我一直不明白，大哥形成于牛舍，应该蠢笨如牛呀。后来，父亲在一个不怀好意的光棍面前，说他们不仅在牛舍，还在山谷里，河水边，夜露下。大哥如此聪明灵性，一定是夜露滋润的结果。我不知道父亲说这话，是故意刺激光棍，还是真的如此，只知道大哥的确聪明。还是两三岁时，那些光棍捉住大哥，问：“你爸你妈晚上怎么睡？”大哥不慌不忙，回答说：“同四爹四妈一样睡。”四爹四妈是其中一个麻脸光棍的爹妈。又问：“你爸天天夜里掐你妈不？”大哥反问：“喜爷掐喜奶不？”喜爷喜奶是其中一个瘦光棍的爹妈。光棍们讨了个没趣，便问我。大哥拉着我的手就走。光棍们并不甘心，见我一个人在时，就又来问我。我的回答正合他们的口味，他们总是满意地哈哈大笑。有一次，一个人还把下巴笑下来，找中医来扇他一个大嘴巴，那嘴才合上。尽管这样，他们还问我一些问题。但他们认为我太小，回答的问题缺乏真实性、刺激性。等我四五岁时，他们还来问我，我不说，这完全不是因为知道那些话不该回答，而是为了更多地得到他们手中的糖块。这样反复几次，他们看出了我的狡诈，干脆不再诱骗我，而是动用武力。他们脱掉鞋，将脚伸过来，用脚趾夹我的肚皮，渐渐用力。我怕疼，只好有问必答。回家还不敢告诉父亲。他们说他们给我点了穴位，我要是把话告诉父亲，肚皮就会烂个窟窿，吃进去的鸡蛋就会从那里屙出来。他们还要我晚上别睡得太死，要我多留心父亲母亲，说我父亲母亲会趁我熟睡时，把我扔进黑鱼河喂黑鱼。还说我晚上睡得太死，就有大灰狼跳进来吃我，但大灰狼不吃睁眼的小孩。我家的床一侧对着门，一侧是能看见山水的窗户。我害怕极了，总吵着要睡在父亲母亲中间。有几次，迷迷糊糊中，我感觉有人挪动我的身子，睁眼一看，是父亲。父亲把我挪到床沿，自己睡在了中间。我以为父亲也怕大灰狼，我以为大灰狼来了，便跳起来，又钻到父亲和母亲之间，眼睁得大大的，就是不敢睡去。父亲便深深地叹了口气，睁着眼同样久久没能入睡。过了几天，父亲把我送到爷爷那儿，每晚，我便睡在大哥和爷爷之间，那些光棍再问这问那，我就是不知道。他们用脚趾夹我的肚皮，我大声喊："我真的不知道，我与爷爷睡。"他们便很失望地走开了。

大哥到了上学的年龄。因为小学一年级的题，大哥都会，老师让他直接上二年级，他考试居然还是第一。大哥没读小学五年级，就直接被老师送到了初中。在初中，依然有老师敲锣打鼓，把喜报送到家。那时，全村人都以为大哥是读大学的料，说不定还能考个清华北大，让县教育局开着小车来送通知书呢。没想到大哥没去考大学，而是吵着要去当兵，这实际上是父亲思想灌输的结果。父亲在大哥十六岁这年，心中又燃起从军的火焰，只不过这次灼烧的不是他自己，而是我大哥。

大哥的从军之路，要比父亲平坦。那时南边发生了战争，有人怕孩子参军丢了性命，父亲却拍着我大哥的肩膀说："儿子，去吧。爹当年没出息，想做点大事，被一点小事给误了。"父亲又找到接兵的干部，说："你们把他接走吧。"接兵干部说："你考虑好了，南方可在打仗。"

"打仗才更需要兵！"父亲说。

走进军营的大哥激情四溢。他上了前线。他立了战功。后来，大哥提干了。大哥提干时，年仅二十岁。

我与大哥不同，我是父亲在滑润如水的绸缎床上制造的。我长得比大哥漂亮，肚子里却并没有东西，只勉强地读完高中。我不想当兵，我想考大学中文系。但我没如愿。复读一年再考，也只不过考了个自费中专。父亲不让我去。我知道，父亲并不是心疼那几千元的学费，更主要的，还是父亲的当兵情结。父亲执意让我去当兵，村支书不让去，村支书说："你家都去一个了，把这个机会让给别人。"父亲说："别人家的孩子去也是白去，我家的孩子能提干，能走出农村，能为咱村节约一点土地。"村支书说："好处不能让你一家都占去。"父亲一听，气得快要炸了，吼道："什么好处？我家得了什么好处？当年不是那个癞头民兵连长不让我去，我他妈的现在也住在大城市里，一家人都不会用村里的一草一木。"村支书说："怨谁？你当年都干了些啥你不知道？没抓你就不错了。"父亲眼前一下子出现二十多年前的情景，这情景，像迎面泼来的一瓢冷水，让他冷静下来；这情景实在令人羞辱难当，他想，即使他让儿子一个个地都去参军，恐怕也难以洗刷身上这一污点。他带着我回了家。父亲打开一个常年锁着的皮箱，从里面拿出一双大头鞋。这是大哥从部队邮给他的，说是让父亲冬天暖脚。父亲一直没舍得穿，他说他要等他过 50 岁生日那天穿。父亲把大头鞋装进一个纸盒子，又从另一只箱子里拿出一支人参。这人参也是大哥从东北邮寄回来的。父亲领着我出了门，在夜色中跌跌撞撞往前走。远远看去，村支书家的门窗并没有灯光，显然他们已经歇息了。父亲几次举起手，又放下，最后到底敲响了村支书家的门。书记拉亮灯，眯着一双小眼辨认来人。见是我们，显出极不高兴的样子。父亲把大头鞋拿出来，递了过去。父亲说："这鞋是我大儿子从部队邮回来的，正宗军品，我穿着有点大，你穿正好。你是支书，是干部，脚肯定比我的大。"书记的眼落在大头鞋上，又落在父亲那张黑瘦的脸上，笑道："脚大小，与当官有关系吗？"又说："一个村子里的人，你这是干啥呢？你这不是抽我的脸么？"父亲没接他的话，只顾自己说："这是正宗军品哩，是拥军特地从部队给你邮的。"拥军就是我大哥。

父亲硬是把大头鞋塞给了村支书。村支书说："看来，不要还不行，那我就收下了，明天我把钱给你送去。"父亲说："支书，你这么说，才是抽我的脸呢。等爱民去了部队，这些东西在我家就算不得什么了，你要啥军用品尽管吱声。你年轻，穿军用品，气派着哩。"父亲说的爱民就是我。父亲说话还是挺艺术的，他并没有赤裸裸地说要村书记帮忙，但意思却表达得非常明了。父亲毕竟是父亲，既把事办了，又不太降低自己的身份。

但父亲在民兵连长家，表现就不尽人意。民兵连长更年轻。父亲与他交谈时，总是不敢正面看他，似乎他面前总像是有一道光，照得父亲睁不开眼。我永远忘不了父亲的样子——在一个二十多岁的年轻人面前，年近五十的父亲强装笑脸，我心里难受极了。

父亲把人参递给民兵连长，笑道："正宗的长白山参，滋阴壮阳、祛风御寒。"父亲做广告一般。民兵连长说："我还年轻，这些东西用不上。我倒是想托你家拥军帮我买一件部队的军大衣，那是个好东西。"父亲说："没问题，我明儿就发电报，让拥军给你家邮。"民兵连长说："你还是让他先邮给你家。"父亲猫腰、点头，说："那当然那当然。"父亲的样子，极像电影里阿谀奉承的太监。两滴热泪从我眼里滴落。这就是我后来在部队吃苦受累，也不退却，一定要考军校的最大动力。

我其实不太喜欢当兵，但我到底很高兴，毕竟这也是一条出路。在我换上军装的那个黄昏，我浑身暖烘烘的。那是初冬的一天，我居然热得出汗。我先是身体表面热，最后体内竟也热起来。我知道，这是燥热。我燥热不安时，忽然想到一个人，一个叫水莲的女孩。水莲很娇美，如晨露中的水莲花。我一直暗恋着她，也向她暗示过我的爱慕之心，但她对我的殷勤表现得极为冷漠。我知道，我没考上大学，她这朵娇艳的鲜花是不会插在我这堆牛粪上的。现在，我要当兵了，我有可能提干，有可能考上部队的大学。我不再是牛粪了。我穿上了绿军装了，是一片生机蓬勃的原野，正适合她这朵娇艳的鲜花。我走出向我祝贺的人群，偷偷来到野外的树丛。绿军装真好，隐藏在树丛，过来过去的人就是看不见我。我拦住一个七岁的小男孩，让他去把水莲叫来。

亭亭玉立的水莲往这边走，脚步又轻又慢，仿佛怕踩死了地上的蚂蚁。她还不时回头看。那个小男孩居然也跟着回来了。他高兴地向我请功。我想把小男孩支开，可口袋里又没糖块。我急中生智，从口袋里掏出一块钱，让小男孩回村买糖吃。小男孩走了。水莲便睁着一双清澈的眼看我。我们谁也不先开口，就那么彼此凝望着，都是为了把对方的面容刻在心里。当泪水从水莲眼里涌出时，我不顾一切地冲过去，把她搂在怀中。最后，我一把拽住她，像二十多年前，父亲拽着母亲一样，我把她拽进一个地洞。这地洞是夏天过水的，冬天早已干涸。我们在这暖和的地洞里相拥无言，直到泪水把水莲的脸洗得通红。水莲仰起头，居然大胆地亲了我一口，亲得我全身酥麻酥麻的，像遭受了一次电击。电击之后，我血流加快，感到体内有一股潮在往上涌。我大胆地把手伸进水莲的衣襟，去摸她鼓胀的胸脯。水莲没有反抗，只是全身战栗得厉害。我的身体也难以自控地战栗。我颤抖的手，慢慢地往下滑去，这时，我突然听见父亲的声音。父亲喊："兔崽子，你给我出来，你给我出来，兔崽子！"

我侧过脸去，见父亲立在洞口的霞光中，像一幅凝重的油画。我装作没看见，也没听见。父亲又骂了两声，我不得不走出去。洞里阴森，水莲不敢独自留下，便跟着我。出了洞口，水莲低着头，捂着脸往林子里跑。父亲一步一步走到我面前，猛地举起手，狠狠地扇了我一耳光。我的脸火烧火燎地疼。我说："爸，你打吧，打个够，要不明儿我走了，你就打不着了。我走了，我要上新疆，上西藏，走得远远的。我甚至要上一个有仗打的地方，永远不再回来。”

父亲举起的手放下了，他吼道：“兔崽子，不许说不吉利的话！”然后，他声音低了下去，说：“儿啊，你还想走爹的老路吗？”父亲说完，立在初冬的风里，凝望着北京的方向。我看见他的眼睛潮湿了，但目光却是那么坚定。

父亲自个走了。我摸着发烫的脸，想哭，又忽地想笑。我深切地体验到了父亲当时做那番风流事时的心境。我身上流淌着父亲的血液，这种血液裹挟了父亲当年的那种冲动。幸亏父亲及时地出现在洞口，要不，我肯定也会像父亲当年那年，做下一桩蠢事。

那年春天，新兵下连，我分到老兵连，被任命为副班长，成为同年度兵里唯一的骨干，我的心如春阳下的山泉，不停地跳跃着。我拿起笔，把这一喜讯告诉父亲。父亲高兴得挨家挨户串门，逢人便说我当班长了。“新兵下连，就当上班长，可不是一般战士！”父亲直着脖颈说。消息反馈回来，我的脸有些发烫。我怎么会这么大意，居然在信里落下了一个“副”字。既已这样，不去管他，撅起屁股，夹紧尾巴，埋头苦干，争取早日当上班长吧。

第二年，我真的当了班长，还被当作学员苗子，送进文化班，准备考军校。我当然忘不了告诉父亲。不久，几个高中时的同学写信，祝贺我考上了军校。我这才知道，是父亲撒了谎，因为这次我信里写得很详细，说是准备报考军校，我还把信翻来覆去检查了好几遍，唯恐出错。父亲怎么会撒谎呢？在我记忆中，父亲是一位正直、善良、从不说谎的人。父亲的谎言，让我很难堪，我只得破釜沉舟，头悬梁，锥刺股，学吧。这军校是去定了，否则，我哪有脸回家探亲。我每晚学习到深夜，饿了，就冲一勺奶粉；困了，就往头上浇凉水，拿起笔来，演算，背诵。那年，我接到了长沙炮兵学院的录取通知书。我从遥远的东北，又回到了江南。

我一直到军校三个月强化训练结束，才把考上军校的事告诉家里。父亲回了信，说："我说嘛，我儿子肯定能考上军校。"

我当副连长那年，回家探亲，父亲当着我的面，向村民说："我儿子当连长了，管一百多号人哩。"我脸有些发烫，又不好意思揭穿父亲。别人问我："真的吗？"我不点头，也不摇头，只会笑。晚上，我劝父亲，我只是副连长，事实是啥样，就是啥样，不要夸张。我暗示他，他那么夸张，其实是在撒谎。父亲又是那句话："当连长，那还不是迟早的事么！"我这才知道父亲的良苦用心，他是在暗暗为我树立目标，暗暗为我加油。

父亲的谎言越说越大，竟然说我立了功。上我家看父亲的同学给我写信，向我祝贺，我说："没这回事。"同学们说："你就别谦虚了。"我说："我不是谦虚，我是心虚。"1998年抗洪抢险，我们连队留守，我主动请战，随大部队前往。在最危险地段，我面对咆哮着的洪水，跃入水中，用身体去堵管涌。回部队后，我受了表彰，立了三等功。后来，我想，那一刻，我之所以有那么大的勇气，与父亲有关，我眼前出现了父亲向同学们描述我立功时的情形。

父亲总是嫌我职务调得太慢。他很少给我打电话，一打电话，他就问："调职了吗？邻村的谁谁谁，都当团长了。"我出生在湖北红安，就是那个有名的将军县，共出了230个将军。父亲希望我日后也能成为一个将军。

年初，父亲病倒了，住进了医院，胃切去了三分之一，父亲竟然没有告诉我。我终于知道后，请假回去看他。他说，他只不过是动了阑尾炎手术，不碍事，让我好好干工作，别惦着。我想，我怎么安慰他呢？正好，我调了职，成为一名副营职干事。我把这个消息告诉他，可是，在他的心里，在他嘴里，我早就是副营长了。我想，反正他在病中，就让他高兴高兴吧。我就把官往大了说。我说："我当营长了。"父亲问："真的？你可别撒谎！"我说："真的，管几百号人呢！"父亲当即拔掉针头，就往隔壁病房跑，他要把这一消息，散布给他的病友们。

村里有人见我与大哥都当上了军官，得了红眼病，心里便有些不平衡。父亲向他们解释说："我的儿子走出去是好事，能为村里节约一点土地哩。"村民却不这么想，这使我弟弟当兵之路走得很艰辛。首先是村长不同意，他说都让我家去，群众有意见。果然就有人站出来说："好处不能让他们家占尽，轮也该轮到我们的孩子去了。"父亲就大声叫喊："这是去当兵，去打仗，去准备死！"有人就说："有你家这样去死的吗？要是这样去死，我们也愿意。"那些年，我们大别山区的孩子，要想走出农村，只有两条出路，一条是考大学，一条是当兵。大学难考，即使考上了，费用也不是一般家庭能承担得起的。当兵，就无疑是一条捷径，这一点，父亲比别人更清楚。因而，村民的话并不能阻止父亲送弟弟入军营的决心。当村干部说不让弟弟去时，父亲说："先别说去不去，先让我家的爱军参加体检。"民兵连长说："体检的名额也是有限的。"父亲不再多说，当即回家做了几个菜，他要请民兵连长来家喝酒。父亲跑了两趟，民兵连长到底没来，父亲把那只炖得烂熟的老母鸡装进一个小坛子，连同汤水一起，给民兵连长家送去了。父亲的举动，感动了民兵连长。民兵连长说："叔啊，难得你这么为孩子着想。只是名额有限，我只能让爱军参加体检，最后能不能去，可不是我说了算。"父亲说："以后的事再说，走一步看一步嘛。"民兵连长说："叔哇，你不为你以后想想？人都有个生老病死，你不留个儿子在身边？"父亲说："我这辈子就这样了，但我不能让孩子一辈子像我这么活着，没为国家做点像样的事。让孩子去吧，咱村不缺修理地球的人。"

我一直以为，父亲这次的努力有些天真。他没去找乡干部，也没去找接兵的，而是去找了记者，是省报记者。他们是随同省军区接兵干部一起来的。父亲之所以去找记者，完全得益于他每日听新闻。他认为记者能抨击不平之事，能力大着呢。

父亲硬着头皮找到记者，用极不标准的普通话诉说自己的心思。记者说："你干脆就说方言吧，我们不是北京来的，我们是从武汉来的。"父亲就涨红了脸。父亲说了很多大话套话。父亲说为了国家，为了人民，他愿意把三个儿子都送去当兵，现在已经送走了两个，还剩下最小的儿子。父亲说，他自己苦点累点不算什么，人，不能太自私。国不泰，民怎安，有大家，才有小家。父亲的话让记者大吃一惊。记者采访过不少农民，他们不是木讷得说不出话来，就是说当兵是为了碰碰运气，说不定能转个志愿兵，提个干啥的，说媳妇也容易。父亲的话，使记者一下子有了新鲜感。记者表扬了我父亲，说他思想觉悟高，并要求见见我弟弟。

记者一眼就相中了弟弟，说弟弟是当兵的料。弟弟一米七八的个头，长得也帅气。记者问弟弟为什么要当兵，弟弟的回答令记者惊喜。弟弟说：“红安是全国有名的将军县，将军的后代不想带兵打仗，而一味想着挣钱赚钱，就不配做将军的后代。”记者问弟弟能否说出本县几位将军的名字。弟弟按官职的大小，从李先念韩先楚秦基伟，一气数了二十多位。弟弟说他们都是打起仗来不要命的人，他崇拜他们。记者问弟弟有啥专长，弟弟说没啥。父亲的眼便盯着墙上的字幅不动。记者会意，让弟弟写几个字。弟弟展开纸，提笔，饱蘸浓墨，写道：好男儿志在四方。字遒劲有力，话更是气势逼人，记者点头称是。

真正打动记者的，是弟弟的一曲唢呐独奏。弟弟吹的是《好人一生平安》。弟弟吹得那么动情，一首祝福的歌，让弟弟吹得那么忧伤，仿佛是在吹奏心中的苦闷。山村一下子静了，那些欢闹着的鸡鸭不叫了，小狗不蹦也不跳了。记者的眼里分明有晶莹的东西在闪烁。记者对父亲说：“你的儿子很优秀，我想他会走的，我们省军区也招文艺兵。”父亲一听，高兴得居然像个小孩一样跳起来。对音乐一窍不通的父亲，遥想他的儿子将身着军装，站在省城的舞台上给他露脸，脸上便抑制不住地笑。这笑荡漾在他那深深的皱纹里，他黝黑的面颊上，格外灿烂。

应该说，父亲的几个儿子都是健康的，弟弟也很顺利地通过了体检。又因为记者的那番话，一家人都坚信弟弟能走。父亲于是不再四处忙碌。一家人在山村喧嚣的、快活的空气里，等待弟弟去换军装的通知。

父亲怎么也没想到，他满怀希望等到的却是一场泡影。那天上午，一家人抑制不住脸上的喜悦，亲朋好友也来祝贺。父亲买了糖块、瓜子；母亲炒了很多花生和地瓜干。堂兄还上十几里外的镇上，挑来放映机，只等弟弟换上军装后，放它两个晚上的电影，让村里人看个痛快。来祝贺的人都围着桌子吃瓜果，喝着清香可口的花茶。乡亲们恭维着好听的话，说弟弟一脸福相，一看就不像是种田人。正说着，忽地有个人进来，说："邻村的春喜已换了装，你家爱军咋还没动呢？"春喜身材矮，脸又黑又瘦，是与弟弟一同走进体检站接受体检的人群中条件很差的一个。但春喜的叔叔是乡干部，父亲当时也知道春喜家是有力的竞争对手。不过，父亲更相信记者的话。在父亲的心目中，省报记者，就如同省级官员。所以，父亲这次没去找乡干部，他认为那纯属多余。父亲对那个传消息的人说："不可能吧，你可别同我开玩笑。"那人说："我哪有闲心同你开玩笑，我见你家爱军是个好孩子，走不上可惜，才来告诉你。"父亲便跑到乡里去打听。武装部长说："那些记者不是说要把你儿子带走吗？所以，这个名额我们就没给你家。你找记者去吧！"父亲狠狠地白了武装部长一眼，扭身走了出来。

父亲跑了好几个乡，才找到记者。记者领父亲到县人武部检看了名单，弟弟的名字分明在录取之列。记者又陪父亲到乡里，武装部的人不但对父亲冷冰冰的，对记者也毫不客气，说："我们根据本乡的实际情况进行严格把关，你们认为他儿子不错，特招去，我们当然高兴，但别占我们乡的名额。"记者问什么样的实际情况，武装部长说名额紧的实际情况。记者说："名额紧，也得择优录取。”武装部长说：“所以才说我们乡情况特殊嘛。”装部长还说：“明天兵就走，有人想搅和，兵招不上来，出了问题是要负责的。”记者一听，默不作声，走了。

两天后，春喜踏上北去列车。弟弟成天默不作声，坐在村头的山坡上，一曲一曲吹着唢呐，吹得一村人心里又酸又凉。

但父亲毕竟是父亲，他内心的希望，就像他亲手留下的种子，到合适的季节，一定要将它们播撒下去。第二年征兵开始，父亲就开始活动。父亲厚着脸皮，去找一个叫王丽的女人。父亲是在本县新闻里认出王丽的，父亲认定电视里的那个美女就是他昔日的同学。她现在居然成了副县长夫人。父亲的心里立马涌起一阵苦涩。他知道，这苦涩源于他的自卑。父亲在县城读书时，偷偷地爱过这个叫王丽的女人。那时，王丽是班上一朵艳丽的花，家庭条件也好，是干部子弟。王丽走到哪儿，班上男生们的目光就追到哪儿，父亲也一次次偷偷地看她，有一次还梦见自己与王丽一同走进结婚的礼堂。梦醒之后，父亲就伤心，就嘲笑自己。他一次次打退自己心中那股热望，只用心读书。现在，人家都是县长夫人了，而自己，就像田地里的疙瘩，土得掉渣。父亲不禁又怨恨二十多年前，断送他走上当兵之路的那一幕。父亲越这样想，就越有动力，也就有了找王丽的勇气。父亲想，王丽也许会拒绝帮他，但不去试试，又怎么能肯定别人就一定会拒绝呢？

父亲费尽周折，终于找到了王丽的家。父亲鼓起好大的勇气，才按响副县长家的门铃。开门的正是王丽，她还像以前那么漂亮那么苗条，父亲一眼就认出了她，她却没有认出父亲。她仔细打量了父亲，问找谁。父亲说："找王丽。"王丽说："我不认识你呀。"父亲说出自己的名字，说出他们当年所在的班级，王丽才睁大眼，大惊小怪一声："啊！杨铁刚呀，很好记的名字，你怎么变成了这个样子？"父亲红着脸说："农民嘛，风吹日晒的。"

王丽好半天才想起把父亲让进屋。父亲踏进门槛，见地上铺了地毯，便换了双拖鞋。父亲从没走进过这么豪华的小楼，电视看多了，也知道是要换鞋的，但这点常识，依然掩盖不了父亲的尴尬，因为他手里拎了一壶芝麻油。瞅瞅明亮如镜的桌椅和豪华的地毯，父亲真不知道把油壶搁哪儿好。幸好王丽发现了这个问题，她在地毯上铺了厚厚的报纸，然后接过父亲手中的壶，放在报纸上。

父亲坐在沙发上。沙发柔软暖和，一种微妙的幸福感漫上来。王丽很随和地说着话，她不断地叫着父亲的名字：杨铁刚。多年来，父亲被村里的人叫成老杨，父亲不喜欢自己的名字，"洋铁刚"，洋铁，金属里最软、最不值钱的东西，又怎能"刚"得起来。但这三个字从王丽那鲜红的嘴唇里说出来，父亲感到特别亲切，父亲甚至感觉到了一丝愉悦。

王丽说："岁月真是不饶人，你年轻时可是班上的美男子，那时我还偷偷地爱过你，只怕耽误你的前程，没敢表白。"父亲一听，懊悔得几乎晕了过去。他越发想让我弟弟当兵，他绝不让儿子重蹈覆辙。这也是他一再犹豫后，终于鼓起勇气求王丽的原因。王丽回答得很轻松，王丽说："我会尽力把这件事办好，既然你儿子那么优秀，但有一条，他身体必须符合条件，否则，违反原则的事我也不能办。"王丽的语气好像她不是副县长夫人，而是副县长自己。

父亲告辞，王丽把油壶拎出来，要父亲带回，她说家中不缺这些东西。父亲说："这是自家种的芝麻自家榨的油，纯着哩。"王丽就收下了。王丽收这油当然是为了照顾父亲的面子。父亲下楼走出好几步，还回头看了看王丽家的小洋楼。王丽居然站在她家的阳台上，目送父亲。王丽在初冬的阳光里，像某幅油画上的少妇，恬静，迷人。父亲被灼烫一般赶紧收回目光。

其实，父亲为弟弟这样努力，完全是一厢情愿的事情。弟弟当兵没走成后，便在县城开了一间发廊。每日，弟弟一边欣赏音乐，一边给顾客理发。弟弟放的音乐很多，有阳春白雪，有下里巴人。喜欢听的人很多，所以，弟弟的生意很好，腰包日渐鼓起来。当父亲动员弟弟去当兵时，他已没有往日的兴致。他说："除非当文艺兵。"父亲说："没问题"。父亲说这话时，似乎自己是一个大得他说了算的官。

弟弟当兵走了，但他没能进文工团。弟弟当的是汽车兵，在高原。有一段时间，弟弟来信，说那边太寂静，缺氧，他特别想家。他想回来接着开发廊，挣钱。父亲去信大骂弟弟："没有人保家卫国，屁也开不了。"弟弟便不吱声。弟弟把照片邮回家时，父亲看着，眼泪都流出来了。我也流泪了。泪眼中，我依稀看见弟弟驾驶着汽车，在高原上奔驰。

弟弟走后，父亲再也没有去过王丽的家。并不是父亲知恩不报，而是父亲实在没有勇气再走进她的家。父亲说，好多事都是逼出来的。

父亲却是经常上县城的。城南有个通信部队，房子不多，但整齐干净。父亲也不知怎么就认识了那些兵。父亲把我们在信中谈到的事讲给他们听。父亲告诉他们，弟弟因为冒着生命危险，抢救了一车贵重器材，入了党，破格提了干。他们听着，脸上便生出遗憾，说他们在这个小县城当兵没意思，边疆才锻炼人。父亲说："革命同志一块砖，哪里需要哪里搬。"父亲又听他们说，当通信兵没用，像弟弟那样，当个汽车兵才过瘾。父亲说："干革命工作，只有分工不同，没有贵贱之分。"他们听了，都羞愧地低下头，咱这兵当的，觉悟还不如眼前这位老农民。他们很钦佩父亲。父亲这些话，其实都是从我给他写的信里得来的。

通信兵把父亲介绍给他们的连长指导员，父亲就成了他们连队的常客。每年秋上，瓜熟蒂落，父亲就给他们摘几斤桃，炒些花生米，再带些地瓜干送去。父亲对他们说："我要到沈阳去看儿子，路过北京时，我就看看天安门。"

我当兵的部队，其实在阜新，父亲嫌阜新这个城市太小，故意把我的驻地说成是沈阳，仿佛那样，我就会更有发展。

父亲每年秋后都说来看我，却从没到我这里来过。快过年了，我给父亲打电话，我说："爸，你来吧，我上北京接你，正好带你看看天安门。"父亲说："不去了，我在家挺好的。天安门好气派，我天天看，我还看升国旗，听奏国歌哩。"父亲说的是看新闻联播，他每天吃完晚饭就守候在电视机前。我心里清楚，父亲不来，是怕增加我的负担，怕影响我的工作。我握着电话筒，久久说不出话。父亲立在风中，朝着北京方向眺望的目光，又出现在我眼前。我的眼泪涌出来，在这寒冷的冬夜，温暖了我。

玉龙湖

一

这是我第一次看见一个故去的人的面容。

以前，我不敢正视一个没有生命体征的人。几次朋友亲属的葬礼，我把慰问金带到，并不亲身前往。关系太近，不得不去的，我也只在殡仪馆外面等候，不往里去。原谅我的不敬，自小吓破了胆。我十二岁那年见过鬼，在我们那个乡村，他在黄昏昏黄的光线里向我走来。他没有头，我也看不见他的腿，他像在水面的竹筏上移动。我吓得转身就跑，撞在我父亲的怀里。我在父亲的怀里回过身，我们面前空茫一片。

父亲安慰我说，什么也没有，是你的幻觉。而村里一位九旬老人说，我看见的那个人，应该是我的曾祖父。他说，我曾祖父是清末的秀才，因为起事，被砍去了脑袋，身首异处，脑袋用辫子悬挂在村口一株千年古枫上。

我自此一个人不敢去村口，不敢看那株古枫。古枫还在，三人合抱，树干空如洞穴。我总怀疑，我的曾祖父就歇息在那个洞穴里。

我自此害怕黄昏，甚于黑夜，害怕任何一个故去的人。但现在，我不得不面对她，她是我的岳母，我没有理由不参加她的告别仪式。爱人知道我胆小，劝我说：“你看妈最后一眼吧，她对你那么好，不会吓你的。”

我走进殡仪馆，看了岳母一眼。我只是用眼睛的余光，不敢正视，不想看得那么真切。我只是象征性地扫一眼，是做给别人看的。但岳母的面容，将我的目光拘留。她面色红润，神态安详，比她病中饱受折磨的样子好看。她像是静静地睡着了。

岳母心眼好，活着时帮了不少人，故去时，真的如我爱人说的，没吓唬我。她离去前一天，应该是有预感——她想我的女儿。我们在省城，与她不在同一城市。可孩子在上课，还得两天才放假。我说：“那就与孩子视频吧。”岳母犹豫了一下，放弃了。她说她病态的样子，怕吓着孩子。她选择了语音。那时，她语言还很连贯，表达也清晰，哪知第二天清晨，她就在睡梦中离去。

告别仪式后仅一个小时，岳母便化作一丝青烟，驾鹤西去。除了那只深红色的骨灰盒，我们再也看不到她。

人故去了，不只是故去那么简单，活着的人，也不仅仅是悲伤，还有很多遗留的事情，比如房子，比如钱财。

二

岳母的墓地在“福地山庄”，那里青山绿水，但价格昂贵，托人打了七折，还五万多，再加上骨灰盒，火化，还有请的殡葬师的费用，多达六万，都是我拿的。当然，是垫付，爱人说，等岳母的丧葬费下来，她就去领出来还我。

爱人有两个哥，照说，这个钱不应该由我来出，我只是个外姓人（媳妇的口头禅），但大舅哥说他近两年生意不好，没有余钱。二舅哥呢，是典型的啃老族。二十多年来，只有老人给他钱的，他给老人钱，那要等到太阳从西边出来。

岳父手中其实有两万多块，加之岳母走后，在她床头的铁盒子里发现的八千多，岳父手中有小三万。岳父说那钱不能动，是他的“过河钱”。他把钱给了二舅哥，让二舅哥替他存起来。

二舅哥拿着钱出去了。存在哪个银行，以谁之名，二舅哥回来后，我想问问他，到底没张开嘴。我让爱人问，二舅哥说：“在我那儿，我替爸攒着呢。”

一个啃老族能攒下钱？把钱放在他手中，与把肉放在狼嘴边有何区别。我小声对爱人说：“你问问呀，存在哪个银行，以谁之名。”爱人说：“算了，别问了。现在他照顾老爸，把他惹生气了，走了，谁照顾？请保姆？与其让保姆把钱骗去，还不如让二哥用。”

岳父岳母在那个年代自由恋爱，他们感情深。岳母是在医院走的，我们瞒了岳父一周多时间，但他似乎感觉到了，一再追问，我们才告诉他。岳父有脑血栓后遗症，大舅哥怕他受不了这个打击，出意外，在岳母离世的当天，把他送去了医院。岳父住院期间，我们一边张罗岳母的事，一边把这不好的消息向他慢慢渗透，说岳母的病已经很严重了，让他想开些。他说：“我想得开，你妈吃中药三年，透析八年，太遭罪了。你们一直照顾她，她也算有福人。”

岳父还说，生老病死，自然规律，谁也违抗不了。岳父这么说，我们以为他真的想得开，有心理准备，但当大舅哥把岳母已去，且已安葬的消息告诉岳父时，他到底还是悲伤了。他双手颤抖，眼泪在眼里打转。他声音沙哑，哽咽道：“到底还是没挺过来……”

岳父一哽咽，我们的眼泪都忍不住往外涌。岳父说：“行了，都别哭了，你们做得很好，尽孝了。谢谢孩子们！”岳父怕我们哭，强忍着没让眼泪流下来。

还好，岳父并无大碍，只是血压骤高，护士给他打了降压针，他神态慢慢平息，睡一觉后，除了略显孤独，似乎并无太多悲伤。

他要求出院。

岳父住院，是我和爱人带他去的。我们交了四千块钱。我去办出院手续的时候，财务结算处的人说，已经算过了，一个四十多岁的男人结算的。他说的应该是我的二舅哥。我说出我岳父的名字，我说，应该找回一些钱吧。那人说，应该会找，欠钱是办不了出院手续的。我问找回多少，她说，结算单上有，我让她在电脑上查，她说，她没这个义务。她还说，这需要保密，除非我拿老人的身份证来。

我赶往岳父家。

岳父家在玉龙新城，是动迁房。动迁房位置原不在这里，大舅哥想让岳父住得近，好照顾，找了人，花了钱，置换到这里，与他们前后楼。

一进小区大门，面前是一片水域，叫玉龙湖。许多年前，这里是一个露天矿，底下煤炭枯竭后，变成煤城最大的垃圾堆。煤城因煤而兴，也因煤而竭。现在，城市萧条得都快赶不上一个县级市的繁华，房地产便成为最后的救命稻草。几乎是一夜之间，偏僻荒芜的土地上，座座高楼拔地而起。

开发商在不远处的矸子山种上树，变成真正的青山。煤城缺水，开发商打起水的招牌，抽地下水灌满大坑，成一人工湖；煤城曾因发掘出猪首龙身的玉器，被专家称为“玉龙”。玉龙曾经是煤城的名片，但它没给煤城带来经济效应，煤城老百姓不认玉龙，但开发商认，他把这片水域叫玉龙湖，小区名曰玉龙新城。

二舅哥在客厅里，电脑和手机同时玩，双目在手机屏与电脑屏之间忙碌。他的心可真大，也硬，脸上看不出悲伤。我问二舅哥：“老爸出院，应该找回一些钱吧？”二舅哥说：“嗯。”我问：“找回多少？”他说：“没多少。”我问：“钱呢？”他说：“都给老爸了。”我进屋问岳父，他说他不清楚。他说，可能都在他那个档案袋里。

岳父那个牛皮纸档案袋，就在他的床头柜里。我拉开抽屉，找到档案袋，拿出岳父这次住院的结算单，结算栏显示，找回一千八百元，只见数字，不见现金。我心里不舒服，老人住院，二舅哥一分未掏，他没理由拿这个钱。

我怂恿爱人把这钱要回来。爱人说：“二哥，住院是牛壮掏的钱，找回的钱，应该给他。”牛壮是我的名字。

二舅哥说：“你们找爸要吧，从爸的钱里扣。”爱人说：“爸的钱不在你那儿存着吗？他手中没钱。”二舅哥说：“对呀，等爸的钱取出来，再让爸还给牛壮。”

这么说来，这钱他是想自己拿着用。按说，舅哥用妹妹妹夫这点钱，也说得过去，可他不用在正地方。他网上认识的那个女人，最近住到了煤城。他们混在一起，隔一两天，他会消失半天，说是去洗澡，或者见一个同学，其实是去见那个女人。我这么想，气就上来了。我说：“二哥，把剩下的钱给我，我手中现在没钱用。”二舅哥从他口袋里掏出一叠钱来，扔在饭桌上，我没有数，直接装进口袋。

我以为这事就过去了。晚上，大舅哥来了，他让岳父进到里屋，把我们召集在客厅，说是开个会。大舅哥一上来，就批评我，说老妈尸骨未寒，老爸刚出院，我就要老人住院的钱，太让人心寒。他说我是国家公务员，处级干部，工资不低，这么做，不孝，有失水准。我一听，心里窝火：“老人住院，我和爱人掏的钱，医院找回的钱，自然还给我们，二舅哥拿走算怎么回事？老人住院，他不但不出钱，还想赚点？”大舅哥说：“别说得那么难听，他只是给老爸存起来。”

我心里想，是的，替老人存，最后却揣进他自己兜里。岳父脑血栓，吃省城血栓病院的抗栓中成药，我承包了，一个月四百八。国庆节，我们一家三口回煤城，见岳父岳母的冰箱太旧，给他们换了一台新的，三千多。岳父说他眼睛不好，不能看电视，想看鱼，我带去水族馆买鱼和鱼缸，一千八。照说这钱也不多，且是花在岳父大人身上。说到底，还是那个疙瘩解不开：我替岳父花钱，他把钱省下来给他儿子，他儿子把钱花在女人身上，我心里不舒服。我是直性子，我把我的想法说出来。二舅哥说："你给钱给老人花，那是你行善积德，消祛你自己的孽障，早晚有佛报（二舅哥最近信佛，喜欢用孽障、佛报等词），至于老人的钱怎么支配，你无权干涉。"

二舅哥说得理直气壮。我不想与他理论，走出岳父的家门。

夜里的玉龙湖畔，灯火阑珊，光线五颜六色，给人一种不真实的感觉，像是在梦幻里。我围着玉龙湖散步，一圈近三公里，我一时半会走不完。我并没有刻意要走一圈，只是散漫地行走。散步，是最能勾起人回忆的，人往前走，仿佛是逆着时光的隧道行过去，往事就近了。

三

多年以前，我对二舅哥的印象是模糊的，我几乎不知道爱人有这么一个哥。在我结婚前，他开车给我们送了一套家庭影院。这礼应该说送得重，在那个年代，少说也得四五千。

当时二舅哥穿着西装，既年轻也帅气，像四大天王中的黎明。

二舅嫂长得丑，但气质好，穿着貂皮大衣，高腰皮靴。在我眼里，他们是有钱人，婚礼上，给我和爱人长了脸。

婚后第二天，二舅哥二舅嫂来看我们。我们没有婚房，与岳父岳母住一起。我们围坐，吃饭。吃得好好的，不知二舅哥说句什么话，我们都没听太清，二舅嫂听清了，她举起手机，摔在地上，摔得稀碎。我和爱人那时都没有手机。后来听说那个手机一万多。二舅嫂当着岳父岳母的面，骂了句："我有钱，摔了再买，王八犊子！"

他们争吵着离去。我婚后美好的心情，就这么被他们搅和了。两位老人黯然神伤。岳母长叹一口气，说："现在的年轻人，管不了。当时看这个马凤仙，就不是过日子的人，不同意他们搞对象，你二哥不同意，不回家，上人家住上了。后来怀孕了，没办法，就给他们操办了婚事。现在三天一吵，两天一吵。你二哥呀，不听老人言，自个儿受着吧。"

岳父说："行了，不说他们，咱们吃咱们的，喝咱们的，咱们的日子还得过。"

那以后，我们大半年没见到二舅哥二舅嫂。

之后的一天，晚上，大舅哥来了，给我们拿来一套钥匙。他说："这里不能住了，你们搬家。这是我给老人准备的房子，明天就搬。"

老人当然高兴，但这么急，他们难免生疑。大舅哥说："你们年龄也大了，住到城中心去，离我的商店近一些，我也好照顾你们。"

这房子不能住，最尴尬的是我和我爱人。大舅哥说："你们一起搬去，人多热闹，老人也需要你们照顾。"

我们搬到市中心大舅哥的房子里。

大舅哥动用他的货车，我找了我手下的几个同事，像一个搬家公司，搬得还算利索。有些小东西，岳母亲说："等下次吧。"却没了下次。我们后来才知道，二舅哥犯事了，两年前，他偷偷把岳父的房子抵押出去了，现在到期，无力偿还，房子被封。岳母留在那间屋里的小物件，一件也没拿出来。

我们住进的，是大舅哥做生意为自己准备的库房。

没了旧房，住进市中心，老人表面欣喜，但内心的悲凉，伴着黑夜而至，在他们的脸上显露出来。

二舅哥的商店也让人封了，债主不但要了他的商店，还要他的一条腿。二舅哥带着老婆孩子，连夜跑到广州，最后在广州混不下去，去了山东威海。但对外，我们的口径是，二舅哥在广州做生意，他们发展得很好。我们一家人的谎言，很快被爱人的小姨田七娴揭穿。那天，田七娴穿着银灰色貂皮，像一只狐狸。她气势汹汹而来，不入座，在屋子里朝着她的亲姐指手画脚，说二舅哥欠她一万块钱，不还，逃了，屁都不放一个。她骂二舅哥是王八犊子。她指着她的亲姐夫说子债父还。岳母答应攒钱还她。她说了句："那好，我等着。"她再次用高跟鞋踏出一片铿锵之声，愤怒而去，留下我岳父岳母唉声叹气。我们这才知道，二舅哥不但欠公家的钱，还欠私人的钱。

这天晚上，岳父接到电话，是赤城他的堂弟来的，他说二舅哥借了他两万块钱，他没再说别的。其实也无须更多的话，这就是要钱。岳父的这个堂兄，年少闯荡江湖，多年没与岳父联系，我们这才知道，二舅哥不但欠他小姨的钱，还欠着别的亲戚的钱。

这是叔伯叔叔，不是亲姨，关系远一些。关系越远，这钱越不能放。岳母开始张罗钱，还向我大舅哥下命令，让他最少出一万。

三天后，岳母凑齐了两万。正好赶上周末，岳母对我说："你帮我们送一趟吧，亲自交到人家手中。"

我去了赤城，按岳父提供的地址，找到了岳父的堂弟，我叫他叔叔。他拿了钱，还算热情地招待了我。

这边钱刚还完，还没歇口气，田七娴又来了，她这次来势更凶猛，横眉竖眼。她问我岳母："钱准备好了没有？"岳母说："没有，刚还了一笔，让牛壮送到赤城去的。"田七娴当即炸开："有钱还别人，不还我！"

这次，她似乎是有备而来。她没穿貂，穿一件很旧的棉袄。她往地上一躺，说这钱不给，她不活了。她抓起茶几上的一只玻璃杯，摔在地上。大舅哥家的客厅是瓷砖，玻璃杯干不过它，摔得粉碎。我数月后清理卫生时，还在冰箱底下发现了透明的玻璃碎片。

岳父冲她喊："你干啥？你姐有冠心病你不知道？"田七娴指着岳父的鼻子，涂着红色指甲油的长指甲，像沾着鲜血的剑刃，直逼岳父的鼻尖。

我岳父老实，或者说是有涵养，他回了自个的卧室，没再搭理这个妇人。这个妇人拿起我家的笤帚，将那些玻璃碎片扫向墙角，她歪倒在她扫过的地方。她说："你有心脏病，哪个没有？"

她在地上捶胸踹腿，像抽羊角风。

事实上，我的岳父并未撒谎，田七娴在我家作的时候，岳母冠心病发作，喘息急促，脸色苍白，是岳父用几粒速效救心丸救了岳母的命。岳母平稳下来后，对岳父说："把钱还给她，砸锅卖铁，也要把钱还给她！"

那个晚上，很少说别人坏话的岳母，在饭桌上说起她的亲妹妹。她在煤城做化妆品生意，创业之初，是我大舅哥帮他找关系，工商税务这两块，替她省了一万多；她的男人有外遇，不想要她，岳母几次去她家，动之以情，晓之以理，说服她的那个大个子男人回归家庭。

"从小就自私，狼性。"岳母说。

三个月时间，岳母攒够了一万块，给田七娴送去。田七娴说："两年啦，借了两年。"田七娴硬是从岳父岳母手中，额外要去四千利息。

我劝岳母，这样的亲戚，没有也罢。没有亲情，冷血，不必要与她来往。可她们是亲姐妹，打断骨头连着筋，仅仅过了半年，她依然上我家，每次来，吃过饭再走，走时，从不空手。一只烧鸡，几根新灌的肉肠，三五斤鸡蛋。我说："同在一座城，她又不是买不着。"岳母说："你二哥当年不是借她的钱了吗？欠着人情。"我说："摔也摔了，闹也闹了，钱还了，利息要了，还欠她什么人情。她有人情吗？"爱人说："行了，你一个外姓人，少说两句。"

我便闭了嘴。

四

二舅哥以前是有工作的，他和二舅嫂都在市液压件厂上班。那个液压件厂是省企，虽然效益不是很好，但工资能保障，这对生活在煤城的人来说，是一件幸事。

二舅哥初中毕业后，弃学在家，被邻居一个叫马泰山的人相中，有意收为婿。二哥当时才十七岁，长得很帅。而马泰山的女儿，长着一张紧绷绷的小脸，一对小眼看人时不断睃动，像一只狐狸，一笑，眼睛就没了，脸随即由狐变鼠。论颜值，她配不上二舅哥，但她有个好爹。她的爹马泰山是液压件厂供销科科长，他以把二舅哥安排入厂当工人为诱饵，二舅哥杨二吉当时是无业游民。

我岳母不同意。我二舅嫂的样子让她惊悚，说二舅嫂不是善良之辈，说这样有附带条件的婚姻长不了。我岳父从不当家，岳母说不同意，他自然也就不同意，但二舅哥同意，二舅哥的同意，不是真同意，是假同意。他原本想等他进厂后，再不理那个长着一张狐狸脸的女孩。

二舅哥哪有狐狸狡猾？马泰山给了他三个月的试用期，在这三个月，他所守的机床，是一只一端粗一端细的轴承，按极快的频率在一个凹槽里伸缩。为了防止轴承磨坏，里面添加了润滑油。二舅哥每天看着这机床进行活塞运动，就像看一男一女在那里做着下流的事。而师傅也没个正型，拿小鲜肉开心，讲一些黄色小段子。这期间的某个晚上，二舅嫂不失时机，把二舅哥约到她家，将他拿下。

三个月后，二舅哥成为液压件厂一名正式职工，他想冷落二舅嫂，二舅嫂找到我岳父岳母，说她怀孕了，要与二舅哥结婚。二舅哥不同意，岳母这次却答应得痛快，并且给他们张罗婚事。岳母的意思是，开始可以不同意，现在既然住在一起了，就得对人家负责。

二舅哥不够结婚年龄，马泰山能量大，带他到派出把年龄往大了改。

二舅嫂比二舅哥大三岁，过了法定结婚年龄，不用改。

二舅哥本来就不喜欢这个女人，更让他愤怒的是，丑就丑吧，她与二舅哥同房之前，竟然还不是处女。这一切，二舅哥当时并没跟家里任何人说，只在二十年后，那个女人不要他，跟他闹离婚，他才老账新提，说出他的窝囊，和他女人的肮脏。

二舅哥和二舅嫂，仅仅在那个液压件厂工作了三年，二舅哥的岳父大人马泰山因为经济、作风问题被贬，早退在家，没被开除公职已是万幸。二舅哥二舅嫂失去靠山，加之父亲大人身败名裂，他们在工厂干得憋屈，见大舅哥音响商店生意风生水起，便双双停薪留职，把大舅哥的分店盘下来，做起音响生意。

小两口穿戴阔绰，出手大方，全家人都以为他们的生意做起来了，哪知最后被人讨债，被人追杀。

二舅哥那次带着妻女逃离煤城后，开始了对家人长达二十年的折磨，时间都是在每年春节前后。他们抽身而去，追债的人找不到他们，就找我的岳父岳母，找大舅哥。大舅哥像一位坚定的共产党员，保护着他的父亲母亲，不告诉他们父母的住址，为此他还挨过一记重拳、两个响亮的耳光。有一次，来要钱的人过于猖狂，他开口让大舅哥给他十万块钱，说是二舅哥欠的。大嫂站出来说："谁欠你的找谁要去！"那人就冲着大舅嫂而去，淫邪的目光和龌龊的手直奔大舅嫂胸部，大舅哥挺身而出，换来的代价是被他们抓住头发，狠揍了三下，最后还被他们抱起来，扔在地板上。他们扬长而去，说不给钱，明天还来。

大舅嫂盯着大舅哥，大舅哥鼻孔里的血像一条红色的蚯蚓顺着他的脖子往他衣领里钻。大舅嫂流着泪说："我再也不想见到杨二吉和马凤仙，死也不见！"

那个夜晚，大舅哥忍着剧痛，开车去另一个城市，接来他的朋友。第二天下午，在商店打人的那几位如期而至，手里拿着刀。他们推门而入时，大舅哥的那个朋友从里屋的库房走出来，一人从腰间拔出手枪，枪口朝着走在最前面的那位持刀者。他说："都他妈的老实点，我拿枪的还怕你拿刀的？把刀扔下！无论我大哥的兄弟欠你们多少钱，从今天起，一分不欠。要钱还是要命，我乔三尊重你的选择！"

那四个人扔下刀，瘫软在地。被枪顶着的那位，居然朝着自称是乔三的那人跪下。据说，他们怕的不是乔三手中的枪，黑道乔三的威名让他们像秋风中的树叶瑟瑟发抖。

乔三还算讲究。大舅哥给他封了四万块钱，他只拿了两万。那几个要账的，果然再没来过。商店自此趋于平静。

那天，爱人碰巧去商店找大舅哥，目睹了这件事，她当时吓得差点晕死过去。她瞒了一段时间后，到底忍不住，在枕旁当作秘密告诉了我。我第二天就去找大舅哥。我说："我有哥们在公安局，你完全可以不走黑道。"大舅哥说："白道上的人，今天要一对麦克风，明天要一套家庭影院，纠缠不起。黑道上的人讲究，一把一利索。"

五

二舅哥一走就是三年，没敢回煤城。侥幸的是，银行贷款的那个负责人，出了事，判了刑，被抓进了监狱。二舅哥借他的钱，成了死账，没人再追讨，但抵押出去的房子，也拿不回来。

一个晴朗的日子，岳母逛街，到大舅哥的商店小坐，大舅嫂没与她打招呼，脸色冷如钢铁。岳母回家，对我们说起此事。她说："吃人嘴短，拿人手软，人还得有自己的房子。"岳母是个要强的人，她把岳父岳母两人当月的工资都取出来，向她的老同事借点，向大舅哥偷偷索要点，凑了两万块钱，在郊区购了一处住所，三间，虽是平房，倒也接地气。

我处对象时，是一名公务员。公务员在我们这个贫穷的城市很吃香，不少公务员像我一样，是从农村考上来的，光杆一根，一穷二白。有被女方相中的，给女儿女婿买婚房，岳母是知道这一点的。我们结婚前，岳母对我说："我们家条件一般，给你买不起房子，但我保证，有我们老两口住的，就有你住的。"我们就这样一直跟着他们。他们搬到哪儿，我们跟到哪儿。

这年买的这处新居所，有院子，有水井，有葡萄架，很漂亮，我很喜欢，仿佛这是一片世外桃源。

那个平房我和爱人没掏钱，但岳父岳母把他们的钱都用进去了，那三个月的生活费，就都是我们出。

没人要账了，并且有了自己的住所。二舅哥在公用电话里听说这个消息，没有言语。岳母说：“你二哥学好了，不吱声了，也不管我们要钱了，知道踏实干了。”

我说：“未必。”爱人说：“你咋这么说，你不能瞧不起人，人是会变的。”我说：“但愿！”

大年三十,二舅哥像空降兵一样，突然而至。

久别重逢，岳母放声大哭，岳父无声落泪，爱人眼圈红肿。我没有哭，我有怨，有气。我不叫他二哥。爱人把我叫到里屋，说我不会来事。我说：“他把这个家害成这个样，还有脸回来？”爱人说：“他看自己的爸妈，与你没关系。”我说：“与我没关系，我干吗要叫他二哥！”爱人说：“不叫拉倒，别拉个驴脸。”

我懒得理他们。我有单位，有单位就等于兔子多了一个窝，有地方躲。我说：“单位有个材料没写完，我去加班。”

爱人知道我不愿在家待，但为了维护和谐局面，帮腔说我单位的确有急活。我其实没到单位去，单位值班同事又不傻，大过年的，跑到单位来，明摆着家庭不和嘛。我步行很远，到月亮河畔溜达。那其实不是什么河，就是一条臭水沟，略加改造，夏日雨水多的时候，有一丈宽的水域。现在只有冰。这不影响我无数次去月亮河畔溜达，这里是煤城少有的几处干净路面之一，走在干净的大理石面，总比走在裂纹密布煤尘飞扬的水泥路面舒坦。

但这个夜晚，刀子一样的风让我只坚持了两个小时。绽放的烟花提醒我，外面的世界像梦幻一样，不真实，我分明闻到了饺子的香味。

爱人曾经跟我说，二舅哥心眼好，他若是挣到了钱，会给老人的。爱人这个想法，在我看来，是天方夜谭。我从二舅哥脸上看不到善良、孝道，只有贪婪、享受、冷漠，甚至狡诈。他突然而至，一定是有所图，且已想好说辞。

果然，我回到家，就见二舅哥夸夸而谈，说是要给老人拿钱，要把抵押出去的房子赎回来，要给老人在煤城最好的小区换新房。一家人正兴奋地听他口若悬河，他突然像一个说书人一样，将话题一转，让我们从高空坠入深谷，一点缓冲都不给。他说他现在只需要五万块钱，威海有一家韩国化妆品商行，要外兑。

“老板是我王哥，他的孩子要去新加坡读高中，高中之后本硕博连读，他们一家人要到那里做事，陪读。”二舅哥说，“不是我的哥们，换了别人，最低得十万块。”

一家人连春晚都不看，听二舅哥眉飞色舞谈论他的未来。

岳母问他这几年都在外干啥，他说：“打工呢，打工到底不是滋味，我还是要当老板。”我不想听他们的谈话，这个时候，再多的怨气，我也要努力将它熄灭。我提醒自己：你不姓杨，你姓牛，你是外人！

大年初一晚上，二舅哥坐出租车，直奔省城。他最终拿到了三万，外加我两口子赞助他的路费。他说他急着回去，剩下的两万，让岳父岳母给他张罗。

以后的日子，他要么不打电话，一打电话，就是要那两万块。岳母说：“还没凑齐。”他说：“没凑齐，三千两千也行。”老人当即表示，要过紧日子，老两口，一个人的工资不动，另一人的做生活费。到年底的时候，终于把两万块钱分期分批打入他所说的他王哥的账号。他说，他欠着债，怕银行对他有监视，不敢用自己的银行卡。每次电话，他都换着不同号码的公用电话。那段时间，我家好像有一个地下工作者，成天活在紧张、压抑的空气里。

我怀疑二舅哥的话是谎言，他说那个王哥急着到新加坡去，怎么还没去？爱人说："也许王哥就在新加坡。"我说："就在新加坡？那怎么可能往他卡上打钱？"爱人说："全球联网么。你这人啦，就这点不好，多疑。要相信二哥。"

我不再吱声。我只是个外姓人。

随后十几年，二舅哥每到年底就回家，年初拿钱就走，走前一大堆理由。第一次是要买个面包车给各饭店送菜，几个月后，说送菜太辛苦，早三点就要到菜市场，晚十一点有人要菜还得送，不是人干的活，这样下去，身体坏掉了，挣点钱还不够看病的。他把面包车贱卖了，钱也没还回来。第二次说要盘下一个足疗馆，几个月后，说足疗馆不是好人待的地方，什么人都有，那种环境里，他老婆都得学坏。我自然不信，就他老婆那容颜，想学坏都难。可他就这么说，每次都有借口，每次都让老人对他充满希望。我心里是清楚的，这就是他的一种生活方式，他就是一个啃老族，只不过不在老人跟前，在遥远的异地。他们什么都不干，用亲人们凑的钱过日子。即便后来岳父脑血栓，岳母尿毒症，他依然如此，这是他们的一种"打法"。

在老人眼里，二舅哥老实，肯干。错，都是儿媳妇的错。

六

整个城市都在拆，整个城市都在建，整个城市都在动迁，可就是动不到我们这套平房。我望穿秋水，盼得眼里烧起了火，无济于事。东边的拆了，东面的邻居都进城了，住上新楼了。北边的也都拆了，北边是农业户，补偿更多。他们一夜之间，在城里有了房，有了车。房有两套三套，车有宝马奔驰。

我笑岳母没有眼光，买了块风水不好的地。岳母淡定地说："放心，早晚得动。"她虽这么说，却是很沉重地叹了口气。

正当我们对动迁失去信心时，动迁消息来了，但与身后的农业户不同，我们没有太多的补偿，多出的面积，按市场价。

新楼盘的地址在城南，城南偏，大舅哥找人，花钱，交了差价，换到玉龙新城，就是岳父现在的居所。两居室，七十二平米。除了改造后的小区美景，遥远的温泉也被引进。温泉入户，二十四小时有热水。搬家时，我和爱人再次跟了过来。我们有些不好意思，岳父给了我们一个很好的台阶下，岳父说："我们年龄一天天大了，也需要照顾。我们老人怕寂寞，有你们在一起热闹。"

我们上楼第一年，二舅哥没有回煤城，家里过了一个清静的春节。哪知，正月十五这天，他回来了。他每次出现，都让人猝不及防，且一定是个特别的日子。他说，春节忙，没回来，但想老人想得太厉害，受不了，这不，十五赶回来与老人团圆。

我小声嘀咕："这不是想老人，想老人的钱哩。这是在外混不下，又回来整钱。”爱人说：“看他穿戴，应该是挣着钱了。你呀，总是老眼光看人。”我说：“别吱声，听吧。”我们就听二舅哥说话。他说威海最大的蔬菜批发市场有十多个咸菜摊位，他说他要四万块钱投资，就能把那个市场上所有的咸菜摊垄断，年底少说能挣二十万。

这显然是个谎言。

四万块钱，能搞定十多个咸菜摊位？再说了，你垄断了，别的摊主喝西北风？二舅哥知道我怀疑他，说：“四万块钱是不够的，这只是订金。我呢，也不能让那些咸菜摊主失业，我承包下来，再转包给他们。”

他接着给自己圆谎，所有的话，都是为前一句添油加醋、涂脂抹粉，力争让我们相信他。不可否认，他的口才很好，那意思，只要有这四万块钱投资，天上不但可以掉馅饼，简直就直接落钱。但岳母这次似乎下了决心不给他钱。岳母说：“我与你爸，手中也就一万块钱，你爸明年六六大寿，二月初六，这才几天。这钱是要留着庆寿的。”

二舅哥说：“先把饭店订了，别人来吃饭，都得随礼，这礼金做饭钱、酒水钱，还用不了。”

二舅哥脑子反应快，只可惜用错了地方，目标只盯着家人。

岳母从她床下抽出一只装过月饼的铁盒子，从里面拿出一沓钱，递给二舅哥。二舅哥拿了钱，说：“妈，你再去给我大哥说说，让他给我拿点。”岳母说：“你大哥这两年生意不好，不能再向他张口。”二舅哥说：“瘦死的骆驼比马大，他和嫂子一人一辆车，他开奥迪 A6 呢。”岳母说：“车是他做生意用的，再说了，就算他有钱，那也是人家的，你得靠自个儿。”

你得靠你自个儿！这话岳母说过无数次，每次，二舅哥的回答像按下了录音机的播放键，内容一样，语气一样，声调都是一样：“我知道，我这不在努力吗？”

这次，大舅哥只给他拿了三千。

二舅哥想到了我。他不敢同我借，绕了一大圈，让我岳母同我爱人说。

此前他也花过我们钱，三千两千，说是借，从来没有还过。我知道要不回来，也没提过还的事。这次数额于我巨大，我坚决不给。我的幼稚、不成熟害了我。我只说没有就完事，我偏要表明我的态度，我说有，但不借，因为他是在祸害钱，把我们的血汗钱不当回事。岳母在一旁抹眼泪，她的情绪感染着她的女儿，爱人的眼泪很快涌出来，她不去擦，妆容遭破坏，那张脸红白相间，惨不忍睹。岳母说：“你二哥可怜，在外要饭呢。”

我说：“这么舒坦地要饭，我也想去。”

岳母开口是三万。我没有动摇，岳父的一句话，撬开了我的嘴。岳父说：“先借他，也许他这次能成，成了就把钱还你，不成，我替他还。”我说：“你们的钱都给他了，拿什么还？”岳父说：“我与你妈攒工资。”我说：“没等攒够，他又来要，你们又都给他，拿什么还我？”岳父说：“我拿我二十个月的丧葬费还。”

话说到这个份上，我再不借，恐怕就得妻离子散。

第二天中午，一家人吃团圆饭，除了我，他们都乐呵呵的。饭后，二舅哥穿着皮外套，头发油光锃亮，背着个皮包，包里有个LV的钱夹，夹着三万块钱的银行卡，走出家门。

我望着那个背影，极其惆怅。我是工薪阶层，三万块钱，除了吃喝，我得攒几年。几年省吃俭用，才有了这么个肉包子。这肉包子扔出去了，有去无回，我心里清楚。

我怀疑二舅哥在威海并未干事，只是拿亲人们的钱在那里过日子。每年几万块，也够他们吃喝了。我的猜测，遭到岳母他们的反驳，甚至是谴责。他们说我不相信人，最亲的人都怀疑。他们甚至把这件事上升到南北人性格的差异上，说我们南方人心眼小，不敞亮，生性多疑。

“他一直在努力，只是天运不好。”岳父说。

“没摊上好媳妇。”岳母说。

在他们眼中，他儿子没错，错的是别人，是老天。

几天后，二舅哥的岳父马泰山证实了我的猜测。他来到我家，像宣布一项重大决议。他说：“不能再给他们钱了，咱们在这儿省吃俭用，他们该吃吃，该喝喝，租三室一厅的房子，两卫。半个月前，我去了。我本想在那儿住上一段时间，帮帮他们。我住不下去了，那不是消费，简直是浪费。他们请我吃饭，他那个王哥陪同。亲家呀，你儿子居然要了只烤全羊，一千多，加上酒水、配菜，一餐饭两千多，一个晚上，差不多吃掉我一个月的工资。他们也舍得！”

岳母袒护她的儿子，说：“那不是看你去了嘛。”

我说：“他的那个王哥，不是去了新加坡吗？”

“还不兴回来看看？”爱人说。

我不再多言，只安静地当一个听众。我是外姓人。

从二舅哥的岳父大人马泰山的表述中，我们知道，原来她的女儿马凤仙，这么多年也是向老人要钱，方式方法同二舅哥一样，要干这个干那个，最后这个不挣钱那个太辛苦。这么多年，她从老人手中拿走二十多万。老人爱面子，这个女婿又是他亲定的，他一直瞒着我们。我们这边怕二舅哥的泰山大人瞧不起他，也瞒着他们，现在才知道，两边的老人都遭了罪。

二舅哥的老丈人马泰山，觉得被女儿女婿耍了骗了。骗钱骗物，也许不是最主要的，最主要的是，二舅哥背叛了他，具体地说，是背叛了他女儿。二舅哥竟然在外面偷偷养女人，而且是高消费地养，养到青岛了，由网友发展成情人。

“他的钱根本没花在我和孩子身上。”二舅嫂在电话里，向岳父岳母告状。岳父岳母嘴里骂二舅哥不是东西，放下电话就说儿媳妇不行。说儿子有外遇，是因为在儿媳妇那儿得不到温暖。留不住男人，是女人没本事。这是岳母的话。说这话时，她颇为骄傲地看了岳父一眼，似乎在向我们证明，岳父这么一个虽老但风度气质依旧的男人，一直守在她身边，是她的本事。

二舅哥的电话很快就追了过来。他说：“莫听凤仙瞎说，是她先在外面乱搞。她还跟王哥好。”

岳父说了句：“就她那样，王哥还跟她，你那个王哥是不是眼神不好？”岳父不是幽默，他说话有时不过脑子，张嘴就来，但只要岳母瞪他一眼，他立刻沉默，像点了他的死穴。

我几乎要气炸了。二舅哥一次次向老人伸手，原来是在拿我们凑的钱养女人。我们省吃俭用，他却花天酒地。不是高官，不是巨富，却养起情人，不上班，比我们拼死拼活的上班族还潇洒。我随之对岳父岳母有意见。二舅哥从他们那儿拿钱，从来是给；我们一时急用，从岳母大人手里拿一百块钱，都是借。

七

我不主张岳父过六六大寿。人还是消停一些好。人一张扬，就会有事，这里得，那里就会失。大舅哥和爱人坚持要给岳父过，我一个外姓人，不便多说。退休好几年了，同事之间已不来往，只是很近的亲戚和朋友，那也有四五桌。岳父那天高兴，喝了不少红酒，在二舅哥的岳父马泰山的劝说下，还喝了半杯白酒。喝完酒已是天近黄昏。我们前呼后拥，岳父红光满面，脸像西天的云霞一般灿烂。回到家，他坐在客厅沙发上，不肯去卧房休息。他平时语言不多，那天，他夸夸其谈，回味着酒席，几乎把到场的人都点评了一遍。这时候，电话响了，是二舅哥打来的，他说，天寒地冻路滑，他进咸菜，骑着电瓶车，摔了，骨折了，住院了，急需钱花。

岳父六六大寿收的礼金，就这样在他老人家手中还没捂热，就被我爱人通过ATM机，打到二舅哥的卡上了。

岳父脸上的表情凝固了，绯红的颜色陡地褪去，平时黑红的脸，突然那么苍白。我们说："爸，洗洗，去休息吧。"岳父没有洗手脸，也没洗脚，就去睡了。第二天清晨，他起床去卫生间，突然扑通一声倒在床前。我们听到一声轰响，以为是他被绊倒了，他却坐在地上起不来，去扶他，他怎么也站不稳。急忙把他送到医院。生命无大碍，只是自此，他的一条腿离不开地，只能在地上拖行，划圈。岳父脑部血栓。

我后来一直搞不清，岳父得脑血栓应该归罪于谁，是什么诱发了他的病。是二舅哥的岳父马泰山怂恿他喝下去的半杯白酒，还是为二舅哥的伤他急火攻心，还是二舅哥要去了他的礼金引他生气？我不敢探询，生怕引起他新的烦恼，加重病情。我能做的，只是默默地伺候。

还算幸运。岳父除了行走时，一条腿需要在地上划圈，他的手没事，嘴巴也没有歪，这使他不但能正常说话吃饭，还能自个上厕所，万幸。

大舅哥以老大的身份，给二舅哥去了个电话，告诉他："老爸病了，你不能再向家里要钱，他脑血栓，要长期吃药。"

二舅哥说："知道。"

大舅哥说："你得靠你自己了。"

二舅哥说："知道！"

祸不单行，秋天的时候，岳母检查出尿毒症。二舅哥果然没向家里要钱，家里还算平安无事。这年的年夜饭，大舅哥大舅嫂，还有他们的女儿都来了。这个年，对于我们来说，过得很轻松，不像以前那么压抑。

饭吃完了，一家人吃水果，喝茶。谈兴正浓，门外传来敲门声，接着听见二舅哥喊了一声妈，我们都吓了一跳，以为是过年想亲人，出现了幻觉。再听，二舅嫂的声音也传来，接着是他们的女儿喊爷爷。

爱人打开门，二舅哥一家三口，像三面彩色的墙堵在门口。二舅哥一身橄榄绿，二舅嫂浑身是白，白色羽绒服，脸上像刷了涂料似的白。大侄女一身红装。

爱人急着去厨房给他们煮饺子。两个嫂子有过节，无法同在一个屋檐下，大嫂起身走，大舅哥和大侄女跟着也就走了。

饺子端上来，并不吃，只说话，不是唠家常，是告状。二舅嫂重复着电话里说过的话。二舅嫂说二舅哥从不去商店帮她。不去帮也就算了，让他在家做饭，她和孩子守店。结果他饭菜做得，水裆尿裤，锅碗瓢盆埋里巴汰，也不好好洗一洗，就知道玩电脑，跟网上的野女人瞎扯。

二舅哥回嘴："你好？你还跟王哥玩失踪呢。"二舅嫂说："放屁！"她抓起一个饺子，像抓起颗石头，重重地砸向二舅哥的那张脸。饱满的饺子碎了，成一张面片敷在二舅哥的脸上。二舅哥说："妈，这日子没法过了。"

她们的女儿居然没哭，表情淡定。要么是这样的打斗，在她眼里习以为常，要么她心太硬，她连劝都没劝说父母一句。她只顾自己玩手机，仿佛这是两个与她毫无关联的人。

二舅嫂说："我正不想跟你过呢。离婚，明天就去离！"

爱人说："明天大年初一，怎么离？没人办公。"

"那也得离，初七一上班，我们就去办手续。不挣钱，不干活，让女人养着，你是个老爷们不？"

事实证明，他不是。此刻，他是老爷们的最好佐证，就是扇这个泼妇两耳光，但他没有，他低头不语，蜷缩地坐着，像一副灌满气的皮囊。

大过年的，他们在我家吵架，我真想让他们滚，可是，我有这个权利吗？我，一个外姓人，这房子又不是我的，这不是我真正意义上的家，我只能逃避。每逢这个家庭出现尴尬局面，我唯一的办法就是逃避。我拉开门，一只脚还没迈出去，就听身后一声脆响，是肉拍打肉的声音。一股畅快直通胸腔，我在心里叹一声：有种，终于出手了。待我回头看，眼前的情景让我大跌眼镜，原来出手的不是二舅哥，是二舅嫂。挨打的不是二舅嫂，是二舅哥，整个都反了。

我回望一眼二舅哥，目光鄙夷。我看不见我自己的表情，但我心里清楚，那一刻，的确是将内心的鄙视通过双眼传递了出去。我从骨子里瞧不起他，挣钱不会，打老婆还不会吗？这么该挨揍的老婆。

岳母面色凝重。她进了自己的屋，一会儿，她走出来。她拿着一沓钱，递给二舅哥，说："这是一万块钱，这钱你拿着，拿着干点啥，别老让人看不上。"二舅哥伸手来接，二舅嫂一把抢去了。

岳母又说了句："为了孩子，莫谈离婚，穷过富过，和和气气……"岳母的话还没说完，他们就踏出了家门。

岳母是坚强的，她没有落泪，没有叹息。岳父看了一眼岳母，想说什么，没有说。这是他在岳母面前常有的表情，他内心对岳母心存惧怕。

他们走了，我没有出去送，我不愿与他们同行。我感到压抑，透不过气。我走向阳台，打开窗，寒冷的空气袭来，我像是被吸进一个无边的黑洞。黑暗很快就被爆竹驱走，烟花闪烁的夜是朦胧的，五彩的。烟花点燃了夜，似乎也点燃了我的灵感。我悄然大悟：他们这是在演苦肉计。

我很想把这个发现告诉老人们。我回到客厅，他们都沉浸在春晚的节目里。尽管春晚质量越来越差，一年不如一年，可他们还是要看的。不看春晚，除夕夜干什么去？难道坐在那里生闷气？

大年初一，行人稀少，满世界空荡荡的。二舅哥一家三口，没打个招呼，就这么从煤城悄然消失了。

八

清明节，我们像是看见了鬼魂一样，看见灰头土脸的二舅哥推门而入。这太令我们意外了，往年，他只在年根才回家，这才两个多月。莫非他拿走的一万块钱，两个月就花完了？

二舅哥知道我们疑惑，不等我们问，他先开口。他说，他在外不顺，总也挣不到钱，趁着清明回来祭祖，求祖先保佑。他说，他学好了，开始信佛。他包里有一只红色喇叭状的匣子，他说那是太阳能音箱，遇见太阳，能唱佛音。他包里再无他物。

二舅哥竟然不走了，他说他与他的那个老婆，一天也过不下去。他说他这么多年，祸害了老人不少钱，造孽，现在，是他尽孝道求佛报的时候，他要尽心尽力孝敬老人。

二舅哥落座没多久，大舅哥就来了。大舅哥向来以老大的身份出现，他一来，总像是开家庭会议。果不其然，那语气是命令式的，他说："杨二吉不去威海，要在家照顾老人，难得他有这份孝心。杨二吉没有工作，没有收入，我们兄妹不能亏待他。老人每月出一千二百块钱，算是他照顾老人的护理费，我，杨三幸，每人出一千二。"

我心里陡地一沉，这还不如拿点钱让他走，他这是回来啃老了。他不但啃老，还啃得光明磊落，啃得理直气壮；他不但啃老，还啃兄妹。我说："我没意见，但我有话要说，我们照顾老人的时候，谁给我护理费？我们从老人手里拿一百块钱，也是要还的……"爱人打断我，说："大哥不是说了吗？二哥没工作没收入。"

见我气未消，爱人说："要不，你伺候老人？"

这是激我，没有实际意义。我要上班。而且，我入省城工作的调令来了，很快要走。老婆，孩子，都得跟过去。我可不想过牛郎织女的生活。

我透不过气。我走到阳台上。窗户是开着的，风中带着凉意，我冷静下来。二舅哥这个时候回来，似乎也是上天对两个老人的恩赐。要不，我带着爱人走了，谁来照顾老人呢？

岳母悄然落泪。我知道，不是因为二舅哥的回归，是我和爱人还有孩子即将离去。她对她的女儿特别依恋。那年她查出尿毒症，每周三次透析，需要人陪。大舅哥跟我们商量，让爱人辞去企业的工作，专心照顾老人。他说，就当他妹子在他那儿上班，每月给她开工资。工资开了不到半年，大舅嫂说，商店效益不好，不给她开了，只答应给她交医保、养老保险。交了八个月，大舅嫂让她们商店会计给杨三幸打电话，说商店生意一天不如一天，杨三幸的医保和养老得她自个儿交了。我和爱人当时很来气，但老人还得管，已经辞职在家，成为无业的家庭妇女，老人透析不去陪，说不过去。

岳母特别害怕她的女儿离开。即便在家里休息，她的女儿也不能离开时间太长。女儿不在身边，她会慌乱、恐惧，没有主心骨。她会喊，会找。有一次，我到省城学习，允许带家属，我让爱人随同。岳母每晚一个电话，有时视频，有时语音。

时光就这么往前走，匆匆真如白马过隙，我们很快搬到省城。我进驻新单位，孩子入新学校，爱人一时找不到合适的工作，不再上班，照顾我和孩子。于煤城，我们突然成了外乡人，每次回去，得先在网上订旅馆。旅馆尽量订在离岳父岳母家近处，白天在岳父家待着，晚上回旅馆，倒也很热闹，依然觉得煤城岳父岳母的家，才是我们的家。岳母故去后，这种家的感觉突然就没了。爱人也有这种感觉，她说："妈在，才是家。妈不在，太难受，太不习惯了。"女儿也说，她不喜欢在姥爷家，二舅一天冷着个脸，不理她们，只低头玩电脑。

"二舅没有给我传递正能量。"女儿说。

我避开二舅哥，让岳父说说他的二儿子："这么大的人，怎么天天捧着个电脑？还电脑手机同时玩。"岳父说："天天如此，说过几次，不听。"

我说："管不了，管了吗？"岳父又说："行了，只要他一日三餐，把我伺候好就得了，他乐意咋的咋的。"我说："那也叫伺候？他除了叫外卖，给你做过几次饭？"爱人打断我，说："行了，你就别瞎操心了，你不伺候，有什么权利说人家。"我说："我是付了护理费的呀，怎么没权利？”爱人说：“说他管用吗？他又不是孩子。”

爱人压低声音劝我：“算了吧，由着他，将就着往前走吧。说重了，他撂挑子，不干了，走了，谁伺候？请保姆？保姆更不放心，保姆贪的更多，骗的更狠。”

我想起网上关于保姆虐待老人，骗老人钱财的报道，还有保姆纵火案，我不再言语。

九

一个双休日，爱人说，老爸想我们了，给她打了个电话。她说她也想老爸了。老妈走后，老爸一个人，挺孤单的。我说：“怎么是一个人，不是有二哥吗？”爱人说：“二哥成天玩电脑，也不与他交流。”我说：“你终于醒悟了，说了真话。”

爱人没接我的话茬儿，她说：“咱们回去看看老爸吧。”我同意了。有二舅哥在，我本不想进那个家，可想到岳父的处境，我说：“回去吧。”

一路上，我情绪并不高，总觉得像是有什么事。回到家，果然不愉快。岳父向我们借钱，说是二舅哥想买车，开顺风快车，挣点外快。

我说：“他手中不是有几万块钱，买个便宜的，或者二手的。”二舅哥说：“二手车质量无保证，新车吧，少了八万的，不办顺风车手续。”我说：“那行，买吧，自己挣钱，买宝马我都乐意。”

我坚决拒绝他，他坚持借，我突然愤怒了，我说："你借我们的钱还没还呢。别说没有钱，有钱也不借！"二舅哥比我更愤怒，他说："我不欠你的钱。你们两口子，后来还有孩子，一家三口赖在我家。吃饭不掏饭钱，住房不掏房租，算一算，得多少钱？"

他这话不但戳痛了我，也直奔我爱人的心脏而去。爱人气得不喊他哥，直呼其名："杨二吉，你说啥呢？我们怎么赖在你家？我们没伺候老人吗？再说了，要说赖，也是赖在老妈家，怎么就赖在你家了？"

二舅哥不理他的妹妹，矛头依然指向我，就差用手指着我的鼻子。他说："你当时从农村来，一个穷光蛋，是我家收留你，现在你出息了，瞧不起人了。告诉你，我不欠你的钱！"

我只当他生气说气话。欠不欠钱，不是他说了算。

我不想同他理论。我虽然来自农村，可我是一个大学本科，一个市政府公务员，我是有身价的，怎么就是穷当蛋。我想问他：什么叫收留？你妹妹嫁我亏了吗？但那样，势必伤到我的爱人，这是吵架之大忌。

晚上，大舅哥来了，说是开会，有些事要谈。我说："我一个外姓人，就不参加了吧。"大舅哥说："要参加，涉及你的事不少。"

这个会，使得二舅哥所言"不欠你的"话，变成现实。原来他说的不是气话，他是经过深层思考，并且与大舅哥是通过气的。大舅哥平时话少，那天却娓娓而谈。他首先说我这些年，为这个大家庭做了贡献，对老爸老妈也孝顺，之后说，这个家也对得起我。说我们刚结婚时，在老人那儿吃，在老人那儿住，没交房钱，没给伙食费。这些年，少说也不止三万块钱。现在，就当我们把这钱交给了老人，老人把钱给了杨二吉。也就是说，从今天开始，杨二吉不欠我们两口子的钱。

我以为我听到这话自己会跳起来，但没有，那天的我特别平静。我说，行。那一刻，我回想二舅哥拿着我三万块钱离去的情形，其时，我望着那个远去的背影，就像望着远处飘走的一片黑色的云，根本没打算那钱能要回来，我所以偶尔提起那三万块，是想让他有压力，让他觉得欠我们的。

我说："好吧，这钱我不要。"大舅哥说："不是不要，是不欠。"他这么较真，引起我心中不快。我说："这么说的话，那我有话要说。"

爱人阻止我，她用眼神告诫我，老杨家的事，我最好啥也别说。

第二天上午，我们说好的带孩子上卧凤山玩，走出屋，发现车没了。爱人说："坐公交车去吧，车二哥开走了。"

"他开到哪里去了？"我问。爱人没应我。我昨夜听二舅哥说，他在网上认识的那个青岛女人来了，在宾馆住了几天，今天要走，到省城坐飞机。现在回想他的话，我警觉起来：他莫不是开我们的车，送他那个野女人去机场？我本来就不喜欢他，懒、虚荣。总叫没钱，总向老人伸手，竟然还养小女人。有能力养也行，别拿我的车装门面。我说："一定是二哥开车送他的那个野女人去了。"爱人说："别说得那么难听，什么野女人，那是他的小媳妇。"我说："恶心，他有什么资格养小媳妇？穷光蛋一个。再说，他没离婚，这算什么事？"爱人说："行了，你就别管了。"我说："好，他的事我管不着，我的车我总可以管吧。”

我操起电话打过去，那边接了。我说：“二哥，你赶紧把车开回来，我要用。”我话还没说完，那边电话挂了。

我生闷气，爱人说：“算了，已经开出去了，一时回不来，我们玩自己的。”我不理，女儿发话了。女儿说：“爸，咱们去爬山。我们坐公交车，坐公交车人多，好玩。”

山上紫丁香开得正艳，一片片紫色云朵吐着一团团的芳香。我们陶醉在这青山绿水间，忘却一时的不快。玩兴正浓，爱人的电话响了。电话里，二舅哥训斥他的妹妹：“牛壮什么意思，我小媳妇来了，一点面子都不给，当着我小媳妇的面，直接说让我把车开回来，弄得我一点面子都没有。”

山顶有风，爱人将手机处于外放，她想听得更清楚。她听清楚了，我也听清楚了。我简直气得要炸开，我说：“要面子，买个大奔，买个宝马，没人管，开别人的车算什么本事。”

爱人说：“行了，就借你这点光。”我说：“借这点光，干点正事还行，用我的车拉老人上医院，我说过吗？拉一个不三不四的女人，不以为耻，反以为荣。”

爱人想反驳我几句，被孩子拦住了，孩子说：“爸，妈，你们别吵了，放松心情，尽情玩耍。”

孩子发话了，我们便不再吱声。

晚上回到岳父家，按爱人的叮嘱，我没有同二舅哥说车的事。二舅哥冷着脸，几乎是在我们进屋的同时，他出屋。他说他要出去洗澡。他没同任何人打招呼，只是敞口而言，自言自语式的。他洗澡从不拿洗漱用具。他洗桑拿，什么都是一次性的。

我觉得二舅哥浑身是毛病，可我这身份，不便指责，我就想从岳父着手。我说："老爸，你也不教育二哥。他自己过成那样，还养小媳妇。你的那点钱，都让他那个叫小莉的女人骗去了。"

岳父说："玩去吧，他没个女人，也挺可怜的。"我说："他有媳妇啊。"岳父说："他那个媳妇，早就同他分居了。"我说："分居并没有离婚啊，与这个女人混，这算什么事。"岳父说："那也是他的本事。"我只觉一股怒火骤然上窜，岳父并没感觉到我的不满情绪，他用一种息事宁人的语气劝我："哪个男人不吃点野食？那是他的本事。"岳父再次说那是二舅哥的本事，我难以理解。我说："这么说来，你也吃过野食？"岳父脸色微红，似乎被酒精刺激。他急忙否认："没有，我没有！"我说："如果我像他那样，在外面去瞎扯，你是不是觉得你女婿挺有本事？"岳父尴尬一笑，说："你跟他不一样，你们小两口感情好。"我说："如果呢？"岳父的脸由红变紫。

十

真正让我与二舅哥决裂的，是三个丑橘。

晚饭后，我们准备回宾馆。此前，大舅哥拿来一箱丑橘。岳父有糖尿病，吃一瓣橘子都会使他血糖飙升。二舅哥从不吃水果。走前，我说："给孩子拿一个丑橘。"

我说是拿一个，寻思三个人，没法吃，就又拿了两个，反正有一箱呢。我拿到第三个时，二舅哥说：“那丑橘，老爸爱吃，给老爸留着。”

我什么也没说，把手中的丑橘放回水果箱，把已装进方便袋里的两个丑橘也拿出来。我没往箱子里放，就把丑橘放在饭桌上，二舅哥就在饭桌边玩手机。他双眼一直盯着手机屏，其实余光一直扫射着我们。

我什么也没说。那两个被我放回去的硕大的、皱着皮的丑橘，已替我说明了一切。

二舅哥说：“咋还多心了呢？”

我没理会他。从那一刻起，我决定不再与这个人交往。三个丑橘，比三万块钱更令我心寒。这三个丑橘，他不是指向我，而是指向孩子，这是我的底线。他可以排斥我，但不能冷落孩子，他触犯了我的底线。

回宾馆的路上，爱人一直默默落泪。她说：“老妈在与不在，就是不一样。不就三个丑橘吗？二哥何至于这样。他这是在当这个家，他这是往外赶我们。”

同我一样，三万块钱，她没在意，她早就告诉过我，二舅哥也没钱，算了，而三只丑橘，她却伤心成这样。这或许不只是丑橘的问题，她还是想老妈了。当然，也是橘子的问题，老妈在时，哪次我们离开，不是大包小裹，往我们手里塞。

“妈在，家就在，妈走了，这家就散了一半。”爱人说。

爱人一直在我面前护着他二哥，现在，她终于护不下去了。她伤透了心。

我说："咱们回家吧，老爸也见着了，我们每天住旅馆，消费也大，而且没有家的感觉。"爱人说："行，走吧。待着也是没啥意思。"我们原本想再待两天，一商量，于是决定第二天就走。

我们告别时，二舅哥冷着一张脸，他待独了，习惯一个人。我们离去，他一句送别的话都没有，依然低着头，左手手机，右手电脑键盘。难得他这份天真，像一位十六七岁的小青年。

岳父拄着拐杖在门口送我们。爱人说："爸，你要照顾好自己……"说话间，眼泪就流了来，声音也变了调，接着是抽泣。受她感染，孩子也落泪了。老岳父说："去吧。"声音也像被水洗过，湿淋淋的。

"你们走了，我跟谁过呢？"他像是问我们，更像是自言自语，我心里突然一阵酸楚。看来，他对现在与二舅哥生活在一起，是不满意的。

车一路前行，我们的话题不断。我说："二哥一脸烦躁，他不是一个安分的人。他没这份孝心，一定心怀鬼胎。他莫不是惦记老爸那套房子。"

爱人没吱声，看来她也这么想过。

十一

同我的猜测一样，岳父在玉龙新城的那套房子给了二舅哥。岳父说是岳母离世前的意思，说我们都有房，只二舅哥没房。为了逝去的岳母在地下安息，为了活着的岳父活得开心，这个结果我们只能接受，但话还是要说两句的。我说：“二哥不是没房，老爸的上一套，不是让他拿去抵押贷款了吗？他自己祸害掉了。”我还说：“老爸这套房给他我没意见，但得老爸离开以后，现在不能过户。他别再把房子卖了。”

爱人说：“你也别把他想得那么坏，有大哥呢，产权不是他的，他不敢。你一个外姓人，少管他们的事。嫁出去的人，泼出去的水，我都不管。”

爱人又说：“你一个国家公务员，也盼人一个好。二哥现在信佛，不像以前。”

二舅哥信佛，他清明从威海回来就说过，我以为他只是说说，近两个月，他付诸行动了。他每个周末都去寺庙，每去一次，花费一百五十块，一百块功德钱，二十块钱买香火，来去车费三十。

我始终不相信他是信佛人，但这话我没说出来。

五一前，岳父住到了大舅哥家，二舅哥说他们的卫生间漏水，都漏到楼下人家了，楼下来找过好几回，他要重新装修卫生间。一个脑血栓后遗症患者，一个腿脚不方便的老人，满大街去找公厕，肯定是不行的。二舅哥就把岳父送到大舅哥家，说是临时住几天。

岳父住到大舅哥处，就再也没有回到自己的家。二舅哥把他的房子卖了，他根本没办过户，直接用岳父的身份证和户口本。新的主人，拿着房证，理直气壮地住进了岳父的房子。岳父蒙在鼓里，天天盼着回自己的家。知道他的房子被卖后，他给我们打电话，说：“你二哥走了，同他的小媳妇走了，到蓬莱岛浪去了。”他的语气里，第一次对二舅哥有了不满。

一切都在我的预料之中。

出了这么大的事，我们自然要回去看一眼，安抚一下老人。孩子课程紧，周六有课，回不去。孩子不回去，我俩就得留一个人在家。爱人说："你去吧，你做的饭，孩子不爱吃。我一出门，孩子就瘦了。马上中考了，营养可不能少。"

爱人的理由充足。现在，孩子是大事，其他的都是小事，家家如此。

我给岳父的礼物，是水果和营养品，还有品牌烧鸡。这其实是给大舅哥大舅嫂看的，岳父多种疾病在身，吃不得肉，也吃不得含糖多的水果；岳父给我的见面礼，是一道难题。那时，大舅哥大舅嫂和他们的女儿都到商店去了，是岳父拄着拐杖给我开的门。岳父见我的第一句话是：你把我带走吧，我要跟你们过。他说："在这儿，我一天也待不下去。你嫂子，那张脸，像铁铸的，从早到晚，见不到笑。"我说："你要她笑干什么？有你吃的喝的，有电视看，有床睡，有自个儿的房间，你满足吧。"

他满脸失落，像一个小孩那样，几乎哭了。他说："你妈临走前说了，说她要走了，让我跟着你们过，谁也不行。二儿子指不上，大儿子行，大儿媳容不下。"

这句话暗含对我和爱人的褒扬，但我并不买账，反而很生气："明知你二儿子是个混蛋，在你面前挖了一个又一个的坑，你偏要往下跳。我们的话不听，到头来，还是要靠我们。"

大舅哥的房子，也在玉龙新城。当时他换新房，就是为了照顾老人，离老人近。

我特地去敲了敲岳父以前房屋的门。我好奇，想看看到底是怎样的一家人住在我那么熟悉的房子里。我听见屋里的动静。我感到有人影在门镜那边闪动，但并未给我开门。我走了，新的主人，与我没有任何关系，何必去打搅。

十二

岳父张罗洗澡。他说，晚上大舅嫂在家，不方便，白天洗。我说：“那就洗吧。”

岳父十五年脑血栓。他脑血栓后，拄着拐杖，所有的澡堂拒绝他进入，怕摔了担责任。他把周围几个澡堂都骂了一遍，就不再去了。他只在家洗。我们住在一起时，也给他洗过澡，也给他搓过背。但每次，他都不愿在我面前脱去短裤，任它与水一起淋湿。等我给他搓完背出来，他才换上干净短裤，走出卫生间。

这次，他进到卫生间，就把自己剥了个精光，似乎要把他的整个身体，乃至内心所有，全呈现给我。事实果真如此。他一边享受我给他搓澡，一边讲着他的过去。

他说到他的婚外情，他说，那是他人生最痛快最有激情的时刻。

尴尬了，身为岳父，他居然同我说这个。我归罪于他脑血栓后遗症，小脑萎缩。

我说着二舅哥的不是。他说：“你二哥并不是我们亲生的。因为是养子，身份特殊，打不得，骂不得，所以就宠坏了。”

“养子？”我无比惊诧。我说：“爸，您老就别编故事为自己解脱了，惯坏了就是惯坏了，没人责备你。他自个儿的路，自个儿走。”岳父说：“我说的是真话。你没看，你二哥不像你大哥，也不像三幸，他比你大哥和三幸都好看。”

岳父说的是事实，二舅哥长得像黎明，而大舅哥和我的爱人，与那个明星的模样不沾边。我说：“您从未同我们说过呀。”岳父说：“没说过，你大哥都不知道。他同你大哥相差不到两岁，他到我们家时，你大哥才三岁，没有记忆。”

他说着二舅哥的母亲，那个叫琴的女人，也说着二舅哥的父亲，一个姓刘的小号手。他说：“你刘叔和琴姨都是市歌舞团的，还有你妈，我们在一个团。”岳父说：“你琴姨先前是追过我的，但我觉得她养不住，就没跟她结婚，而是娶了你妈。后来你刘叔娶了你琴姨。不过，做媳妇是一回事，偷情又是一回事。”

岳父跟那个叫琴的女人，有过一个激情燃烧的夜晚。那个夜晚，他们下乡演出，远行到一片草原上。那里有个牧场。他们与牧场的工人载歌载舞。夜里，牧场工人们骑马，到遥远的蒙古包里歇息，把农场房子让给演出人员。

那个夜晚，我二十八岁的岳父被三杯马奶酒弄得浑身燥热，难以入眠，他起炕，披衣，走进夜色。他想让草原的风，吹凉他的身体，让他狂热的内心平静下来。

那时候，他与我的岳母已经结婚，并且有了我的大舅哥。

草原的夜风，还没来得及冷却岳父燥热的身体，一个女人走出她们的宿舍。这个女人就是琴。

我是他的女婿，身份特殊，岳父对那个夜晚的细节没有过多述说，只告诉我，他就那么把琴睡了。岳父说他把琴睡了时，说得轻描淡写，在我，却如雷贯耳。

岳父说，那个夜晚，更让他震惊的，是一只狼。当他不能自已，在一个草垛旁，与那个叫琴的女人疯狂过后，发现有一只狼正睁着双眼，静静地凝望着他们。岳父压制着内心的恐惧，扶起那个叫琴的女人，平心静气地，慢慢往回走。

事后，岳父无数次回想那个激情燃烧的夜晚，他后怕，但似乎并无悔意。他说，他竟然忘记草原是有狼的，只是他弄不明白，那只狼为何没攻击他们。

那个叫琴的女人，自那次后，多次还想与我岳父重温旧梦，无奈我岳母眼光如锥，岳父近不了身，也怕出事，最后干脆有意避开她。琴很快就找个人嫁了，就是姓刘的那个小号手。

小号手长得白净，帅气，用现在的话说，是“小鲜肉”，但无岳父的沉稳。他是岳父的好兄弟。岳父为此还很内疚，如果早知琴要嫁他，岳父说，他那个晚上，一定会控制自己，绝不做淫友人之妻之事。

琴和小号手婚后不久，岳父他们再次下乡演出，这次去的是山地，一个叫卧凤沟的乡镇。那时没有车，有车山路也走不了，都是马车。马车中间是木头箱子，装着演员们的演出服装、道具、乐器，两边坐人。

山路颠簸，让人昏昏欲睡。岳父在马车上睡着了，掉了下来。因是下坡，后面的马车急驰而来。岳父刚从睡梦中惊醒，不知咋回事，翘起头茫然四顾。与岳父同坐一马车的小号手腾地跳下车去，奔向岳父。在那命悬一线的瞬间，小号手拽起岳父，并尽全身之力，将岳父往旁边的坡地一推，他自己却没逃过马车的碾压。几千斤重的马车从他身上驶过，一个帅气的新郎官，瞬间变成了另一个人。他口吐鲜血，送到医院，医生说他的脾已破裂，肝胆肾都遭到了损伤。他卧床三天后，离开了人世。

那次演出自然是取消了。歌舞团很长一段时间，笼罩在死人的阴影里，下乡演出打不起精神，慢慢地，就不再下乡。

一个人死去，并不只是死去那么简单，会遗留很多问题。小号手留下了一颗种子，在琴的肚子里。

有人劝琴打掉这个孩子。孩子父亲没了，将来谁养？琴年轻又漂亮，还得嫁人吧。带个孩子，不好嫁。

琴在一个大姐的陪同下，走在歌舞团的大院里，步子缓慢而沉重。她们向医院走去，岳父听说，冲出宿舍。他朝着她们的背影喊："等一下。"

众目睽睽之下，我的岳父走向琴。他对琴说："孩子留下。小号子（岳父对小号手的爱称）是为我死的，他的儿子我替他养。"

琴在她与小号手婚后七个月产下一儿，琴给他起名小吉。琴生下小吉没多久，离开煤城歌舞团，同上海一名商人走了，几年后，去了美国。岳父没有食言，把小吉接到了家。为了不动摇他抚养小吉的决心，他瞒着岳母，到医院把自己的输精管给扎断了。

岳父说到这儿时，转过身，面朝我。他感叹说，人活在世上，总会与某些人或某个人纠缠不清，剪不断，理还乱。

我望着岳父那枯萎的裆，像一只深秋遭受霜打而勉强悬挂在藤上的瓜果，了无生气，很难想象它当年还能制造一段风流韵事。

岳母对岳父向来严厉，岳父对岳母言听计从。我们曾打抱不平，说岳父太老实。岳母说："他老实？他欺负过我。他欺负我的时候，你们都不知道。"

现在想来，岳母说的岳父欺负她，莫不就是指他的那次出轨。

我问岳父："你养情人的孩子，岳母轻易就同意？"岳父说："你妈心眼好，小号手又是为救我死的。再说，我同琴好过，她只是猜测，并没实据。"

我不知道岳父为何跟我说这些，他想表达什么？他是想说，因为是别人家的孩子，他不便严加管教，打不得，骂不得，就惯成今天这样？他是在为自己开脱吗？

岳父闭了眼，任我给他擦拭身上的水滴。他像是在沉默，也像是在追忆过去。

我也在追忆，我突然从二舅哥的脸上，发现岳父的影子，他莫不就是父亲的亲生？这个想法，让我在闷热的卫生间里，感到浑身发冷。我把我的想法说出来，岳父说："怎么可能，莫瞎猜测。"他说完，微直起身，望着镜子里自己的脸。镜子沾满水珠，那张脸成无数碎片，看不清表情。

我说："要不，你和二哥做个DNA。"岳父说："他都走了。"我说："他枕头上留有头发。"岳父想了一下，说："算了，不做了。有些事，搞得太清楚未必好。再说，这么多年，不是亲生的，也是亲生的了。"

一个多钟头，洗个澡的时间，二舅哥就从岳父的儿子变成养子，甚至可能是私生子。岳父脑血栓后，小脑萎缩，我怀疑他说的是胡话。可他的讲述，却那么清晰，那么有条理，不像是随性杜撰。

难道他说的都是真的？这么大的秘密，他竟然埋得这么久，藏得如此之深。多少年来，我们可是在一个饭桌吃饭。

人心何止隔肚皮！

十三

大舅哥家房子大，房间也多，能住下我，但我不习惯大舅嫂那张冷脸，自己住旅馆去了。我离开前，上岳父房间向他告别，岳父让我把门关上。他放低声音说："我还是想跟你们过。"

我愣了一下，装作没听懂。岳父接着说："你们俩心细。这次你们要不是搬到省里，你妈也不会走，至少能挺到过完年。你妈夜里烧，就把窗口打开了，睡着了，那么冷的天，开了一夜的窗。我也睡得死。你二哥在他屋里玩电脑，一夜没过来看看。第二天你妈病重了，他外出办事，拖了两天才送医院。你妈不是死在尿毒症上，是死于肺炎，一口气没上来，憋死的。"

我愤怒了。岳父见我生气，把话往回收。他说："其实也不能全怪你二哥，病人抵抗力弱，没挺过。"岳父说："你妈临走前同我说过，说'谁也不行，就三幸和牛壮不错，我死后，你就跟他们过吧'。牛壮，你让我去吗？"

他的语气已有哀求的成分。我没有立刻回答他。但是，他对他的那个说不上是亲儿子还是养子的态度，让我心里不快，只是碍于他泰山大人的身份，我一个外姓人，敢怒不敢言。更主要的是，他脱离不了杨二吉的纠缠。我若把岳父带到省城的家，不是引狼入室吗？

但内心里，我还是能接受他的，毕竟我们刚结婚时，没有房子，两位老人容纳了我们，但我不能答应得太爽快，轻易得到的东西，他会认为是应该的。我得端着点态度，让他知道他自身难保，别再没完没了去顾他那个不争气的杨二吉。我说："爸，这个事我说了不算，你得跟三幸说。"岳父说："三幸说了，她没意见，只要你同意。"

我说："我大哥不同意，他说你有两个儿子，让女婿养，让人笑话。"这话大舅哥并未说过，是我内心所想，现在竟然脱口而出。岳父说："我不是让你们养，我只是去串门，去住，每年住几个月。"

看来，他是早就打算好了的。

岳母去后，他孤苦伶仃，也挺可怜的。我气不过的，还是我的二舅哥。我脑子转不过弯的，还是他对二舅哥的态度。

岳父望着我，眼神里分明是乞求。我的心软了。岳父七十八岁，浑身是病，还能活几年？就算拖累，也不会长久。我心里同意了，但我嘴上不答应，我想憋他几天，让他长点记性，不要再惦记那个说不清是他的养子还是私生子的杨二吉了。

我说："我作为机关后备人才，被选送到省委党校学习，很快开学，时间半年，三幸要上班，要照顾孩子上学，一时怕没太多的时间照顾你。"这其实是我的借口，去党校学习，是我的白日绮梦，根本没这回事。人，有时要假想一些美事，来让自己强大，度过精神上的难关。

岳父眼睛一亮，说：“啊，是好事，去吧。”他喝了一口水，好像是突然想起什么，放下茶杯，说：“爸告诉你，在外学习，男男女女的，要小心，莫瞎搞，控制一点自己。”我说：“没事，那是党校，讲党性。”岳父说：“有时候，人性一上来，就把党性忘了。我当时要不与你琴姨有那档子事，也就不会管你二哥，没人管，你琴姨没招，不就把他带走了吗？我把他留在身边，窝在煤城，操了这老多的心，说是帮他、疼他、爱他，到头来，是害了他。你看他现在，没文化，没技能，眼高手低，一个大男人，自个儿都养活不了自个儿。唉，爸有过呀。”

我说：“爸，你别这么说。”

我突然有点可怜他，觉得自己不该编造去党校学习的谎言来骗他。我正要揭穿我自己，岳父发话了，他说：“等你党校学习完事，你就回来接我。你在你书房里放一张单人床，你二哥去看我总得有个地方住吧。”一听这话，我原本软下去的心又硬起来。我说：“行。不过我老加班，半夜回凌晨起，有时还成宿加班写材料，噼里啪啦打电脑，只怕您老睡不好。”

岳父的脸冷下来，也不是生气，就是没有表情。他说：“回去后，你们忙你们的，我没事，我能照顾自己，不给子女添麻烦。”我没接他的话，拎着电脑包准备去宾馆，岳父说：“你先别去宾馆，你带我下去走一走，我要看看玉龙湖，我还没看过夜色中的玉龙湖。”

玉龙湖夜色美，四周灯光变换着颜色，按一定频率打在水面。

我和岳父走到湖边时，正值蓝光闪耀，水面微波荡漾，玉龙湖像夜色笼罩下的一片海。我搀扶着岳父，很缓慢地散步。岳父可有也觉得玉龙湖像一片海，他说："美其名曰玉龙湖，哪里有龙。"我说："不都这样吗？城南的阳光海岸，你能看到海？"他没接我的话，依然说他的龙。他说："我要跳进这湖里，会像一条龙吧，我正好属龙哩。"我说："你这么胖，应该更像一只海豚。"岳父一百九十多斤，胖得像是没有脖子，肚腹和大腿连接处被赘肉填满，没有弧线，没有过渡。

我说岳父像海豚，他不但没有生气，还很天真地笑了。他说："像海豚好啊，海豚活得多快乐。"他停下脚步，拄着拐杖，望着湖面。此时灯光变换成绿色，水波不兴，湖面像一片被风吹动的草原。

岳父轻声哼起那首《草原夜色美丽》。我见岳父耍过很多乐器，马头琴、二胡、长号、小号、钢琴，却从未听过他唱歌。没想到岳父的男中音，竟然很好听。

岳父停止歌唱。玉龙湖畔又变换了灯光，水面不再像草原。霓虹灯闪烁，倒映在水中。水波微微荡漾，水面五彩斑斓。岳父说得对，有些事，搞得太清楚，未必是好事，比如这片湖。如果一味地去想象它的前身是露天矿，是垃圾场，是污水区，那日子就没法往下过了。

我仰望四周高楼，其实整个新区，都如这玉龙湖。这是煤城的贵族小区，一家家看上去光鲜，但那或许只是表面的光鲜，光鲜的背后，又掩埋着多少不为人知的故事。就像我岳父一家，都够写一本书了。

岳父说得对，有些东西，搞得太清楚未必是好事，我们更要关注的是现在。我们只有这样，才能往前走。

我带岳父回到大舅哥的家，大舅哥他们还未回，今天他们有应酬，让我先陪岳父。我帮岳父脱去外衣外套，让他躺下，我顾自离去。我不想碰见他们，我不愿看见大舅嫂的那张冷脸，尽管无数事实证明，她心眼并不坏，但我还是不愿面对这位在玉龙新城小有名气的“冷美人”。

回宾馆洗完澡，躺下，电话响起，是大舅哥打来的，他说岳父不见了。我说：“怎么可能，我亲手伺候他睡下的呀。”我飞速穿衣，冲出宾馆。

我们在玉龙湖里看到了岳父，他面朝水底，脊背露着，像一只若隐若现的海豚。

大舅哥在那里一边忙乎，一边哭号：“爸呀，知道你跟我妈感情深，可也不用这么急着去找她呀。”他像是同逝去的老人说，但我心里清楚，他其实是说给邻居和亲戚们听的，他害怕老人自杀，给他扣上不孝的帽子。

大舅嫂说：“我恨死杨二吉了，他把老人害了，老人却死在我家，好像我们虐待老人似的。”

灯光暗，我看不清她脸上的表情，但那张冷脸，分明已呈现在眼前。

岳父其实是个非常好的人，脾气好，人善良，大气，舍得让人吃东西。如果没有我二舅哥在中间这么作，他会待我更好，不亚于亲生，也不会走上这条绝路。

我这么想时，悲哀便袭击了我。我两腿发软，几乎瘫坐在地上。

如果我没有拒绝他要跟我们过的要求，他会自溺于玉龙湖吗？我这么想，悲哀迅速膨胀，掺杂着恐惧。巨大的恐惧和自责裹挟着我，皮鞭一样抽打着我，我难受得哭起来。我听见大舅哥的邻居说：“看这姑爷子多孝顺，哭得多伤心，比亲儿子还亲。”

爱人驱车在路上。她把孩子留在她的同学家。我问爱人：“二哥回来吗？”她说：“他知道了，但没说回不回，电话就断了，再打，无法接通，可能是没电了。”

我认为他是关机了。如果他因为愧疚，不敢面对，那他还算有一点人性。如果他纯粹是躲避，怕我们责怪他，怕我们向他要房钱，那他就太不是人了。

他是怎么想的，我不知道，知道了，我也不能评说，毕竟，我是个外姓人。

岳父一定不是想让自己看上去像海豚，才跳进湖里的。绿色的灯光打在水面，这片湖像海，更像一片碧绿的草原。岳父是不是把这里当成了他的草原。如果是，那么，他踏上这片“草原”，是去追随我的岳母，还是去找那个叫琴的女人？

这只能是猜测了。猜测，终归是虚幻的，不确定的；真切的是，岳父走了，我们再也见不到他了。

北方五月的夜晚，其实还很冷。岳父走的那一刻，在湖水里一定很遭罪吧。我这么想，新的一轮眼泪涌出，划过我的面颊，带着冰凉。

净 身

北国风光。雪停止了飘洒。雪罩群山。白象似的群山。我凝望群山。我喜欢这样凝望。寂静中，电话响起，是母亲。母亲说："聋二不行了，可就是不咽气，他怕是在等你。"

犹如一柄利剑穿透脊背，直抵心脏，我双手震颤，手机差点坠落。

某些东西，我不愿触及，故意不去回想。我说："我在野外，动不了身。我打一千块钱过去，你给他吧。"母亲说："要死的人，给他钱做么事？给他钱，还不让他的嫂拿去了。"我说："那你替我给他买些吃的。"母亲说："百么事吃不得，只有进气，没有出气。"

我不想继续谈论聋二，挂了电话。

空谷回荡着枪声炮声和飞机的轰鸣声，北部战区某特战旅春训，我来采风。聋二压在我心头，我心绪全无。我离开训练场，逃避着喧嚣，往房东家走。夜黑下来。我磕去皮鞋，躺在炙热的炕上，凝望天花板，一夜无眠，眼前除了聋二，还是聋二。我心猛地震颤，疼痛涌上来。回家！为聋二，也为自己，为了让我这颗不安的心。

高铁。树木在窗外飞逝。往事如风……

一

“四郎，”母亲说，“天热了，你也大了，我和你父的床挤不下，你到聋二的窑上睡，今黑就去。”

我直起腰，斜望西天，殷红的夕阳陡地一沉，我心里咯噔一下，仿佛它重重地砸中了我。暖暖的光线随即抽丝般消逝，一股陡起的凉意将我裹挟。

聋二是村里一个寡汉条子，一个人过着日月。我不知道他有多大，好像三十岁，或许四十，也可能五十了。总之，他已经是个小老头了。他有着寡汉条子特性：孤僻、怪异，似乎还有些清高，少与人来往。

去聋二那儿睡，倒没什么，他那个茅棚还算宽敞。可他是个窑匠，成天与泥巴打交道，汗淋淋的头发沾上尘土，像戏子头上的绒球，这我也能忍受，我是害怕窑场北面的松林。那里是一片坟地，埋的都是野死（非正常死亡）的人，都是些不甘心的冤死鬼，急着寻替身。我每次走到窑场，总会披上一头冷汗。

我没理母亲，埋头写作业。母亲是一种商量的口气：“我同聋二说好了，他想你去哩，你就去呗。”母亲天生一副大嗓门，除非不说话，一说话，响遍半个竹林湾。她这样低眉下气，在我的记忆里，还是第一次。

我说：“揭人不揭短，你别成天聋二聋二的，我叫他二父。”母亲声音这才恢复到她的原始状态，震得我耳膜生疼。母亲说：“哎呀，我家四郎就是嘴巴甜，难怪聋二那么喜欢你，听说我让你住到他那里去，高兴得像是得了儿，里里外外，又扫又擦。别看是个茅棚，弄得可干净咧。我看啦，你就当他的儿吧。”我不吱声，厌烦地躲着母亲。母亲视我的不吱声为默许，说：“我家四郎就是懂事，不像他家的毛刺，书都读到屁眼里去了。”

毛刺是聋二的侄儿，与我一般大小。

我嫌恶地瞥母亲一眼，收起我的作业本，往书包里一塞，说：“不写了，讨人嫌！”

我转身，父亲从田里收工回来，将一只长把秧耙靠在墙角，讨好的目光迎过来。我像喝了一碗冰冷的米粥，满肚子不舒服。

凭啥是我？我上面有三个哥哥，大郎二郎三郎，为何不让他们上聋二那里去住？我扔下书包，坐到石拱桥上，看西天的落霞。石拱桥上常有人往下跳，寻死。我们学会了，只要大人们逼着我们做不愿做的事，我们就站到石拱桥的最高处，这时候，大人们多半不再威逼。

夜里，我到父亲母亲床上去睡时，父亲的眼瞪得像电灯泡。我不知道他为什么烦我，我懒得理他，爬上床，闷头就睡。从出生那天起，我一直就跟他们睡在一起。我也知道，我大了，该分开睡了，可哪有地方，哪有床？

半夜里，我被一种声音吵醒，类似农场那只种猪发出的动静。我睡眼微睁，看到父亲赤裸的身体。他像一只虾弓着，腿弯曲着。他在母亲身后，像一架移动着的犁。

不能怪我，只能怪那夜的月光太明。月光从三块明瓦里，像探照灯一样，正好照在他们身上。

我知道他们在做什么，我不小了，九岁了。

我闭了眼，可我无处可逃。

我家只有两间屋，外屋一分为二，上半截是灶屋，下半截是堂屋。里屋同样隔成两半，上半截父亲母亲睡，下半截，一张双人床，我的三个哥哥把它塞得满满的。他们床边是一个谷仓，屋里再没下脚的地儿。

父亲是瘸腿，他无力为我们多盖一间屋。

二

窑场在北山洼。一个土窑，一间茅棚，一块平整出来的沙土地。茅棚是聋二的家。聋二白日在茅棚前做砖坯瓦坯，夜里在茅棚里歇息，深秋或初冬烧窑卖货。

下午放学，我走在河坝上，河水里倒映着蓝天白云。河水在微风中轻轻荡漾，那水里的白色云朵，便轻轻地，随着微波上下起伏着。我仿佛看见昨晚父亲那白亮的屁股，它像一片白云在我眼前随风而动。我胸闷，透不过气。我无力走向我的家，脚不由自主，走向窑场。聋二欣喜地过来迎我。他新剃了头，照平时显得干净利索。他两手是泥，伸过来想接我的书包，又缩回手去。他几步跨到茅棚下那个大水缸前，舀水洗了手，这才接过我的书包，另一只手，搭在我的肩上。他朝着我笑，说："你娘说昨天就让你来，你咋没来？"我没吱声，他知道是我不愿意，就没再问。

虽是茅棚，里面收拾得倒也干净。夕阳从窗口照进来，门大开着，茅屋里很亮堂。

聋二收摊，不再拍泥砖，也不做瓦坯。他舀米，择菜，到茅棚旁的溪水凼去淘洗。溪水凼的水清幽幽的。

聋二生火，焖米饭。他说："以后晚上就在我这儿吃，别再跑来跑去的。"我懂事地帮着往灶膛里添柴火，聋二不让，他把一张凳子搬到棚外，让我就着夕阳写作业。

"晚上灯光暗，对眼睛不好。"他说。

我趴伏在凳子上忙活开。聋二将他的一件上衣叠了，塞在我屁股下，又拿出一件外套，披在我的肩头。这样的举动，记忆中父亲母亲从未有过。聋二让我心生温暖。

天暗下来，家里没人找我。我来窑场，并没告诉他们啊。我内心有一种说不出的滋味，失落、慌乱、气愤。我越来越觉得我在那个家里是多余的人，我很伤心。天黑时，家里养的猪没回屋，鸡窝里少了一只鸡，母亲都会找，她却不找我。我觉得自己可怜，差点落下泪。

"四郎，吃饭了。"喊我的是聋二，不是母亲。

我转过脸去，聋二一手拤住一只大海碗，里面是面条，上面覆盖着一只黄亮亮的煎鸡蛋。他的另一只手夹着一双筷子。他笑着把碗筷递过来。我慌了神，说："我又不是客，我……"

碗已塞在我手中。香喷喷的，聋二往面条上撒了韭菜。我吃得满嘴流油。

这是有记忆以来，除了过年，我吃得最饱的一次。家里弟兄多，又都是长身体的时候，干活的人少，都是能吃的半大小伙子，锅里的饭，盘子里的菜，缸里的米，谷池子里的谷，像泄洪似的下得快。我常常只吃半饱。

风从南面山谷吹到北山洼，吹动北山坡的松树浪一样波动。晒场有细密干枯的松枝，我拿笤帚去扫，聋二说："天黑了，不用，我明早扫。"他看我的目光朦朦胧胧，像这白昼与黑夜交汇处的光线。

蛙已经开始了它们暮春的鸣叫。

黑夜袭来时，母亲呼唤我的声音并未在我期盼中响起。我的三个哥哥，大郎二郎三郎，他们只顾玩自个儿的，没人理我。我的父亲，他热衷于种地，成串的儿子在他眼前晃荡，他很少过问。他或许对我们不在乎，或许对我们这种散养的状态很满意，或许他根本就没发现我们在他面前多一个或少一个。他要么在田地里闷头干活，要么坐在八仙桌前抽烟，喝酽茶。

我怅然地进到茅棚里。饭菜的香味扑面而来，我往茅棚里侧让开。聋二盛了两碗饭，让我与他并排坐到床沿。他递给我一双筷子，说："吃吧。"我说："我刚才不是吃过面么？"聋二说："那是过下（下午茶），这才是夜饭。"

聋二把我当客待，我心里一暖，同时有些惶惑。

饭后，我懂事地抢着洗碗，被聋二制止，我就看书。聋二在棚檐挂一只马灯，继续忙碌。他用独轮车推土，用水将泥土浸泡，为明天做砖坯瓦坯做准备。我在棚里，点一盏油灯。风吹进来，油灯摇曳，光线闪耀，茅草墙上，到处是晃动的影子，像动物，像人，像鬼魅。我害怕，走出窑棚，走到聋二身边。凉风轻吹，四野空旷，夜罩着整个山洼。马灯使山洼的一切变得朦胧幽暗。循着马灯射出的光线，我望见了北山，看见山脚下那片坟地。我看不清坟包，但我知道那里就是坟地，隐没在树影中。刚才茅棚里暖和，饭菜也香，我一时忘记了坟的存在。现在，眼前的一切，让我头皮发紧，心也缩得紧紧的。我喊了一声二父。聋二问我："么事？"我没有回答，我若说怕鬼，他会认为我胆小；而且一提鬼字，我会更害怕。他可能从我的表情，看出了我内心的胆怯。他说："好了，不干了，白天抓紧一些。"他在马灯下舀水洗了手，之后就坐在我身旁。他说："才吃过，怕是睡不着，你读书吧，读给我听。"我盯着课本，有时翻一下眼皮看聋二。他静静地看着我，一脸很浅的微笑。我突然觉得，他比我的父亲更像父亲。父亲是沉默的，劳累的，他很少这么朝着我笑。

看了一会儿书，我打起哈欠，聋二说："洗个手脸，泡个脚，睡吧。"灶膛里煨着水壶，像一只被烧焦的乌龟。聋二用火钳夹住水壶，将热水倒进一只白瓷脸盆里，又往脸盆里舀了一瓢冷水。他伸出一只手指头，在水里划着圆圈试水温。他说："洗吧，不烫。"他将脸盆搁在我脚旁。

洗完手脸的水，倒进脚盆。我把脚放进盆里时，全身热乎了。

我的两只脚，在热水里上下倒腾，把水弄得滋滋脆响。洗了一会儿，聋二说："好了，别把水洗凉了。"他说着，一手拿一块农家织的土布，另一只手抄起我的脚，将土布贴上来，给我擦脚。我不好意思，把脚往后缩，他粗大的虎口将我的脚拤得无法动弹，像是给我脱鞋似的一拧一抹，我的脚就干净了。

我脱衣躺下。聋二抄起脚盆，在茅棚门口像撒网似的双手一扬，我听见水落地的扑通声。他回屋，舀水，洗了脚盆。他往脚盆里打了热水，兑了凉水，抱着脚盆出了屋。屋子里一下子静了，风从门口灌进来，从茅草的缝隙钻进来，吹得灯光摇摆，茅草墙上，再次出现奇怪的影子，它们晃动着。我喊聋二，没有回应。我趿着布鞋追出去。我看见他在茅棚的一侧擦洗身子。我看见他月下的身子分作三截，中间白亮，是他的屁股——那很少被太阳晒到的地方。父亲赤裸的身体，再次出现在我面前。我想，聋二会不会也是这样的呢？我就往前走，聋二极快地用汗巾围住身上的那圈白，头也不回，问我："你不睡？起来做么事？"他的声音很大，像是在吼。

我脸一热。我说："我怕。"我说："二父，你到棚里洗。"

聋二套上长裤，来到棚里。他不再擦洗身子，只洗脚。他洗了很长的时间，那水已不再冒热气，他还在洗。洗脚水发出的声音，陪伴着他长时间的沉默。

我躺在床上。聋二终于洗完，他关了茅棚的门，上了床。没有多余的被，我们共一床被。床单下是稻草。稻草晒过，干涩的气味驱走了床铺四周的潮气。我从来没睡过这么宽敞的床，很舒坦。

聋二灭了灯。夜的黑扑过来。我们睡通腿。我的头朝着门。北山上那些旧坟，浮现在脑子里，我总觉得那坟里会伸出长长的手来，只等我闭了眼，就来掐我的脖子。我爬起来，挪到聋二那一端。我说："二父，我也睡这边。"聋二说："行。"我又说："二父，点着灯行吗？"聋二说："不行，晚上风大，我们都睡着了，会把棚子烧着的。"

我往里靠了靠。我感受到聋二粗粝的呼吸。他知道我怕，说："你睡吧，等你睡着了我再睡。"

我侧脸看他，他的眼睛在黑暗中熠熠闪着。他果然睁着眼睛，等着我睡。我觉得他比亲生父亲还亲。我往他后背挨过去，贴着他温热的肌肤。

母亲的呼喊像一道闪电划破夜幕——四郎……到底是母亲，也骂我们，也打我们，但还是惦记着我们。我脸上一热，一直盈在眼里的泪，涌了出来。

三

在通向学校的小路上，麻球拦住我。麻球同聋二一样，也是寡汉，因为脸上有麻点，且长着一个球一样的圆脑袋，因此得名。麻球一条腿长一条腿短，干不了重活，他放牛，捡粪。

我和我的小伙伴都不喜欢麻球。未见其人，先闻其味，那猪屎的臭味，让我们苦不堪言。我们总是躲着他。他说："春天了，你娘发情了，把你送到窑场去，好让你父跟她上骒。"

上骒是我们石桥河一带的方言，指一只公的牛羊猪狗，爬到母的牛羊猪狗背上交配，也指男人和女人做丑事。上骒不是好话，经麻球嘴里说出，更显龌龊。难怪哥哥们说，麻球狗嘴里吐不出象牙，只能吐猪屎，让我离他远一点。但我无法逃离，满嘴黑牙的麻球抓住我的手，说："你父你娘把你赶走，他们晚上想这样。"他说着，用左手食指拇指围成一个圈，右手食指插入圈内，前后移动。我的眼泪几乎落下来。我绕开他，快步走。他冲我喊："你父跛着个腿，上骒的瘾大得很哩！"

我努力地奔跑。我跑了好长时间，甩掉了他身上的猪屎味，但甩不掉他的声音：你父跛着个腿，上骒的瘾大得很哩……

我的心一阵刺痛。父亲的腿疾，并非先天，他年轻时是公职教师，吃国家饭。那年支援农村建设，回到乡村。父亲一介书生，干不了重活，说话偶尔夹点普通话，遭人排斥，被人讥讽，说他是陕西的骡子做马叫。父亲努力表现自己。一天夜里，生产队去偷外村的树，父亲冲锋在前，结果挨了铳，膝盖受了伤。因为是偷盗，不敢声张，没得到彻底治疗，留下后遗症，一只膝盖难以转弯，脚瘸了。记忆中，父亲走路总是很慢，努力掩饰他的腿疾。

母亲识字不多，把父亲下放农村的证明信当废纸卷烟抽了，加之父亲膝盖有伤，父亲就再也没能回到他的三尺讲台。他成了一个彻底的农民。

四

夜饭还是晚，我到家，母亲才生火，看来这夜饭一时半会儿吃不上。母亲说：“你饿了么？还是上窑场吧，聋二一个人，煮饭快。”

我怔怔地望着母亲，像望一个陌生人，我怀疑我家的饭那么晚，是母亲的一个阴谋。我心里酸涩。我是她的儿子，她竟然把我甩给聋二，甩得这么干净。

聋二沿着那条林中小道，朝我奔来。他说听见林子里鸟扑腾，知道有人来，估计是我。他知道我胆小，来接我。

天还很早，夕阳斜照，聋二在最后的光线里，抢做砖坯瓦坯。

晒场一角，有一个木头凳子，粗糙，丑陋，但很结实。上面仰放着砖模子，一次能出四块砖。聋二先往砖模子里撒些草木灰，这样泥块就不会沾在木质砖模子上。之后，聋二举起一团泥，重重地砸向砖模子，再用手将那些泥拍平，用一张以钢丝为弦的弓，贴着木头模子，将多余的泥块切割，扔向泥堆。聋二抱起砖模子，走到晒场，那里收拾平整，地面是金黄色的细沙。

聋二将砖模子在胸前一推，弯腰，双手提着砖模子的两个护耳，翻腕，手臂震颤，慢慢提动砖模子，四块砖坯同时落地，就像是从地上长出来似的。砖坯有棱有角。

我欣赏聋二做砖。阳光洒在他古铜色隆起的胸肌上，像墙上那些炼钢工人的宣传画，更像电影里炉壁前的炼钢工人。天热了，湾子里别的男人和小伙子穿起了短裤。聋二不，再热的天，长裤总是那么严实地罩着他的双腿。

做瓦坯要换家伙什。晒场北侧立一根木棍，下端埋在地下，顶端支着一个转盘，转盘上搁着瓦模子。瓦模子是活动的，像一只水桶从中间劈成两半，撑开，呈小木桶状。聋二将草木灰撒在瓦模子上，用泥抹子挖泥，摔在转盘上，敷墙似的往瓦模子上敷。他左手一碰，瓦模子转动，泥块被泥抹子挤成长条形，紧紧贴在水桶样的瓦模子上，绕成一圈。转盘旁支了一个脸盆架，上搁一脸盆，盆里装着水。聋二左手转动转盘，右手泥抹子蜻蜓点水一般，在脸盆和瓦模子之间飞舞，将水蘸在泥块上，泥块便越来越薄，成油亮的泥片。瓦模子上面有一道凹槽。泥块被泥抹子挤压成瓦片厚薄，聋二随即将泥抹子在脸盆里浸泡一下，抬起，横成一把刀，按进瓦模子上端的凹槽，将那转盘只一转，瓦模子上多余的泥片，就被旋切掉了。

聋二提着瓦模子，将瓦模子轻轻立在晒场，从里面往里一收，那圆形的瓦模子就瘪了。他将瓦模子从里面轻轻掏出，那泥做的圆台就立在晒场。

瓦模子的侧边，有四个凸起的竖棱，凸起的竖棱处，泥就薄。圆台形泥坯晾晒到八成干时，聋二开始收瓦坯。他双手轻拍那圆台，圆台就断裂成四片独立的瓦坯，立在晒场。收瓦坯这活要细，要用巧劲，劲小了，那圆柱形瓦坯不动，劲大了，瓦坯会像多米诺骨牌，碎倒一大片，半天的汗水就白流了。

聋二做砖，更显他一个男人的阳刚，而做瓦，则能看出他柔美的一面。我觉得做砖完全是一种体力活，我更爱看聋二做瓦。做瓦，才称得上是一门手艺，甚至是艺术。他像一位陶艺家，在乡村，有着他独特的魅力。

夕阳照耀着一排排砖瓦，晒场像镀了金光的兵马俑群。

五

星期天，正午。聋二离开窑场，去水田望水，我在窑场看书，也帮聋二看砖瓦坯，怕牲口踩踏。聋二刚走，麻球出现了，他一手拎粪箕，一手握粪耙，晃荡到窑场。这里牲畜少，醉翁之意不在酒，他来这里不是捡粪，他是来说闲话，寻快乐的。他问我："你老子呢？"我说："我不知道，我又没回老屋。"麻球说："我问聋二呢，他不是你老子么？你爷俩，比亲生的还亲。难怪聋二不接媳妇，原来有你娘，你原来就是他的种！"

我不吱声。他没好话，我学聋二，对他的话像对待一坨猪屎。我沉默，他并不放过我，凑到我跟前。我歪着脖子躲避着他，他身上的臭味扑打过来。他问："窑后北山坡最右边那个塌坟包，你知道埋的是哪个？"我心一紧，我最怕坟，坟是鬼的屋，一个坟里住着一个鬼。我打断他的话，我说："麻伯，你咋不娶女人呢？"我故意说他的痛处。麻球说："我是想娶女人，没人跟我呀。我还想娶你娘呢，你娘看上了你父，她不要我。她情愿让你父这个跛子上骒，我摸一下都不行。"我骂他："你不跛？你也是跛脚，还说别人！"麻球伸着脖颈说："你说我脸麻，那是事实，你说我脚跛，那是放屁！"他说着，在沙地上走起来，右脚像绑上去的一截木头，我不忍直视。

"我不跛，我只是踮脚。"麻球说。他伸手在我头上摸了一把，我一个狮子甩头，躲开他，他翻肘，那只手就伸进我的裆，狠狠地抓了一把，我嚎叫一声。他说：“猪捅的，就兴聋二抱你睡，我摸不得。”我说：“哪有，我二父没抱我。”他撇嘴说：“哟，还‘我二父’，叫得亲。行了，他没抱你，我抱你。”他说着，双手包抄过来，我跳开去。他再次说到那个坟。他说：“告诉你吧，那个坟里埋的是一个女的，才十六岁，穿着绿长裙，可好看哩。她是毛刺的太爹和爹爹杀死的。”

麻球的声音低沉冰冷，像山洞里蹿出的一条蛇。我像被蛇信子刺中，全身紧缩。他一把将我搂过去，把我搂得紧紧的。我挣扎着。我越挣扎，他抱得越紧，他的双臂像两根钢丝。我挣脱开去。他说戏文似的，先整了两句唱词。他说：“杨四郎，你坐下，我们说说知心话。”他还翻着手腕，把那臭烘烘的手指弄成兰花状，令我恶心。我躲避他，他就自言自语，讲述那个坟里的女人。他说：“那还是民国时期的事呢，别说你还没出生，你父杨大志都没被你爹爹种进你奶的肚子里呢。”

他龇着黄牙，口臭喷出来。他说：“这话说来就长了。河口有父女俩，那当老子的在河口做生意。多年前，与麻城一个朋友结为亲家。那年冬天，老伴去世，女儿长大成人，他就带着女儿，投奔麻城的亲家，想把亲事办了。他赶着牛车，带了全部积蓄，前往麻城。这天走到我们竹林湾时，天向晚，就没敢往前走，想在竹林湾寻一个住处。也是命该如此，在石拱桥边上，碰上了毛刺的太爹。”

“毛刺的太爹看出那是有钱人，半夜谋财害命，那个当父亲的被杀了，那个小女子逃跑了，一气跑到这北山坡，还是被追上了。毛刺的太爹，先是伸出长把锄头，去绊她的脚，女伢倒下了。他举起锄头，朝着她的头挖下去。他把她埋在北山坡，就是那个塌坟包。她死的时候穿着绿色长睡裙，你看，就那里，”麻球指着一个坟包说，“她不时会穿着绿色长睡裙从坟里钻出来，好像是要报仇，我就见过好几次。”

一片乌云浮到头顶，天一下子黑下来，我心脏紧缩，毛发耸立。

麻球接着说：“毛刺的太爹，碎了那当父的尸，扔到石桥河里喂了鱼，赶在天亮前，上了县城，把牛卖给了屠宰场。他们用那父女俩留下的钱财，开了小饭铺。他家的日子，就是那么过起来的。”

我扭着脖子，不敢看北山洼。麻球说：“真的，现在那个牛车还在毛刺家的板楼上，一湾人都知道，就是没人敢说。”他说话时，依然指着北山洼。我并没顺着他的手指看，但那个坟，被他的话植入了我的想象中。麻球说：“你不信算了，我走，你就在这里待着吧，她一会儿准会从那坟里钻出来寻替身，就穿着她死时穿的绿睡裙。你要小心，女鬼最爱在油桐树上梳头，都是长发长牙。再漂亮的妇人，变成鬼，就丑了。”

茅棚外，油桐树飒飒作响，外面吹着风，松枝落了，油桐树上宽大的叶子，像蒲扇摇摆着，有一两片叶子，经不住折腾，头重脚轻，栽落在地上。麻球走了，把恐惧留给了我。我立在那里，望着他摇摆着的身影消失在林子尽头。山洼空荡荡的。我回望坡地，树木挡住了那个塌陷的旧坟，但它分明就在我脑子里，我分明看见那绿裙女伢在树丛中一闪而逝。她的脸苍白如纸，有一缕血在她苍白的脸上蠕动。

六

我站在桥上，顶着西来的夕阳。夕阳像一盏即将燃尽的灯，最后时刻回光返照，更加毒辣。我身上的汗水像油一样往外冒。孤独那么强烈地袭击着我。学校，家，哪里都容不下我。我伸手抹脸。我自己也弄不清楚，模糊我双眼的，是河面的水汽，还是我的泪。

我在桥上，一直等到母亲回来。五郎像一个脏兮兮的小叫花子，跟在母亲身后。我飞奔过去。我哭了。我说："娘，我不想到窑场住。"母亲朝着我锁了一下眉，问我："咋了，聋二对你不好？"我摇头。母亲说："我也知道你不习惯，可家里哪住得下？"我说："我不挤你和父，我同哥他们住。"母亲说："开春了，天像火烤，挤不下。"

母亲放下竹篮，里面有几棵白菜。她叹了口气，说："我下午碰见了你们的梅老师，他要你的学费。你说学费咋这么贵，二十块，一个鸡蛋才八分钱。这书，真是读不起了。"

我心被蜇了一下。母亲又说："要不，你也别读书了，回家放牛。一头牛拴着我的身子，还有这一条小牙狗。"母亲说牙狗时，指了一下五郎。那年还没分田到户，五郎太小，母亲不能上队里做事，就帮队里放牛。母亲说："你回来，一日三餐，我烧火，你还能帮我添把柴。"我说我要读书。我说着，就哭了。我爱读书，我不知道读书有什么用，可我就是想读书。母亲说："我也想让你读，可这二十块，娘就是变成一只鸡，一天屙个蛋，也凑不齐这二十块。我看你还是到窑场去吧，聋二那里还有那么多砖瓦没卖，那都是钱。整个竹林湾，只有他手里能见到现钱。”

我倚着门框，哭了。

我在父亲母亲和五郎的床上挤了一晚。第二天，我去上学。我来到教室，同学们到得差不多了。班主任梅老师说：“杨四郎，你站到后面去。”我问：“为么事？”他说：“学费没交齐的，都站到后面。”

我无奈地站到教室最后排。昨天还有一个叫江五包的人陪着我，今天只有我一个。我不相信自己的眼睛，抬头扫视左右，是的，只有我，一个人。

我低头，目光落在我的赤脚上。我盯着自己的脚丫，眼泪汪汪，这使我的脚看上去那么遥远，虚幻，模糊。它不像是我的脚。

天黑下来时，聋二来了。他来接我。我站着不动，那个绿裙女子再次飘荡在我眼前。聋二拉起我的手，把它抓得很紧。他的手掌里有东西，我感受到了，那是钱，新票子，那么坚硬。我的脚就不由自主，跟着他的脚步迈开去。

与先前一样，聋二睡里侧，挨着茅草墙，我睡外侧。茅棚的门，是用木头条拼钉在一起的，很厚实，缝隙却很大。我躺下，总觉得那个绿裙女子就在门外，她随时会从那手指粗的缝隙里飘然而入。我就同聋二换了地方，睡到里侧去。

这是清明过后的夜，一场雨，使夜潮湿阴冷。夜风吹，支出的茅草瑟瑟有声，好像是绿裙女子的手，正抠着那茅草墙，企图抠出一条缝，要将手伸进来，要把我抓去当替身。听说当替身，死法都是一样的。我这么想，就看见她的另一只手里，拿着一柄长把锄。她头顶那锄齿挖出的窟窿一直在流血，直流到她的脸上。我躲开去，睡到外侧。聋二将身子移过去，挡着茅草墙。我刚要睡着，风吹着那扇木头门，哐当哐当的。我无处可藏，钻进被子里，捂着脑袋。我往聋二那边靠了靠，紧挨着他。

绿裙女子比我想象中要瘦，只剩下皮包骨头。我看不清她的五官，她好像根本就没有五官，脸是扁平的，像贴了一张苍白的纸，好像有眼睛，只不过是两个黑窟窿。她就用那黑窟窿在房间里扫视。她看见了我，向我走来。她伸着鸡爪般的手，伸向我的脖颈，聋二睡梦中一个喷嚏，她缩回手去。我全身绷得紧紧的，屏住呼吸。我不想看她，闭上眼，可闭上眼更害怕。一闭上眼，她那筷子一样细长的手指就掐过来，还有她左手的长齿锄头。月光从那两孔窗户里照进来，她就在那月光里。一个尖细的声音，从它那两个黑窟窿里传出来，就像是从地穴里传来。那个声音说：“吞下它！”说着，她右手在空气里一甩一抓，一条蛇从棚顶飞到她手中。蛇弯曲着身子，翘着头，吐着信子。她要我把这条吐着信子的蛇吞下去。我吓得大喊。聋二坐起来，问：“怎么啦？”我说：“蛇！”聋二问：“在哪里？”我指给他看，这时，我看不见那条蛇，也看不见那个绿裙女子，它们瞬间都穿窗而去。

我坐在床上，瞪着眼，大口大口喘气。聋二掀开被子，问我：“你怎么了？你莫不是病了。”我摇头。他又问：“你看见什么了？”他就把我的头搂过去，贴在他的胸脯上。我浑身绷得紧紧的肌肉，慢慢地松弛开了。

我自此害怕窗户，多热的天，我都要搬只凳子，踏上去，把窗户关上。聋二怕热。他知道我害怕，就由着我。他一晚上要醒好几次，每次醒来，就用湿毛巾擦脸，擦脊背。

我还是害怕。我紧紧地挨着他。

“你愿意这么睡，就这么睡吧。”聋二说。他说着，翻过身去，把后背弯成一张弓。我将身体挨上去，把脸贴在他的脖颈上，肚子贴上他的脊背，腿也紧挨着他。我将身体的每一个部位都贴紧他，感觉到他的存在，那恐惧才慢慢地弱下去。

寒冷而潮湿的土地，总是等待着春天的来临。春天真的来临时，我已习惯了窑场的蛙声。那一望无际的油菜花，像金黄色的火苗在燃烧，冲淡了我对绿裙女子的惧怕。

七

聋二在窑场迎着暮色眺望的时候，我走进他的目光。夜开始向着窑场移动。

我身后是母亲。她在南山洼的菜园里看见我，就跟着我一起来到窑场。母亲从她的竹篮里，把洗净的白菜抓一把，放在聋二家菜篮里。她走出来。她一声叹息，像是累了。她坐在晒场的沙子上，半仰头，伸着脖颈跟聋二说话。母亲夸聋二人好，厚道，接着夸他的手艺好，能挣钱，又说聋二这样的人，是不应该打光棍的，应该有个屋里人。没有屋里人，也应该有儿子。这么好的人，没人续香火，真是白瞎了。

父亲也来到窑场，他们好像是约好的。父亲冷着脸，像冬日里一片干燥的土地。他们两人同时来到窑上，这在我记忆里少见。母亲很少与跛腿的父亲一起行走。母亲对聋二说：“二兄弟，四郎就交给你了。这学费，就是砸锅卖铁，我们也交不起，你好歹有个窑场。”父亲说：“兄弟，四郎就交给你吧，以后让他养你老，反正我儿多。”

父亲有五个儿，听说母亲又怀上了。母亲一直想要个女。

聋二的脸，像秋日的天空，平淡无云，你看不出他是高兴，还是不高兴。母亲说：“兄弟，你说句话。”聋二还是不吱声。父亲说：“二兄弟，你说话嘛。”父亲母亲的眼神都一样的，讨好，甚至是乞求。他们这样的嘴脸，刺痛着我的心。既然他们养不起，干吗要生那么多，把亲生儿子往外送的，整个竹林湾，也就他们。我坐在矮凳上，把床当课桌，装作看书，其实在偷听他们谈话。父亲说：“二兄弟，你知道，四郎是我五个儿中最聪明的一个，长得也疼人，生下来就与你亲。我和他娘可是把最好的儿给你。”我没听见聋二的回答，我听到的，只是长时间的沉默。沉默像一把无形的刀，一点点切割着我的自尊。我感到我是个多余的人。我进到茅屋，趴伏在床上，把脸埋在被单里。我想哭，却没有泪。微风拂动茅草，发出瑟瑟之音。那茅草尖就拂在我的心上，我心里毛愣愣地难受。这时，一个声音，像一声春雷，将我内心储存了整个冬天的阴霾驱散，带来一场绵绵细雨。那个声音说：“我愿意四郎当我的儿子，我喜欢他，但这事得四郎愿意。”

我像解压的弹簧，从床上弹起来，两步飞跨到门口，走出茅屋。我说："我愿意！"我的声音很高，整个北山洼都听得见——北山洼的树，北山洼的溪沟、水凼，北山洼的每一块石头、每一棵小草、每一朵油菜花。

母亲说："听着没，二兄弟，他愿意，四郎愿意。"母亲走出来，一把将我拽进茅屋，把她那张大脸朝向我，说："四郎，叫爷。"

我张了张嘴，却没叫出来。我害羞。母亲就说："行了，今天就不叫了，过两天当着亲戚的面，改口管你二父叫爷。"

聋二笑了，一脸灿烂，像天边那最后一抹霞光。但母亲接下来的话，让他脸上的霞光消逝在暮色里。母亲说："得过客，选个好日子，把我家的亲戚都请来，把你家的亲戚也请来。"聋二说："四郎把我当爷，我把四郎当儿子，我们父子相待，不要那些形式上的东西。"母亲说："形式上的东西还是要的，这样才名正言顺。"

茅屋后溪水浅吟低唱。

聋二的沉默持续着。母亲盯着他，等着他的答复。聋二说："要不，秋后请客吧，那时候，有收成。"母亲说："现在也不错，园子里有现成的菜，茄子、豆角、黄瓜……我家园子里也有，我多摘些过来。你只要割些肉，买些鸡蛋，杀几只鸡，就够了。"

聋二陷入沉思。母亲继续她的话。母亲说："我来帮你烧火，你在窑上搭个灶台。"见聋二没反驳，母亲语气坚决起来："下月初一，就这么定了。聋二,四郎是个懂事的孩子，你不亏，有他将来给你养老。我明天就去接客。"

接客就是到亲戚朋友家告诉请客的时间地点，相当于城里人下请帖，只不过不写帖子，而是口头传达。

聋二没回应，轻轻拍打砖坯。他做砖坯的力量一向很大，此刻那么温柔，好像心不在焉。母亲拽起我的手，拉着我远离聋二，语气低沉，样子诡秘。母亲说：“儿啊，你别多心，娘是疼你，才把你给聋二。咱们家供不起你读书。把你送人，娘心里也不好受。话说回来，给谁当儿子，你还不是咱老杨家的血脉？”

我说：“我是你们的儿子，为什么一定要当他的儿子呢？”母亲说：“他供你吃供你住。”我说：“我现在不是在他家吃、在他家住吗”？母亲说：“不一样的。你不当他的儿子，时间长了，他就不会让你在他这儿吃在这儿住。”我说：“不会，二父让我在这儿吃在这儿住。”母亲说：“儿啊，你不懂。你当他的儿子，吃得仗义，住得有理由。你不当他的儿子，时间长了，聋二不说，别人会说。”母亲说着，竟然伸手抹泪，说儿多母苦。看到母亲哭，我的鼻子酸酸的，眼眶发热，泪就要往外涌。我说：“娘，我当他的儿子。我当他的儿子，我管他叫干爷。”母亲说：“不叫干爷，叫爷，亲爷。”

父亲母亲走后，聋二停歇下来。我给他递杯茶，他给自己点了根烟。他说：“我愿意你当我的儿子，你很好，你将来会有出息。我只是怕湾子里的人眼红，说我收你当儿子，是捡便宜。”我说：“是我家沾光，是我娘想占便宜，让你养我。”我觉得委屈，好像我自己把自己硬塞给他，我带着情绪，说着娘的不是。聋二说：“不能这么说你娘，她有她的难处。”

新月如水。月色照在窑场，笼罩在我们身上，照彻这悒郁的夜。我们走进茅棚，月亮的光辉留在外面，将持续到黎明。

心中有事，我黎明就醒了，忘了茅屋后的坟茔，忘了害怕。

八

初一这天，阳光透亮，高远的天空，白云闪亮地飘动。母亲拎了半篮子鸡蛋，出现在清晨明丽的光线里。她身后，一轻一重的脚步声，和着山雀的鸣叫。不用看，我知道，父亲来了，那是瘸脚父亲特有的脚步声。

父亲母亲穿戴少有的干净，像两位来访的客人。他们进到窑棚。他们把外套脱下来，放在我和聋二的床上。两个人，穿着汗衫，甩开膀子干起来。大郎二郎到别人家，借了几张八仙桌。他们一前一后，不辞辛苦地搬运。桌子应该四个人抬，乡村路窄，无法通行。大郎钻到桌子底下，人立起来，那桌子就斜挂在他的背上，像长出了又大又厚的龟甲。二郎学着大郎的样子。两人像两只大怪兽，一趟一趟地走在山路上，穿行在林子间。他俩一共搬了七张八仙桌，算上聋二茅棚里这一张，一共八张。在竹林湾过客，摆上八张八仙桌，是很气派的。其实两家可能没这么多客人，母亲说，八张桌好听，吉利，而且不用那么挤，客人高兴。

聋二一早去了县城，买回来鸡鸭鱼肉。三郎在我家菜园摘了些青菜，洗得干净，还带着水滴。

大郎自幼喜欢烧火，他掌勺。万事俱备，只等客人。

客人陆续来到。聋二的嫂子葵花迟迟没露面。她不是客人，却是主角，聋二让我去喊。我去到她家时，她坐在堂屋里，透过明瓦的阳光，像追光灯一样打在她的脸上。她的脸上像抹了一层石灰，苍白，毫无表情。她像坐在阳光下晒太阳的女鬼，我害怕。我退到门槛外，朝她喊道："娘娘（婶娘），窑上的饭好了，二父让你过去哩。"葵花在光线里轻轻地翻动眼皮，凸出的眼珠流露出嫌恶的神情。她扯着嘴角，冷笑道："二父？你今天该叫他爷了吧？你娘可真舍得，养这么大个儿，就这么送人了。她莫不是要把她自个儿也送给聋二？"

我听出不是好话，转身离去。她的声音从我背后砸过来："告诉你老子聋二，别等我，让客人先吃，老娘一会儿就到。"

直等到日头当空，晒场无一遮拦，葵花还没出现。客人烦闷的情绪表露出来，说话声大，埋怨日头的毒辣，怨山洼里没风。其实是有风的，风从南边吹来，有着庄稼包浆快成熟了的那种热烘烘的气息。

人多，民办教师刘映山当知客。他知道得多，啥事都由他张罗。他是我们竹林湾唯一的知识分子。虽然父亲也是有知识的，与刘映山是同学，有着相同的学历，但父亲多年躬耕于田地，那些知识早掉到泥巴碴里了。他算不上知识分子了。

刘映山说："聋二，你的嫂端架子，要你亲自去请哩，你就亲自去请她吧。"聋二正在给客人递烟，他把烟盒搁在八仙桌上，往湾子里走。一根烟工夫，他回来了，脸上没有早晨时喜庆，是那种僵硬的笑。他对刘映山说："开始吧。"

刘映山致辞。他先让我给聋二点烟。聋二将烟叼在嘴里，我划火柴。火柴的光，像小火炬一样跳跃着。我将手伸过去，聋二的脸迎过来。烟着了，聋二闭了眼，猛吸一口，幸福地吐着烟圈。麻球说："看把你聋二美的，都成神仙了。"刘映山让我喊聋二"爷"，我犹豫着，聋二红着脸。他给我包红包，是改口钱。红包里还有一张红纸，写着聋二给我新取的名字。那时候还没有身份证，改名字是很容易的事。我给聋二倒了一盅酒，聋二笑着，一口闷了。我却没他那么干脆，半天改不了口。刘映山就教我，说："喊爷，快喊爷。"

我张嘴正要喊，一道尖厉的嗓音破空而出，又冷又硬的话，暴风雪般传来："不要脸，自个儿捅出的儿，让别人养；自个儿屙出的儿，管别人叫爷。"闻其声，知其人，都听出是葵花，扭头去看，葵花蓬松着头发，像一只要吃人的翻毛狮子，怒冲冲而来。

刘映山急忙迎过去，说："葵花嫂，大伙都等着你呢，这不，上上席（第一张桌子的一席位）给你留着呢。"

按说，今天这场合，最大主角是聋二，但聋二是主人，不是客人。父亲把儿子过继给他，父亲才是今天最尊贵的客人，应该坐上上席。刘映山知道葵花的性格，将就她，哄着她，让她坐上上席。

葵花不坐，刘映山把葵花拽到上上席处，把她按在凳子上，葵花像弹簧一样蹦起来。她突然躬下身去，两手往下一捞，往上一起，她面前的桌子就四脚朝天，碟子盘子碗筷噼里啪啦，鞭炮一样响成一片，鱼肉青菜全落了地。桌旁的人像受惊的鸡群四散躲开。葵花接着去掀另一张桌子，早有人提防着，死死地按住桌面。葵花掴不动，肥胖的手臂像两把粗大的扫帚在桌子上横扫过去，桌上的盘子碟子，像又燃起了一挂鞭。咒骂声恶毒地响起，先是冲着聋二，说他就是一个苕货，脑子有病，让枪打了炮轰了，养一个野种，只怕将来喝了他聋二的血，也不会有好报。她的矛头接着指向我家，先是骂，骂我父亲母亲只知道生，不知道养。后是咒，咒我们家占便宜，占小便宜吃大亏，要遭报应。她喋喋不休，每甩出一句话，如同劈来一刀，给我们杨家人一阵一阵的痛。

“哪个屁眼儿喷粪，闲着没事，说我家咧，骨粗筋糙，皮松肉懒，千人日过去，万人日过来。我睡你爷，捅你娘，日你爹爹日断肠……”

是母亲，她拿了一只高脚凳，上面搁了菜板。她开始了她的骂街。母亲骂一句，在菜板上剁一刀，像京韵大鼓。

我感到天一下子塌下来，疲于喘息。我最怕母亲骂街，伤人，也丢人，往往还会引发新的战争。幸好麻球阻拦了这即将发生的一切。他喜欢听女人骂街，她们骂出的，多是男女床上的营生，不堪入耳，但能让麻球获得一种听觉上的快感。

麻球把这杀气腾腾的场面，变成一片欢笑的海洋。他冲我母亲笑道：“我的娘吔，睡人的爷，日人的爹，你这哪是骂别人，你这是在骂自己。你裤裆里缺东西，你用什么睡，用什么日……”

众人哄笑，母亲也笑了，但她的笑容只绽放一下，就昙花一样败了。母亲骂道：“我用棍子捅！”她大概是斜眼瞅见了麻球手中的粪锄，接着骂：“我用粪锄剐，用锄把杵。粪锄一剐油一桶，锄把一杵血一盆……”麻球拎起粪箕就跑，那猪粪狗屎撒了一路。大伙望着他那狼狈样，又是一阵哄笑。

毛刺的娘，同母亲一样，搬一只凳子出来，把聋二的菜板和刀摆上，一前一后，在与我母亲相隔一两丈远的地方骂了起来。她的动作也与母亲一样，骂一句，用刀在菜板上剁一下：“日遍街、捣遍巷的货。”母亲边剁边骂：“猴子一日一哈腰，狗子一日一挺腚，猫子一日一叫魂……”

知识分子刘映山，让我父亲去阻止母亲叫骂，他说：“可别让四郎他娘骂了，听不得，听不得咧……”

父亲说：“女人骂架，我一个男人掺和啥，回家我再收拾她，现在，谁愿意听谁听去。”刘老师说：“你的几个儿子不是都听着吗？你不怕你儿子会学坏？”

父亲说：“在这个穷山沟，你还指望他们学好？”

我的三个哥，本来是为了吃肉，才到窑上来做客的。他们每人趁着混乱，搞到了一只肥大的鸡腿，藏在衣袖里，钻进松林吃去了。其他的客人，有的气不过，走了；有的觉得这么走，太亏，都随了礼哩。他们拿起碗筷，大口吃肉，只把她们的骂街，当作背景音乐。

葵花和母亲互骂的时候，聋二站在茅屋前，沉默着，目光越过长着庄稼的田野，望着遥远的观音寨。他喘着粗气，胸脯像一个起伏的橡皮，但他的脸上，看不出喜，也看不出悲的。他把嘴唇咬得没有一点血色，那张脸也没了血映透出来的红润，像雕塑一样冷峻、平静，好像今天发生的一切，与他没有干系。事后，一湾子的人，都说聋二脾气好，换别人，早一巴掌扇在葵花脸上。分家断业的，兄弟的事，用得着你一个当嫂的管？

我不知道这个叫葵花的女人为何那么恨聋二。麻球说：“你知道《水浒传》里那个潘金莲么？她喜欢武松，想勾引武松，武松不但不动心，反而骂嫂子无礼。葵花就是潘金莲，聋二这一口小鲜肉，她没吃上，爱不成，便生了恨。”

我惊诧地凝望着麻球，突然觉得他也算竹林湾的文化人。

那天闹得不欢而散，但聋二还是把那个改口的红包给了我，我很忧伤，也有一丝温暖。我把红包给母亲看，她把红包塞进自己的口袋。红包里装着三百块钱。我说：“娘，这钱是二父的。”母亲说：“他给你了，就是你的，你放在娘这里。”见我撇嘴，她又说：“娘还想给你扯两件衣裳哩。”

葵花与母亲这么一闹，我就不好意思到窑场住。刘映山作为知客，事没办好，有歉意，夜里特地带我到聋二的窑场，说：“儿子没认成，就认个干儿子吧。四郎，叫聋二干爷。”我叫了一声干爷。我所以叫得这么干脆，是觉得聋二挺可怜，需要我与他亲近，来挽回一点颜面。还有，“干爷”比“爷”容易叫出口。

两个大人在茅棚里谈论着我，我懂事地走到门外，避开他们，避开尴尬。我听见刘老师说：“四郎聪明，你这么对他，将来能沾他的光。”

聋二没接话，短暂的静默之后，聋二的声音传来：“你是老师。他们这么想，你也这么想？”聋二声音轻柔，伴着一声叹息，那是他内心轻微的不快和失落。他为自己辩解：“我只是觉得四郎是棵好苗，窝在山里可惜。就像一株好树苗，长在荒坡，眼看着缺少水分，就忍不住想给它松松土，浇点水。我不图回报。”

刘老师说："我知道，我这不是安慰你么，今天闹了这么一出，唉。"

两个男人的叹息，宁静了整个北山洼。夜风轻吹，吻我面颊，我双眼潮润。

九

北山洼的轮廓，在黄昏微凉的空气中朦胧起来。我借助黄昏的光线，坐在竹椅上，急迫地拿出新书。书上的油墨香味诱惑着我，我兴奋，不觉读出声来。温暖斜阳下，我感到一道阴影立在我身旁，是聋二，他抱着一把柴火往屋里走，可能被我的声音吸引，他停下来，静静地听我读："盼望着，盼望着，东风来了，春天的脚步近了……"

我沉浸在自己的朗读声中，林子里突然传来母亲的大嗓门："这是哪个写的，是人写的不？这人你说灵性不？这哪是人咧，这怕是神仙哩！"

母亲识字不多，但敬重读书人，能说会写的，在她眼里，是能人。写的字上了书本，被别人诵读，在她看来，那是神人。

聋二说："写的文章能发表，是难事，可那也不是神仙，到底还是人写的。四郎，你也可以写，把一些人、一些事记下来，写好了，也可以发表。"

许多年以后，我成为一名军旅作家，我不知道我内心那颗文学的种子，是不是在那个黄昏，被聋二埋进我心里的，也许是，也许不是。

阳光照耀着窑场。聋二拿出一套运动服，天蓝底色，有三道白色条纹，像蓝天飘荡着条状的云朵，这是我人生第一次穿买的新衣服。以前也有过两次新衣，都是母亲用针线缝的。我穿上新衣，放眼北山洼，北山洼满世界是明灿灿的阳光。

父亲看着我的新衣服，对我说："四郎，你长大了，就是忘了我，也不能忘记你干爷。"我说："我知道。"

聋二自制了一辆牛车。有些人家要的砖瓦不多，做一个茅厕，或一间灶屋，雇一辆拖拉机不合算，肩挑背扛又太累，聋二就赶着牛车送过去。清晨，牛车的咯吱声，打破北山洼的宁静。由近而远，牛车渐渐消失在尘土飞扬的土路上，隐没在林子的尽头。黄昏，牛车的声音又由远而近，从林中小路钻出来，钻进洞一般的黑暗中，回到窑场。第二天，聋二在清晨的阳光下接着忙碌，他黝黑的肌肉在阳光下放着光。他的动作是那么干脆洒脱，像习武。歇息的时候，我们就坐在树荫下。树下很宽敞，很平，上面爬满了抓地草。抓地草爬满塘埂，密密地在一起，像一块巨大的地毯。太阳斜射过来，我们的影子落在沙地上。我们坐着不动，影子愈来愈长。

属于窑场的，除了一棵油桐树，还有一株刺槐。我记事的时候，它们就长在这里，似乎很多年都没见长大，总是锄把那么粗。麻球说，油桐树招鬼，我害怕，聋二就砍了那株油桐树。五月，一树槐花，香了整个窑场。夏日树叶正茂，它也还像一棵树。秋天，那槐树树叶落光，槐树孤零零刀枪剑戟一般指向苍凉的天空，那时候，我看着这棵树，就会想起聋二，他就像这棵树，孤独地、顽强地生长着。

夜间落下灰蒙蒙的霜，像洒了一层薄雪，空气很新鲜，但已经很冷了。

我在这里，感受着山里的四季。雪落下来，风把雪吹到洼地，洼地积雪深，表面一层化了，结了冰，踩上去似乎很硬，却陷进去很深。新落下的雪，在阳光下白亮白亮的。

聋二生火做饭。灶膛里烧的，都是秋天在三角山砍来的柴，上好的松枝和灌木，那炭火好。聋二给我准备带着提把的瓦罐，里面埋上木炭，将灶膛里的暗火盛在瓦罐里，那炭火一夜不灭，很是暖和，我们管这烤火的器具叫火笼。我们就是靠这火笼，熬过漫长的冬夜。

突然有一天，聋二开始在无人的时候自言自语，说着我听不懂的话。他甚至跟牛说，跟稻草堆说，跟溪水凼说。他老了吗？或者正在老去？只有老人才这样自言自语啊。

我心里涌起一阵悲凉，像这田野的风。我看见高远的天空，一老一小两只盘旋的鹰，它们俯视大地。我突然觉得，这鹰像我们，或者说，我们像这两只鹰。

聋二坐在茅屋一角，双手抱头，好像头痛。我侧过脸，看见聋二眼角亮闪闪的，那是聋二的泪，我也忍不住哭了。我那时并不知道，一个男人没有女人是多么的可怜。聋二伤心，带动我跟着伤心。我说："干爷，你心里苦？"聋二转过身去，把背对着我。我看见他的手在动，他在悄悄擦泪。他说："我不苦，我怎么苦呢？我有四郎春野，我不苦。"四郎是我的小名，春野是他认我当儿子那天给我起的。

我已经学会了蒸米饭。有时候，我放学早，等聋二从田畈回到窑上，大米饭的香味，已弥漫在暮色中。聋二洗手脸，准备炒菜。我说：“干爷，我来，我会。”我说着，往锅里倒油，锅里发出滋滋的爆裂声。

聋二坐在灶前的矮凳上往灶膛添火，灶膛里闪烁的火光，映照着他慈父般善良的面庞。偶尔，他也抬头睃巡，疼爱的目光，在我脸上扫来扫去。

饭好了，聋二捧着我做的饭菜，还未吃，就说：“香，好吃。”声音湿淋淋的，像是被洗过，我知道，眼泪已经在他的眼眶里了。

豆角炒肉，油炸花生米，韭菜炒鸡蛋，还炖了鲫鱼汤，鲫鱼是下雨那天我从水塘里抓来，特地在水缸里养着的。我拿出将军城白酒，给聋二倒了一小杯。聋二一口掴了，让我再倒，我怕他喝多了，不倒，他就拿起酒瓶，自己斟上了。

他竟然让我也喝一杯，我尝了一口，太辣，呛着了，不敢再喝。他就没强迫我。聋二那天高兴，果然喝多了。他说：“儿啊。”他第一次叫我儿。他说：“儿啊，你知道么，有你这么个儿，干爷我心里高兴。”

他又喝了一口，说：“可干爷知道，你早晚会走的，走得远远的。三岁看到老，我就看准你，你将来必定有出息，必定是要走的。我舍不得，但我愿意你走，走得远远的，到北京去，去读大学。”

他终于没能忍住，眼泪涌得满脸都是。我也背过身去擦眼泪，心猛地沉下来，有一丝喜悦，夹杂着一种悲凉，混合着酒气，弥漫在茅屋里。

明亮的月光从窗外射进来，如水一样，在聋二的脸上流淌。是的，他脸上流淌的，还有泪，许久未干。

我扶他上床，伺候他睡下。他累了，醉了，洗不了，我就用将热水浸泡过的毛巾，给他擦脸，擦脚。我帮他脱去上衣，可是，当我去脱他的长裤时，他死死地拽住了腰带，并对我说："不用，你睡你的。"

聋二许久没有睡去。他是孤独的。他的孤独并不完全因为外界，好像是他内心的隐痛所致。

那么，他的隐痛是什么？我也不小了，懂得一些事。他觉得，他缺女人，他应该有个女人。他这样的男人，怎么会没有女人？我听母亲说，他年轻时，因为祖上的原因，被划分为"地主"，成分高，没姑娘敢嫁他。后来摘了"地主"的帽子，他的年龄大了，又在队里放炮起石头时，震伤了耳朵，听力不好。大姑娘找不到，过花嫂（嫁过一次人的女人）呢，他又不要，于是，就一个人过着日月。

他的内心，像被禁毁的荒原似的，因为我的到来，而有了生机，有了希望。希望像火苗在他体内燃烧，热烈地燃烧。我知道这种感觉，就像我，因为他，从而有了继续学习的希望。

但也许，正是我害了他。

冬日，一对要饭的母女出现在竹林湾，说是从河南那边过来的。她们来到窑场，在聋二的稻草堆里歇下。聋二给她们盛了饭菜，还给那个小女孩煮了三个鸡蛋。聋二的善举，很快被顺喜娘察觉。顺喜娘就想把那个女人说给聋二。她到聋二的灶上，打一盆热水，给那个女人洗了脸，拿来自己的一件旧花衣给那个女人穿上，是一个长得不错的女人哩，而且还不老。我分明看见聋二的脸活泛了，陡然有了红润的光泽，但他的目光落在我的身上，那眼里亮闪闪的东西就暗了下去。他轻轻地说："算了吧，顺喜他娘，你莫要开玩笑，我……"

他永远不把话说清楚，就像石桥河面的雾，若隐若现，就像石桥河面的风，不知从哪儿吹来，不知在哪里逝去。他的内心，只能猜测。那对母女离开的那个夜晚，我把目光投向窗外，望着白昼一样的夜，望着寂寥的星辰。松涛阵阵，和着身旁聋二的鼾声。他静静地睡着。夜像他脸上的皱纹，有些神秘，有些虚幻。我听到一只夜鸟的叫声从茅棚顶越过，那清脆的声音有着温热的气息，也有它无法掩饰的孤独。

十

那个黎明，我被巨大的嘈杂声吵醒，似乎还听见了呼救声。我以为是梦，只听聋二说："快起来，湾子里出事了。"聋二说着，手脚在我面前一晃，身体就隐藏在他的衣裤里。我睡觉穿着背心裤衩，我没来得及穿外衣，就跟在聋二后面跑。出了窑棚，看见西南一片火光。聋二惊呼道："谁家着火了？"我吓得哭了，那是我家的方向。聋二拽着我，边跑边安慰我："别急，或许是稻草堆。"

我们在灰蒙蒙的林子里奔跑，越跑越亮堂，不知是火光的映照，还是天突然亮了，我眼前的一切清晰起来。火光先是一点，后来是一片。呼喊声让人胆战心惊。到底是我家，我家屋顶火光四起，伴着乌黑的烟。一湾子的人排成长长的两队，男女混杂。男人大都穿着大裤衩子，光着膀子。女人们穿着短裤，有穿着上衣的，有没穿上衣，胡乱裹着一块布，或一件床单，就投入到战斗中。两队人，从石桥河畔一直排到我家房顶。数只大水桶在他们的手里倒腾，他们的手一刻不停，轮流递送。一架梯子倚着我家的屋墙。站在梯子最顶端，两脚踏在梯子上的是我的父亲。他面前冒着乌黑的浓烟，和偶尔蹿出来的火苗子。火苗照耀着父亲的印花大裤衩，那显然是母亲的大裤衩，竟然穿在他的身上。

男人穿女人的衣服，这是丑事，丢人。我脸一阵发烫，我知道，这不仅仅是因为屋顶火光的炙烤。

大郎二郎三郎都加入打火的队伍，他们拿着脸盆奔跑着，从河边舀了水，往屋顶扬去。他们更多的是无用功，那水并没扬到屋顶，大都像雨点一样，落在父亲身上。

聋二冲上前，他把梯子下端他够得着的两个人拽了下来，剩下最上面的父亲。他拿起一把锄头，艰难地贴着父亲的身子蹭上去，站在我家屋檐上，像薅秧苗似的，从前到后耙动，只听瓦片噼里啪啦掉在地上。父亲去拽他，父亲舍不得瓦，但父亲拦不住他。聋二让父亲下去，说危险。父亲没有下来，就站在旁边看他。聋二不但把那些瓦片都砸碎了，还用锄头把桁条砸断，掀开，往地面扔。父亲看拦不住他，就说了句：“你给盖啊！”

瞬间，火势下去了。聋二这才让大伙把水递上来。他站在屋顶，居高临下。他把水往下泼，很快，屋里看不见火，只剩下烟。时间不长，烟也小了，只有雾气和水汽。

火灭了，水也停了，父亲从梯子上下来。他这才想起他的花裤衩，很低地将头低下去，似乎要用脑袋将那只花裤衩挡着，这怎么可能做到？聋二脱掉自己的长褂，递给父亲，父亲将它抻开，将衣服的两个袖子系在腰间，这样，父亲就拥有了一个围裙。他慢慢地直起腰，跛着腿，往屋里走。他要去看看家烧成什么样子，聋二拽住了他。聋二说："里面全是二氧化碳，不能进去。"父亲就踮着脚走回来，将聋二的褂子在他腰间紧了紧，坐在老槐树的石凳上，埋头呜呜哭。我对父亲的憎恶突然消失，反倒动了恻隐之心。我不知道，他一只跛腿，竟然在梯子上站得那么稳，站了那么长时间。为了救我家的屋，为了我们全家，他顾不上穿长裤，匆忙中，穿上了母亲的花裤衩，忍受着丑态，那么卖力。

母亲坐在地上哭，她身上包着床单。她说："这日子么样过咧，我要不是舍不得我的几个儿，我就去跳河死了咧，年年有人跳河，也不差我一个咧。日子好难啊，好难啊！"

顺喜娘抓住母亲的手，说："没烧着人就万幸，莫哭咧，日子还要往前走哩……"

刘老师却是说着笑话："我的个亲娘，你男人半夜里穿你的大花裤衩，着火时，你们怕是正光着身子做好事呢！要不，你的花裤衩，咋就到了他身上……"

十一

记忆中，依然是黎明。是的，竹林湾很多事，都在黎明发生。我们先是听见嘈杂声，接着是母亲的号哭。聋二牵着我的手向湾子中央奔走，我们看见了我的父亲，他被五花大绑，被游斗。挟持他的，是歹狗子和几个民兵，他们身上背着枪。我从母亲的哭诉声里听了个大概，原来夜里，五郎饿得哭，哄不好，父亲就出去了，回来时，手里多了一把花生秧，上面挂着新长成的花生，被民兵发现，说父亲偷盗，绑他游街。

他们押解着父亲，游完了竹林湾，还要把父亲押到别的湾子去游斗。聋二拦住他们，说："多大个事，就算是偷，也是孩子饿得没法，乡邻乡亲，至于吗？"歹狗子不从，聋二要拼命。聋二说："我一个寡汉条子，死无牵挂，你们可都是有媳妇有伢的人。"他们就放了父亲。

父亲浑身抖瑟，聋二扶他回了家。

天黑的时候，大队干部全到了我家，歹狗子说，父亲犯了错误，要惩罚父亲，要让他游遍观音寨大队每一个湾子，既然没游到，惩罚是不能免的。父亲说："我没偷，是路上捡的，别人偷的花生，撒落在地上，我捡回家。"歹狗子说："咋那么巧，让你碰见了。"父亲说："孩子饿，闹，睡不着，我心烦，到外面走走，就碰见了。"歹狗子说："明白了，孩子饿才去偷。"

歹狗子是新任民兵连长，贪功心切。

大队部的农场，有一个叫亏荣的寡汉条子看守。他不专心，庄稼时有被盗。歹狗子说：“大志，你去吧。我和书记商量了，你偷落花生的事，就不往上反映了。上面正整顿乡风民风，抓典型，报上去可不得了；但不惩罚，群众会有意见，就罚你上农场看秋吧。”

我不理解，既然父亲是个盗贼，为何让父亲去看农场，让他去，岂不偷盗起来更方便？民兵连长歹狗子的话，让我觉得他真是歹狗子。他说：“去吧，大队部决定了。你看好庄稼，凡是有被盗的，你若没抓到人，就视为你偷的，因为你有前科。”

母亲抱起一床被子，递给父亲，说：“既然非得去，那就去吧，抓到别人偷东西，就把他交出去，让他去照农场，你再回来。”

父亲走了。

第二天黎明，亏荣奔跑着，冲到窑场，喊：“聋二,四郎他父，他父……”我问：“我父怎么了？”他说：“你父喝了柴油。”聋二拽起我就跑。路窄，两人走不开，他就扔下我，边跑边问亏荣：“你肯定他父喝的是柴油，不是农药？”亏荣说：“是，床下有一瓶农药，有一瓶柴油。他没喝农药，喝的是柴油，没有农药味，只有柴油的气味。”聋二说：“那没事，应该不会死。”

父亲在医院抢救过来了，但柴油烧坏了他的嗓子，不能说话了，他成了一个哑巴。那几天，他常坐在石拱桥上，沉默着。也只有石拱桥古老的石头，和石桥河流淌的水，能忍受他的沉默，他不敢在屋里长时间静坐。一个人一言不发，在漆黑的屋里静坐，这屋就成鬼屋了。

喜欢沉默的父亲，自此更加沉默。

父亲就这么在河边坐了三天，谁也喊不回他。麻球说父亲会跳桥，让我们弟兄几个轮流看住他。麻球的话把我吓哭了。聋二安慰我：“你父不会死的，他要死，他就喝农药了，农药和柴油的气味，明显不同。他喝柴油，说明他不想死，他舍不得你们。”

第四天，父亲果然回了家。那天早晨，五郎跑到父亲身边，稚嫩的小手抓住他黑瘦的手，稚嫩的声音喊道：“父，回屋，吃饭。”

父亲痴呆地望着五郎。他突然把五郎抱起来，往屋里走，泪痕满面，他说：“走，回屋，吃饭！”

父亲的声音又尖又细，好像嗓子被人拤住了，但它到底穿透晨雾，在竹林湾上空回荡。竹林湾的人很快知道，喝过柴油后的父亲能说话了，只是他变成了公鸭嗓。回想起父亲以前的声音，那么好听，方言里夹杂着普通话，可母亲说他是“陕西的骡子做马叫”。现在，他的声音就像锉刀锉在铁器上，就像喉管里卡住了一块骨头，听起来太难受。我想，这才是“陕西的骡子做马叫”呢。

即便这样，我们还是很惊喜，毕竟相比死一般的沉默，父亲有了声音，柴油没有将他变成一个哑巴。

聋二说得对，父亲其实不想死，他舍不得我们，所以他才选择了柴油，而不是农药。

这年年底，政府落实一项政策，说是以前的公职人员，只要不是犯错误的，正常下放的，有下放证明，就可以恢复公职。可这个时候，父亲已经瘸了。瘸脚老师，还是有的，半哑的公鸭嗓，就无法教书了。父亲放弃，母亲不甘心，去找人，母亲说，哪怕到学校烧火，打金，也是吃外饭的人。无奈教育局只认当年那一张证明，父亲的同事当证人都无效，父亲无法恢复公职。

我们这才知道，父亲以前是地道的教书先生，他的腿，先前也是不瘸的，是在生产队干活时受的伤。

母亲怎么会嫁给父亲的，她怎么会看上父亲，这个谜，自然就解开了。当年的父亲，其实是一个体面人。

父亲更加沉默，他似乎在用他的沉默告诉我们：“人得认命，一条路，方向偏了，一切就都变了，但你还得往前走，默无声息地走下去。”

十二

分田到户，日子朝着好的方向走，早稻谷铺满晒场，被木齿耙扒出一道道凹痕，放眼望，像浓缩了的黄土梯田。天近黄昏，那些稻谷被收拢成堆，在夕阳的映照下，像金字塔群。竹林湾家家丰收。每个人的脸上洋溢着喜悦，好像都过上了小康生活。用我母亲的话说，竹林湾的人，屁股都是笑的。母亲没文化，说话却很尖刻，形象，常常一针见血。

我也丰收，这是我人生第一个重要的收获。我接到了高中入学通知书，而且是重点中学——红安一中，整个桂花楼中学两个初中毕业班，共七十三人，唯我一人考取重点。我的屁股是不是笑的，我不知道，但我的心笑了，乐开了花，这我知道。

我家其实并没富起来。家里正需要劳动力时，大郎去了部队。大郎走后，二郎占了一整间，再没有别的房屋，我还是没有自己的空间，我还得回聋二那里去住。父亲送我，他让我带上通知书，让聋二看看，让他分享快乐。

过了后山坡，到了北山洼，我看见聋二站在马灯下的身影。他在等我。我转身朝父亲说："父，你回去吧。"

茅棚里热浪滚滚，灶火未灭。聋二的小方桌上摆了四个菜，量大，几乎占满了整张桌子。他拿出一瓶将军城，摆上两个小酒盅。这是我来窑场后，他第二次喝白酒，刚才还说不喝呢。他让我陪他。他没怎么吃菜，只是喝。三小盅灌下去，我说："干爷，你胃不好，不喝了。"他笑着，摇头，说："我高兴，喝两盅，没事的。"那一盅他喝了很长时间，一点一点、一滴一滴地呷着，我听着他嘴里发出滋滋的声音，幸福而甜美。

聋二疼爱地看着我。他说："四郎，我高兴咧，全校七十三个人，你考第一，是块料。咱们桂花楼中学，破破烂烂的，几时考上个重点。这在清朝，你是进士哩。是块读书的料，好好学习，将来考大学，中举人，我供你。"

聋二给我倒了一盅酒。他说："春野，你也喝一盅。"我说我不喝。他说："喝吧，就一小盅。"我心里暖暖的，呷了口酒，心里更暖，似有火在燃烧。有些话我掖在心里，说不出来。借助这酒，我说出来了。我说："干爷，我一定好好学习，将来考大学，在城里上班。我把你接到城里，给你养老。"我本来想说养老送终，但觉得这么说为时过早，也不吉利。聋二目光一亮，我知道，他在憧憬着我美好的还未来到的未来。

聋二举杯，我又抿了一小口，辣得我咝咝的像蛇吐信子一样吐着舌头。为了让聋二高兴，我捏着鼻子，像喝中药似的，将那一小盅酒全灌进嘴里。他笑了，但眼里却亮闪闪的含着泪花。他说："你到学校，住读了，星期六回家，还上我这儿。上我这儿拿米拿菜，你就是我的……"他到底没说出那个"儿"字。

晚上，虽然天有些热，他还是挨着我睡。半夜里，他的一只手抓着我的一只手，好像我是一只鸟，随时会飞走。

我考上县一中的喜悦，很快就被现实生活驱走。我报到的第一天，就被划分到下等生的行列。我说的下等生，不是学习成绩，而是家庭生活条件。当时聋二带我去报到，我们到教务处办手续，交生活费。窗口坐着的是一位四十多岁的胖女人，她问聋二："你儿子是吃小食堂还是吃大食堂？"聋二问这有什么不同，那个女人说："吃小食堂，就向食堂交钱，买饭票，菜票。吃大食堂，就自己带米，自己淘米，放进饭罐里，送去蒸，开饭的时候，到饭槽子里找自己的饭罐，吃自己带的咸菜。"聋二没有立刻回答她。女人说："这有什么犹豫的，自家怎样的条件不知道？条件好，吃小食堂，条件不好，就吃大食堂。"聋二非常清楚他的口袋，交了学费后，已经比脸还干净了。就那点钱，还是他整个暑假，起早贪黑做砖瓦挣的。

"吃大食堂。"聋二说，他的声音很低，没有底气，像是从女人身后的墙壁反弹回来。走了几步，聋二反身朝着窗口问："能吃半个月大食堂，再吃半个月小食堂吗？"

"不能！"胖女人回答得干脆。她的肿眼泡上翻，又迅速垂下。

我感到她的那双眼伤害了我，更伤害了聋二。聋二把我送到宿舍，帮我占了一个挨墙的床，下铺。他帮我把箱子搁在床前。床前有现成的砖，那上面有风干了的大米饭粒，还有几绺干萝卜条，看来是师兄们留下的。他们上二年级了。

聋二帮我把床铺好，除了被子，只有薄薄的床单，因为没有褥子，只得等新来的人搭伙。我觉得有些寒酸，幸好学校有通知，说床位不够，四人一张床，上下铺各两人，一人出被子，一人出褥子，搭伙睡。这个通知让我有借口：不是我家拿不起一整套行李，是学校不让。

聋二走了。他好像有些不好意思，好像有些自责。我一直把他送到学校大门口，直走到金沙河边。他将自行车立在一旁，望着流淌的金沙河水，说："你先吃大食堂，下月有钱了，再让你吃小食堂。"

聋二不敢朝着我说，他朝着金沙河的水，这表明他说这话时没有底气。我说："不用，在桂花楼读初中时，中午不也是吃蒸饭么。再说吃大食堂的人，又不是我一个。"

我知道家中的苦，大哥二哥结婚欠下的账没还清，三哥又要相亲。聋二的收入有限，现在人家做屋，都买红砖，红砖喜庆，青砖老气横秋。聋二的青砖，就都堆在窑上。我要做的，是把蒸罐捧回宿舍，不看那些到小食堂打饭菜的人，自个儿闷头吃饭，闷头学习，将来考上大学，成为一个吃外饭的城里人。

聋二的背影在夕阳中远去。

十三

星期六下午，我回家拿大米和盐菜，路过北山冲的野水塘。我看见银山媳妇在车水。她独自一人，我凝望着她。一丈多长的木头水车像一条龙。车头像龙头伸埋进水里，车尾沿着坡斜向上，通向塘埂半腰的小涵洞。水车就这样将低处的水吸到高处，再流向塘埂那边的水田。

野水塘离村子远，是天然水塘。塘埂上有棵柳树，也是野生的。人在附近车水，干活，累了，就在树下歇阴。这是初秋的时节，正午的阳光还有些晒。我坐到树荫下，看着银山媳妇车水。我看着银山媳妇。我看着她，她也看见了我。她说：“大学生回来了。”她说话的时候，并没停止手中的活。我脸发热，说：“哪里是大学生。”她说：“早晚是。”

她真会说话。好话一句三冬暖，她在我心中越发完美。我是我们竹林湾第二个高中生，自从第一个高中生陈吉祥高考失利，不久精神失常，继而失踪，湾子里的人再把我叫大学生，其含义可谓五味杂陈。银山媳妇是城郊人，嫁给我们竹林湾的转业军人银山为妻。我从她的语气和笑容里，知道她并无嘲讽之意，好像还有一丝尊重。她的这种表情和语气，一下子缩短了我们的距离。

车水是个力气活，一般四个人，大都是男人，也有男女共同作业，分两侧站立，每侧两人，坡上坡下相对而站。坡上人往前送车水把子时，坡下人往后拉车水把；坡上人往后拉车水把子时，坡下人往前送车水把。如果人手不够，也有两个人车水的，分立左右，一上一下斜对着，进行“拉锯战”。实在找不到帮手时，一个人也可车水，那就是一件特别累的活，水车启动后，要尽力不让它停下来，保持它的惯性。这样的活，大都是身强力壮的男人。银山媳妇居然干这种活。

我问：“银山嫂，你为何一个人车水？”银山媳妇说：“你银山哥单位忙，这礼拜天不回来了，这水田又等不得。”

我说：“我帮你车吧。”她笑道：“那可要不得，你是学生伢，身体蓄住了，干不得这力气活的。”我说：“没事。”她说：“要不得要不得，别说你父你娘，就是你干爷聋二，都得心疼死。”她笑起来。她的牙银白如玉，这让我觉得，即便她在干农活，也是一个干净的女人。我很想离她近一些，更近地看她的脸，就像欣赏雨后干净的花朵。我说：“我帮你车。”

好像是知道有人要帮她，顺水车一侧，卧着一根车水把。

我走向银山媳妇，走到阳光下。我抓起车水把，站在上坡的位置。上坡的位置累。她依然站在下坡处。我没等她停下水车，找准机会，将车水把的“眼”对准那个龙耳朵一样的轴，往里一拍，车水把就套上去了。我跟着水车的节奏，前仆，后仰。她往前送车水把时，身子前倾，我看见她雪白的脖颈。她伸臂前伸，衣领被拉拽，我就看见她的胸脯露出来。我还看见她的乳沟，雪白之中一道神秘的阴影。她后拽车把子时，为了减轻我向前推车水把子的力量，她整个身子向后仰去。透过她那件薄薄的衣服，我能看见她的乳房被绷得紧紧的，它们是颤抖的，像蹦跃着的小白鸽。我知道，这个比喻很陈旧，老套，没有新意，但是，我脑子里当时想到的，的确是小白鸽。

小白鸽就在我眼前扑腾着，我前倾，她后仰；我后仰，她前倾。我每次前倾，想象中，几乎都会扑倒在那对小白鸽上，这种感觉让我很舒坦，浑身燥热。她有时看我，我就不敢看她。我躲开她的眼。初秋的下午，天有些温热，我只穿了一条短裤一条长裤，我感到自己身体的某个部位正在膨胀，我怕银山媳妇发现。她可能已经看见了，她白白的脸上，汗水掩饰不了红晕。这是很难堪的事，我急忙喊："银山嫂，歇一会儿。"她笑了，脸依然红。她说："歇一会儿吧，我说了哩，学生伢，太嫩，不行。歇一会儿吧，我也歇一会儿……"

我趁机转身，沿斜坡向塘埂顶端走。由于身体局部的强烈反应，我只能撅起屁股，弯腰而行，加以掩饰。银山媳妇看我这样，笑道："我说不行吧，大学生，这就累得直不起腰了。"我脸火辣辣的，不知她是否发现了我的龌龊。我爬到塘埂上的树荫里，顺势坐在草坪上，根本不敢站立。

银山媳妇也坐进树荫里，离我很近地坐着，我能感受到她身上热烘烘的气息。我们坐到树荫里，四野无人。我看见她脸上有细密的汗珠，不像湾子里那些臭婆娘，身上的汗像男人似的流淌。她从她裤子口袋里掏出一块手绢。她摇动着手绢，有一种淡如桂花的香味飘到我面前。也不知这香味来自她的手绢，还是她的身体，香味淡淡的，却沁入心肺。她那薄薄的水红色衬衣，把她的脸映衬得像初熟的桃子。

“大学生！”银山媳妇喊了句。她伸出手，用手绢来给我擦汗。她右手几个指头呈兰花状，大拇指食指中指捏着手绢，在我额上走过，而她的无名指，却轻轻地划在我的面颊上。我知道，她不是有意触摸。但这种无意的接触，太神奇太美妙，让我一阵战栗。我像机器人被开启了机关，右手本能地伸出去。我的脸顺着她的脖子往上去，让我鼓胀的胸肌贴上她那丰满的奶子。我感到她的身子是火球，我一下子被这个火球点燃，燃烧。两个人的燃烧。

我伸出双臂，要去拥抱她，就在这时，我听见山岗上的松林里，传来咳嗽声。那声音荒凉而苍老。我听出那就是聋二的咳嗽，那是一个吃了过多灰尘的窑匠特有的咳嗽声，像旱雷。

我朝向山岗，看不见来人。

银山媳妇站起来。她不看那声音传过来的树丛。她收起车水把子，两个都收起来，上了塘坝。顺着塘坝上的路，下到塘坝去，踏上田埂。那是一条小路，通向我们竹林湾的小路，过了田埂，穿过一片林子，就是竹林湾北山的北坡。上了北坡，过了北山，就能看见聋二的窑场，再往南，就进到竹林湾了。

我望着银山媳妇的背影。她什么也没说，其实什么都说了：结束了，回家吧。她把那两只车水把子扛在肩，就是告诉我，水够了，不再车水了。天黑的时候，会有壮实的劳动力，或许是银山的兄弟，或许是别人，把她的水车抬回去。

我向东，走过塘埂。塘埂上面有片地，地的尽头有片梧桐林。我看见聋二走出树林，但他没开口说话，直到晚上，我们躺在床上，他说：“这样的苕事，可不能做。这事要是让人知道了，没等传到银山那儿，他的几个兄弟就把你腿卸掉了。”

我才知道，整个下午，他为何一再沉默，这样的话，是要留到黑夜里说，他给我留了面子。

我的手颤抖着，在黑暗里弯弯曲曲地舞动，这是后怕所致。我同时觉得失落和空虚，但幸福的感觉从来就没有逝去，它只是瞬间缺失，就像水里的漩涡，很快被奔涌而来的水填满。

我后怕，但似乎不是后悔。这个正午的幸福，是我从未有过的幸福，幸福让我落泪。

第二天下午，我去学校。我那个大的帆布军用挎包里，装着大米和咸菜，被聋二绑在自行车三角架上。我坐自行车后座，聋二骑车送我。

在校门口，聋二说：“儿啊，用心读书，莫做苕事，将来考上了大学，啥样的媳妇找不到？”

他的话，像一枚弹丸击中了我的泪腺，我的眼泪涌出来，它们顺着我的脸庞，直奔嘴角，苦、涩、酸、甜。

他叫我“儿”。我被一种黏稠情感裹挟着。

十四

第一学期期中考试，我名列全班二十名之后，英语拉了我的分。他们城里孩子，小学三年级就开始学英语，还学口语，我根本不敢用英语说话，输在起跑线上。我英语只得了七十分。这个晚上，我躺在床上哭了，没有声音，只有眼泪。第二天清晨，我第一个起床，走到金沙河边，开始了我的晨读。那时候，天还没有完全亮开，我看不清书本上的英文单词，我就想象一些汉字，再试着把它们译读出来。

寒假来临，冬雪飘洒。我在聋二那里过的大年初一，也算是给干爹拜年。吃过初一开春饭，聋二给我二十块压岁钱。这是这几年来他给我最少的一次。前几年，他都给我包一个红包，很厚的一个红包，那里有我的全部学费。我拿着二十块钱，红包很轻，心却很沉，现实是那么残酷，我的学费没有着落。我从聋二很深的沉默里，知道他为难。我回老屋去。不用开口，一到老屋，母亲就知道我是要钱。没事时，我很少回。母亲问："聋二没给你准备学费？"我说："怎么好意思，我又不是他的儿，在人家吃，在人家住，还要用人家的钱。"

母亲说："你吃他的应该。他是你干爷，你是他干儿子。不是他嫂干涉，你就过继给他当儿了。"

我不理母亲。我去找父亲。

我与父亲在一起，对他是个压力，这一点我非常清楚。只要我不上学，杵在他面前，就是一块巨石压在他心上。他心里，他面子上，都过不去。

父亲果然很不自在地沉默着。

转了一圈，我还得回到窑场。我别无选择。

年过月尽，年轻人外出打工，乡村静下来。我整日不出窑棚，坐在床头等待聋二的脚步声。我常常是从清晨等到黄昏，在风吹松枝的瑟瑟声里，昏昏欲睡。

聋二每天都出门，给我张罗学费。希望渺茫，山里人正月里不愿拿钱借人，但他依然揣着那渺茫的希望去借。

去年初冬时，聋二卖出去的那些砖瓦，大都是赊账。聋二腊月里去取钱，才发觉，葵花已在他之前，把他赊过砖瓦的那些人家都走了一遍，讨回来一些钱，装她自己兜了。有些人家，葵花没要来钱，他去要，更要不来。那样的人家，多半真的没钱。

“你先到学校去吧，我要到了钱，就给你送去。”那天早晨，聋二对我说，是一种商量的语气。

我眼前浮现出开学时教室里的情景，交了学费，领到书的同学，满脸喜悦，有的拿着新书，在课桌间追逐嬉闹，或坐在座位上，把书翻得哗啦响。而我，独在教室一角，鸵鸟一样将头埋在手臂间，不敢看别人，却分明能感知同学们的目光射了过来，尤其是女生，目光如炬，将我那点可怜的自尊，一点点燃烧，吞噬。从小学到初中，开学时的状况大都如此，我挺过来了。但现在，我突然对教室充满惶惑与恐惧。我是高中生了，人大了，自尊心强。拿不着学费，我选择逃避。

聋二出去了。他的脚迈过门槛那一刻，回头，目光却并没看我，而是盯着堂屋的墙角，仿佛是在同墙说话。他说：“你等着，今天应该能借得到。”聋二的声音很小，不像说给我听，像是在安慰他自己。

正月十五的鞭炮响彻山村，炸得我心里一阵慌乱。明天，正月十六，学校将正式上课。拖至正月十六还不去报到的，往往就视为自动辍学。我决心到武汉去打工。我这么想，心里反而坦然了。夜的黑从头顶压下来，我倒床便睡。

夜在黎明中醒来。我像村子里别的打工仔一样，一个蛇皮袋，塞着我的铺盖，向石桥镇上走。在那里，我将坐上去武汉的汽车。

聋二送我，他走在前。出了村口，他没走大路，选择了一条田间小道。我懂聋二的心，他怕碰见熟人，怕熟人看见我上不起学。

太阳露出瑰丽的光，豁然亮天。聋二突然停下来，指着满田的油菜说："你看，咱们种的油菜开花了。"我扫了一眼，眼前一片碧绿。聋二说："你仔细看。"我顺着他的手指，果然看见一朵金黄色的油菜花，就在离我们几步远处。聋二说："要不，你还是上学校去吧，油菜花开了，太阳一晒，三两天就全开了。过些日子，天暖和了，就会结籽，籽饱满了，熟了，收了，就是钱，够你交学费的。"

聋二是在同我商量，更像是在乞求。他一直低着头，不正视我，只看着那朵金黄色的油菜花。

我的眼前，幻现出漫山遍野的油菜花，一股金黄色的希望火焰似的在心中升腾。我的腿软了下来，似乎已无力迈向石桥镇。我放下蛇皮袋，坐在田埂上，低头，拔着田埂上的野草。眼泪悄然流出来，滴落在我的手背上，滴落在野草上，滴落在拔去野草的新鲜泥土上。

聋二趁机提起蛇皮袋，将我拽起来。我们转身，沿着相反的方向，回到窑场。

第二天清晨，我挺起胸膛，走向学校。我眼前没有同学们鄙夷的目光，只有那朵闪耀着金色光芒的油菜花。

十五

历史有着惊人的相似，有些情景，在生命中重复出现。两年后，我再次陷入困境，也是在早春二月。一场倒春寒，侵蚀着红安大地。那个夜晚，竹林湾像一个巨大的冰窖。冷空气冻死了聋二养的小牛犊，那原本是聋二给我准备的学费。他已经跟邻村一人说好了，只等正月十五一过，阳光暖起来，那人就带钱过来牵牛犊。

聋二处于自责中，他说："我没看好牛，它不应该被冻死的。"然而，那个晚上，聋二病了，一直发烧，发烫，他根本无力爬起来。

那年的雪真大呀！多年以后，竹林湾的人忆往昔，空嗟叹。

那年留给我的记忆是寒冷的。聋二病了，咳嗽得厉害。而我，打篮球手骨折，在医院打了石膏，缠了绷带，回家休养。一个半月后，我回到学校，学习已经跟不上。学校筛选考试，我的成绩处于全班后十五名，被老师"劝其退学"，第二年再考，以免影响学校的升学率。

我回到竹林湾。竹林湾，生我养我的地方，此刻，却无我容身之地。

村里的包工头大嘴带人去做工，我明知大嘴不靠谱，但我还是要跟着他，完全是为了逃避。

清晨的空气有些冷，我顾不得这些。我扛着我的被子，跟在大嘴身后，走上山路。穿过那片松林，就是马路，顺马路再走五里地的路程，我们就可以坐上去武汉的汽车。

岔路口的松林闪出一个人影，是聋二。他拦住我的去路。他说："春野，你等一下，我有话说。"大嘴盯着聋二，等着他说话。聋二说："大嘴，你先走吧，四郎一会儿撵你。"大嘴说："有多少话，就这儿说呗。"聋二说："你先走吧。"

大嘴往前走了几步。聋二让我进到林子里，不让大嘴听见我们的谈话。聋二说："春野，当兵去吧，奔个前程。"

我凝望着他。

我犹豫之时，他从我肩头拽下我的被子。他扛着我的被子往回走，我不得不跟在他后面。身后传来大嘴的声音："这个寡汉条子，把四郎闲在屋子里有个么出息？等着像你一样当寡汉条子？"

聋二没有回应他，聋二只跟我说，他说："冬天快过去了，春天来了，征兵就开始了。今年的征兵改在春天，好像专门为了招你。儿啊，去当兵吧。"这是聋二一生中少有的带着抒情的语调，令我热血沸腾。

我入伍前的那个晚上是在聋二家度过的。聋二把那只唯一的老母鸡杀了。他下手时，我在场，我阻拦他，不让他杀。他杀了，就再也没有鸡蛋吃了，但他说："要杀，四郎春野去当兵，我不杀只鸡炖给他吃，心里怎么过得去？"我一把抢过那只鸡，把它抛向空中，但那只鸡好像要殉情似的，并不展翅飞翔。它夹紧翅膀，重重地摔在地上，还跌出一只鸡蛋来。鸡蛋破了，黄色的液体流在晒场。聋二抓起它，拔去鸡脖子上的毛，一刀抹了它。

黄昏时，鸡肉的香味在山洼里飘荡，但我吃得并不香，似乎还落了泪。我说不清是因为这只鸡，还是因为离别的伤感。聋二说：

“去吧，去当兵，考军校，当军官，光荣，将来也好说媳妇。”

聋二笑着，眼里却挂着泪。原来他并不是不想找媳妇，原来媳妇也是他心目中的头等大事。

我与那些同我一样脸上带着傻气的新兵一起，一头扎进大客车，再转乘火车，奔赴遥远的东北。

三年后，我考上南方一所军校。

十六

入军校后的第一个暑假，我回家探亲。我一身鲜亮的军装，红肩章像两片燃烧的火焰，照亮了整个竹林湾。

父亲用他沙哑的公鸭嗓说，去看看聋二。

我走向窑场。记忆中干净整洁的窑场，现在一片脏乱，荒凉，窑棚几乎垮塌。我以为我离开这几年，聋二能实现他的理想，在这片窑场盖起三间砖瓦房。看来，那依然只是他的一个梦。他在忙碌，晒场上的尘土，在阳光的照射下，雪花似的纷扬着，落在他弯曲的膝盖上，落在他的脚背上，落在细沙子上。他一动，它们再次飞扬。听见我的动静，他停下来，冲我笑。昔日高大的聋二，身子矮下去一截。他的瘦削击中了我。他那零乱的胡须，增添了他的沧桑感。他向着我迎过来。他一直朝着我笑，但他那深陷的腮，使他的笑容并不比哭泣更好看。

爷……我一直想这么喊他。在部队那几年，我无数次叫过他爷，在军校的半年时间，在梦里，在无人的梧桐树下，我遥想他时，也会默默地喊他一声爷。

“干爷……”我喊出口的，还是这两个字。

“嗯……”他应道，有欣喜，似乎亦有失落。他伸出一只胳膊，准备像我小时候那样搂抱一下我，但踌躇之后，他的那只手只是若有若无地拍在我肩上。

茅屋阴暗。这就是我住了七八年的茅草屋吗？这就是我睡过的床？我坐过的椅子，我无数次伏在上面吃饭和写作业的桌子？给我炒菜炖汤煮面的，就是那口黑漆漆的锅？

我习惯性地坐在床上，还是那套被子，还是我睡过的床单，上面已经有了补丁，针脚粗细不均，歪歪斜斜，一看就是他的手艺。床上的潮气上涌。我感觉到潮气如丝，顺着我的脊背缕缕升腾。

我先是听见他一声高过一声的咳嗽。他还是戒不了烟。我看见他佝偻的身体。风吹日晒，他那暗红色的脸庞变成了黝黑。我不敢正视他，他完全不是我记忆中的那个人，他那么老，胡子拉碴，瘦削的脸，皱纹间落着灰尘。他佝偻着背。他像是也在躲着我。

在这荒凉之地，他基本算上是一个鬼了。我无法想象，我小时候，直至高中，是同这样一个人睡在一张床上，还睡同一个被窝。

我起身走。我原本是来同他坐一会儿，吃餐饭，晚上在这儿住，同他叙旧。眼前的一切，让我改变了主意。我原本想向竹林湾的人，证明我是一个知恩图报的人，现在看来，我做不到。我长大了，成年人了，而且是一个军校学员，三年后，就是一名军官，我竟然还是害怕窑场。我心里清楚，我并不是单纯地惧怕窑场后面的坟地，怕那个绿裙女子，我是惧怕过去，惧怕回忆。

这是真的吗？这一切，都是过去存在的事实？

我希望这不是真的，我希望是我患上了妄想症，我希望过去的一切，只是我脑子里的一个意念，一段狂想，它与现实无关。

我起身，说：“干爷，我走了，有工夫再来看你。”我的嫌恶，不知他是没有感觉到，还是不在意，我从他的表情上看不出来。他说：“我给你弄吃的，你吃些东西再走。”他没说是烧茶，说是弄吃的，他没把我当客人，他依然把我当成他的亲人，或许，我依然是他心中那个“儿”。

但在情感上，这似乎已是生命中不能承受之轻。

我走出窑棚，在门外站了一会儿。聋二追出来。门口有一辆牛车，他依然在用牛拉车。这可真是老牛拉破车啊。

假期结束，我要归队。父亲送我。我选择的路线不是后山坡，而是从南山坡到远湾，我没有说出来，但我心里清楚，我是在躲避着聋二。

在南山坡走出松林，我突然感到身后有什么东西，我回过头去。在那一瞬间，我看见一双眼睛，隐藏在松枝里，那是一双布满血丝的眼睛，那目光深情，它望着我。我知道那是谁的眼睛，我描绘不出那种眼神，但它铭刻于心。它显然看见了我，它显然看见我看见了它。是的，我的确也看见了它，那双眼睛，还有眼里的留恋与空寂。那一刻，我想，他的心也是空的。我走，把他的心掏空了。

瞬间，那双手松开，那些被扒开的松枝合上了，那双眼隐去，那溢满爱和满足的目光随即消失。

我心里一阵刺痛，可我没有勇气去追赶那双眼。我继续前行，我感到他的目光透过浓密的松枝，依然黏在我身上。我努力地走，企图摆脱他的目光。我似乎终于摆脱了。

我感到憋闷，好像周围的空气骤然被抽光。

我脸上一热，是我的泪，它滑过我的脸，我没去擦拭，我怕父亲发现它。

十七

高铁到达红安西站，五弟开车接我。我直奔窑场。父亲已在茅屋里。聋二气息微弱，母亲的话没有夸张，他似乎真的只有出气，没有进气。他灰白的头发长而零乱，几乎将他的耳朵掩盖。他的胡须也很长，像沾染了灰尘，无力地耷拉在脖子上。他脖子上的皮肤松弛，布满褶皱，像套了一圈浅灰色的皮圈。那张脸，就更不忍细看，那一道道皱纹挤在一起，形成渔网状。他的脸让他看上去像是一个八十岁的老人，甚至像一个古代人。如果不是那眼睛还有着一丝微弱的光亮，如果不是他的肚腹还在微弱地起伏，我以为，我看到的，就是一具木乃伊。

怎么会这样？我问自己。

其实，他早就是这样，只是我不敢面对。

“四郎春野。”他像以前那样，常把我的两个名字都叫到。他说：“你让他们都出去，你给我抹个汗，要仔细，要干净。我就要走了。我到那边去了，我的……儿……”他再次喊我“儿”，很轻地呼唤。我不知道他是真的没了气力，还是心里露怯，需要鼓起很大的勇气，才能喊出这个“儿”字。“儿……”他喊道，声音那么轻，却像一把锋利的尖刀，扎在我的心头；“儿……”他喊道，一字千钧，泰山一样压在我心头。

儿？我不配，我承受不起。我抽泣着，把脸贴上去，他还有最后一点生命的气息。他气若游丝。

葵花冲进来，问聋二：“聋二，你的钱呢，你的存折呢？老爷子最疼你，他给你留的大洋呢？”聋二没睁眼看她，也不说话。我说：“葵花娘娘（婶），你出去吧，二叔让我给他抹汗。”葵花说：“你给他抹汗？这么多年你做么事去了？现在他快死了，你来伺候了。你可真孝顺，得名又得利！”我无语，她羞辱了我。“他都这样了，能有钱留下？他要有钱，早看病去了，能到现在这个样子？”

二郎冲葵花喊：“你关心他了？你除了剥削他，你管他了？你出去，莫在这里烦！”二郎说着，将葵花推搡出门。

我说：“二哥，你也出去吧，他有话要同我说。”二郎出去了。我关了门，将两扇窗的油毡布放下，黄昏的茅屋变成了黑夜。我在屋里点亮煤油灯。要走的人，灯是不能熄灭的，要照着他通向那个世界的路。

我听见聋二越来越急促的喘息，听见他轻微的语声，那声音轻微得不像是他嘴里发出来的，而是来自他的内心。我将脸凑过去，耳朵贴着他的身体，他说：“答应……我，我……死后……给我抹汗，抹汗，任何人，不让进……就你……”

他示意我给他点一支烟。他这样的状态，怎么能抽烟呢？我不给他点。父亲示意我满足他的愿望。父亲的公鸭嗓告诉我，他病后，咳嗽，但就是戒不了烟，直咳得脸色发青，掉眼泪，浑身抖动，也还是戒不了。父亲的意思是，他都是快要走的人了，就满足他吧。

我费很大的力气，让他半卧着。我在他胸前搁个碗当烟灰缸。他每抽一口烟，都要瞧一眼燃着的烟，看手里的烟少了多少，好像怕一下子把它抽完了，好像那根烟的长度，就是他最后生命的长度。

火光一闪一闪。我鼓足勇气，端详着聋二。我看见聋二苍白干瘦的脸，像被水浸泡又晒干的纸。他眼皮松弛，两眼呈两条刀锋一样的缝隙。真难以相信，他这样一双干枯的眼还能涌出泪水。我说："爷，你放心，我一定给你抹汗，多抹几次，抹得干干净净的。我一个人给你抹汗，穿衣，不让别人进来。"

我叫他爷，我省去了那个"干"字，这就把他等同于我的亲生父亲。他的眼里现出一丝光亮，眉眼轻轻抽动，他显然是哭了，但那干枯的眼里，已没了泪水。他的手抖动得厉害，频率很快，幅度却很小。他几乎是用尽最后的一点力气，轻轻地拽动我的手。我感觉不到他拉拽的力量，只有拉拽的意念。我的手顺过去，跟着他的意念，被送到他的脸庞，接着，送到他的胸脯上，往他身体里侧腰间送。他说："冷。"他不停地说，一直在说，用气息在说。我几乎是看口型和感觉他的身体越来越凉，我才判断他说的是这个字。"我冷。"他说。我听见遥远的声音，那是我小时候的话，那时，我说我冷，他就让我钻进他的被子，他就那么抱着我。现在，他老了，老成了小孩。现在，他冷，我该像抱着小孩子一样抱着他。我告诉父亲说："父，你也出去吧。"

聋二的手已经将我的手拽到他的腰际，还在拽，是的，我的猜测没错，他是要我抱着他，就像我小时候冷，他在潮冷的初春之夜抱着我一样。

老人老到一定的程度，就老成了小孩。

我搂着他，像搂着一个小孩子，像当年他搂着我。他微弱地发出声音，灯光下，几乎看不见喉结在动。在他的胸脯贴近我胸脯那一刻，他枯槁的面容突然泛起红光，眼里死灰一样的光线，像风吹了一堆行将熄灭的炭火，突然亮了，闪现出喜悦的光芒。

回光返照!

我望着他，不敢大声喘息，我怕我的喘息，会吹灭他眼里那一星生命的火花，那是他最后的幻景，可能转瞬即逝。

他喘着粗气，呼吸越来越微弱，我几乎听不到他的喘息，但我能听见他血管流淌的声音，那不是奔涌，是退潮。我能听见他内心的哭泣，只是，他不说出来，不想让人知道，不想别人因他的痛苦而痛苦。

他努力地伸出手来，伸向我的面颊，手指落在我的泪滴上，突然向下划去。他脸上的皱纹慢慢地松弛开，残存一抹天真与幸福。他像孩子一般，很深地沉睡了。不，不是沉睡，是死亡。他没了气息，没了脉象，但我分明看见，他眼里有泪，滚落下来。

那不是我的泪，是他自己的，是他人生最后一滴泪。在流尽人生最后一滴泪的那一刻，他没忘了努力地伸手，想要替我拭泪，示意我莫哭。

我把他轻轻地放在床上，静坐在他身旁。我竟然一点也不害怕。灯光摇曳，茅屋里似有影子在晃动，我想，那是他若即若离的灵魂。

天黑了。我打开窗，静夜寂寥，素月同辉，树影满窗，顾影萧然。

天亮开时，聋二的身体已完全冰凉，他静静地躺在那里。说来也怪，我并没有像我想象中的那样号啕大哭。我平静地从他身旁撤离开，去打开门。父亲就站在门口，一身露水，他站了一夜。无疑，他怕我害怕，一直守在茅棚外。

霞光灿烂，照耀着北山洼，照耀着这方茅草屋，照亮了溪水凼的水。溪水凼的水，映照着寂静的茅棚。

东面的山坡，像是一幅以黄色为主色调的油画。昨日黄昏，并没这些盛开的油菜花，它们像是在一夜之间开放，金黄的颜色和浓郁的香气扑面而来。蜂蝶悄然而至。这一切，聋二再也看不见，再也闻不到。他再也不能静静地立在茅屋后，看麻雀在松枝间嬉闹，他再也不能静静地抽着烟，再也不能盯着茅屋顶被阳光照射在地上的阴影慢慢地移动，他再也不能满眼充满希望和疼爱地看着我坐在油菜花丛的小木凳上看书。一切都将消失在春风中，消失在春天里。

母亲流着泪，却劝我不要难过，她说："他死了还快活一些，活着是受罪。其实，他早就不是一个活人了。"母亲的说辞向来刻薄，但她到底还是可怜聋二。

父亲没有立刻进屋，他指着那一大片油菜花，告诉我，去年初冬，聋二拖着病恹恹的身子，栽种了这么些油菜。现在种地赔钱，别人有那工夫，都在屋里喝茶抽烟，闲谝，只有他，拖着个病身体，种了这么大一片。

清晨的光线，照耀着这个茅草屋。它破烂不堪。父亲到溪水凼里舀了两大桶水，担在肩头。父亲将水倒进锅里，将灶膛里的火点着。他在给聋二烧净身的水。母亲到底不能忍住，流着泪，反复说着可怜，可怜啦！如果不是我提醒她，告诉她先莫让人知道聋二已离去，她一定会大哭。但竹林湾的人，还是感觉到了，纷纷过来看望。麻球说："怕是走了吧？我感觉到是走了。"母亲说："是走了，但人现在不要进去，四郎要给他抹身子。"消息就扩散出去了，竹林湾的人涌过来。葵花再次要冲进去，母亲说："你先别进去，他要洗身子，只让四郎给他洗给他抹，外人不让看的。"葵花说："我是外人吗？"母亲说："给小叔子抹身子，你当嫂的进去？"

葵花说："只怕是在里面搞么子见不得人的事。这个聋子，一辈子辛辛苦苦，就为了四郎。多少年了，四郎不管他。现在死了，四郎来守着他，不就是图他留下的几个钱么？"麻球说："葵花嫂，他这样子，哪还有钱？你就别闹了，让聋二兄弟安静地去吧。"二郎说："葵花娘娘，聋二死了，他身上干干净净的，一个钱都没留下。要钱？你进去吧，四郎正要给他抹身子，一丝不挂哩。你进去吧，他没钱，你去把他的皮剥下来卖了吧，瘦成了皮包骨头，只怕你剥不下来！"

葵花白二郎一眼，站在一旁生闷气。

母亲说："可怜，医生说去年秋天就挺不过，他却挺到现在。他一直在等，等着我家四郎哩。"母亲说完，很长时间就没再说话。母亲带着哭腔。母亲年轻时脾气不好，训斥过聋二，她现在活得宽厚平淡，她的哭泣，或许不仅仅是对一个死者的悲伤，也有她一个活着的人的懊悔。

我听见外面安静下来，就将门打开一条缝，将我一张银行卡递给二郎，让他到县城给聋二准备寿衣、冥纸、鞭炮，都要好的，棺材要松木或杉木。

水烧好了，父亲打了两桶热水，找来聋二的汗巾，放进大脚盆里。那是白色的军用毛巾，多年前我给他的，他一直留着没用，就放在他的床头柜里，颜色已有些泛黄。

我让父亲也出去。父亲说："我搭把手吧。"我说："不用，我答应过他，只我一个人来给他洗。"父亲就往外走，走到门口又停住脚，问我："你一个人，可得？"我明白他的意思，他是怕我害怕。但不知为什么，我竟然一点也不害怕。我如此悲伤，竟然没有流泪。我今天的情绪，让我自己都觉得奇怪。

我关上门，也关上窗户。我给马灯里加满油，把灯芯调大，让茅屋里更亮堂。之后，我去脱他的衣服。那其实不叫衣服，只是床单，他那么裹着像睡袍，但他的裤子一直穿得很整齐，像我小时候见到的那样，无论冬夏，即便最热的天，他也不会脱去长裤，最多只将裤腿挽到膝下。

我轻轻剥去聋二长袍一样的床单。我把抹汗巾浸泡在热水里，而后拧成半干，将它展开在右手，轻轻地给聋二净身。我给他擦额头，擦脸，先将他的皮肤润湿，之后将毛巾拧干，将润湿过的皮肤再擦拭一遍，这样抹得干净，我小时候就是这么抹汗的。聋二从上到下，每一块肌肤，我都要这么精心擦洗。

擦洗进行到他的下身。我解开他的腰带，褪下他经年累月从不褪下的长裤，之后是短裤。在即将面对他的下体时，我有一丝说不出的感觉。我对我眼前将要出现的一切，充满着猜测和想象：澡堂里，那些大体一样实则千奇百怪的男人之物在我眼前闪现，粗壮？硕大？细小？枯萎？……

他赤裸的身体第一次这样暴露在我眼前，我第一次这样凝望他赤裸的身体。他枯萎了。他像一朵被风雨和霜雪浸打过的南瓜藤，无力地趴伏在床上，但他的隐秘之处，却那么硕大，就像深秋的藤蔓上顽强地挂着的一枚瓜果。

“髁”，我们红安方言，指男人的性器，即男人身上长出的果子。此刻，我凝望着它，多么形象啊。但我希望他是残缺的，萎缩的，我儿时对这样一个成年男人的身体充满好奇，而他却处处躲着我。那时，我就有过这样的猜测——莫非它是残缺的？现在，我希望如此，这样，他一辈子没有女人，就有了借口，然而，他像他的哥哥奇货一样，有着一个丰满的裆。这个发现，反而让我心里更难过——他应该有一个女人的。

我轻轻地给他擦着身子，很轻，很细。毛巾在他裆部滑过，我的手哆嗦着。这就是他的隐秘之处。一辈子没碰过女人，一个男人最大的苦痛，莫过如此。

我双手颤抖，把他抱起来。我亲自把他放进棺材。我没想到他竟然那么轻，像个孩子。是因为他的确太瘦了，还是灵魂早已游出体内？

春天里的窑场，沉浸在潮湿的空气中。又一个黑夜来临，月亮高悬在深邃的天空，月光从老槐树的枝叶间渗出。一切寂静。树也是寂静的。

聋二的枕头下，还压着一张照片，是我的。我到部队后的第一张照片。我的眼泪滴落在照片上。

守灵三日，我一个人静静地守着。我惊讶于自己居然不害怕。我以前根本不敢面对一个死去的人，更别说与他独处。

聋二装棺入殓后，面对棺材，我多少有些恐惧，但恐惧的程度很浅。父亲怕我害怕，再次进来要陪我，我说："不用，我一个人就行。"

该出棺了。

经过一夜露水的滋润，油菜花开得越发旺盛，黄灿灿。金黄的尽头，是翠绿的松林。松林里，清晨的鸟鸣与溪流声相映。我知道，聋二喜欢这个地方。他把北山洼东侧的地都租种了，好像不是为了收割，而是看那金黄色的油菜花。我对父亲说："父，就把我干爷埋在松林里吧，就在地头那几棵松树下。"

父亲说："可得，他用自己的好地，把这些地换了过来，他自己怕也是想睡在这里。"

父亲哽咽着，语不成句，说："我几次跟他说，打电话让你回来，他不让。他说，男儿志在四方，他说，四郎的事业在军营，军营制度严格，请假不易。他甚至恳求我，他死了，悄悄埋了，不让你知道……"

我说："父，你别说了，你别说。"

我抽泣着，泪水涌了一脸。

我给聋二披麻戴孝。我跪在茅屋门前那片沙地上，跪在棺材前面，听着二郎致悼词。

棺材被抬起，鞭炮轰响，我摔了丧盆。那一刻，悲哀前所未有地袭来。我才知道，聋二一直是我最惦念的人，我从未将他忘记，只是我不愿面对。我忍不住号啕大哭。我的胸腔无法将我巨大的悲痛通过哭声散发出来，胸脯像抽风机似的响动，震颤，起伏。我心肺撕裂，大喊出一声“爷”，这是我们山里对亲爹的称呼，这是一个中年男人带着哭音的呼喊。

棺材被抬起那一刻，茅屋门口突然旋转起一阵风，尘土和杂物盘旋。是聋二，他的灵魂飞出棺材后，在我们身边游荡。他生活得那么艰难，去时却同样恋恋不舍。

响器奏响，几捆“万”字头的鞭炮连着放响。聋二沉默了一辈子，寂寞了一辈子，我要让他热热闹闹，走得排场。

送丧的人群里，传来大伙的感叹：“一个寡汉条子，活到这个份上，也算值了。”

我想起那一个个逝去的寒冷的冬天，那一个个潮冷的春天，想起茅屋被青草的味道和泥土的芳香包裹着。我想起聋二温暖的体温，眼泪再次奔涌，落在坟头那新鲜的土地上。

聋二的声音还活着，他说：“四郎春野，天冷了，多穿些衣服。”我也想对他说：“干爷，不，是爷，爷啊，你自己也多穿些衣裳。”可是，在那冰冷的世界，恐怕多少衣服，都会被地下的水沁湿，多厚的棉衣，他都会感到冷。

麻球满头白发，步履蹒跚。他说：“聋二算是有福啊，我到时候死了，哪个把我送上山，哪能有这么热闹。”说着，他号啕大哭。我当然知道，他哭的不只是聋二，更多的是他自己。

阳光照过来，成片的油菜花，在微风中摆动，花蕊上，有雾积成的水滴，像无数透明的眼泪。我朝着那个新坟跪下去，仰天高呼“爷……”我看见我的喊声将天空撕裂开一条口子，向着云霄而去，眼泪又一次奔涌。喊出来了，哭出来了，悲痛似乎不再那么深，那么沉重，如释重负。我让响器停下来，让他们播放旭日阳刚的《春天里》。如今的响器班，早不是我们儿时的样子，他们有响器，也有点歌机，可自弹自唱，也可放现成的歌，甚至可以跳舞。舞女露着雪白的腿，甩着大奶子。我没让舞女来坟地，我知道，聋二不喜欢，聋二会觉得，那是对他的侮辱。

如果有一天，
我老无所依，
请把我埋在，
埋在春天里……

男人粗犷沙哑的歌声骤然吼起，像狂风裹挟着暴雨，将我浑身打透。我重重地叩下头去，额头贴着冰冷的大地，长跪不起……

午夜飞翔

一

城里看不见夕阳。天还没暗下来，街灯就亮了，满世界明灿灿如白昼。

我站在立交桥上，趴着护栏往下看。路面全是车，挤在一起，慢慢蠕动，像串串瓢虫，首尾相吻，肆意行乐。

城里就是不一样，这有名的汉正街，就更不一样了。在我们那个村子，一辆车都见不着。我思绪翻飞，被身边的大嘴打断了。大嘴用胳膊顶了一下我的膀子，说："这有什么好看的，我见多了。"我就跟着大嘴走。下了桥，拐进一个胡同，来到一片工地。我看见一幢高大的楼房，立在那里，像航空母舰。一米八几的大嘴，在它的脚下，像只蚂蚁。楼房四周，是残砖断瓦以及石子、钢筋、铁板、竹漂、螺钉螺母。有路，却无从下脚。我个子小，越过这些障碍物，免不了跌跌撞撞。相比之下，大嘴干脆利落。他几步跨过去，立在一个公厕边等我。他已经有些不耐烦了，我不得不手脚并用。两个人总算会合，入厕，滋了一泡长尿。我感到肩上的蛇皮袋陡地一轻。

与厕所相连的，是工棚，上下两层。顺着角铁焊成的梯子，我上了楼。踏在那些稻草上，脚往下陷，人便有些晃晃悠悠。我本能地抓住头顶一根竹竿，疑惑地望着大嘴。大嘴拍拍竹席围成的墙壁，笑道："这可是楼房，在家你做梦都住不上。"他又跺跺脚下的稻草，说："席梦思，真正的席梦思。晚上睡得香，尽做好梦。"大嘴跺过的地方，草陷下去很深，像只鸡窝。灰尘在鸡窝上方，雾一样升腾，尘埃未定，大嘴说："你先把床铺上，躺下歇息。我那边工地上还有好几十号人呢，我得去看看。我不在，他们就偷懒。这帮农村来的民工，奴性太强。"大嘴的话，让我听起来不顺耳。我是农村人，他大嘴也是农村人。不过，我并没把对他的反感表现出来。我说："大嘴哥，你慢走。"大嘴这时正下梯子。他扭回头来，朝着斜上方瞪我一眼："以后别大嘴长大嘴短的，叫老板。脑子这么不开窍，书读到屁眼里去了。"我臊了个大红脸，鸡啄米似的点着头，说："是，是，是，刘老板。"

我一直躺到街灯灭了，也没见大嘴回来。我饿了，幸好娘在我的蛇皮袋里装了半盆熟地瓜干，我就拿出来吃，吃得嘎嘣响。我想起冬日里，在有阳光的河边吃冰块，但这种幸福的回忆，很快被另一种声音驱赶得无影无踪。我听见了厕所里的流水声。那流水声突然小了，停了。一个女人咋呼道："耗子，挺大的一只哩，听，咬东西咬得那么响。”另一个女人说：“是哩。”她们冲竹棚的方向嘟嘟两声。我停了嘴，那边的水流声便又响起来。我感到肚子里有一股酸酸的东西在涌。

大嘴第二天早晨才回来。他身后跟了一个人，五十多岁，一张快风干的腊肉脸。大嘴对那人说：“你先歇着，我那边工地忙着哩。”老人很客气地对大嘴说：“师傅，慢走。”我急忙纠正，叫老板，刘老板。

大嘴每日这么出出进进的，每次进来，带回一两个人，晚上他又消失了。我抓住一个空隙，问大嘴，这新来的人上哪儿吃饭？大嘴说：“屁，活人能让尿憋死？”说完又走了。我躺在自己的铺盖上，望着头顶的竹席，肚里像揣了一只斑鸠，咕咕咕地叫着。我心里着急，什么时候才能干活呢，这样待着，钱从哪儿来？

我是出来挣学费的。今年考了个大学，自费的，没钱，没去，我选择了复读。我先是在家干了一阵子农活。那么累的活，我晚上还坚持学习。原以为卖了粮食，交这学期学费。粮食价跌，上交，剩下的一点卖不来多少现钱，只勉强凑齐了妹妹的学费。妹妹高二了，也不能大意。我就跟学校商量，给我留个考试名额，高考前几天再返校。我学习好，英语大赛获得过地区奖，学校同意了。这样，我就可以只交报名费、资料费，还有办准考证什么的。即使这样，也得花好几百。家里有头猪，是猪崽，得喂三个月才能出栏。妹妹每次回来，总是喂它，摸它，我心里早就把它给妹妹了。

我的肚子又叫了，我把手伸进蛇皮袋，里面的地瓜干还有不少。可我的手被烫着了似的缩了回来。我的身边还躺了一些人，他们被大嘴领进来后，就这么躺着，狼多肉少啊。谁知还要这么躺几天。他们怎么躺得这么老实，没人走。肯定大嘴也跟他们说，一个月净挣一千多，还不累。他对我说这话时，我不相信地摇着头。大嘴说：“咱是干装潢，技术活。技术活当然比卖苦力挣钱。”

我的手在蛇皮袋里摸索。我摸到一张模拟考试试卷。我就在袋子里，摸索着把试卷展开，往里抓了两把地瓜干，将试卷团巴团巴，揣进怀里，捂着肚子，装作上厕所。我在工地上找了个没人的地方，嚼着地瓜干。天数多了，地瓜干很硬。我艰难地吃着，还没咽下去，被人从背后踢了一脚。那人戴个安全帽，满脸肉疙瘩。他骂道：“婊子养的，乡巴佬，找死。”几个字，像几把尖刀，将我的胸前背后捅了个透。但我没有发火。发火又怎么样，人家是为你好，万一真的有什么东西掉下来，还不得脑浆四溅。

我回到工棚，见自己的蛇皮袋被人动过。走时我系得很严实，现在的袋子口是敞开的。我伸手一探，那半盆地瓜干没了。我看每一个躺着的人，喜怒哀乐都有。他们的腮帮子都鼓着，像包了一口水。我找出自己的竹筷，想撬开他们的嘴。我靠近他们，一个十五六岁的少年，两眼惊恐地望着我。我跨过他，奔另一个人去了。这是一个老人，脸像张干抹布，我又越过去了。都他妈的人模狗样，哪一个也下不了手。

少年叫黑鱼，溪水来的。他指指身边那张抹布脸，说是他爹。他娘没了，他三岁时没的。黑鱼并不黑，除了那双眼睛有一丝恐惧，缺少灵性外，他算得上一个讨人喜欢的孩子。他身边的爹，始终一言不发，嗞嗞抽着自卷的纸烟。我对他说，抽烟会把工棚烧着，他就用拇指食指，掐灭烟火。他一脸平静，看不出有灼痛之感。

直到第五天，大嘴才招呼我们干活。这时的工棚，挤满了十几人。大嘴一声令下，大家便像羊粪蛋一样哩哩啦啦顺梯而下。大嘴指挥我们收拾工棚，把一楼隔成两间。钉了两张简易的木床，用竹席钉了门，就成了两间不大不小的屋。大嘴让我们从废弃的工地抬来一张三条腿的木桌子，摆在一角，垫上砖头，就成了他的办公桌。

我对大嘴说："刘老板，大伙还没吃饭呢。"大嘴大声说："还没干活，吃啥饭，你当是你家请石匠瓦匠，先吃饭，再干活。这儿是先干活，再吃饭。不干活，就没饭吃。"大嘴让我们把门口一个大铁箱子搬到他的床头。箱子虽然生了锈，但又大又重，还有锁孔。大嘴从他身上的皮包里，掏出一只拳头大的铁锁，将箱子锁了，并用铅笔粗的钢丝，捆犯人一样，把铁箱子缠在碗口粗的立柱上，说那是他的保险柜。

二

中午的饭菜还可以，大米饭喷香，菜是尖椒炒干豆腐、胡萝卜炒肉，这让腰酸腿疼的我浑身有了劲。发给我的饭票，本来可以买两个菜，我却只买了一个。饭也只要了半斤，我本来可以吃一斤二两的。我吃完这些，去洗碗。黄六零拦住我，让我再去吃一份。我摇摇头，黄六零说："你以为真的能挣到钱？看这阵势，能把肚子填饱就不错了。”我不语。黄六零就自己又去打了两份菜，一份饭。他把铁饭碗端在手中，来到我跟前，张开手指，手腕一拧，那饭碗便像个篮球，在他手里转起来。黄六零说：“告诉你，多打菜，少打饭。饭才多少钱，菜贵。这样，干完活，即使算不来钱，也不至于太亏。”我说：“不是出来挣钱的吗？混饭哪儿不能混？”黄六零说：“那可不一定，有的地方，想混碗饭吃，得累得屙血。”我笑笑，说：“你别说得那么邪乎，那不成了包身工了？”黄六零扒了口菜，鸭子吃田螺一般，伸着脖子往下咽。待那耗子似的喉结停止了爬动，他拍拍我的肩，说：“兄弟，你嫩着呢。”

黄六零本来叫黄世贵，小学读到三年级，没有一门功课及格。他爸是一村之长，面子上过不去，对他说：“你哪怕考六十分，我脸上也光彩些。”那时，他们村正放电影《白毛女》，电影放完的第二天，同学们都叫他黄世仁的弟弟。他小孩无所谓，当村长的爸听了不舒服，正好为了加深黄世贵对六十分的印象，他爸就到学校，将他的名字改成了黄六零。不过，直到小学毕业，他依然没考过六十分。

黄六零来自鄂西神农架，有点刁民的劲儿。他同我说话，语气很冲。有个叫牛大河的，来自仙桃，一听那地方就是天上人间。他自己也说那儿好，五谷丰收，六畜兴旺，只是一下雨就走不动道，黑泥巴跟年糕似的。现在秧插完了，田地留给大个子媳妇侍弄，自己出来抓几个现钱，给二季稻投资。有来自云梦的，梦一样的名字。那里荷叶田田，藕丝连连。有来自天门的，云缠雾绕，茶花飘香。黑鱼父子来自溪水，那里是竹的海洋。我不知道这些人为什么不待在自己美丽的家乡，一个个都挤到城里来。他们不像我，我从红安来。红安出过二百三十个将军，可依然是穷。进到大别山里，一不小心，就会碰见一个大脖子的人冲你傻笑。我曾在晚上睡觉时，企图同这些伙计谈论各自的家乡，但他们并不感兴趣，只在那里叼着烟，甩扑克，赌口袋里那点饭票。他们的饭票并不多，刘大嘴一直控制着，只能领到第二天的，怕他们多吃多占。我说："你们别玩了，输光了明天吃啥？"黄六零说："怕啥，老天饿不死家雀。"

我和他们没有共同语言，只得把目光落在黑鱼父子身上。黑鱼的爹躺着，一个人抽着闷烟。烟灰有时落在他的被子上，他毫无觉察。黑鱼在他身旁，给他爹卷纸烟。卷了两三根，开始用大一点的纸叠飞机。我心里一亮，这还是一个童心未泯的孩子。我说："你的家乡我去过，到处是竹子，水也多，山清水秀。"我其实没去过，只在地理课本上了解那么一点点。

黑鱼没有理我。我又说："你们家乡雾大，一到早晨，云海可漂亮了。"黑鱼这才说："只是蛇太多，竹叶青你见过吗？它缠在竹子上，你还以为是竹叶，去摸，它咬你一口，你就得死。"我从黑鱼的话里，感觉不到他对家乡的热爱。

"你为什么出来？你还小，你应该读书。"

"读书有啥用，我要挣钱。"

"挣钱干什么？"话一出口，就觉得这话问得没劲。我不就是来挣钱的吗？

但黑鱼的回答令我大吃一惊。黑鱼说："娶媳妇。"

“你才多大，就着急娶媳妇？”

“我们那儿都这样，要早早地出来挣钱，挣好些年，才能攒够娶媳妇的钱。有的人干了十几年，还是打了光棍。”

“媳妇是啥？”我故意逗他。

“女人呗，男人都得有一个。”

我与大嘴是同村。大嘴回家说，他这儿能挣到钱，正好我上学缺钱花，就来了。可他们这些人是怎么来的呢？我问黑鱼。黑鱼说是大嘴从火车站把他叫过来的。我恍然大悟，那几天，大嘴早出晚归，原来是上车站“拉客”去了。

武有双是最后一批来的。因为他带来五六个人，他也就算得上一个小头头。武有双自称是老高中生，有文化。大嘴就让他当会计，让他记录出工的情况，分领饭票等。他长得一表人才，说话有些文采，偶尔来点小幽默。我对他另眼相看。我后来才知道，他三十七八岁了，虽然叫“吾有双”，却是孤身一人。“都是读书给耽误的，”武有双感慨道，“书读大了，并没有多大好处，除非是考上了大学。考不上，就成了‘二百五’，大事干不来，小事不愿干，种田吧，又下不了苦力，没有女人愿嫁。”武有双的话，在我心里化成了一团雾，好几天都散不开。明年七月份的高考阵地，我能否攻下？我不敢想。

因为有个小头衔，武有双也享受住单间的待遇。他就住在大嘴隔壁，但他对这点待遇似乎看得很淡。他常常跑到楼上来，和黑鱼说说话。此人还有点魅力，怎么三十多岁了，就是没找到女人，真是可惜了，我想。

我觉得我们只不过是汉正街的清洁工。每天，我们把那些建筑垃圾装车，运走，卸在另一个要建楼房的地方填地基。这活脏，也累，比如要用十几磅的大铁锤，把那些大块的废水泥砸碎，装车运走。还有那些拆卸下来的脚手架，也要装车。有时累了，不小心碰了手，出了血，我就盼望来辆铲车，好歇口气。但这些活都不能用铲车或吊车，因为房子是刚建的，附近的地面、建筑物都得保护好。那天的活最累。废水泥块又大又硬，一锤下去，只蹦出几个火星。火星熄灭，水泥块上只是多了一个白色的小点。砸不动也得砸，到天黑时，终于将水泥块敲开了，我们一块一块地往车上搬。我的手臂早就震麻了，有一块没抓住，掉下来，我腾空而起，双脚驴尥蹶子似的向后弹去。脚是没砸着，头却磕在挡箱板上，血涌了出来。一旁的黑鱼见了，跑去找大嘴。大嘴没在，他又找武有双。武有双说："找我有啥用？我虽然管账，但不管钱，我从来就没看见过大嘴一分钱。"我掏出手绢，捂着额头，上了对面胡同里的一个小医院。医生递给我一个收费单，二百多元，我的头嗡嗡直响。这对于我，真是天文数字。这时，黄六零跟了过来。黄六零问："为什么这么贵？"医生说需要缝针，因为在额上，需要用美容术。黄六零说："那就用美容术吧。一会儿老板回来，我就给你送钱。"医生疑惑地看看我们，又说没什么大不了的，不用缝。医生给我擦净伤口，撒了点止血粉和消炎药，用绷带缠上。我递给医生十块钱，说："就这些了。"医生接了，又扯了几块纱布，递给我。

回到工地，大嘴正在那儿等我们。大嘴说："干这点活，就把脑袋磕了。肯定是你们偷懒，舍不得出力。越舍不得出力，就越容易出事。就像打仗，越怕死，就越容易死。”

黄六零说：“他往上递，是我没接住。”大嘴没理他。大嘴说：“都偷奸耍滑，不想干赶紧走人，三条腿的蛤蟆不好找，两条腿的人有的是。”

我的泪在眼睛里转。

黄六零劝我休息几天。大嘴没发话，我也就没有休息。况且我也舍不得误工，据大嘴说，一个工好几十块钱呢。

三

工地来了一个女人，让我们眼前陡然一亮，尽管她看上去就是个农村女孩。汉正街这个地方，来来往往的女人很多。但江城妹子长得白，漂亮，我们没有勇气正视她们，没有勇气多看她们一眼，于是，她们就像秋日迷茫的雾，在我们眼前飘动。所以，这个女人尾巴一样跟在大嘴身后时，我们的眼睛都斜过去，粘在大嘴的屁股上。一锤砸歪了，没砸着废旧水泥块，砸着了新修的地面，招大嘴一顿骂，还说要扣工钱。黄六零的一锹脏物，本来是要扔车上的，结果扬在了车斗外面，尘埃乱飞，引来路旁行人许多牢骚。只有我，瞅一眼那个红衣女子，就不再瞅了。这大热的天，干嘛非要穿一身红，嘴唇也是猩红的，城里的人嘴都没抹这么红。看她一眼，我就觉得天越发地燥热，偏又叫红梅，名字像火，燎得人心烦。

“来个女的做什么？这些活她干动了吗？”黑鱼闪动着他的双眼皮，一脸迷茫。

“做什么？她是老板的情人。”黄六零说，“你今年多大？十五岁？十五岁该懂得他们做什么了，没吃过猪肉，还没见过猪跑吗？比如你们村里的牛呀猪呀狗呀什么的，一个趴在另一个背上……”

黑鱼脸憋得通红。我说，干活吧，打断了黄六零的演说。

大嘴同黄六零的说法不一样。大嘴说，那个叫红梅的女人，是来给大伙做饭的。大家一听，傻愣着。这就意味着，大伙就不能和建筑工人一起吃大食堂的饭了，意味着中午吃不到尖椒炒干豆腐、蒜薹炒肉、红烧土豆块了，意味着早上吃不着又软又白的馒头了，而只能吃炖菜，只能一日三餐吃大米饭，吃得直吐酸水。

“我抗议。”黄六零说。

然而，抗议是没有用的。大嘴说：“不愿干可以走。”

“走就走，结账！我来了一个月零三天，没缺过一天工。”黄六零说。

“笑话，公司没跟我结账，我拿屁跟你结？”

“那咱们就吃公司的，干吗要自己开伙？”

“有人拿饭票同建筑工人换烟抽，这么下去，还不得把我这个小公司吃垮？”

我怀疑拿饭票换钱的是黄六零。我瞪他一眼，黄六零说：“狼要吃羊，总会找到借口的。他把饭票控制得那么紧，谁拿饭票换烟抽，早饿死了。”

想想也是。自己一天只吃七成饱，才抠出那么点饭票，何况黄六零那么能吃。

大锅饭比我想象的还要差。一天三餐大米饭，吃的是萝卜炖白菜。大嘴说："萝卜白菜，各有所爱，你们就吃去吧。"萝卜生风，有时干着活，突然蹦出一点动静，武有双就说："咱们的待遇真不错，有音乐相伴哩。"

那女人干了一天，就坚持不住了，直喊腰酸腿疼，大嘴就让黑鱼帮她干。反正黑鱼干不了重活，让他烧火摘菜，是合理利用资源。这样，那女人就只管切菜、掌勺。一次，我上灶房喝凉水，见她正在那里切菜。她左手压住半只萝卜，右手操刀，只听一声脆响，刀切空了，萝卜滚到一边。这么一个娇艳的女人，竟笨手笨脚。我仔细一看，她落在菜板上的那只手，原来只有三个指头，拇指食指处光秃秃的。我感觉自己的手指隐隐作痛。

我把黑鱼喊出来，对他说："烧火做饭的活也不是太重，你就多干一点，尽量别让那个叫红梅的干。"黑鱼说："凭啥？她也是打工的。"我说："你没看见她的手吗？她的手缺两个指头。"黑鱼啊的一声，道："难怪她那么笨，我就是没敢正眼看她。"我拍拍黑鱼的头，说："别告诉别人，也别告诉你爹。"黑鱼点点头，说："我不告诉他，我一年也不跟他说上几句话。"

灶搭在为武有双准备的那间屋子里。起先，武有双说，老板有时回来太晚，有时不回来，一个人住在一楼，他没有安全感。现在，老板回来了，可晚上会不时制造一点动静，他睡不踏实。他就到楼上。他说楼上好，一翻身就晃悠，像睡摇篮。

楼下于是就真的传来武有双描绘的那种动静。武有双描述说，那动静让他透不过气来。但他住到工棚楼上时，他一样呼吸困难。他躺下后的第一件事，就是拨开干稻草，用螺丝刀别开竹漂板，将眼睛贴上去看。看了几眼，他学着野猫叫春，哼唷哼唷的，让人起鸡皮疙瘩。几十岁的人了，怎么干这种事。他还把黑鱼的头按下去，让黑鱼看。黑鱼就将脸贴在床板上。我一把拽住黑鱼的衣领，把他扔到一边说：“别闹瞎眼睛！”

四

我不知道自己这个月是怎么过的，只觉得人黑了，手上的茧像锅巴似的干硬，胸脯上的肉紧绷绷地鼓起来。除了干活，就是没完没了地洗脸，洗脚，洗衣服。衣服破了，我买来针线自己缝，还帮别人缝。我来了整一个月时，问大嘴发工资不，大嘴说得到月底，现在才中旬。等到月底，我又问，大嘴说，公司没跟他结账，他没钱发给大伙。“放心吧，跑不了你的。你不就是挣钱上学吗？放我这儿攒着，比放你们那儿强。钱放在你手中，还不都花了。”

那天终于下了雨。这是我到武汉来，第一次见到雨。我最喜欢雨，我可以立在窗前，什么活都不干，看一天的雨。乡下的雨多有诗意，老农戴着斗笠，披蓑衣，在浑浊的泥里耕田。雨打在窗前的竹上，噼里啪啦，像过年的鞭炮；雨打在门前的水塘里，溅起的水珠银光闪闪，像一个大簸箕，盛满了滚动的银子。妇女们打着粗布雨伞，东家串西家，做着针线活，说着闲话。“知道不，这伞还是我当年相亲时，那个死人给我买的。那时，他对我多好，现在可好，脚趾头都懒得碰我。”雨天的女人，总是哀怨的，总是要说些牢骚话。小孩子披块塑料布，将叠好的纸船放进水塘，雨点很快就将他的纸船击沉了。小孩挺执着，回家再叠，路上一不小心，滑倒在泥地上。摔几跤怕什么，小孩嘛，不摔跤长不大。

城里的雨，让人透不过气，像是在自家的堂屋里，看天井那么大的一块地方，想多看几眼，就是看不远。雨一直未停，天暗下来，我仰望对面的高楼，灯光里人影晃动，烟雨迷蒙。他们不就是我小时候在电影里见过的，生活在天井里的人吗？老师动员我们这些落榜的学生：“再坚持一年，脱层皮怕什么，掉几斤肉算什么，考上就好了，考上了你们就像城里人，住在半空中。”我回过头，掏出英语课本。这是我来这儿后，第一次复习。不是懒，我每天都放不下它们，可每天总要干到晚上十一二点，有时干到下半夜，没有拿书的力气。梦里倒是时常看书，还考上过武汉大学英语系哩。

建筑垃圾清理完了，我们上楼，清扫室内装修后的废弃物。这楼很高，有十七层。我们就从十七层楼上，一点点往下搬运破碎的瓷砖、水泥和用剩的白灰，然后一层层地往下清扫，最后用抹布擦得干干净净。因为楼还未投入使用，没水没电，外面的吊篮又撤了，水得一桶一桶往楼上提。这活累，还令人恐惧。露天电梯不让用，我们只得从紧挨电梯的步行楼梯上走。电梯与楼梯之间的玻璃没装上，上楼梯好说，下楼梯，要是走快了，人就容易俯冲而下，从那空隙滑到马路上，摔成肉饼。我怀疑自己有恐高症，走到这儿，腿就哆嗦，我只得弓着腰，几乎是跪着，一点点地往下蹭。到了一楼，我才敢直起腰。而大嘴，竟然像在自家堂屋里一样，行走自如。他骂我没出息，我没吱声，心想，我哪能跟你比。

大嘴的确有令我佩服的地方，比如他曾有个女人，是他小时候父母给包办的。据说那个女人先前还挺招人喜欢，谁知脸越长越黑，脖子越长越短，牙越长越长。大嘴不干了，可他害怕他爹。大嘴的爹是大嘴唯一惧怕的人，大嘴拗不过，就装疯作傻。女方来看家（农村订婚）那天，姑娘刚到家门前，按礼节，他应该去迎接。他也去了，几乎是一丝不挂。他冲到那个姑娘面前，盯着姑娘的脸，嘴流涎水。那姑娘张大嘴，半天说不出一句话。顷刻，大伙把注意力转移到大嘴的腹下。大嘴那玩意儿上，套着他爹的旱烟袋，鼓鼓囊囊。烟袋的细麻绳，从他鼓胀的臀部斜扯下来。

一村人渴望大嘴的爹上前，扯下那个布袋。但大嘴的爹没有，他早已眼歪口斜，嘴角唾液肥皂泡一样冒出来。

大嘴的爹卧床不起，不久便一命呜呼。出葬那天，全村人或真或假，流了泪，哭声一片。只有大嘴，欢快地蹦来蹦去。按规矩，他应披麻戴孝，但大嘴没有，几个长者把他按在地上，他像顶天立地的汉子，就是不跪。

我曾问他咋就不要那个女人，丑女也能暖脚生娃。大嘴说："你不懂。"停了停，他又说："我没有女人，可我也不是实心筒子，老子早他妈的是空心筒子了。"后来才知道，他说的实心筒子，是指没沾过女人的男人。在他看来，沾了女人的男人，是空心筒子。

大楼内部终于清理完毕。大嘴仰望大楼，无比豪迈，说："别看我们只干些杂活，没我们，这些城里人还住不进去呢，咱这叫保底工程。"

我担心这活干完了，就没活干了。大嘴说："别担心，干不完的活等着我们呢。"大嘴说完，一辆大型卡车停在我们跟前。大嘴喊一声："拿工具，上车。"

二十多人，挤在一辆车里，到了武昌县。黄六零突然唱起了一首歌：

中华民国二九年哪嗨，
敌人的队伍阎锡山，
开到了武昌县。
一个大兵看见我哪嗨，
把我拖到地中间，
麦倒一大片。
他脱下我的裤，
他蒙上我的脸，
办完事他不给钱，
气得我头冒烟
……

这据说是解放初期，在忆苦思甜大会上，一位妇女控诉旧社会时唱的歌，在江南一带流传。我记得村里妇女干活时也唱过，她们不再声泪俱下，而是嘻嘻哈哈的，闹成一片。

民工们唱这歌，也是闹。只一遍，大伙就学会了，合唱得很成气候。我也唱。但我在路旁行人们的眼神中，看到了鄙夷，我甚至听见一个女人对我们喊："垃圾，乡下来的垃圾。""一帮劳改犯。"那话如两把利刃，插在我的心尖上。我一拳砸在车厢板上，大喊一声：“别他妈的唱了，穷得蛋皮贴了凳（没裤子穿），还有心思开心。”但大伙并没听清我说什么，直到我一锹重重地砸在车厢板上，大家才慢慢地停下来。

“劳改犯？”我苦笑一声：“我他妈的早就是劳改犯了。”

五

我看见红梅在厨房洗衣服。她左手三个指头，把衣服的一端压在搓板上，右手很用力地搓着。我一眼就看出那是大嘴的衣服，竟然还有他的大花裤衩。我心里很不是滋味，壮着胆，轻声问：“红梅姐，你一定要在这儿干吗？你跟大嘴处对象了？你以后会嫁给她吗？”红梅斜了我一眼，没吱声，更用力地搓着衣服，那双手就像一把柴刀，砍在我的心上。大嘴最终是要回到村里的，红梅这手，插不了秧，割不了谷，大嘴不会娶她，大嘴是同她要着玩。红梅并不大，和我妹妹差不多。只是她那黑色眼圈、那猩红的嘴唇，使她看上去像个妇人。我想起妹妹的话，妹妹说她不想读书，想出去打工，我没同意。现在看红梅，我更不能让妹妹出来了。想起妹妹，我就有点同情红梅。我问：“红梅姐，大嘴会娶你吗？他会跟你过一辈子吗？”我故意叫她姐，是想客气些，以免她误会，认为我是想跟她套近乎。红梅这次眼皮都没抬，说：“我为什么一定要嫁给他？我跟你一样，只是个打工的。”红梅搓起的水，有一滴飞到我的脸上，我感到脸有些凉。她这也叫打工，她就这样打工吗？我心里堵得慌。我是来厨房喝水的，可是我喝不下去了。

又到月底，我找大嘴要钱。大嘴说："公司没跟我结账。"我想让大嘴预支点，大嘴一瞪眼："咱是一个村的，我还能跑了你的钱？你怎么还不如外人。"我品着大嘴的话，心里越发没底。一个村的，就跑不了吗？我又不能找他那六十多岁的老母亲要。

黄六零早就不相信大嘴了，他对我说，这儿是陷阱，会越陷越深。他说大嘴根本没钱，大嘴把钱都私吞了。我说："怎么没钱，都在那个保险柜里。"黄六零冷笑一声。他喊来黑鱼，贼似的瞅瞅四周，见没人来，就让黑鱼守在巷口放哨，自己从嘴里掏出一只别针，抻直，往大嘴的门锁里一探，一拽，门就开了。两人进去，黄六零同样利索地弄开保险柜。柜里只有一张报纸，几张出工表。黄六零说："我没骗你吧，他没钱，他这儿敢放钱，我早给他没收了。"

"你原来好干这个？"我瞪一眼黄六零。黄六零笑道："别大惊小怪的，谁叫他吞吃咱们的血汗钱。"。

两人出了屋，黑鱼好奇地看着我们。黄六零冲黑鱼说："不准对别人说，否则我废了你。"说着手腕做了个使劲拧的动作。黑鱼吓得赶紧伸出双手，护着自己的裆，打了个寒战。

黄六零再次动员我走，他说大嘴是空手套白狼，民工其实都是在白干。我劝他再干几天看看，我说或许公司真的没跟大嘴结账。

接下来的活更累，因为建筑队想提前完工，人手不够，大嘴带领这帮民工，进入浇灌混凝土的队伍。晚上干到十二点，早晨四点钟起床。几天后，黄六零拍拍自己日渐陷下去的腮帮子，对我说："现在让我走也不走了，狗养的大嘴，他别想少我一分钱。谁少我一分钱，我跟他玩命！”

我相信黄六零的话，他这人，一看就虎。

那天下午，大卡车坏了，无法把我们送到工地干活，我们于是有了一下午休息时间。我睡不着，想逛街。我来这么长时间，只埋头干活，还没逛过街哩。我想去公园。出发前，我见黑鱼面对天花板，眼神茫然无光，便喊他一起去。

黑鱼一路很开心，上车，抢座，瘦猴似的灵巧。

我们下车，进了公园。行不多远，看见一棵矮松下，半卧着一个男人。他衣衫破烂，裤子褪到了膝盖处，一只手正动作着。

黑鱼的目光，盯着那个男人的手。我倚着黑鱼，用肩挡着他，不想让他看这样污秽的场面。黑鱼却努力地把头从我的腋下钻出来，目光依然投向那个男人。我把黑鱼搂得紧紧的，把他的脸埋进我的胸膛，不让他再看。几个行人把目光从那个男人身上，移向我和黑鱼，目光是轻蔑的。我心里一凉，意识到，行人看着那个男人，多少有些快意，而看我们两个男人搂在一起，恐怕只有厌恶了。我急忙推开黑鱼，他的目光又投向那个男人。我生气，讥讽他：“很好看是吗？”我看见他的脸上，倏地飞来一片暗红。他急忙打岔，说：“他们常这样。”我问：“他们是谁？”黑鱼说：“工棚里的人，还有武有双。”我骂了句：“这个武有双，真他妈的想媳妇想疯了。”我急忙拉着他，快步走过去。

躲在高楼后的太阳，将它最后的余光收尽，头顶漫过一道阴影，天便微微有些暗。我们爬假山，过亭台楼榭。在明代裸体女尸展厅前，黑鱼要进去，他说他想看看古代人和现在的人是不是一样的。我明知是裸尸在诱惑着他，又不好揭穿，心想裸尸未必真的就一丝不挂，就给他买了一张票。

黑鱼出来时，脸煞白。他喘着粗气说："一点都不好看，跟地下人似的。"黑鱼固执地认为，人有三种，天上有一层人，地下还有一层人。天上的人最漂亮，地下的人又矮又小，黑得像木炭。"她身上的毛竟然还没烂。"黑鱼的脸上掠过一丝恐惧，而不是羞涩。

我俩往前走，在茂密的树丛边，一个拎包的女人，像老熟人似的，拽着我的胳膊，向我伸出五个指头。我以为她是聋哑人，需要我帮助，就跟着她往里走。黑鱼一巴掌打开那女人的手，拽着我，一路小跑。

出了公园，我累得直喘气。黑鱼一脸不高兴，撇嘴说："原来你也是这种人，竟然要跟那个女人走。"我没听明白，瞪眼看黑鱼。黑鱼说："那个女人要跟你干那种事，像红梅和大嘴一样，然后，她就向你要钱。没看他向你伸出五个指头吗？她要五十块。"我的脸一热，问他是怎么知道的。黑鱼说，是武有双告诉他的。武有双说，公园里那些女人的包里全是卫生纸。我一脸茫然。

对面的音响店里，播放着那几年流行的一首老歌：

外面的世界很精彩
外面的世界很无奈
当你觉得外面的世界很无奈
我还在这里耐心地等着你

……

天空中虽然飘着雨

我依然等待你的归期

……

何日是我的归期？我问自己。

回到工棚，天黑下来了。听说车还没修好，我真高兴，端了盆水，在公厕里洗擦完身子，早早地躺下。我拿出英语课本看。他们打牌，太闹，我看不进去。我心里难过，高考一天天临近，时间水似的流逝，我这么下去，完了！

我长叹一口气，把书丢在一边，两眼望青天。黄六零大概看见了我的举动，猜出我的苦闷，冲那几个玩牌的人说："玩个球，都睡觉！"那几个牌兴正浓的，哪里容忍，骂他："狗咬耗子，同我们一样，也是穷打工的，又不多长个卵。"黄六零说："老子是不多长个卵，但老子要睡觉，别影响老子。"那玩牌的，正是武有双带来的那几个，一个村子的，人多胆大，扔了牌，就要动手。黄六零抓住离他最近的那个人的衣领，右手张开，抡出一道弧线，只听一声脆响。这一耳光，扇得可不只一个人，简直把他们几个人的脸都扇了。他们围上来。黄六零挥手从头顶抽出一块木板，像一把大刀，横扫过去。那几人往旁边一闪，有个叫老吴的没闪开，板子落在他的额上，血涌出来。老吴双手握额，蹲下去。黄六零把木板指向再次围上来的人，说："谁是共产党员？上！"有人害怕了，说："打牌，打牌！"那几个人本来就是硬着头皮，见有台阶可下，便围坐在一起，借手中扑克，掩饰满脸的羞辱。

我从包里掏出一袋云南白药，撒在老吴的额上，那血就止住了。

武有双回来了，他说："黄六零，算你有种。你记着，你的工钱一分没有，老吴要养伤，要打针要吃药。他就这么躺着，你就养着他吧。"

黄六零咬牙道："那我就养着他，不过你得问问他，愿不愿意做我的儿子。"

我心一阵剧痛，都是干苦力的兄弟，有话咋就不能好好说。

六

下雨了，想家。我扒开那个竹席窗，眼投向窗外。我仿佛看见了自家黑漆漆的锅台，听见娘的喘息一阵高过一阵，我自己也咳嗽起来。妹妹瘦弱的身体，每日在田间地头跑，干小伙子干的活。我自己也从没停下来歇息过，总是没完没了地干，可家里像有个无底洞，多少东西往里填，总也填不满。

我记起若干年前的一个夜晚，父亲躺在门板上，大口吐着血。我听村里人说，父亲走夜路时，在后山脚的梧桐树丛里，被鬼拍了一掌，震碎了心肺。那时我小，吓得直往母亲身后躲，再也不敢看父亲。只记得父亲咽气之前，拉着我的手，眼盯住我。我看见父亲满眼的疑惑，慢慢地，眼里的光就淡了，消失了。后来，娘对我说："你爹当队长时，得罪了不少人。咱们以后要忍气吞声，小心行事，千万别让人把我们撵出村。"以后的日子里，我多次与父亲的眼睛对视着，有时是夜晚，有时是白天，雨中或雾里。我再次看见父亲疑惑的眼，就对父亲的死充满怀疑。可父亲早已成为一堆白骨。我无法证明我想证明的事，只坚信父亲是个好人。

大嘴消失了两天，他再次出现时，越发神气了。西装革履，更有老板派头。他说他武昌那边的公司比这边活多，年底收入可观。他让我们好好干，别偷奸耍滑，年底从武昌那边匀点钱过来，作为我们的奖金。黄六零说："我们不要奖金，把工资正常开给我们就行了。"

元旦越来越近，人心就动了。黑鱼爹说，他大儿子的婚事就在元月八日，现在一家人着急，等着他送钱回家。这几天，他不干活，成天站在工棚门口，等着见大嘴。大嘴永远是那句话：公司没跟我结账，我拿屁给你。黑鱼爹说："我不晓得啥公司，我只晓得我跟你干活，你就得给我钱。"黑鱼的爹就这么一直跟着大嘴。大嘴一掌拍在他胸脯上，说："你别跟个叫化子似的跟着我丢人现眼。"黑鱼爹说："我丢什么人，我要我该得的钱。"大嘴抬脚走，黑鱼爹紧紧拽住他。大嘴搡他，用胳膊肘把他往一边撞，也没把他甩开。大嘴说："你让我走，我这就给你取钱去。"

大嘴三天后才回来。那时，黑鱼爹已成了泪人。大嘴给每人发了五十块钱。大嘴像是领袖，拍着我们的肩，把五十元的票子塞在我们手里，说：" 大家辛苦了。"

黄六零一甩肩，抖掉了大嘴搁在他肩上的手。黄六零说："这点钱，糊弄洋鬼子去吧！"

“钱放你们身上，安全吗？我给你们存银行了，到时连本带利一起给，别他妈的小农意识。”

黄六零咦一声，说鬼才信。

元旦这天，我们没有夜班。天刚黑，我们就在工棚里疯闹，企图忘记冬日的寒冷。这时，大嘴在工棚外喊黑鱼，黑鱼急匆匆溜下去了。黑鱼回来时，我们都睡了。我们是被大嘴的吼叫声吵醒的，大嘴吼道：“狗屎糊不上墙！我让你去帮我买包烟，你倒去偷东西，把我的脸都丢尽了。”他的话音刚落，黑鱼的哭声便响起来，但很快，又被大嘴的骂声淹没。我们从大嘴的骂骂咧咧中，知道黑鱼去偷工地的钢管，想卖点钱，结果被派出所抓去了。是大嘴花五千块钱，将人取出来的，要不，黑鱼恐怕要被揍死在那里。

我当然不相信，黑鱼他没这个胆。

有人拽亮了灯。大嘴领着黑鱼上了楼，把黑鱼推倒在他爹的铺盖上，说：“还想要钱？找你儿子要吧，你儿子把你的工钱，都送给派出所了。”黑鱼爹愣在那里，最后放声大哭：“你别冤枉我家黑鱼，我家黑鱼从小到大，没敢偷别人一点东西。”大嘴说：“自个儿的儿子偷东西，老子当然不会说出来。老顽固，我救了你儿子的命，你却倒打一耙。你要是这么说，我还是把你儿子送到派出所去，让他们揍死得了。”大嘴说着，“呸”的一声，下了工棚。

黑鱼说的，却是另一种版本。黑鱼说，大嘴告诉他，前面工地的东南角，有几根钢管，大嘴跟看工地的人要的，让他去扛回来，给他记半个工。黑鱼就去了，结果，看工地的人拦住他，说他是小偷，喊来另外两个人，把他关进一个小屋里。那两个人说他们是派出所的，在巡夜，没想到撞上了这个小耗子。他们打他，直到大嘴去了，同他们一阵嘀咕，才将黑鱼放出来。

我问："那两个人穿着警服吗？"黑鱼摇摇头。我心里一动，知道这是个陷阱。可是，知道了，又能怎样呢？

清晨起床，我看一眼黑鱼爹，他那半白的头发，一夜之间全白了。他一直站在道口，双目无神。他没穿棉衣，天很冷，瑟瑟抖着。我几次让他回工棚，他不言语，固执地站在那里，像一尊雕像，鼻涕流过人中，挂在嘴唇上，他也不去擦。黑鱼站在他身边，他眼里没有泪，只是目光有些痴呆。那天我也没去干活，我放不下他们父子。不知道黑鱼的爹立在风口，到底想干什么。直到大嘴从出租车里一出来，黑鱼爹冲上去，跪下来，抱住大嘴的脚，喊道："老子，我叫你老子，你把我的工钱给我吧。"大嘴一脚把他踹出半丈远。黑鱼爹又过来抱，大嘴骂道："癞皮狗！"挥手就要给他两嘴巴，见行人都围过来，就缩了手。大嘴尴尬地冲人笑笑，学着武汉腔，骂道："这个婊子养的，是个疯子嘛。"但行人从黑鱼爹那哭诉中，明白了怎么回事。他们指着大嘴，说："这工头也太黑了。"大嘴说："你们不知道情况，不要瞎说啥。他儿子在工地偷钢筋卖，让派出所抓去了，是我花五千块钱领出来的，这五千块钱，就是他们的工钱。"大嘴说着，猛地挣脱黑鱼爹，冲出人群，坐上一辆出租车，逃了。

黑鱼爹依然跪在地上，额着地，屁股朝天。他只穿着一条单裤，没有内裤和裤衩，那薄薄的单裤勒紧他的腚沟，把腚沟里的皱褶明显地凸现出来。有人去拽他，他不动。一位老婆婆看不过眼，把自己的红色外套脱下来，罩在黑鱼爹鱼雷似的屁股上，骂了句黑心的老板，走了。

人散尽时，黑鱼爹脚边有了不少零钱，大都是一元的钢币。那些钱啥时扔在他脚下，他没听见，也没看见。黑鱼爹盯着那些硬币，目光茫然。往他脚旁扔钱的人越来越多，面值也变大了，有五元的，十元的纸币。黑鱼爹跳起来，冲那些扔钱的人喊："我不是要饭的，我只是要我的工钱。"

大嘴九号晚上回来时，径直上工棚，直奔黑鱼爹而去。他指着黑鱼爹说："癞皮狗，骗子。你不是说你儿子八号结婚吗？那你咋没回家？儿子结婚，当爹的不回家，鬼相信。自己长着个猪脑袋，把别人当猪。"黑鱼在一旁插话："我哥是八号娶媳妇，我爹没钱，不敢回去，怕我哥发脾气。"

黄六零一步上前，薅住大嘴的衣服。大嘴脖子一伸，说："你打吧，我正盼着你打呢。你打一巴掌，正好清了你的工钱。"

"那我就废了你。"

"死我都不怕。"

我没吭声。这是两个粗野男人的对话，我根本没资格插嘴。

七

冬日的阳光里，大嘴的姐出现在工地上。她那两个硕大的乳房，把红棉袄撑得像要爆开的气球。她身边，是一个十一二岁的小男孩。大嘴问武有双："怎么样？"武有双说不怎么样，眼睛却睁得大大的，目光粘在那对硕大的乳房上，移不开，嘴也张得奇大。

“我看你想媳妇快想疯了，就把我姐许配给你。她可是我的亲姐，还白搭一个胖小子，省了你很多事。”大嘴说着，自己就笑了，又说：“本老板还是体贴民工的嘛，今夜我监工，你早点歇着去。”

夜里，武有双把他那白捡的小儿子领到工棚楼上，塞进黑鱼的被窝，自己住到楼下去了。

大嘴的姐我认识，我很小的时候，她就嫁出去了。有人说她和她男人的关系不好，男人太老实，一脚踹不出个屁来。但更多的人背地里说，大嘴的姐风骚，那个蔫屁男人无法胜任。

工棚一楼夸张的呻吟，让大伙久久无法入睡，黄六零坐在我身边，说：“他们成一家人了，咱们的钱就更是卵蛋皮上磨刀——险！”

我怎么也没想到，偌大的都市里，会有一个武汉女人到工地来找我，还是一个漂亮的女人。女人说，她叫小莲，我叫她小莲姐。

我低头寻思，想不起小莲是谁。小莲说，她跟我是一个村的，小时候跟她娘来到武汉，那时我还没出生，不过，她与我娘挺熟。我爹出外做水库那阵，我娘夜里害怕，就找她过去跟我娘做伴。后来，她爹死了，她娘苦尽甘来，嫁了武汉一个理发的老头，把她也带来了。娘给我说过她，但娘没让我去找她。别说偌大的武汉，就是汉正街，想找一个人，也是大海捞针。

小莲说：“你是跟大嘴干吧？你怎么跟这种人干活？他是个骗子，就知道压榨民工的血汗钱。别看他家穷成那个样子，他在汉口买了房子，一百多平米呢。”

其时我正在吃饭。小莲盯着我吃了一半的饭菜，说：“天打雷劈，他就让你们吃这个？”她一把夺过我的碗，放在道旁的花台上，说：“走，姐带你去吃点好的。”

饭店并不大，倒是挺干净。小莲给我点了好几个菜，都是荤菜。小莲说：“你们干苦力的，身上缺的就是油，多吃点。”我心里一热，吃着吃着，吃不下了。我对小莲说，我想用塑料袋装回去，晚上吃。小莲帮我装了，还硬塞给我一百块钱。她说：“大的忙我帮不上，你拿去零花吧。”我死活不要，小莲将钱收起来，说：“学生伢都好面子。”她上对面胡同里，给我买了一大堆水果。

小莲走时，对我说，家里让她捎信，让我回去一趟。她以为我在那些大工地上，找了一个星期，才找到我。我问家里咋啦，小莲欲言又止。我心里一沉。

我把水果藏起来，只拿出了饭菜，让黄六零和黑鱼一起分享。黄六零不吃，说廉者不受嗟来之食。黑鱼却不客气，吃得满嘴油。

我没请假，回了趟家。一进屋，娘就围着那个黑锅台转。时间不长，一大碗热腾腾的面条就上来了，面条下埋着两只白花花的鸡蛋。吃过饭，我说我要赶到学校去看妹妹。娘拦住我，说妹妹就在下屋，病了，休学了。我走进妹妹的房间，妹妹挂着吊瓶，头发有些乱，脸色苍白。娘说妹妹本来是要动手术的，没有钱，就只能打点针，消消炎症，暂时缓解一下。

我感到天旋地转。

我第二天回到汉正街，回到工地。我突然憎恶这个有名的街，看什么都不顺眼。我找大嘴要钱，大嘴还是那句话：公司没结账。我不信，人都住进去了，还能没结账？我走进戴着安全帽的人堆里，问一位干部模样的人，那人说："咋没结账呢，我们公司从来是不欠账的。"

看来小莲说的没错。

晚上我等大嘴。大嘴鬼鬼祟祟，像在捣动什么东西。黄六零说："他想逃，他肯定是想逃，咱们得盯紧一点。"

第二天特别冷。我没想到，黄六零在这么冷的一天，成了名人。那时，我们在离工棚不远的一幢楼上干活，楼高十几层。楼旁的钢铁吊篮，将巨大的手臂伸向高空。我们的活是往吊篮上运水泥。

刚装了一车，黄六零说他要上厕所。武有双骂了句，懒驴上磨屎尿多。黄六零那天太兴奋，他还一声："管天管地，管人拉屎放屁？"就甩着膀子走了。

许久，我们没见黄六零回来。武有双不耐烦了，说："他妈的，一去就是半天，拉年屎去了，扣他一天工资。"话刚说完，就见人声嘈杂。有人快步过来，指着武有双问："哪个是刘学仁？哪个是刘大嘴？上面那个人找他。"

说话的人着急，语言断断续续，连不成句。我顺着他手指看，见高高的吊篮架上，站着一个人。因为太高，那人看上去没了人样。他手扶铁支臂，脚踏在支臂下的钢索上，像马戏团的人在杂耍。

我从那些人的议论声中，听出了个大概，猜想那个人就是黄六零。很快，我的猜想得到了证实。那人从高空扔下一样东西，手快的人接了，是一只烟盒，内有一个纸团。展开一看，纸团上写着：限刘学仁刘大嘴两小时内给我递上来五千元工钱，否则我就往下跳。

围观的人越来越多。警察来了，消防武警也来了。他们不断地寻问民工模样的人："谁是刘学仁？他在哪儿？你们快去找。""他是我们的工头，我也不知道他在哪里。"我说。我仰起头，双手合成喇叭状，冲空中的黄六零喊："黄六零，你下来！"我喊了好几声，那上面并没应，甚至连头都没低一下。由于脖子伸得太长，我感到声音划破嗓子的痛感。我停止呼喊，指指武有双说："大嘴在哪里，他应该知道。"一个警察挤到武有双跟前，说："你赶紧去找！"武有双说："找他干什么，谁愿意跳谁往下跳。"一个武汉市民说："你这人咋这么无情。上面那么冷，可不是闹着玩的，一会他手冻僵了，不想跳也得掉下来。"武有双后退两步，不敢再吱声。

消防队员开始爬吊架。一个队员上了吊车，往横架上爬时，黄六零往更远端的地方走。我看他在绳子上晃晃悠悠，吓得不敢呼吸。黄六零的手指向那个消防队员，说着什么，接着身子倾斜，摆出了准备跳跃的姿势。那个消防队员退在吊车边，不敢向前。大概是高空太冷，他很快又退回到吊车里面，在高空观看黄六零的一举一动。

我说："武会计，你去找找大嘴吧。"武有双摇摇头，说："我才不找呢，谁不想活就往下跳。"我想起了红梅，她也在不远处仰头张望。我说："红梅姐，你快去找大嘴，再不去，会出人命的。"

这是我第二次叫她姐。自那次她说她与大嘴在一起，也是打工的，我就没再跟她说过话。红梅说：“我哪知道他在哪儿，他上哪儿能告诉我？我在他眼里算什么？”我听见她的声音在颤抖。

围观的人越来越多，议论声大起来。有的人叫骂，说这个工头也太黑，太没良心了，应该把他抓起来。我听着，心里多少有点热。

人群涌动，是记者来了。他们忙着拍照、摄像。武有双这才不安起来，他说：“完了，这下事搞大了。”就挤出人群，躲进了厕所。

大嘴就是这时回来的。他拨开人群，往里挤，大官一样，不断地问：“怎么回事？怎么回事？”我过去，把这事对大嘴讲了。大嘴咬着我的耳朵说：“别说我在，回头我给你拿学费。”说完，拨开人群，悄没声地往外挤。黑鱼眼尖，黑鱼喊：“他就是刘大嘴刘学仁。”一群人将大嘴围了个水泄不通，警察也挤了过来。

大嘴说：“围着我搞么事，我又没犯法。”民警说：“你是没犯法，可你就要成杀人犯了。”大嘴说：“我又没让他跳，谁愿出名谁跳呗。”警察说：“你还嘴硬，你赶紧去拿钱。他要真跳下来，你不在乎，我们还在乎呢。都是你们这些乡下垃圾，跑来丢我们城里人的脸。你没看那些记者都等着他跳，盼着他跳吗？”

黄六零不知道大嘴取钱去了，他依然每隔十分钟往下扔一只烟盒，语气一次比一次坚决。有人通过消防队员，向他传话。黄六零静下来，他一步步往支臂顶端走，到了边沿，他竟然两手抱在胸前，背靠在支臂上，双脚绞在一起，样子轻松，悠闲。下面的人吓了一身汗。等了一阵子，不见大嘴来。黄六零从高空扔下一件外套。外套像一片黑色的云，飘下来。有人并没看清那只是一件衣服，以为人跳下来了，惊呼一声，往一边躲。

消防队员拿着高音喇叭，向空中喊话，要黄六零下来。黑鱼爹喊：“别下来，下来就得不到钱。”我搡一把黑鱼爹，骂道：“死鬼，要跳你自己跳去。”

大嘴就是在这时回来的。他从皮包里拿出一沓钱，接过消防队员递过来的喇叭，喊道：“你下来，下来我给你三千。”他冲消防队员笑笑：“这小子耍赖，他的工资根本算不到三千。”

黑鱼爹在一旁插嘴说：“怎么算不着，我们做牛做马，都大半年了。”大嘴骂道：“老不死的，有种你爬上去。你爬上去我给你一万。”

黄六零可能真的是累了，他不回话，又扔下一个烟盒。他在烟盒纸上写道：这是最后一个烟盒，下一个砸下去的，将是我的肉体。

就这么僵持了一阵儿，围观的人突然少了，该上班的上班，该回去准备午饭的准备午饭。剩下的，就只有居委会的老头老太太了。他们指责大嘴：“你咋这么狠心，你比旧社会的黄世仁还狠毒。告诉你，你要是让他跳下来，死在我们汉正街，不干不净的，我们就把你的眼抠出来，当葡萄吮。”

大嘴转身要逃，老头老太太们早已薅住了他的衣襟，有人还真的伸手去抠他的眼。大嘴捅了谁一下，那人一声尖叫：“你还打人，你一个乡巴佬敢跑到这儿来打人！”正在散去的人，又围过来。他们逼向大嘴，大嘴把钱递给民警，结结巴巴地说：“我有恐高症，你们送去吧。”一旁的消防员接了钱，装进口袋，瘦猴一样，一蹦三尺高。

黄六零并没让消防队员接近他。他对消防队员指指点点，两人磨蹭一番后，消防队员将钱用铁丝捆了，系在铁架上，自己退了回来。黄六零在高空取了钱，极快地下到了地面。警察想伸手抓他，黄六零早有准备，一把牛角尖刀，早架在自己的脖子上。人群再一次骚动。

黄六零寻到了我。他从那沓钱里摸出几张，递给我，粗着嗓门说：“剩下的我得回家盖房子，今年盖不上，明年还得打光棍。”人群里有人笑。他就在这笑声里，坐上一辆出租车，不见了人影。

大嘴像一只刚骟过的猪，蔫巴巴地往大街上走。一个戴安全帽的人拦住他，说是耽误了他们施工。大嘴像被惹怒的狮子，暴跳起来，脏话从他那张狮子嘴里喷出来。大嘴说：“婊子养的，别以为就他黄六零会爬高。你再逼我，我也上去，让你三天干不了活。”

受了黄六零的鼓舞，晚上，大伙都不上工地，围着大嘴的小屋子要钱。屋里只有红梅一人，独自坐在灯下哭。红梅说：“大嘴跑了，不回来了。你们都回家吧，回家过个年。”大伙不信，说红梅是与大嘴串通一气，合伙来骗我们。有人还动手扇了红梅一个耳光。

红梅第二天走了。当时，天空阴沉沉的，她这次没穿红衣服，换了件蓝色夹袄；眼睛红肿着，像两只熟过劲的桃子。我走过去，帮她拎包，她没让。我说：“给我留个地址吧，钱要来了，我给你邮去。”红梅摇摇头，呜呜地哭着，哭声最后撕扯布条似的突然爆发出来。

一连好几天，我们没见着大嘴。我们停了一天工。停工了，就没人给饭吃，一个个饿得头昏眼花。武有双说：“大家跟着我干吧，他大嘴能接活，我也能接活。大嘴不懂预算，所以就上当受骗。跟着我，我不挣就不挣，要挣就挣大钱。”大家并不相信他的话。武有双亲自动手，做了一锅炖菜，焖了一锅米饭。米饭喷香，菜里油星翻滚，引得人直流口水。黑鱼忍不住去吃，大家就都吃了。吃人嘴短，那就干吧，反正有饭吃，一边干，一边等大嘴。

武有双自个儿住进了大嘴的屋，学着大嘴的样子，当起了老板。

八

进入腊月，天空突然飘起了雪花，我心里很高兴。我从小就喜欢雪，我盼望雪大些，直下得没法干活，工地就可以停工，我们就可以结账回家了。但雪到下午就停了，变成了小雨。小莲在雨中，撑一把蓝色布伞，来到工地。小莲告诉我，说我娘捎信来了，让我跟大嘴要钱，早回家。娘说，妹妹的病重了，老这样拖着，也不是个办法。小莲还说：“你妈说了，凑一点是一点。”我听了，眼泪止不住地吧嗒吧嗒往下落。我说大嘴好几天没来了。小莲一听，“啊”的一声，说：“这缺德玩意儿，肯定又是跑了。他去年在武昌那边带人干活，听说也是快到过年时，就找不着人了。”

我立在雨中，雨冰凉。小莲塞给我一张纸，说：“我给你找了份活，是初中家教，我丈夫那边的亲戚，一个男孩。他爸妈在国外，其实是找一个信得过的人陪读。你学习那么好，人也老实，肯定能行。一月供吃供住，好几百呢。这是地址，你要是愿意，我就带你去找他，不过离这儿有点远，不在汉正街。”

我感到雨小了，心里升腾起一丝温暖的希望。我说：“我回去把大嘴欠我的钱要来再说吧。”小莲点头说：“那也行，只怕你找不着他。”

我们果真再也没见到大嘴。

腊月初八这天，天干冷干冷的。武有双起得早，喊大家起床，他嘴一咧，唇上干裂的口子便渗出血来。他也不嫌疼，依然笑着，冲民工喊，要挣大钱了，有一座摩天大楼，二十一层高，因为春节前人要住进去，赶进度，人手不够，相中了我们这伙人。我们加进去，主要是配合楼顶隔热防雨工程。

武有双从皮包里掏出一沓纸，是合同书。甲方是武有双装潢公司，乙方是每一个打工者。合同上写着：午夜十二点，上高空作业，如有人不慎坠落，甲方一次性付给乙方家属两万元，其他概不负责。最后一项是，上高空作业者签字。

起先没人签。武有双说：“其实上面很安全，有保护措施，这就跟上火车买保险似的，都是以防万一，根本死不了人，要是干活老死人，公司还不得赔死。”武有双还说，高空作业赚钱，一晚上顶得上好几个白天。

我最先签的字。但我把黑鱼伸过去的手打开了。我说：“你还小，你不能上那么高。”

民工们都签了字。黑鱼爹歪歪斜斜写着自己的名字，嘀咕道："死怕个球，咱活着这么累，没球意思，死了还能给儿子留两万块钱。"

我感觉有一根针，在心尖上扎了一下。

合同书一式两份。武有双一份，民工自个留一份。武有双做了一锅萝卜炖猪肉，让大伙吃，说吃了早点睡觉去，晚上好起来干活。有人说了句：吃这么好，吃了去死吧？被武有双一顿骂。

我不知自己睡了多长时间，被一泡尿胀醒。上厕所回来时，见武有双的门锁得紧。我摸了摸口袋，碰到口袋里的一根别针，手就痒了，学着黄六零的样子，把别针弄成鱼钩，回头见四下无人，只一下，就将武有双的门弄开了。接着，又弄开了那个保险柜。

保险柜里没有钱，我只找到了一份合同书，是前进建筑公司和武有双签的合同。前进公司的合同书上写的是：如有人从高空坠落，一次性赔偿死者家属五万块。武有双这狗种，竟然想从死人身上赚三万。

我把那份合同书揣进口袋里，悄悄溜进一个胡同，在一家复印社复印了一份，回头把合同放回铁柜，锁好门。武有双还没回来，我长吁一口气，摸摸胸膛，心鼓槌一样，敲击着我。我叠起一份合同复印件，放在贴身的口袋里，我指着我的口袋，对黑鱼说："今晚我上高空干活，万一有个三长两短，你就把我这里的一份合同书掏出来，给我家里人，他们一看就明白了。"黑鱼点头说行。我把黄六零走前留给我的钱，塞给黑鱼。他不要，我说："留着吧，凑着讨个媳妇。"黑鱼撇了撇嘴，差点哭了。

我依然睡不着，凝望窗外，那些灯慢慢地灭了，天地暗下去。我不知怎么，莫名地笑起来。隔壁传来一个民工的粗话："笑个卵，不好好睡觉，夜里还干活呢。"我没有理他，我的心早就飞回遥远的老家了。今天应该吃腊八粥的：每年腊八的清晨，母亲总要找来豆子、花生米、地瓜干等东西，加上大米，凑成八样，熬成腊八粥。吃前，母亲还要不厌其烦地讲那个故事。母亲说，从前腊月初八那天，一个穷人饥饿难忍，翻遍自家的坛坛罐罐，把留着做种子的几颗花生、一个地瓜、几把黑豆等东西凑在一起，正好八样，加上水，熬成粥。穷人饱饱地吃了一顿，上吊死了。为了纪念他，每年的腊月初八这天，老百姓就吃腊八粥，是忆苦，也思甜。母亲年岁大了，记忆不好，这故事便出现了不同的版本，有时说那个穷人是个老光棍，有时说是个女人。去年，她硬说是一个年轻漂亮的长工。我想想自己，现在自己不正是一个年轻的长工吗？我的眼里噙了泪，最后滚落下来。我感到那泪是凉的，面颊也冰冷。

午夜十二点，我们跟着武有双，准时出现在二十一层楼的楼顶。我们的任务，是把离房顶三米远吊篮上的隔热板，一点点往楼顶搬。吊篮与楼顶之间，连着竹漂板，两边连着两根软绳。我站在楼顶，很害怕。两旁住宅楼的灯光几乎都熄灭了，那些城里人，正在温暖的床上，做着他们的美梦。天空灰暗，地面看上去离得并不是那么高，这也许就是老板选择午夜干活的原因。

刚干开，有个年轻人害怕，中途退回去了。另一个人可能心里也有点发怵，问武有双："为什么不用吊车？"武有双说，这是返修楼，吊车在楼建完时就撤了，再架，投资大，于是就用人，人便宜。

我迟疑着没上吊篮。其时，武有双正在做上吊篮前的准备工作，对着楼下撒尿。我在风中，闻到一股极浓的臊味。武有双说："武汉人怎么啦，汉正街的人怎么啦，城里人怎么啦，你住在半天上，我一样能尿你。"

我伸出一只脚，踏上吊篮，竟像踏在海绵上。我不知道，发软的是我脚下的竹漂板，还是我的脚。我急忙缩回脚，站在房顶，苦笑一声。我听见风吹吊篮支架，发出呜呜的声音，像夜里狼嚎。风大了，我望一眼大都市的夜景，感觉夜风像一只温软的手，抚摸着我的面颊，我的心痒痒的。真舒坦，是那种屏住呼吸才能感觉到的舒坦。远处，有一片高楼，亮着很多灯，据说，那就是著名的武汉大学，我梦寐以求的地方。我的心动了一下，不知不觉中，手伸进口袋，碰到一张纸，是小莲给我的地址。我掏出那份合同书，上面那些黑压压的方块字，是我生命的底价，五万元。我似乎看到被泪水泡瞎了双眼的母亲，病床上满脸愁容的妹妹。我的心疼得针刺一般。我长吁一口气。远方明亮的灯光，幻梦一样诱惑着我。夜在这一刻，陡然亮开了。我松开合同书，那张白纸在夜风中翻转、下落。我感到自己飞扬起来，像一只夜鸟，飞向那片明灿灿的灯光。

武湖梦

一

山路不平，我们挤在车斗上，几次差点被颠簸下来。我们的手死死地抓住车斗，紧张得周身是汗。手扶拖拉机像一头不堪重负的老牛，哞叫、挣扎，好几次差点憋熄了火。但那喷出的滚滚浓烟，就像垂死之人终于吐出了堵在喉管的浓痰，呼吸陡然顺畅，人一下子又活了过来。

拖拉机终于出了山，把我们带到镇上。我们拦车到县城，在县城转车到新洲。下了车，再坐车到一个小镇，然后下车步行。肩上的铺盖越来越沉，广盛说，再坚持一会儿，很快就到了。我们总算在夕阳落山前，到达了武湖湖畔，在一家私人农场停下来。

我们是来湖里插秧的。透过老板家房后那一排排槐树，我看到了湖。湖真美，天水一色。我想起天才少年王勃的诗句："落霞与孤鹜齐飞，秋水共长天一色。”现在虽不是秋天，但其旷美，是如此相似。遗憾的是，霞光照耀湖水时，也照耀着一大堆牛粪。广盛站在牛粪边，同老板讨价还价。我们站在霞光里，看广盛同老板讨价还价。

老板五短身材，摸了一下留着短须的下巴，神态傲慢，说：“二十元一亩，再不能多了。”广盛说：“去年还二十二块呢。”老板说：“今年啥都涨价了。”广盛说：“啥都涨价了，我们的工钱也要涨嘛。”老板说：“化肥涨价了，种子涨价了，你们的工钱再涨，傻子才种田！”

我心里一凉，远眺武湖，王勃诗中的美景，与孤鹜一起飞得无影无踪。

广盛望一眼我们，我们不吱声，他便显得很无奈，冲老板说：“工钱不给涨，田的面积不能算计我们。你们这儿的面积太野，说是一亩田，实际一亩二还多。”老板说：“没有的事。”老板说这话时，已经有些不耐烦，他说，上这儿找活干的，像湖里的水，一波又一波，干就痛快点，不干你们走人。我远眺，一边是无垠湖水，一边是茫茫水田，目之所及，不见人烟，哪里有去处。打道回府，更是不可能。我们耽误了整整一天的时间，每人花了三十多块钱的路费，我们又不是旅游来了。

广盛望一眼我们，我们还是不吱声，一个个耷拉着脑袋，说话的力气都没有，是饿的。我们清晨出来时，各自在家吃了点面条面片汤之类的东西，之后，整天一粒米未进。

广盛冲我们说：“干吧？不干谁给饭吃？”那语气听似征求我

们的意见，其实就是决定。我们就把脚旁的蛇皮袋提起来，跟着广盛走。广盛跟着老板走。

我们沿着湖畔，走过一段黄泥小路，来到一排房子前。那房子简陋，更像是牛棚，我们在门口就闻到沤过的牛粪气味。见我们不断吸着鼻子，老板说："没有牛，牛都在茅草棚里，秋天凉了才牵进来。"果然是牛棚，不过已经打扫过，里面用木板搭了一些床。我们就坐在木板床上，等着老板喊我们吃饭。没吃饭，一点劲都没有，懒得动弹。

天暗下来时，老板让人给我们挑来两桶面条，搁在牛棚门口。不远处是污泥和牛粪。面条清汤寡水。我们就在掺杂着污泥和牛粪气味的空气里，将面条造了个桶底朝天。我们都没吃饱，老板不吱声，惊讶地看着两只空桶。他不知道，我们在家都是能造五六碗面条的劳动力。我望着老板阴沉沉的脸，故意打着嗝，装作吃饱了。第一餐，将就点，可别因为我们太能吃，吓着他，赶跑了我们挣钱的机会。

二

老板走了，我们铺开被褥。因为路途遥远，也因为家里并没有多余的被褥，我们一人只背了半铺铺盖，这样，我们就只能搭伙睡，两人一伙。毛球想与我搭伙，他喊道："红明，快把你的被子拿过来呀！"那语气好像我们早就商量好了似的。我望着他满脸的麻子，身上一麻，手背上鸡皮疙瘩突起。我装作没听见，他又喊了一声。我说：“急啥，我先歇会儿。”我的语气里夹杂着不满情绪。广盛的目光顺着我的声音寻过来，又转过去落在毛球那张麻脸上。他明白了我的不满，说：“我跟红明搭伙吧，我个大，红明个小，平均一下，不挤。”毛球尴尬地立在那里，那麻坑密布的脸上，重叠着失望、失落和自卑。幸好蝈蝈及时插话，挽回了他的面子。蝈蝈说：“我同毛球搭伙，毛球瘦，占地少，跟他搭伙睡不吃亏。”毛球那张因尴尬而越发凸凹不平的脸，便慢慢地平缓了。

山货一人占一张床。他说他自己睡，一床被子，盖一半垫一半。我暗自笑他有自知之明。他孩子多，家里鸡飞狗跳，猪粪满地，脏兮兮的，身上的卫生很少清理，谁愿意同他睡？

山菊带着几个女孩子，住在不远处的那间牛棚里。

我们简单洗漱后，广盛让我们早点歇息，说明天天不亮就得起床，把一天的秧苗准备足了。大伙很听话地躺下。我没有躺。我说：“我想看看湖，在湖边走走。”广盛说：“到底年轻，走了一天了，还没走够。去吧，离湖远点，这湖里的泥巴滑腻腻的，小心溜进湖里。”我“嗯”了一声，出门往湖边走，毛球跟过来。在湖边，他问我：“红明，你瞧不起我？”我说没有。他说：“你不愿与我搭伙睡。”我说：“我没有不愿意，我就是想歇一会儿，可广盛把我的被子拽过去了，我能再把被子拽过来吗？”

毛球说：“我说嘛，你是大学生，有文化。越是有文化的人，就越有素质，不会瞧不起人。”我听了脸上有点热。自从我上县城关镇读高中后，村里人都叫我“大学生”，可我到底不争气，没等到高考，就被刷下来了。我怀疑他在嘲讽我，便盯着他的麻脸，以这种方式报复他。毛球被我盯得不好意思，强装笑脸。说实话，要不是一脸麻子，他长得挺周正。我替他遗憾，他小时候得了天花，可惜山里医疗条件差。天花在现在算个啥？早就让预防针杀死在萌芽之中了。我冲他一笑，说："我真的没有瞧不起你，你挺好的。"他拍拍我的肩，算是对我这番话的感谢。他先回了牛棚。

我只见过水塘和水库，从没这么近距离地见过湖。武湖并不像我想象中那么浪漫和温柔，晚风吹动湖水，浪拍打着湖岸，拍打着岸边的洞穴，呜咽有声，我有些害怕，见蝈蝈和水莲走过来，我就跟了过去。

水莲说："回去吧，原来湖这么凶。"水莲的话夹杂着颤音。她披肩短发，嘴唇略厚，悬胆鼻，一双眼睛很迷人，像日本影星山口百惠。

蝈蝈到这里来，是想挣俩现钱。他与水莲年底结婚，家具都打好了，自行车、录音机等几大件，也都置办完毕，可水莲还想要一枚金戒指，蝈蝈的爹妈不同意，说农村媳妇，戴什么戒指？戴戒指的手，还能插秧割谷吗？这样的媳妇，能养得住？蝈蝈孝顺，他不同爹妈争，自个儿出来挣钱。他探听过，一枚普通金戒指，七八百块钱就能下来。而出来插秧，手快的，一天能挣三十块，一个月下来，够买一枚金戒指。水莲想给蝈蝈买辆自行车。蝈蝈那个自行车，破得实在看不过眼，像相声里说的，除了铃铛不响，哪儿都响。

他们到湖里插秧的目的，令我感动。我不像他们，我来插秧，纯粹是为自己。我想参加作家培训班。四月底的一次大会考，我的成绩排倒数第十名。除了语文，别的科考得都不好。班主任劝我回家，说让我明年再考。说是劝我回家，实质是撵我。我们倒数后十名都被撵回了家。我不怨他，只怨自己不好好学，物理、数学总是不及格。

我在家无所事事时，得到一个消息：省作协与我们县《红安文艺》杂志社联合举办新锐作家培训班，为期三个月。前两月讲创作理论，后一个月采风。"采风"，多新鲜，多有诱惑力。三个月出来，我就是作家了。我兴奋得一夜未眠。

作家培训班不收学费，只收伙食费，每月三百块。我上哪儿弄这些钱呢？家里的小麦油菜虽然下来了，可我不想卖小麦油菜。这九百块钱，得卖多大一堆？想起每年新的小麦油菜还没出来，家里就东挪西借的，我心里难受。恰好广盛打算带一些人到武汉边上的武湖插秧，就对我说："同我们一起去吧？"我心中那行将熄灭的作家火苗，一下子又燃起来，炙烤着我。

湖边空寂无人，没有我想象中成双成对漫步的恋人，我有些失落。湖边刺槐飘香，还有菜园子里一绺一绺的线豆角，开着白花的土豆秧，填充了我空落落的心。

又一阵风，水莲说："我们山里热死人，没想到这个地方这么冷。"蝈蝈说："山里跟湖里当然不一样。"他拉着水莲往回走。风像一把梳子，梳理着水莲一头乌黑的短发，水莲越发迷人。我想，我将来要是混出个人样来，一定要水莲这样的女子。我这么想着，低头看看自己打着补丁的胶鞋。我心里清楚，这一天离我是多么遥远。

光线暗下来，我们回了牛棚，广盛已经躺下了。我脱衣，掀开被子，在他身边躺下。我们睡通腿。牛棚到处是窟窿，湖风吹进来，潮冷潮冷的。风使五月的夜寒气逼人，我迟迟睡不着。半明半暗中，我看见毛球不时转过头来看我，那是一双监视的眼睛。我不知道他为什么要监视我。我佯装睡去，好让他也早点睡去。

蚊子雨点似的密密麻麻，我们没带蚊帐。半夜里，广盛爬起来，去房前屋后，薅了些艾草，点燃，又将明火熄灭。艾草的香味，很快驱走了蚊子。夜更晚，风更凉，我向广盛挤过去。他也冷，把我的双脚，抱在他的胯下。他的体温温暖了我，我很快就睡去了。

三

我在睡梦中，听见有人喊：“起来起来！”是广盛的声音。我睁眼，天还没亮开，我嘟哝道：“太早了，我还没睡够呢。”广盛说：“等你睡够了，黄花菜都凉了。赶紧起来！在太阳出来之前，我们要把全天的秧苗准备出来，保证整天有秧插。磨磨蹭蹭的，既遭罪，还挣不到钱。”

我不再吱声，因为是吃大锅饭，怕别人说我不出力，占小便宜。

一脚踏进水田，如同踏进冰窟窿，冷气抽丝似的，从脚后跟凉到心底。我们的嘴里也咝咝地抽着冷气。我们在黎明的微光中，弓腰驼背摸索着扯秧苗。山里有一种木头凳子，凳子两端上翘，底座是一块弧形木板，木板两端也是上翘的。凳子看上去像马鞍，我们山里管它叫秧马。扯秧苗的人坐在秧马上，手扯秧苗，两腿一夹，往后使劲，那秧马就马似的往前行。不累，不误工，很方便。老板家没有秧马，他们不投资，他们喜欢看着我们低头弯腰地干活。

老板家种的是中稻，一年就种一茬。这种稻子产量低，但生长期长，口感好，能卖个好价钱。我们山里人不敢奢望种这样的稻子。我们地少，一年种三茬，两茬水稻，一茬花生或油菜。我们就是在插完自家的头茬秧苗后，赶到湖里来的。

插秧真苦。谁叫我不好好读书呢？考大学的机会没抓住，这上作家班的机会可得攥紧了。

广盛不同意我上作家班，他说："一个县城的杂志社，能培养出作家？"我说："省作协的来讲课呢！"毛球道："培养作家，做鞋的来干什么？"我知道他是在开玩笑，没搭理他。

老板姓李，叫李世兵，后来我们私下叫他"李扒皮"。李老板五十岁的样子，个子不高，胖墩墩的，留着漆黑的八字短须，秃顶。毛球说，那是性欲旺盛、性事过频的标志。

我们早上的饭菜并不好，一锅大炖菜。盼望中午好些，白盼一回。李老板家只不过给广盛加了一只咸鸭蛋。广盛见只给他一人，坚决不吃。毛球说："不吃白不吃。"毛球把咸鸭蛋给我，我不要。他就给蝈蝈，蝈蝈不要。广盛说："你别塞来塞去的，你自个儿吃了吧。"毛球说他不吃。他把咸鸭蛋递给山菊。山菊说："你想吃你就自己吃，递来递去的搞么事？"毛球就红了脸，仿佛被人窥见了他想吃的内心。不过，他不能再将鸭蛋放下了，再放下，装得就过分了。他拿咸鸭蛋在脑袋壳子上一敲，破了蛋壳，剥着吃。

这是湖边的鸭蛋，那蛋黄亮晶晶的，蛋黄里黄亮的油，浓浓地从毛球的嘴角溢出来。看着毛球吃的不止我一人，我想，其实大伙都想吃，只是不好意思。听说武湖的咸鸭蛋，清朝乾隆年间，曾是送往宫里的供品。那黄得流油的蛋黄，一定是粉嘟嘟的，还不腻。我的口水直往外涌，我用舌根把它压了回去。我好歹是个高中生，一个十七岁的小伙子，怎能让人发现我这般没出息。

偶尔会有一个年轻人，跟在李老板身后。他是李老板的儿子，叫李勇。李老板在云梦镇上的烟酒批发生意，就由他主管。云梦镇镇名很有诗意，我们来时，就从那儿路过，感觉与别的城镇，其实没什么两样。

李勇瘦得像竹竿，让人怀疑一阵风就能刮跑，偏要叫个“勇”字，不知他凭什么“勇”，我懒得费脑子。他留着长发，穿红花格子衣服，牛仔裤，裤子上坠满口袋，脖子上挂着大金项链，左手中指上戴着黄金戒指。我咋看他也不像好人，细看，更没看头，两只细长的眼睛，有一只总是斜视着我们，眼无光，像死鱼眼。我起先以为他是瞧不起我们，后来见他看自己的爹妈，也是这种眼神，才知道，他原本就是斜眼。长得倒是白。我望着他那女人似的背影，想，他不会是吸毒吧。我见不得太瘦的人，太瘦的富人，我以为是吸毒；太瘦的穷人，就会猜想他是得了癌，没钱治。

李老板的女人是典型的地主婆，一身懒肉，一副懒散样，让我怀疑毛球所言：李老板秃顶，是性事过频。这样一个皮松肉懒的女人，怎能引起李老板那么强烈的欲望？当然，有钱人，在城里包个二奶，也说不准。

我正胡思乱想，老板的老婆喊我们吃饭。我们早就饿得前胸搭后背，但老板娘的话，像刀子似的，比饥饿更令我心疼。她喊道：

“卖工的！开饭了。开饭了，卖工的！”我望着老板娘那磨盘屁股水蛇腰，心里暗暗发誓，一定要上作家班，当了作家，就不用出来吃这下眼食了。

四

水里凉，总想尿。田埂宽敞无遮拦，男人们走出三四十步远，背转身，弓肩缩背，让自己弯成一只虾，以减小水流落差，不使尿溅出的声音太响。

我是学生，讲文明。我不像别的男人那样。哗哗的尿尿声令我难为情，我像她们女人一样，走得远远的，到另一块田里，借助田埂的遮蔽尿尿。毛球嫌我耽误时间，他甚至怀疑我是借故偷懒。他说：“何必跑那么远，眼睛一闭，到处是厕所。童子鸡，没长成的茄子，没人稀罕看你。”

山菊骂毛球：“缺德玩意儿，嚼舌根！谁稀罕看你？秋后的茄子，又蔫巴又没水分。”

毛球也不恼，冲我笑道：“大学生，照她的意思，她愿意看你，你就在她跟前尿吧，只是别让她把你那又硬又有水分的夏天的茄子薅下来。”

毛球的话令我脸热。我说：“你们打情骂俏，别把我夹在中间行不？”我嘴上这么说，其实心里挺喜欢他们说这样的一些话，能带给我想象。我想起了山菊嫁过来那天，大人们闹洞房的样子。大人们要新郎官福安嘴里含了糖，把糖通过舌尖送到山菊嘴里，福安这么做，弄得山菊满脸通红。那是幸福的红光，映照着她那幸福的内心。那天闹得很晚，离开洞房，我的心却一直牵挂着那里，想象着他们两人怎么度过那个夜晚。我无法想象。我知道，任何想象对于他们那个夜晚来说，都是苍白的，他们的真实生活，胜过天堂。

毛球与山菊的打情骂俏，再次引起我的想象，但在我的想象中，毛球换成了广盛。毛球一脸麻子，他配不上好看的山菊。广盛与山菊，才有可能发生故事。他们要是像城里人那样，来一个婚外恋，将会是一个什么样子？我这么询问自己，臆想里山菊的那个病男人，就换成了广盛，他和山菊嘴里含着糖块儿，从一个人的舌尖，送到另一个的舌尖。我这么想着，在冰凉的水中，身子竟然有些燥热，身体便有了细微反应，尿意又来了。我其实不是个东西，我骂着自己。我必须走远，又怕毛球说我，只得尽量减少去厕所的次数，直到小腹就要炸开，我才急匆匆往田埂快走。广盛跟上来。我和广盛走到田头，下到田埂下，我们并排着尿，谁也不好意思看谁。牙酸溜溜的，终于尿出来，酣畅淋漓。

我感到整个人被掏空了，肚子很饿。我盼着李老板的婆娘喊我们吃饭。过了许久，我们又插了好几垄，李老板的婆娘还没来，我的尿意却来了，我不好意思一次次往田埂跑，就憋着，想等着老板娘喊我们吃饭时再起田，终于没憋住，一股热流顺着大腿根而流。我怕被他们发现，故意一个趔趄，便坐在田里。广盛冲过来，他以为我是饿晕了，或是累趴下了。我告诉他，是我不小心，自己把自己绊到了。他见我脸色还好，笑了。我的眼泪却在眼里涌，从我记事起，我还没尿过裤子。

我跟自己赌气，就是不回牛棚换裤子，一下快似一下，插着秧。我听见山菊故意咳了一声，然后，她起身了。

我知道她要去干什么。我保持插秧的姿势，低着头，右手并不去接左手的秧苗，左手也不知道往右手递，我只是右手机械地在泥水里一上一下地动作。低着的头，几乎快要从我自己的裆下钻过去了。我的目光跟随着山菊。我脑门心朝下看她，她看上去便像是倒着的一个人，似乎就要向着那云海深处坠落。

我的目光最后落在她的屁股上。两瓣鼓胀的屁股在绷得紧紧的裤子里交替移动，我的脑子里又一次产生着某种幻想。

我的目光跟着山菊的屁股移动时，毛球发现了我的眼睛，他颇有目的地干咳一声，那声咳嗽提醒了我。我收回目光，抬起头，转过脸，看见毛球在冲我挤眉弄眼。我右手急忙去左手分秧苗，极快地插着。我的脸火辣辣的，觉得自己心灵肮脏，我都快瞧不起我自己了。

五

毛球十岁时得过天花，落下一脸麻子。长大后，没有大姑娘愿意嫁他，为了传宗接代，就娶了一个傻女人。傻女人见人就笑。刚娶进门那阵，说啥不与毛球同房，毛球急着要后代，便把她捆在床上，弄得她半夜里杀猪似的号叫，差不多全村都能听见。后来好了，不知是毛球不再同她同房，还是傻女爱上了那种生活，反正不叫了。但有一个毛病总还是改变不了，就是无论人多人少，她都褪下裤子蹲着尿。毛球说，怪只怪那个年代医疗不发达，要是现在，他就是得病，脸上也不会留下那么多的麻坑，也就不会堕落到娶一个傻女人。

毛球有胃病，这次出来，本想挣点钱，回去好好检查一下胃。可这湖里凉，饭菜又不定时，他的胃病更严重了，常见他捂着肚子，在墙角吐酸水。成日在冷水里浸泡，还勾起了他的风湿病。他有一根银针，是一个老中医不小心落在他家的，他没舍得还给人家。这几天，他常拿出来，用棉花蘸煤油擦拭一遍，算是消毒。然后，他就往自己的膝盖上扎，把膝盖弄得跟个发面馍似的。我们心疼，他却并不当回事，叹气道，人活着，早晚是个死。等他活够了，他就滑溜进湖里喂鱼，鱼肥了让人吃，也算是为社会做贡献。

山菊笑他："你有能耐跳崖去呀，跳湖是女人的死法。"

毛球骂山菊："你可真是丧良心，你还真的盼我死？"山菊说："是你自个儿说要死的，红明可以做证。"话题就转到我身上，山菊说要给我说个媳妇。我说不行，我还小，我要写作，当作家。山菊说："媳妇多好，等你有了媳妇，你就不想当作家了。"我知道她拿我开心，不理她。山菊说："管你同意不同意，先让你爹妈帮你娶进来。可漂亮呢，瓜子脸，三角眼，梅花脚，马尾辫，有时穿黄，有时披黑。"我知道她说的是狗。我说："我可不愿意当你的妹夫。"我真聪明，暗指狗是她的妹妹。一田人哄笑。山菊知道占不着我的便宜，唱起了歌，掩饰她被我反咬一口的尴尬：

半夜梦见搂着妹妹睡，醒来抱着个凉枕头……

是句戏词。

毛球骂她："真不是个东西，这儿不是没结婚的，就是老婆不在这里的，一色的光棍，成心让我们难受。"可他说完，自己唱起了茶歌。山菊应对，两人你一句我一句：

毛球：我喝妹一口茶呀，问妹一句话，妹的那个爹妈啥，在家不在家？

山菊：你喝茶就喝茶，哪来这么多话，我的那个爹妈啥，在田种庄稼。

毛球：我喝妹一口茶呀，问妹一句话，妹的那个年纪啥，今年有多大？

山菊：你喝茶就喝茶，哪来这么多话，告诉哥哥小妹我，今年正十八。

毛球：我喝妹一口茶呀，问妹一句话，眼前你的小哥我，人品差不差？

山菊：你喝茶就喝茶，哪来这么多话，眼前这个俏哥哥，想死俺奴家。

……

我听着，心里热乎乎的，多么含蓄，多么美的追求爱情的方式啊，哪像我读书的城关镇，年轻人没见几次面，张口就"我爱你"。爱应该像酒，经时间酝酿，发酵，最后溢出醇醇的香味，而不应该像一杯水，透澈见底。不过，我猜想山菊在与毛球对唱时，心里一定想的是广盛。她唱"眼前这个俏哥哥，想死俺奴家"，一定不是指满脸麻子的毛球，一定是指英武的广盛。而广盛也一定听明白了山菊歌中所指，否则，毛球与山菊那么热乎地对山歌，他能饶了毛球？

广盛和山菊有没有那种关系呢？我一想，心里便有些痒，似乎我就是广盛，与山菊相会在槐树林。我脑子里便有了雨后槐花飘香似的那种奇妙感觉。

收工后，我走到湖边洗手。湖此刻特别温柔，像一位静静思念情郎的处子。湖风无力地拽起几缕柳枝，像处子的秀发。柳叶间，小鸟一声惊叫，腾飞而去，惊醒这静默的处子，湖面便传来阵阵波浪。

六

广盛没在，他一夜未归。在这清冷的夜，我已经习惯了他温热的体温。他不在，我睡不着。我披衣起床。这是一个月明之夜。月光水一样泻在湖面，天水一色，仙境一般。

我想，广盛不会因为干活太累，也当了逃兵吧。我在牛棚周围转着。因为月光明亮，我不害怕。在李老板家屋后的稻草堆里，我听见有人小声说着话。我放慢脚步，不让它发出声音。我轻轻地走过去，借助一株矮槐的掩护，听他们说话。是广盛的声音，他的声音是那么特别，嗓音浑厚，因为当了五年兵，他的方言里，夹杂着那么一点点普通话，让人觉得他是那种城乡接合部的小镇工人。接着，我听见了山菊的声音，她的方言很土，但她会拿腔拿调，特别是在广盛这样的男人面前，总是让自己的声音变得年轻。她声音的做作，让我觉得湖面吹来的风更冷，令我起鸡皮疙瘩。

爱的力量真大啊，白天干了一天的活，夜又这么冷，他们居然跑到这里约会。

我没有立即撤离。他们对我的诱惑力不小。我看见他们坐在草堆上，说着话。我希望他们发生什么事，又害怕他们发生什么事。毕竟，这是两个各自有家的人。

他们把声音压得很低，在这寂静的夜，悠远、低沉，像是来自洞穴。

“福安他，他不是个男人。”

“我知道，你同我说过的。”

“那年他上山打野猪，把腰伤了，他完全是一个废人。我现在跟个寡妇没有两样，我就是个活寡妇。”

“我知道，你同我说过的。”

“我想离婚。”

“你不能离开他。你离开他，他更难活人。”

我的心揪得紧紧的。我只晓得福安上山打野猪，让野猪撞了，伤了腰，哪承想他完全成了一个废人。这也算是报应吧。野猪在我们山里越来越少，政府不让打，可他偏要去。报应他也就算了，可伤了他的腰子，就苦了山菊，她才三十多岁，日头正午哩。

山菊轻声抽泣。我心里一酸，看来这个世界上，活得艰难的，并非我一人。以前我不太喜欢山菊，觉得她看广盛的眼不安分，现在我理解她了，我甚至有点可怜她。

福安还不是为了挣点钱，才去打野猪的？我不禁为自己的未来担忧，难道我就像福安那样，一辈子在这个山沟沟里过着拮据的日子？不，我要写作，当一名作家，走出大山，娶个城里女人做老婆。城里男人，把我们农村有点姿色的姑娘们都娶走了，我为什么就不能娶个城里女人？

他们不再说话，四野静下来了。此刻没有风，月亮也成人之美，知趣地躲到云层里去了。

我听见稻草堆里传来窸窸窣窣的声响。我感到窒息，一种微妙愉悦的窒息。我想，此刻，只要我一声咳嗽，就会将他们的幸福击得粉碎，但我没有这么做。山菊在我们村子里那些妇人中，腰身脸蛋，都是数一数二的。我要是四十岁的广盛，我也会爱上她。广盛英武，是一个很有魅力的男人。广盛曾经是一个军人，他当兵回来那阵子我还小。那年年底，镇上供销社一位姑娘爱上了他。姑娘的爸是供销社主任，把广盛留在镇供销社上班，条件是广盛娶他女儿。这在我们山里，是想都不敢想的事，广盛同意了。结婚后，他在镇上的百货商店上班，穿着黑皮鞋、草绿色军装，鲜亮极了，我羡慕得好几天都睡不着觉。一次，老师布置写作文，要我们写自己的理想。我写道，我要像广盛那样，当一名供销社的售货员。谁知后来单位改制，广盛下了岗，回到了农村，把老婆和孩子都带回来了。原来他的女人彩蛾是一个龅牙，像随时要咬人似的，加之广盛下岗，我的理想大厦瞬间坍塌。但这并不影响广盛的个人魅力，我想，如果我是女人，我也会爱上他，他与山菊之间发生一点故事，完全正常。他们不发生故事，才不正常呢。

广盛早已不与龅牙女人彩蛾同住一屋，这是全村人谁都知道的秘密。

我悄悄地走开去，我害怕看见我希望看见却又不愿看见的一幕。我希望看见，是希望看见那令我兴奋激动的画面；我害怕看见，其实是害怕看见这个灼人的秘密；我害怕看见，其实是怕暴露自己想看的龌龊内心。我赶紧逃离，我不让我觉得自己的龌龊。

我来到湖边，把这寂静的夜留给他们，让苦命的山菊，多一份幸福的时刻吧。

我这么想，发觉自己的心灵其实很美，美得就像这明亮的月光，美得就像这月下的一湖静水。我都快爱上我自己了。我把右手插进裤裆，抚慰着自己，又担心月里的嫦娥看见，便伸出左手，紧紧地握住我的右手。

我真高兴。我发觉我长大了，学会了克制，不再是躲在被子里制造污秽的小男孩。那天夜里，我睡得真香。我是被广盛喊起来的。我们起床后，天已亮开，看来，广盛也睡过了头，他看上去比平时更疲惫，但精神气很好。

我们在晨曦中往水田走。山菊像一只偷食得手的母鸡，那么悠闲、自在、满足。

插了两垄，我有了尿意。我上田埂，毛球跟上来。我在田埂边一边撒尿，一边问毛球，如果广盛当时与山菊成了一对，会是个什么样子呢？

毛球望着我，说：“有一句话，叫‘偷来的香’。他们要是真成了一家，还不一样吵着打着过日子？咱们山里人就这样。”毛球说着，抖抖身子，提起裤子，说：“当然，吵是吵，他们要是成一家，肯定比现在要过得好。你别胡思乱想，好好读书吧，考到城里去，找个城里姑娘，农村姑娘事多嘴杂，不打扮。”我说：“水莲不是挺好么？”他说：“她现在是大姑娘，等嫁了人，也完，成天干活，哪有时间收拾。”

回到田里，毛球叫胃口疼。他叹息说：“这苦日子真是过够了。这辈子为什么托生了个男人，要是个女人，何苦在这里遭罪，到城里当‘鸡’去。”山货笑道：“镇上也要‘鸭’，‘鸭’比‘鸡’还贵，你去就是了。”

毛球自嘲道：“就我这一脸麻子，谁用？”

他们的话真龌龊，好在姑娘们离得远，听不见。山菊离得近，她听得真切，骂得也真切。她骂道：“嚼舌根。等你们把自个儿的舌根嚼烂了，哑巴了，你们就好受了。”

七

我们埋头插秧，水莲一声惊呼，打破了水田的沉默。一条牛蟥肉乎乎地斜趴在她腿肚子上，足有一拃多长。牛蟥常常只吸牛身上的血，它嫌人身上的血太少，不过瘾。但它饿急了时，也吸人血。它肚子大，能把人吸得晕乎乎的全身酸软。此刻，它正吸着水莲腿上的血。水莲就那么看着它，脸憋得通红，想抛掉它，又不敢用手去碰。蝈蝈往她跟前蹚，溅起一阵泥水。他用手去拽，把牛蟥拽得像一条蛇，也没拽下来。广盛说：“不能拽，一拽它肚子里的毒就吐到水莲腿肚子里了。”广盛让蝈蝈捧起双手，搁在水莲腿肚子下方，他狠劲拍打着牛蟥。直把水莲的腿打红了，那牛蟥才缩成一团，足有鸡蛋大，掉在蝈蝈手掌心，把蝈蝈的手压得往下沉了沉。蝈蝈撇着嘴，直恶心。他要扔，广盛说：“别扔，你想让它再去吸别人的血？”他们走上田埂，处死了牛蟥。

山菊掏出汗巾，要给水莲包扎。广盛说：“让它流吧，牛蟥同蚂蟥一样，吸走多少血，人的腿肚子就得流出多少血。流完了，毒液也就流出来了。不让它流，毒就会留在人的腿肚子里。”

我们就眼睁睁地看着水莲的腿肚子流血。直到把水莲的脸流成苍白一片，把蝈蝈的脸流得通红，终于不流了。但我心里还是有疙瘩，觉得水莲的血里有了牛蟥的毒液，如同她身体里有了某个男人身体里的污秽，不再那么纯洁了。我知道我这种想法很肮脏，很离谱，可我没办法，心里偏就这么想。

广盛取来茶杯，让蝈蝈用茶水冲洗水莲的伤口。他掏出一块洁白的手绢，让蝈蝈给水莲包扎。他说现在可以包上了，不包上，别的牛蟥蚂蟥闻着血腥味，还会过来吸水莲的血。

水莲缠了伤口，还不放心，往手绢上糊了些泥巴，又点了几滴风油精。由于失血和惊吓，水莲脸上的颜色，已由苍白变成蜡黄，插秧的速度明显慢下来。大伙插几棵秧，就看一下自己的腿，怕牛蟥蚂蟥吸附在腿上。山菊嫌这样耽误工，说：“你们就别自作多情了，牛蟥只叮水莲这样细皮嫩肉的腿，你们的腿肚子松树皮似的粗糙，牛蟥才不想叮哩。”她说着玩笑话，可是谁也笑不起来。那只硕大的牛蟥，堵住了每个人的心。

毛球爱热闹，受不了寂静，就给我们讲笑话。他说："解放前，我们红安七里坪有一个叫卢四运的人，起这样的名字是希望四季好运，可是偏偏命运不济，十三岁上父母双亡，成了孤儿，到处游荡。一日，在山道上，看见一财主端坐牛车上，正用牛鞭抽打赶牛的伺童。卢四运走近细看，可怜的伺童，身上青一块紫一块，可见财主虐待伺童绝非一日两日了。卢四运怒火心头起，狗财主，你坐牛车，伺童步行赶车，已是不平，你再打人，是何等可恨。他就想惩治一下这个财主。卢四运走过去，说，东家，我来帮你赶车吧，我不要工钱，只要东家给口饭吃。财主高兴，不就是一口饭吗？从猪槽狗盆里抓一把不就有了。

卢四运边赶牛车，边想整治财主的办法。他发现财主眼疾严重，看东西需将脸贴上去。其时骄阳似火，山里无风，闷热难耐，只有柳树上的知了聒噪地叫着。财主满头大汗。路旁有一水塘，水塘那边的柳丛，掩映着百姓人家。卢四运灵感顿生，说，东家，咱们下水塘洗个澡吧，我帮你搓背。财主见可以白使唤人，自己也热得难受，就脱了衣裤，下了水塘。卢四运让财主先泡一小会儿，他要去解个手。他告诉财主，你要是着急，就喊我，我叫'都来看'。卢四运说完，藏了财主的衣裤，拽着伺童说，这样的苦日子，何时是尽头！听说七里坪来了红军，咱投奔他们去，也好有口饭吃。两少年消失在树林深处。

那财主左等右等不见人，上了岸，找不到自己的衣裤，急了，大声喊：都来看！都来看……村子里的人正在树荫下歇凉，男女老少冲过来。女的看见财主肥白刺目的肉，急忙躲了回去。男的嫌他耍流氓，脱得光光的，裆间物件蔫丝瓜瓤子似的，有气无力地耷拉着，还让人都来看。村民认识他是外村财主，可他赤身裸体，没有财主的招牌，就故意装糊涂，冲上去拳脚相加，把他打了个半死。”

这故事我们听过，与原版有出入，但大家还是乐得直不起腰，都说这故事好，坏人受惩罚，解恨。我内心却更失落，一种悲哀袭来。我还不如长工卢四运呢，他敢整治地主，一走了之，我却无法逃离。我们有合同跟着，半途而走，李老板就不给工钱。我需要工钱。

我们是“吃大锅饭”，男男女女，一块田一块田地插，一天插多少亩，一共多少人，平分工钱。女孩子插秧快，每人每天能插一亩多，我们男人铆着劲，也就插七八分田。这么看来，她们就吃了亏，她们提出单干。广盛不同意，给她们做思想工作。广盛说，一个村子出来的，不要分得那么清，弄得四分五裂的。男人们加点劲，少滋两泡尿，也就扯平了。女孩子们不听，水莲留了下来，插了一垄，也跟了过去。她虽然与蝈蝈有那层关系，可毕竟还没过门，她怕姐妹们说闲话。

毛球望着她远去的背影说，丧良心，一起出来的，她们竟然大搞分裂。广盛说，由她们去吧，她们看起来插得快，其实没长劲。我们插得慢，但我们有耐性，一定不比她们挣得少，红明，记得龟兔赛跑的故事吗？我说，记得。广盛说，记得就好。她们撇下我们？我们不撇下她们就不错了。

广盛这么说，是给自己台阶下，他这个临时包工头不让她们分开，没好使。

山菊没有走。她毕竟不是女孩子了，怕姑娘们嫌弃她。毛球奚落山菊说，她们不要你，我们要，我们争着抢着要。山菊骂他“嚼舌根”，却是一脸高兴。

我侧脸去看隔壁那块水田里的女孩子们，她们果然插得快。腰一闪一闪的，手飞舞着，快得像无数只手连成的一面扇形。

姑娘们一走，毛球显得很兴奋，说：“早该走，她们在这儿，屁都夹得紧紧的不敢放，撒尿也要跑得远远的。这下好了。”山菊说：“你这个要死的，她们走了，我不是女人吗？你敢在我面前放肆，我一剪刀让你变成太监。”

毛球说：“我早他妈的是太监了。我一见我那个傻女人，就比面条还软。”山菊骂道：“嚼舌根，你儿子宝根是哪里来的，莫非他是野种？”毛球也不恼，笑道：“那个晚上，黑灯瞎火的，我把傻女人想象成你，才有了宝根。”山菊骂着难听的话，抄起污泥要去糊毛球的嘴。毛球直叫好嫂子饶命，山菊才住了手。

我腰酸腿痛，右手指甲都断了，手指肿了，插进泥土里，如有竹签插入。真想逃离这片苦海，可我不想当逃兵，男子汉当逃兵，让人瞧不起。再说，我需要钱，家里一点现钱都没有，从来就是拿粮食换点生活用品。我上作家培训班的九百元生活费，要是靠卖粮食，那我家的谷池子、米缸，还不得卖弄空了。

毛球说我们起得比鸡早，吃得比猪差，干得比牛累，睡得比狗晚。他总结得挺精辟，我们真的很苦很累。为了多挣钱，在有月的夜晚，我们也插秧。月下的水田银白银白的，月就挂在水田里，挂在湖水中。倘若不是插秧，这是多么美丽的夜晚，可我现在感觉到的只是累，冷，连青蛙都不出来鸣叫。太累了，腰酸腿疼。我突然明白了水莲为什么那么渴望成为一个城里人。城里人不会这么辛苦。城里人就是收破烂、扫厕所，也比我们山里人过得舒坦。

八

我们插到了湖湾。姑娘们插那块大田，我们插小田。两块水田离得近，我们并排着，像是在一块田里插秧。但我们不同她们说话，四周一片寂静，只听见我们的手与水摩擦的声响。我累了，伸伸懒腰，看见田埂上走来五六个女人，花枝招展的。走近了，才发现是一群男人。他们立在田埂上，一个穿红花衣服的人冲着姑娘们喊："喂，那个漂亮小妞，你过来。"

是地痞流氓，他们是冲水莲喊的。水莲不吱声，我们也都不吱声。那人又喊："喂，那个漂亮小妞，过来。到我家插秧去！"

广盛向水莲招手，用山里话告诉她们："都莫起，都莫言！"他叮嘱我们谁也别吱声，也别上田埂。他说，咱们在田里，他们不敢下来。他们下来闹，我就把他们按在泥巴里。广盛的话，并没壮我的胆，反而使我更害怕。田里像一个充满气的气球，随时都要炸开。我感到一场战争就要来临。

我们谁也不敢应他们，仍旧默默地插秧。那些人不走，依然在田埂上说着羞辱水莲的话。有一个瘦猴样的人说："来吧，小妞，上我家插，我们给的钱多，我们家睡得比他们家好。在我们家睡双人床，何必在他家和那么多人挤在一起……"他身后笑声铺天盖地。

广盛说话了。再不说话，我们就是缩头乌龟了。广盛说："我们正在给李老板家插秧，我们的活没干完，不能上你们家去。”

瘦猴样的人说：“棒棒日的，你是谁，棒棒日的，我没跟你说话，我让那个小妞过来。”

广盛说：“我是这儿带工的，有什么事你找我。”广盛的声音变得不像广盛的声音，像用汽油洗过，似乎一点就着。广盛说完，站得直直的，盯着田埂上那些人。那个瘦猴样的人指着广盛，大声道：“找你，开玩笑，我只找女人，我对男人不感兴趣。”

他身后，哄笑声再次湖浪似的打过来。插秧的姑娘已扔了手中的秧苗，走到一起，紧紧相拥，使我想起了电影里八女投江前的镜头。我听见水莲说：“咋办，要打架，咋办？”广盛用山里话训她：“怕么子，别自个儿吓自个儿。”广盛说着，向那几个地痞走去。广盛走得很慢，昂首挺胸，脚步缓缓地在稀泥里抬起，落下，手臂配合着脚步的节奏，很慢，却很有力度。我们望着他的背影，心怦怦地跳着，他像电影里走向刑场的革命勇士。

我害怕，但被广盛的气质感染，跟了上去。蝈蝈也跟了上去，毛球也跟了上去。广盛却喝住了我们。广盛说：“都别动，他们不敢下田。他们敢下田，我就让他们当泥乌龟。”广盛说着，与田埂上的他们对视。

离得近了，我看清了那个瘦猴样的年轻人，他蓄着胡子，手臂青黑一片。我最怕文身的人，总觉得他们长着一颗杀人的心。我的腿脚立马酸软酸软的，几乎就要瘫坐在泥水里。

瘦猴样的年轻人冲广盛说：“你别过来，我只喜欢女人，我对男人不感兴趣。”广盛本来在水田里等着他们，他的这句话激怒了广盛，广盛向他们快步走去，广盛说："我对男人感兴趣，尤其对你们这样的男人。有种就下来！"

那些人不下田，也并不离开。瘦猴指着广盛，骂他是婊子养的。广盛的脚步迈得更快了，水田响起唰唰声，他身后，带起雨点似的泥水。

山菊惊喊一声："刘广盛，你莫要过去。"广盛头也没回，一步步往前走。

我屏住呼吸。我不知道即将出现在我眼前的将是一种怎样骇人的场面，等待广盛的，会是一种什么结果，那一群恶棍，他们将怎样对待广盛。广盛能完好无损地回来吗？

广盛走上田埂，瘦猴样的年轻人指着广盛骂："婊子养的，你还真敢上来！"广盛没有吱声，与瘦猴对视着。瘦猴伸拳打广盛，广盛闪身，躲过那一拳，并顺手抓住瘦猴的手，把他从田埂上拽进水田。广盛薅住他的长头发，把他的头按在泥水里。那些年轻人要往田里冲，广盛冲那些人喊："别过来！谁过来我就把他弄死。"他说着，把年轻人的头拔出来，让他透口气，再按下去。如此反复，直弄得那个人离开泥水时张口号叫着，风箱似的呼啦啦喘着气。广盛再次把他的头按进泥水。广盛把瘦猴的头按进泥水里时，并不看泥水里的这一只脑袋，而是眼望前方，像一位骑士。那人挣扎着，动弹着，广盛就是不松开。广盛抬头看着田埂上的人，田埂上，瘦猴的一个同伙从屁股后面拔出刀来，冲向广盛。广盛右手伸进泥水里，拔出来，比他插秧的速度还快。一块泥巴随着广盛右手飞扬，直奔那个持刀者。持刀者像猪被捅了一刀似的号叫着，他的脸上满是泥巴，眼睛被糊住了，刀在手中胡乱舞着。广盛指着瘦猴泥球似的头，吼道：“谁也别动，谁动我就闷死他。”广盛再次将他胯下那个年轻人的头按下去，提上来，问道：“谁是婊子养的？说，谁是婊子养的？”

在我们愣住的当口，瘦猴的一个同伙手握尖刀，冲向广盛，在就要攻击到广盛的那一刻，广盛一闪身，伸手一带，那人扑倒在水田里，溅起浑浊的泥水。

我想起《水浒传》里的武松，想起他打老虎的样子，想起他打西门庆的样子。

瘦猴不挣扎了。广盛站直身，一双泥手在裤子上来回擦着，看来，他是要鸣金收兵了。但瘦猴再次扑向他。广盛便又一次薅住他的头发，把他的头按进泥水里，过几秒钟，再将那头拽出来。瘦猴的同伙怔怔地看着，没人敢靠前。山菊赶紧蹚过去拽广盛的手，说：“你松开，会出人命的。”

广盛并不松开，广盛说：“我今天非要他求饶不可。”说着，他问穿红花衣服的人：“你说，谁是婊子养的？”那人的嘴被泥水糊着，嘟噜着。广盛没听清，说：“你说不说，谁是婊子养的？今天你不说，我就让你死在这里。”

我看着他们，心直哆嗦。要出人命了，真要出人命了！

广盛再次把瘦猴的头按进泥水里，按进撒有化肥的泥水里。我真担心这么下去，瘦猴不被弄死，也会被弄瞎双眼。山菊抓住广盛的手，在上面咬了一口，广盛松手的那一刻，那人趁机挣脱开，向田埂上逃。他边逃边回头说：“你等着！”广盛说：“等着怎么的？

我不怕你。我们红安出了二百三十个将军，哪一个不是打出来的？我们县的小个子将军韩先楚，打起仗来，日本人、美国人都怕他，你算个球？”

瘦猴走上湖畔的旱地，冲广盛喊：“婊子养的你来呀，你来，有种你来。”广盛就沿着他们声音传来的方向往前走，山菊急忙阻拦，说：“广盛，别去，别上了他们的当，他们把你骗到那边去，围着打，他们有刀。”广盛没有停止他的脚步，广盛说：“在田里我不怕他们，在旱地我更不怕他们。”

山菊跟了过去。山菊都跟过去了，我们还站着不动，算男人吗？我们迈着步子往前走。广盛已同他们动起了手，可我插不上手。他们完全不像是在现实中，而更像是在荧屏里。他们像是一群演员，在演一场打斗的戏。那清清的湖水，就是他们打斗的背景。背景衬托下，只见广盛忽而是掌，忽而是拳，一会儿勾腿，一会儿又是扫堂腿，瞬时在地上，瞬时腾空而起。我离他近，却无法看清他，身着黑色衬衫的广盛，像一股黑疾的旋风，我无法插手，也无须插手，那几个人很快就东倒西歪，最后一个个爬起来，灰溜溜撒腿而跑。不过，他们没有忘记给自己找台阶下，那个瘦猴样的年轻人边跑边冲广盛喊：“婊子养的，你等着，我们一会儿见。”

我们围着广盛，看他伤着没有。他毫发未损，他太帅太潇洒了，不愧为当过兵的人。广盛当的是武警兵，守卫三峡大坝。一次，广盛值勤，遇到了小偷。他抓小偷，小偷想逃，结果打了起来。广盛没想到他是小偷，以为他是破坏分子，下手就狠了点，那人又不经折腾，几下就被广盛弄残了。广盛犯了错误，就被处理回了乡。要不，凭广盛的身手，在部队肯定能提干，现在说不定是个大官哩。

广盛却从没在村子里施展过拳脚。

我们围着广盛，围住我们的英雄。但毛球的一句话，冲走了我们的喜悦，让我们再次回到恐惧中。毛球说：“广盛，你闯祸了，把事闹大了，他们一会儿还会回来的，他们是回去找人去了。”

广盛白了他一眼，说：“我一人做事一人当，你不用害怕。”他说着，掏出一支烟来，那烟被泥水浸泡了，半天没点着。毛球点燃一支，递给他。他就那么默默地抽着烟，他身上的泥水，滴落在地上，吧嗒吧嗒地响。山菊眼里噙着泪。她掏出自己的白手绢，帮广盛擦拭身上的泥巴，前胸，后背，手臂。广盛就那么站着，双手下垂，像一位凯旋的英雄，任凭自己的女人给他拾掇。山菊擦着广盛身上的污泥，小声问广盛：“咋个办？他们再来咋个办？”广盛不吱声，但从他脸上坚毅的表情看，他分明在说，再来，还把他打回去！

广盛下了田，慢慢地，一步一步走向我们刚才插秧的地方，他步伐坚定，带出很响的泥水声。

我们接着插秧，很长时间，我们谁也不说话，就那么插着秧，听着自己的手把水带起滋滋的声响。我们彼此清楚，我们都在想着刚才的打斗，想那些地痞流氓再来了咋办。许久，山菊终于用一声哭泣，打破了沉默。她哽咽道：“咱们回家吧，在这儿挣几个苦钱，遭这份洋罪。”

广盛说：“咱们不走。咱们明年可以不来，但今年来了，咱们就不走，一定要把活干完。你们放心，他们不敢再来了，他们被打怕了。”

“可那个瘦猴子说要来。他们有刀。”

“照你们说的，还真的邪了门。他又不是傻子，他知道杀人填命。他们是老太太吃柿子，专挑软的捏。他们不敢再来惹我们了。他们说来，其实是给自己找个台阶下。就是真的再来，咱们也不用怕他。怕他干啥，胆小的怕胆大的，胆大的怕不要命的。我们红安七里坪镇上，一条街上就出八个将军，他们天生就是将军吗？还不是打出来的。”广盛说。

广盛真有魄力，他稳住了我们的神，我们接着插秧。广盛打架的样子，一次次在我眼前浮现。他真没白当一回兵。我想，等作家班培训班毕业后，我也去当兵，当个像广盛那样潇洒的军人。

水莲流着泪，她说那些流氓是冲她来的，她很自责。山菊安慰她说，他们并不是冲你来的，他们是借口闹事来了。

蝈蝈一句话也没说，他脸上受惊的表情还没有完全消失。

山货一脸平静，他向来事不关己，高高挂起，仿佛刚才的一切，发生在另一个世界。

九

直到天漆黑一片，瘦猴他们也没有再来。我们回李老板家吃饭，一个个不吱声，默默地吃着饭。我们都没有同李老板说起地痞来欺负人的事。

吃过饭，用凉水洗了脸，洗了脚，我躺在潮乎乎的床上，想着白天打斗的事，总觉得不是那么简单。那几个青年，真的就这么算了么？强龙难斗地头蛇，他们真的会被打服了？我这么想，迟迟睡不着。广盛很快就打起了呼噜，看来，他的胆大不是装出来的。他甜美的呼噜声传染了我，我也慢慢地睡去了。

不知过了多久，我听见有人喊救命，是女人的声音。我当时只当是在梦中，广盛大喊一声："都起来！快。"他说话的同时，拽亮了电灯，掀开了被子，灯光下，他身上只有一条短裤，脊背黝黑，像是一条青鱼蹿出水面似的。他冲出门去。

我们来不及找衣裤，跟着广盛往前冲。呼叫声是山菊她们发出的。我们赶到她们的牛棚时，呼叫声变成了哭泣，是水莲在哭。她手里握着一把剪刀。山菊没有哭，她急促地喘着气，断断续续说着刚才发生的一切，我们才知道，是几个流氓蹿了进来，想欺负屋里几个女孩子。他们吓唬她们，不让她们吱声。山菊一声歇斯底里的"救命"，把他们吓跑了。

蝈蝈夺过水莲的剪刀，要去追那几个流氓，广盛拦住了他。广盛说，黑灯瞎火的，没准他们猫在什么地方，等着我们去追呢。他们在暗处，咱在明处，好汉不吃眼前亏。

"我们的门一直闩着，也不知这帮王八蛋怎么就弄开了。"山菊解释说。她怕广盛埋怨她。广盛没有埋怨任何人，只告诉她们都穿好衣服，上我们屋里住。

我们身上只有大裤衩子，湖面吹来的夜风，直入骨髓，我们打着寒战，接着打起喷嚏。毛球催她们快点，说再磨蹭，我们男人都得感冒，干不了活，挣不着钱，他的胃病就没法治了。

我们把最里面的几个铺板让出来，又把我们自己的铺板移到一块儿，变成通铺，这样就能多挤一些人。男男女女住一起，几个女孩子不习惯，磨磨蹭蹭不上床。

山菊对水莲说：“你们睡里边，我睡外面。我岁数大，都快成老太婆了，我怕啥。”

广盛说：“你说的啥话呢？你把我们当牲口？”山菊说：“你想到哪里去了，我是怕那些乌龟王八蛋再闯进来。”广盛说：“谁再闯进来，咱就给他‘开瓢’，让他脑袋开花。你们放心睡吧，咱们一个村子出来的，在外就是亲姊妹，有啥不好意思的。”

都躺下了。我们男人也放不开，很久睡不着。毛球受不了，说：“算了，别睡了，咱们去扯秧吧。”广盛说：“再躺一会儿吧，躺着总比起来暖和。”毛球自己起了床，坐到门口抽烟。

那个夜晚，我们几乎一夜未眠。中午插秧时，毛球竟然患羊角风似的歪倒在田里，是坐在秧马上睡着了。被泥水一浸，他醒过来，偏要接着干。广盛说：“你回去歇一下午吧，还真挣钱不要命了？”毛球说：“可大伙一起干，一起分钱，我哪好意思？”山菊说：“咋不好意思，十个手指能一样长？”毛球就冲我们歉意地笑笑，回牛棚睡觉去了。

我们比毛球好不到哪里去，一个个低着头，眯缝着眼睛，靠着惯性插着。大都把左手杵在左膝上，整个人的重心落在左膝上，右手机械地动着。我们看上去东倒西歪，我们插的秧也有些东倒西歪，挨了李老板的训，要我们拔了重来，还说要扣我们的工钱。

那几个受了惊吓的女孩子要回家，广盛不让。干活前与李老板签订过合同，我们中途走人，不但得不着工钱，还得给他们赔偿损失。但我们干不好，他们中途可以赶我们走。这是一个不平等条约，没办法，不签字，我们就不能在他家干活，就挣不到现钱。

起早贪黑干了一个多星期，哪能白干呢？

吃过午饭，广盛从李老板家要来两片废弃的凉席。我和蝈蝈帮他，用竹竿将凉席支在牛棚中间，屋子里便有了一堵“墙”，将男女隔开。两片凉席之间留了一人宽的地方，算是门。山菊把她的床单贡献出来，当门帘使。门帘子刚挂好，李老板进来了。他说昨晚发生的事，他一点都不知道。他责怪广盛没有告诉他。他说：“王八蛋！我这就去找他们，有他们好果子吃。俗话说，打狗还得看主人，他们太不把我放在眼里了。”

他的话，我听着别扭。我说：“李老板，你说话注意一点，谁是狗，谁是主人？”李老板笑道：“我不是打个比方吗？”我说：“有你这样打比方的吗，你这是骂人。”广盛给我一个眼神，意思是，跟这种人，别咬文嚼字费口舌。

我们一起往田里走，水莲领着那些女孩子，走到我们的队伍里。她们不说话，跟着我们下了同一块水田。她们不再单干了，还是与我们合伙。山菊说：“就是，一起来的，搞得四分五裂算什么事，回来就好。”女孩子们没有回应她的话，脸上都流露出羞愧的神情。

毛球怀疑那些来闹事的人，是李老板雇来的。他说：“我们已经干了这些天活了，那些人一闹，我们就害怕，就得走人。我们中途走，李老板就可以不给钱，他再雇人，这样，他就能省下一笔钱。”广盛说：“也别把人想得那么坏。”

我觉得毛球的分析有道理。

十

水莲的脚被水田里的石头割了一条大口子。蝈蝈把她搀扶到田边的水沟边，我和山菊紧跟其后。水沟里的水清澈，蝈蝈撩水给水莲冲洗伤口。那血仍在流，只不过不那么鲜艳，被水稀释成淡红了。水沟里很快红了一大片。山菊掏出自己的手绢，给水莲包扎。那血渗透了白手绢。山菊说，赶紧送李老板家，看他家有没有止血药，莫不是割破了血管。水莲却不回，坚持要下田。搭伙的事，她不愿误工。广盛冲她喊："痛快回去，还真的要钱不要命？"

水莲不让蝈蝈背，田埂窄，布满泥泞，她怕蝈蝈摔了，蝈蝈就搀扶着她。他们俩人在窄窄的田埂上，脚交攀着，我担心他们俩人会同时跌倒在水田里，或是水田那端的深水沟里，就跟在他们后面，如果有什么事，我可以及时报告。

李老板家没有消炎药。周围一带人烟稀少，没有卫生所。蝈蝈化了盐水，给水莲洗伤口。盐水杀得水莲咝咝地吸着冷气，蝈蝈心痛。老板娘递给他一块白布，让蝈蝈给水莲包上。水莲向老板娘借雨靴，还要下田插秧。老板娘眼瞪得牛眼大，说："你可别为挣那几个钱，把命搭进去，你就歇几天吧，工钱我照付，不在你们卖工的那些人里出，他们不会有意见。"

我疑惑地看着老板娘，我怀疑自己听错了。

水莲说："哪有不干活得工钱的，你还是把雨靴给我吧。"老板娘不给她靴，蝈蝈见老板娘挺诚心，不像是客套话，就让水莲留下，帮老板娘干点手头的活。

我跟在蝈蝈身后往水田走。快到水田边时，蝈蝈突然转过身，对我说："老板娘心眼儿其实挺好。广盛说得对，别轻易把人想得那么坏。"

中午我们回去吃饭。没有雨时，我们就在屋外吃，空气好，敞亮，在这片大地上吃饭，似乎饭菜就多了，能放开吃似的。这餐饭令我们吃了一惊，桌上除了一贯的土豆炖大白菜，还有一碟花生米，一碟煎鸡蛋，半盆粉条。僧多肉少，我们起先不动筷，知道一人一筷子，那装鸡蛋的碟就会见底。我们只是偶尔夹一颗花生米。花生米真香，夹了一颗，还想吃，又不好意思一次次去伸筷子。毛球将筷子平着插进碟里，筷子出来时，上面密密麻麻排满花生米，像一个民兵班。他将花生米倾倒进碗里，慢慢享用。我学着他的样子，也将筷子横着插进花生米堆，然后上抬。我的筷子上也排满了花生米。可是，当我把筷子往我碗里放时，我的手不争气，抖动了。花生米一个接一个，蹦到地上去了。地上全是泥，还有零碎的牛粪。我望着地上零落的花生米，不敢抬头。我知道，此刻所有的眼睛都盯着我。

毛球说："白瞎了，白瞎了！我给你做个示范吧。"他说着，用同样的方法，把满满一筷子花生米倾倒进自己的碗里。山菊白他一眼，左手端起花生米碟，右手握筷，走到广盛面前，把花生米往广盛碗里拨，广盛直说，太多了，太多了，拨回去！山菊接着给我们分花生米，蝈蝈、山货、水莲、我。她往所有人碗里拨了花生米，唯独落下毛球。毛球窘迫地立在那里。因为脸红，情绪激动，那脸上的麻子越发坑坑洼洼。

我心里酸酸的，可怜毛球。

花生米！我们山里就产花生米。可是，我们地少，我们地里产的花生米，除了留种，舍不得吃，都卖了。花生米！没准我们正吃着的花生米，就是从我们山里被低价卖到这里来的。我们自己种的花生米，竟然多吃几颗都这么难。山里人啊！

水莲居然吃独灶。是一碗面条，上面还覆盖着黄亮亮的煎鸡蛋。

吃过饭，我们往田间走。在路上，毛球说："李老板一家人，其实挺好的。"一向告诫大伙，不要轻易把人想得那么坏的广盛，这次却说："也不要轻易把人想得那么好。"毛球白他一眼，分明在抱怨广盛总是与自己唱反调。广盛不理会毛球的眼神，他让大家加油干，早点干完李老板家的活，早点回家。

水莲不在水田时，蝈蝈干活总是心不在焉，秧插得不齐整，总落在别人前面（插秧是后退着进行的）。我也偶尔会想起水莲，她真不容易，上次让瘦猴他们吓得不轻，这次又受了脚伤。大概人长得漂亮，遇到的麻烦也就多。

十一

广盛所言"别轻易把别人想得那么好"，三天后就得到了证实。山菊说："李老板一家人对咱们态度的转变，是因为李老板的儿子李勇看中了水莲，想水莲留下来做他的媳妇。"山菊的话，像傍晚的湖风，让我心里冰凉冰凉的。李勇那只斜眼，怎么配得上水莲姐。就连他那只好眼，瞅人时，也总像是在瞄准射击，让人心里毛愣。可能水莲也被他这只眼看冷了，她并没动心。她知道李老板一家人的意图后，再也不留下休息，坚持要下田干活。李老板拦不住，让儿子开着小车，到镇上给她买了一双靴子。水莲穿着靴下了田。

靴子在水田里移动慢，影响插秧的速度，大伙一般都不穿它。因为合伙，就更不好意思穿了。水莲穿，大伙没意见，毕竟她脚上有伤。

水莲拒绝李老板家的好意，不留下歇息，其实就是拒绝当李勇的媳妇。我们都很佩服她，觉得她特有骨气，人穷志不穷，不为金钱所动，为我们山里人争了光。

但李老板一家并不死心。老板娘每日做一桌很好的饭菜，让水莲同她们一起吃，说水莲有伤，需要营养。水莲不去，他们就把饭菜端过来。水莲仍不吃。我看着那花花绿绿的红菜薹炒肉、韭菜煎鸡蛋、黄亮亮的油炸鲫鱼，喉咙里的汁水涌到舌尖，可水莲不让我吃。水莲说，吃人嘴短。她把饭菜给李老板家送回去了。

李老板见水莲不吃，就不再给她烧独灶，而是给我们加菜，花生米、粉条、豆腐之类的。这次我吃，水莲就没权力拦我了。这是李老板给大伙的，我有权吃我那一份。

李老板一家盯上水莲后，蝈蝈就变得沉默寡言，与水莲的话也少起来。他只闷头干活。有一次，他还向广盛提出想先回家。广盛没有同意，广盛说："一起出来的，怎么能不一起回去呢？你回去了，还不被村子里的老人戳背脊骨，说你吃不了苦？"广盛安慰蝈蝈："你别多想，水莲不是那样的人。水莲怎么会放着你这样的人不嫁，嫁给一个斜了一只眼的人？除非她也斜了眼。”

李老板一家对我们态度的改变，不仅表现在饭菜上，对我们的住处，他们也关心起来。李老板让我们搬到他家去住，说他家还有好几间空屋，那里不像牛栏这么潮。我多嘴，问李老板：“为什么我们刚来时，不让我们上你家住？”李老板说：“当时没想起来。”我们心里高兴，住一天舒服一天。可广盛不让搬，广盛说，活干得也差不多了，不想折腾。李老板就说：“那你一个人搬过去住吧，你是带工的，大小也是个头头。”广盛苦笑一声说：“我不过是带头多干活罢了，我可不配住单间。”

十二

广盛和山菊好，成了公开的秘密。

山菊到底迷广盛什么呢？他那张刚毅的脸？那两绺粗黑的、剪得很短的络腮胡？还是他那古怪的，有时沉默如羊，有时愤怒如狮的脾气？是不是有这样脾气的男人，就招女人喜欢？我曾模仿着做广盛这样的男人，但我做不来。一次，我冲着一个人吼叫，却被他反剪起手，在我尾椎骨上顶了一膝盖，痛得我好几天直不起腰。看来，并不是每个男人都能成为广盛那样的男人。

广盛沉默之时，常常是在回忆。有一次，在漫长的沉默之后，他叹息说，在部队干得好好的，出了那点事，当时也不知是怎么了，直到现在也没搞清楚，像是做了个梦。要不是那点事，他现在还在部队当军官。“就是转业了，至少也在县城，留在武汉也说不定，能大老远跑回来，娶一个龅牙女人？真是鬼迷心窍。”广盛说，“我现在都懒得正眼看她。”

说得多了，就有些伤感。

山菊反驳他：“嘴上这么说，晚上还不像个狗似的。”山菊故意说笑话，想冲淡广盛的伤感。毛球大概也出于这种玩笑心理，出谜语给我们猜，他说：“白天无球事，晚上球无事。无比寂寞。”没人能猜得出，毛球说：“告诉你们吧，‘光棍一根’。”

山菊噗的一声笑了。毛球受了鼓舞，又说：“白天空洞洞，晚上洞空空。有球必应。”依然无人能答。毛球自个儿说出谜底：“寡妇一个。”

山菊骂毛球嚼舌根，她说姑娘们离得远，听不见，可红明还没娶媳妇呢。毛球笑道：“现在的年轻人，三十六招七十二式，比咱过来人都懂。”

山菊抠泥要去糊他的嘴。

我脸发烫，直起身，仰头看天，不让弯腰插秧的他们看见我通红的脸。

天空下起了雨，浇退了我脸上的烫。下雨我们也是要干活的，我们要挣钱，不是旅游来了。我们一人披一块塑料布。每人插了半垄，湖风刮过来，撕扯着我们身上的塑料布。塑料布的颜色不一样，有粉红的、淡绿的、微紫的、深黄的……我们并排插着秧，风大的时候，我们就站着歇一小会儿。这时候，我斜眼看过去，发现我们每人变成了一面旗，塑料布是旗面，我们的身躯是旗杆。雨很快漂湿了我们的衣服，但我们谁也没有说撤，可能他们同我一样，也觉得自己是一面旗帜，被这旗帜鼓舞，不让自己退却、倒下。唯有毛球，他坚持戴斗笠，披蓑衣，挺立在雨中，像古代身披盔甲的战将。

插了一垄，李老板过来了。李老板穿着雨衣雨裤和雨靴，把自己裹得严严实实的。他到我们身边，惊呼道："我以为你们早回去歇着了。你们竟然还在插，真是要钱不要命。回去吧。"

山菊小声说，李老板还知道可怜我们。毛球说，你以为他可怜我们，他是可怜他家的秧，这雨天插的秧苗，东倒西歪，质量不好。广盛说，别总是把人想得那么坏。

雨冲走了水田里的泥水，新的雨水使水田显得特别清澈。雨滴在我们身边，四溅开去，像一朵朵白色的莲花。

天空响起了炸雷。炸雷在头顶飞。广盛说："走吧，咱们不能真的要钱不要命。咱们回去歇着，雨停了再来。"

我们回了牛棚。山菊领着姑娘们进了里屋，撂下那个床单做的门帘，用手整理严实。我们知道，她们不会再出来了。她们即便出来，也会先咳嗽一声，给个暗号，就像她们在水田里起身去方便一样。在这个男女混居的世界，大家配合得挺默契。我们男人脱下湿淋淋的衣裤，拧干，找根绳子，把衣裤晾起来，赤裸着钻进被子里躺下。在湖边，又是雨天，被子里潮乎乎的，也像拧得出水，躺在里面，感觉自己像泡在盐水里的咸鸭蛋。来时，娘把被子浆洗得又干净又软和，到这儿成这个样子了。

毛球突然掀开被子，坐起来，嚷道："这么躺着也不是个事儿呀，晚饭怎么办？"大家一想，可不是？按规定，我们不干活，李老板就不供饭。因为我们每插几亩，每亩多少钱，其实是扣除了饭钱的。也就是说，我们每天吃我们自己的饭，而不干活，就要吃李老板家的饭。

广盛说他去给老板家搓草绳。他搓草绳光溜结实，速度还快。搓到开黑，抵大伙一顿饭应该没问题。

广盛将枕巾围在裆间，下地，把自己晾在绳子上的衣服拽下来，爬到床板上穿裤子，见我盯着他，把裤子拽进被子里，摸索着穿。我不好意思，扯出枕边的书。我的眼神，被毛球捕捉到了，他笑道："红明还是个小孩。"我知道他所指。我们山里有个歇后语：小孩偷看大人的鸡巴——少见多怪。我便红了脸。毛球蹦跶下床。他倒大方，没遮没挡的。我懒得看他，他那一脸麻子，我一看就够。但他那长期被短裤罩着的臀部，还是将一道白光扫射过来，闯入我双眼的余光，刺得我急忙低头，躲开那一片白。

毛球穿好裤子，要跟着广盛去。广盛说："你别去了。你胃不好，不能受凉，你歇着吧。再说，李老板家放稻草的地方，也挤。你还爱抽个烟，别把人家的房子给点着了。"

广盛冲布帘子喊："山菊，照顾好姑娘们，我上李老板家的稻草房搓草绳去了。"

山菊回应道："我也去，我帮你递稻草，这样你不就快多了？"话音未落，她就撩起门帘走出来。男人这边，有人嫌被子潮，晾着大腿，见山菊过来，急忙用被子去盖。山菊撞见了那一条条明显区别于脸庞和脊背的白亮大腿，骂了句："挺尸！"也不在乎，抓起一块雨布，跟着广盛冲进雨里。

他们的背影很快被雨帘子挡住了。我把目光从门外收回，投向窗外。我凝望着窗外雨中的槐树。雨打落了盛开的槐花，也浇开了新的花蕾，淡淡的花香掩盖了牛棚残留的味道。雨中槐花飘香，是我儿时最美的留恋。我就在寂静的午后，在透过窗户漫过来的槐花香里，遥想着未来。但我的想象无论多么遥远，多么美好，最后，都会像空中突然没了风的风筝，重重地摔在地上。我总是无一例外地想起爹娘。我想起爹娘，就被现实击中，人便更加沉默。我的沉默，来自于爹的遗传，或者说是娘的感染。爹总是默默地干活。在学校时，每到周末回家，因为没有零花钱给我，爹总是像欠我似的，眼光躲闪着，从来不在我身上过多地停留。他以这种默默干活的方式躲避着我。娘除了叹息，也不爱吱声。我们家像是一个无声的世界。我在家感到压抑，这或许是我想当个作家的原因吧，我无处倾诉，只有面对白纸而书。

雨还在下，窗外形成一道道雨帘子。天暗下来，像夜似的黑。我想，广盛和山菊在夜一样黑的世界里，还能搓稻草绳吗？除了搓稻草绳，他们还会不会干别的？我想起山菊看广盛时那燃着火焰似的眼神，想起他们在老板家的稻草垛里制造出的窸窸窣窣的声响，我不知道他们两个人单独在一起，会是一种什么情形，像不像两个长在一起的白嫩的水萝卜。我这么想，下身便有点膨胀。我暗骂自己心灵肮脏，不让自己去想。可是，我管不了自己，脑子里全是他们在一起的情形。我知道，这情形只是我的猜测和想象，可猜想似乎又那么真实，仿佛就在眼前。我无法让自己不想，我对自己说，想就想吧，只是千万别说出来。

毛球却说出来了。他把声音压得较低，是怕里屋的女孩子们听见。毛球说，广盛和山菊在一起，不会这样吧？他说话时，左手拇指和食指围成一个圈，右手食指插进去，做了一个下流的动作。他说话的声音有一种压抑着的快感，似乎他正经历着那种事。我们一下子坐起来，来了精神，想听他说下去，山货却坏了我们的好事。山货说：“这话可说不得，传到村子里，是要出人命的。山菊嫂的男人虽说是半个瘫子，蔫不唧的，可心狠，急了，啥事干不出来？广盛的那个女人，心眼小得跟针眼似的。她要是知道广盛同别人好，不吊颈，也得跳河，要不就喝农药。”山货的话，令我周身更冷。他的话可不是吓唬我们。在我们山里，人活得苦，活得累，所以一有不顺心的事，就会想到死。每年都有人死，吊颈、投河、喝农药。以女人居多，也有男人。男人死得要悲壮些，常常是跳崖，跳旱河桥。

十三

山货歪坐在床上。他不敢正坐，他有痔疮。这次到湖里来，受了凉，又犯了。毛球同他开玩笑，说：“你这是做那事做多了。你知道作用力与反作用力吗？你看电影里，炮弹往前飞，炮管子直往后退。人也是一样的，你做那事时，‘枪’往前射，同时，一股后坐力直往粪门撞，不得痔疮才怪呢。”

我们都笑。他说的似乎有些道理，难怪村子里的人都叫他“明白人”，大事小情，他总能说出个一二三。这与他娶了个傻女人有关。他在家没说话的人，于是就看书，都是我们的旧课本。他常同我们要旧课本，说是拿去擦屁股。书到他手中，被他翻过来倒过去地看。我们的语文课本上的文章，他比我们还熟。四大名著，六大名家，他都知道。要是脸上没有麻子，他其实是一个挺不错的男人。

山货哥原本也是一个不错的青年，那时他喜欢村里一个叫小荷的姑娘。可姑娘的爹嫌他穷，硬是把小荷嫁大别山里去了。

小荷家给她找的那个男人比她大十多岁，在大别山林场工作，先头有个媳妇，死了，小荷其实是去填房。小荷当然不同意，出嫁那天不出屋。于是，出现了我记忆里永远难忘的一幕。小荷的爹，拽着小荷长长的头发；小荷的娘，拿着竹条子在后边抽。那天的小荷，哪里是新娘，简直就是一头被生拉硬拽上集市的牲口。

小荷惦记着山货，不吃不喝，不上婚床。她寻死，但没死成。寻死不成，小荷就认了命，后来同那个男人生了一儿一女。

那时候，一首叫《信天游》的歌很流行，歌中唱道："大雁听过我的歌，小河亲过我的脸，山丹丹花开花又落，一遍又一遍……"小荷远嫁山里后，山货成日啥也不干，就在小荷离去的村口，一次次唱着："大雁听过我的歌，小河（荷）亲过我的脸……"小荷的娘生气，骂山货，山货旁若无人接着唱。

山货痴疯了两年，唱了两年歌，直把那洪亮的、一呼百应的嗓子唱哑了。嗓子哑了的山货依然唱歌，那歌反而比以前更好听，有磁性，有穿透力。多年以后，当刀郎凭借他那副沙哑的嗓子唱红大江南北的时候，我觉得，比之山货，刀郎的歌声还缺点质朴的东西。当年，要是有人识得山货的嗓子，包装他，他现在一定比刀郎还红。

全村子里的人，赞叹山货有情有义，是个重感情的痴情男儿。可在这节骨眼上，山货却做了一件让全村子人所不齿的事——喝农药自杀。这是山里女人的死法。他要死了也就死了，偏偏没死，活了过来，而且是靠大粪汤救过来的。

我永远记得那一幕。山货喝农药被一拾粪老头发现后，老头大呼救命。他跑到厕所舀来大粪汤，往山货嘴里灌，是想让他恶心，他恶心就会吐，就会连带着把农药吐出来。我们围观的人，都以为山货宁愿死，也不会喝大粪汤，可他竟然喝了，像喝面片汤似的，大口大口地喝。几口之后，他吐得一塌糊涂。

山货活过来了。活过来的山货不疯不痴不唱歌。不过，他采用女人的死法，让村里人瞧不起，又靠喝大粪汤活了过来，村里人更是觉得他丢人，都不爱同他说话，怕他嘴里随时会喷出粪汤来。山货一天刷四次牙，天天到河湾洗澡，还是改变不了别人不与他搭话的现状。山货绝望了，他变得沉默寡言，偶尔还会唱唱歌。山货犯疯病、喝农药、喝大粪汤，声名狼藉，没有大姑娘愿嫁他，只得娶了一个离了婚的女人。我们山里管离过婚或死了男人的女人叫“过花嫂”，意指过了花期，不值钱。山货的这个过花嫂，与她的头一个男人生了两个儿子，嫁给山货后，一连生了三个姑娘，不敢再生了。

山里人瞧不起过花嫂，山货更是不正眼看她，尽管他晚上像牲口似的使唤她，可到了白天，他看着别人家的媳妇，娶进来时都是黄花闺女，就觉得窝囊，仿佛白做了一回男人。毛球便安慰他：“什么过花嫂，进了洞房，过了那道门槛，就都一样了。我倒是娶了个黄花闺女，她也叫个人？天天咧着一张大嘴。不怕你笑话，我这么多年来，跟光棍没啥两样。”山货不爱说话，但凡别人与他说，他还是要应的。他说：“行了，老天有眼，傻女的后代不傻，你家宝根多聪明可爱。我呢？生了一大堆丫头片子，她妈还是个过花嫂，我成天跟吃剩饭似的。”毛球故意逗他笑，说：“我看你剩饭也没少吃。看把你吃的，成日跟喂饱了的公鸡似的，咯咯咯快活地唱。”山货说：“按你说的，我就该成天哭？再说了，我哭也不能让过花嫂变成黄花大闺女呀。”

找个过花嫂，就那么让人抬不起头？我读书的那个镇上，有很多人离婚再结婚。我们的语文老师，离了婚，再结婚，那个后娶的女人也是离过婚的，按我们村里的说法，是过花嫂，可他俩的日子舒坦得很。什么“过花嫂”，这其实是一个观念问题。我就对毛球说：“娶过花嫂有什么啊，不一样过日子吗？”山货说：“日子和日子不一样的，别人家天天吃新饭，你天天吃剩饭，而且是吃别人剩下的剩饭，你啥感觉？”

这感觉当然不好。但我嘴上说，其实找个过花嫂也挺好，省钱。我是想安慰山货，没想到他几乎暴跳如雷。他说：“看看，你们读书人也瞧不起过花嫂，觉得过花嫂贱。兄弟，你还早呢，别笑话别人，你日子长着呢！”

我很难堪。我说：“我不是那意思，我的意思是说，我家这么穷，我以后连过花嫂都找不着。”山货说：“这不，你还是说过花嫂便宜嘛。”我一时无语，只觉得脸陡地发烫。我暗暗发誓，一定要读作家班，当个作家，要不，我家这么穷，没准将来真得娶过花嫂，我可不喜欢吃剩饭的感觉。我故意说："我将来不找女人，就一个人过。"毛球说："瞎说，是男人都要找女人，你不知想女人的滋味多难。"

我想逗他们笑，便说："多难我也不怕。我有一双勤劳的手，想女人的时候，我自我抚慰。"毛球哈哈大笑，说："不一样，就像吃肉和啃骨头。"山货说："不过，啃骨头倒是可以解解馋。"说完，两人笑得东倒西歪。我急忙逃开去。此地不可久留，我怕他们污染了我这颗纯洁的少男之心。

老板穿着木屐，穿着厚厚的帆布雨衣，走进我们的牛棚。他说，雨这么下一晚，就要发洪水了，因为是拦湖造田，容易淹，就得撤。他要我们做好准备。我们很害怕。我想去找广盛和山菊，又怕撞见不该撞见的场面，就算了。我眼前是雨，更多的是广盛他们在一起的幻影。这种幻影，一下午就在我眼前时隐时现。我骂自己不是个东西，没啥出息。

黄昏时，雨终于停了，湖水并没有漫上来。我们不用撤，不用折腾，心里真高兴。满田都是水，水田看不见田埂，连成了湖。李老板家的房屋和牛棚是建在土丘上的，此刻几乎成了孤岛。我们在这孤立的世界无事可干，女人们就洗洗涮涮，男人在牛棚里躺着抽烟。我走出牛棚，立在一片高地上，凝视武湖。湖面总有风，有浪。有机帆船在风浪中驶过来，在湖边的小码头停留几分钟，又开走了。我一个人留在湖边。我望着湖，无边无际的武湖。湖的那边就是武汉，这或许是它叫武湖的原因吧。湖很大，看不见那边的高楼，夜里能隐约看见那里的灯光。我望着那远去的、慢慢变小的机帆船，心里是那么失落。我多想到武汉，去看看那个有名的大城市啊，可是，我要插秧，没有时间，也没有钱买船票。

我要是一只鸟就好了，不用买船票，自己就能飞过去。

十四

我手指头上有谷刺，插秧时疼痛难忍。谷刺太深，指甲无法把它拔出来。吃过晚饭，山菊从发间取出一根针，对水莲说："我老眼昏花的，你给红明把刺挑出来吧。"水莲就给我挑刺。她将针在煤油灯上烧红，算是消毒。然后，她手指掐着我有刺的手指头，紧紧地掐着，既给我止痛，也让那刺在我的手指头上更明显地暴露出来。水莲的动作特别轻柔，谷刺很快挑出来了，我却没感觉到疼。她到底是女孩子，干了一天的活，身上竟然还有一股淡淡的香味。香味让我内心涌起一股幸福的感觉。我想，以后我要是娶媳妇，一定要娶水莲这样的女子。当然，前提是进作家班，当个作家，否则，凭我家那个穷酸样，娶水莲这样的女子，只能是白日做梦。

这个夜晚，我睡得香甜，我梦见我坐在作家培训班的教室里，一位著名作家正在点评我写的小说。作家班的同学们，羡慕地听着。有一个女诗人，冲我殷勤地笑，她竟然长得特像水莲。

清早，多日不见的太阳悬在天空，阳光洒在身上，疲劳消失大半。我们的心情，像这天空一样，慢慢地跟着朗润起来。

手指头肿胀，我望着那一望无际的水田，心生畏惧。我问广盛："李老板家为什么不用插秧机？"广盛说："他用我们山里人，比插秧机便宜。再说，他要用插秧机，我们上哪儿挣钱去？"广盛捧着我的手看，我的手背肿得像发面馍。广盛说："到底是个书生，养娇了身子，干活没长劲。"他让我歇一天。我不干，歇一天就不能分到这一天的工钱。广盛说："咱们不能要钱不要命，你歇一天，缓一缓。"我就回去歇着。李老板看见了，说："你插不了秧，就干零活吧。一天二十块钱的工钱，也不比他们插秧挣的少。"

我问啥样的零活，李老板说，就是往那些新平整出来的水田里撒化肥。这叫底肚，撒完底肥，才可以插秧。

这活我见我爹干过，不是太难，但要有耐性。我点头说，我干。

这里田埂窄，车进不去，手推车也进不去，我得用箩筐将化肥挑到田埂上。我从没挑过这么重的担子，一百多斤的担子压在我的肩上，我摇摇晃晃。雨后的田埂上都是稀泥，我走在上面，像是走独木桥。我慢慢地走，控制着步子，不让自己滑倒。

我小心地把担子搁田埂上，往脸盆里铲化肥，然后，抱着脸盆，走到撒化肥的位置，一手抱盆，一手抓化肥往田里撒。撒过的地方要记住，避免有的地方没撒到，有的地方撒重了。没撒到的，不长庄稼；撒重了，只长庄稼不结谷子。

我一盆一盆地撒，来回奔走在稀泥里，双腿酸软无力。我便找来一块木板，前面拴上稻草绳，搁在泥水上，上面搁箩筐。箩筐太重，箩筐底部吃进泥水里，泥水漫上来，好在箩筐是刷过桐油的，防水。

我拖着装着化肥的箩筐往前走。我想起我小时读过的一篇课文，叫《伏尔加河上的纤夫》，心里涌现出莫名的悲壮。木板和箩筐，像一只乘风破浪的船。我希望箩筐击起的浪更大一些，便加快速度。我感到自己是勇敢的水手，心里无比豪迈。可行不多远，箩筐倒了，大半箩筐的化肥堆积在木板边，像大海里的一座小岛。我急忙用脸盆往箩筐里铲化肥，哪里铲得起来，化肥堆很快坍塌，与泥水混在一起了。我寻找那些没来得及化去的化肥块，我要把它们抢救进脸盆里，撒到应该撒的地方。这时，我听到了咳嗽声，我抬头看，是李老板，他从田埂那端向田埂中央走。我怕他发现我的过错，扣我工钱，急忙用脚把那些化肥块往泥里踩。我想，既然铲不起来，就让它消失吧，否则李老板知道了，还不得扣我的工钱。至于秧苗烧死了，那时我也许已经干完活，走了。就是没走，也可以说是得了稻秧病，反正那时化肥早化了，没证据，他赖不着我。

我把化肥块踩进泥里后，拖着木板和箩筐，回到田埂上，担起箩筐，接着去李老板家挑化肥。

我挑着另一担化肥回到田间时，李老板站在我面前，堵住我的去路。李老板身后是广盛。广盛面有怒色。我心里一紧，猜想我埋化肥的事被李老板发现了。我上去打岔，说："李老板，我撒完一担了，我接着撒。"李老板没应我，径直领着广盛往田中间走。我不知道他们要干啥，就站在田埂上盯着他们。他们的背影离我越来越远，最后，在水田中央停下来。李老板脚像驴拉磨似的在原地踩着圈。之后，他抠出一块还没化尽的化肥，比碗大。泥水滴尽，那化肥恢复成本来的白色，在阳光下放着刺眼的光。我被这白光击中，差点晕倒在水田里。

他们上了田埂。李老板气怄怄地说："狼心狗肺，恩将仇报。我看你是书生，体质弱，手指头又肿了，照顾你，让你干轻巧活，你却恩将仇报。你不仁，别怪我不义。你这十几天的工钱，一分没有，如果别的地方埋了化肥，那就不是工钱的事了。瞅着挺老实的人，尽干这没屁眼的事。”

我说：“我不是故意的，箩筐倒了，有几块化肥没抠出来……”

我语无伦次。

广盛向我摆摆手，示意我别解释。他掏出烟来，递给李老板。李老板不接。广盛是有骨气的人，为了我，他不得不点头弯腰。都是我的错。广盛的样子令我难受。李老板也是地地道道的农民，同样是种田的，为什么要受他的气？我真想对广盛说，别给他敬烟，大不了我不要这几个臭钱。可是，我不敢说出来，我想起了我的作家培训班。

广盛朝我挥挥手，说：“干活去吧。”我挑着箩筐走，李老板抢过我的扁担和箩筐。他不让我撒化肥了，他说他信不过我。

我只得回到插秧的队伍。我难受极了，我本来想好好干。

毛球用一双疑惑的目光迎接我。我扫他一眼，不敢与他对视，低着头，极快地插着秧。心里真不是滋味，想想以前，是他那张麻脸上的眼睛不敢与我对视，我何时躲避过他的双眼。我不吱声，毛球偏哪壶不开提哪壶。他说：“你真傻，反正是计零工，不是包工，你就慢慢干呗，何至于把化肥埋在田里。”看来李老板的训斥，他听见了。他也以为我是故意埋化肥的。我不做解释，我觉得有些事越解释越弄不明白。我只想着李老板会不会扣我的工钱。我们插得很快，插完这个田，就转到我刚撒化肥的那块田里。

一整天，我的心静不下来。吃晚饭时，李老板说，我故意把化肥埋在水田里，会烧死他家的秧苗，说不定别的地方还埋着。广盛说："不会，他只是不小心，他怎么会故意把化肥埋在田里。要埋着，秧苗早烧死了，咋就看不到呢。""他埋得深，化肥还没烂上来。总之，他的工钱够呛了。"李老板白我一眼说。

大伙都替我说情。他们家有钱有势，听说黑道白道都能走，来硬的不行。

湖风带着寒意，我的心冰凉冰凉的。

李老板不仅要扣我的工钱，所有人的工钱他都要扣。他说我们插的秧太稀，影响他家收入，一亩田最少得扣三块钱，这已经够便宜我们的了，这点钱，比起他家的损失，简直就是屌毛一根，只不过是让我们长点教训，别这么阴损。

广盛同李老板理论，说："我们是按你说的标准插的秧，棵间距十公分，行间二十公分。不信，找来尺子量。"李老板果然找来尺子量，真的有棵间距超过十公分、行间距超过二十公分的。广盛说："还有不足十公分，不足二十公分的哩。手工插秧，哪能像插秧机那么均匀？有的地方稀，有的地方密，给你找回来了。"李老板说："找回来？稀的地方苗少，产量少，密的地方不透风，产量也不会高。"广盛说："你要这样说，那就只得雇插秧机了。"李老板惊呼道："我是图你们便宜才雇你们。我要雇插秧机，我早雇了。你们别同我犟，你们要不干，趁早走人！"

十五

水莲突然决定不再下田插秧。我们往水田走时，她对我们说，你们去吧，我不去了，我不舒服，我想歇一天。蝈蝈问她怎么了，哪里不舒服。她说，你别问了，反正是不舒服。蝈蝈不知想到哪儿去了，脸有些红，快步往水田走。山菊走过去，问水莲，你是不是来那个了？水莲说，不是，就是太累，乏，想歇着，你们先去吧，我歇会儿就去。

我们插着秧，不时有人朝着李老板家的房子张望，希望水莲早点过来，毕竟是搭伙的事。她误工，还照样分给她钱，别人就吃了亏。过了一阵子，没见她的身影，我们再向来路张望时，就不盼她来，而是怕她来。这个时候还不下田，就干脆歇一天吧，这样就可以扣去她一整天的工钱，谁也不吃亏。

水莲果然一天没下田，这使我们觉得她这人挺讲究，不占大伙便宜。可是，第二天，她还没有下田的意思。我在水田里一边插着秧，一边猜测，是不是李老板家不让她下田，是不是她应下了这门亲事。大伙不时抬头，向来路张望。我心里清楚，大伙都在想着与水莲有关的心事，对她有着种种猜测，只是蝈蝈在场，不便说出来。蝈蝈的脚在水田里，驴拉磨似的不断地踩动，暴露出他内心的烦躁。

我的猜测得到了证实，李老板到我们的水田里监工时，告诉我，他不扣我的工钱了。他说我不是故意的，虽然埋过化肥的地方，被烧死一片秧苗，但他自个儿给补上了。“不补又能咋的，我家一千多亩水田，还在乎这点损失？”他还表扬我们秧插得均匀，不密不稀，他会在最后算账时，给我们一点奖励。他这么同我们说，语气平和，俨然一位慈善家。阳光下，他的秃顶闪着光，嘴在黑漆漆的胡须里张成一个洞，里面黄牙参差不齐。这是一个形象猥琐的男人，不比我们村里的男人们精神。他的那张脸，甚至还不如毛球那张脸顺眼。可他是百万富翁。人呀，没法说。

李老板将我们的饭菜，再次提升了一个档次，有豆腐炖鲫鱼，有湖边特有的咸鸭蛋。水莲穿着干净的布鞋，帮着老板娘忙乎。其实也没有什么忙的，她只不过陪老板娘说说话而已。我们吃着喷香的饭菜，心情很复杂。饭菜真是好，在我们家，只有过年才能吃到这些东西。可我们在那喷香的饭菜里，吃到了别的滋味，毕竟这是水莲在用她的未来做交易。蝈蝈坚持不吃好菜，他的筷子只往炖土豆和大白菜里伸。

晚上，我和蝈蝈在湖边的石板上洗脸洗脚，我壮着胆说："蝈蝈哥，你劝水莲姐别待在李老板家，他家哪有体面人，一个个歪瓜裂枣。"蝈蝈说："这还用劝吗？她知道我不想她去李老板家，可她整个白天都泡在他家，看来她决心已定，劝是没有用的。算了，人各有志。"

蝈蝈的嗓音颤抖着，我不敢再说了。我再说，他恐怕就要哭了。他不是一个坚强的男人，他是一个性格温顺的小后生。

水莲与李勇的亲事浮出水面。我是个读书人，我要告诉她，爱情比金钱更可贵。可我很难有机会与她接触，她基本上不出李老板家的屋。偶尔出来晾晒衣裤，李老板的老婆总跟在她身后。我想，她是在监视着水莲，也监视着我们，怕我们说坏话，动摇水莲嫁给他儿子的决心。但我还是找了一个机会。我在她去湖边浣衣的路上拦住了她。我说："水莲姐，你真的要嫁给那个死鱼眼？你这不是爱情。"

水莲冷冷一笑，说：“你可真是个书生，相信爱情。我现在只想做个城里人。成天泡在水田里，我迟早是要死的。”

我说，是人都要死。她说，所以嘛，反正最后是个死，不如活着的时候好好活着。我说，啥叫好好活着，难道就是嫁给那个死鱼眼？难道家里有钱就是好好活着？

水莲说：“你知道不？云梦镇很快就要变成武汉的一个开发区了，那时候，就他家的三层楼的独门独院，光地皮就得值一千万。”我吓了一跳，睁大眼看着她，才几天，水莲在我眼前却变得那么陌生。人的命，天注定。水莲要真是嫁给那个死鱼眼，成了千万富婆，她的命能否承载得动？

我说，蝈蝈哥挺难过的，这么苦这么累的活，他晚上居然还睡不着。

水莲说，他不该愁，那么光亮的一个小伙子，还能打光棍不成？我说，不一样。水莲低头，默不作声。

我无语，我想，即便是我这个即将成为作家的文学青年的语言，对于现在的她来说，都是多余的，苍白的。我可怜的蝈蝈！当然，我又何尝不是可怜人，在这里卖工，被老板一家人口口声声喊成“卖工的”。

水莲问我还有别的事没有，我说只求她告诉李老板一家人，别喊我们卖工的，喊得我心针扎似的疼。水莲点点头，说行。

第二天，老板娘果然没喊我们卖工的，她叫我们师傅。师傅是对手艺人的尊称，难道种田也是一门手艺？我听着，觉得有点嘲讽的味道，但总比叫“卖工的”顺耳多了。毛球却说：“叫啥能怎的，不如到时一亩田多给一块钱。”我生气道：“你就知道钱。”毛球说：“谁叫钱是好东西呢！钱是听不见，钱要能听见，我天天管它叫爹。”

广盛骂他：“你还是个男人不？”

毛球说：“不是了，我早他妈的不是男人了！”说着，那嗓子竟然带着哭音。

十六

山菊讨厌李老板的儿子，说他总是斜视别人，瞧不起人的样子。“有钱能咋的，人好比啥都强。”她企图说服水莲，不要同李老板家的人交往。她说：“水莲，你别同他们一起。你不属于他们，不属于他们的那个云梦镇。你想，云是在天上飘着的，梦也是空的，而你却是实实在在的。你是水莲花，生在我们山里的水塘里，离开我们山里的水，你会不适应。我们山里虽说不富，但祖祖辈辈不也这么过来了吗？蝈蝈兄弟多好的一个人！”

我听着，觉得山菊挺有文化的。我相信她的话或许会使水莲回心转意，水莲却说：“我就是不留在李老板家，恐怕也不会嫁给蝈蝈了。”山菊睁大双眼，瞪着水莲，问：“怎么啦？因为啥？”水莲说：“那几个，地痞流氓闹事，拿我开心，他竟然不敢站出来。”山菊说：“他是怕把事闹大了。”水莲说：“可是广盛哥站出来了。”山菊说：“哪个比得了你广盛哥，他当过兵，学过几招。”水莲说：“蝈蝈也是男人，我受欺负时，他却像木头人似的。”我插嘴说：

“他胆小，他当时肯定像我一样吓傻了。”水莲说：“胆子才那么大一点？那我还指望他什么？”水莲说这话时，眉眼蹙在一块儿，已经不耐烦听我们的劝说。

蛔蛔不是一个好打架的人，他老实巴交，水莲不是不知道。现在，她想留在李老板家，想嫁给李老板的儿子李勇，那个斜眼，她当然得给自己找借口。我不想再说什么，走开去。我不想听两个女人的对话，尽管我们的语文老师说，想写出好文章，得多留心，多观察，多接触，多揣摩。可我怕同她们女人接触多了，就会像毛球一样，把自己弄得像个女人。

我断然没想到，几天后，山菊的态度来了个一百八十度的大转弯。在田间地头，只要蛔蛔不在，她就说李老板一家人的好，说李老板的儿子眼睛斜，但不瞎。她寻机鼓励水莲嫁给李勇。她说，李老板家有钱，如果你水莲嫁给他，他家一定会花钱在镇上给你找个好工作，至少会给你一笔钱，让你上镇上做生意。“你以后的日子，就是天堂的日子了。唉，女人这辈子，就这回事，切莫太认真。你看我，长得不比谁差，可这辈子，嫁给你福安哥，他倒是个好人，可有啥用？我过的啥日子？”水莲瞪大眼望着山菊，似乎不认识眼前这个女人。

我很快就发现了山菊对李老板一家人态度转变的原因：老板娘给了她一块布料，红绸底绣着金丝牡丹。那天傍晚，老板娘找过山菊。山菊回来后，就把这块布料往蛇皮袋子里裹，被我这双作家的眼睛捕捉到了。

十七

吃过午饭，我们有半个小时的休息时间，处理个人事情。我利用这个时间跑到牛棚后看湖。湖边柳条婆娑、槐花盛开。白亮的湖水金光闪闪，像一个天然聚宝盆，盛满数不尽的银锭子。我想，湖要真是一个聚宝盆就好了，我随便装一袋银子，不但够了上作家培训班的伙食费，还可以盖房子，娶媳妇。当然，我已经不再想娶水莲那样的姑娘了。她太势利，见钱眼开。她竟然抛弃了那么本分、老实巴交的蝈蝈。

我凝望武湖水，凝望那边看不见的武汉。我凝望的眼神，在毛球看来，有些痴呆。他说，红明，你没事吧，你发什么呆。我说，我没发呆，我在看武汉呢。他说，你还没发呆？这里能看见武汉吗？我说，湖的那边就是。他说，你知道这湖多大吗？比咱们整个乡都大！你一眼都看不出我们的村，还想看出整个乡？你可别像强子。他这么说，我有些生气。强子是我们村子里的第一个高中生。他高考落榜后，放火烧了自家的房子。我怎么像他？我不理毛球。毛球说，走吧，抓紧下田。咱们搭伙干，别让人觉得咱磨磨蹭蹭的占小便宜。我说，怕什么，大不了我们这一下午的工钱不要。毛球说，我可不行，我还等着这钱回去做胃镜呢。

毛球这么一说，使我在烦他的同时，又多了一点同情。我急忙跟着他往回走，这时，我看见不远处有两个人在散步。是水莲，湖风吹着她的长发，真美，像我想象中的美人鱼。可这美很快被另一个身影粉碎了，我看见了李勇，我看见了他那麻秆似的身子。我想起刚来时的那个黄昏，水莲与蜩蜩在湖边散步的情形。看来，水莲与斜眼的关系公开化了，一朵鲜花就这么插在牛粪上了。我和毛球急忙往远离他们的方向走，躲避牛粪似的躲着斜眼。

我们到水田时，广盛他们已经插了两丈远的一垄秧。有人边插着秧，边说着笑话，蜩蜩一声不吱，他越来越沉默。他是到这里挣钱给水莲买结婚戒指的，现在，到手的凤凰飞了，他一下子失去了生活的目标，一脸无奈，似乎对一切都失去了信心。这令广盛担忧。广盛终于发话了，他说，水莲这样不明不白的，也不是个事，咱得去弄清楚。山菊说，这不是秃子头上的虱子，明摆着的吗？你还想咋清楚？你就别管了。广盛说，我怎么不管？水莲是我带出来的。他直起腰，看一眼山菊，说："不对呀，你前几天不是不同意水莲与李勇搞对象吗？现在咋啦，你是不是得他家什么好处了？"山菊咋呼道："嚼舌根的，你把我当成什么人了？你管去吧，只怕碰一鼻子灰。"

广盛可能真的怕在李老板家碰一鼻子灰，他没有去找水莲。吃过晚饭，他让我去把水莲喊来。当时，槐树林里只有我、广盛和蜩蜩。蜩蜩见我往李老板家走，转身往湖边去。广盛说，蜩蜩，你不能走，你一定要听水莲亲口告诉你。蜩蜩说，告诉我什么呢，一切都明摆着。广盛说，那也得让她亲口说出来。

我在李老板家的堂屋里见到了水莲。她的脖子上挂了一只心形的金坠子。我不敢看她，那心形金坠子在透过窗户的霞光下金光闪闪，刺痛了我的双眼。我也不敢走近她，她身上不再是淡淡的槐花似的香味，而是浓浓的香水的味道。我觉得她一下子离我们那么遥远。我的话，她一定听不进去，她肯定不会跟我去见广盛，不过我还是想试一试，毕竟是广盛交代的任务。广盛交代的任务，我得完成。

水莲果然不来，她说她有事。我说，你现在不是坐在屋子里看电视吗？你去吧，广盛、蝈蝈，还有山菊都想见你一面，我们都想见你一面。水莲说，咱们不是天天见面吗？我说，今天是想正式地见一面。水莲说，干吗搞得这么严肃，有这个必要吗？他们是不是以为我犯了什么错误？说着，她不再搭理我。她变了，真的变了。不但胸前那玻璃胸坠变成了金的，身上槐花似的幽香变成刺鼻的香水味，说话的腔调都变了，侉腔侉调，有着武汉郊区人说话的味道。

我告诉广盛，水莲有事，她真的有事。我虽然这么说，但他们都明白水莲是不想来见大伙。广盛就说："那就别为难她了。蝈蝈你也别老哭丧个脸，这样见钱眼开的人，咱们村终究是留不住的。东方不亮西方亮，你好好挣钱就是。只怕到头来，后悔的是她。"

山菊说："话不能这么说，咱们也得祝人有个好。"

蝈蝈依然拒绝吃李老板家的好菜。广盛也拒绝吃他们家的好菜。我也拒绝。我们都有一个想法，那就是，那些好菜，是因为水莲，李老板家才给我们加的。这是一种交易，一种不体面的交易。只有毛球没坚持住，他嘴里含着菜，瓮声瓮气地说："吃吧，没准水莲只是同他家耍心眼儿，并不想真的嫁给他们家。"

没人接他的话茬。

十八

毛球的胃病又犯了，站到一棵槐树下吐酸水，吐痰，痰里偶尔还带点血丝。我怀疑他是胃出血。我把他胃病犯了的事告诉了水莲。吃午饭时，老板家的保姆送来一瓶“胃得乐”，还端来一碗面条，面条上有两个白亮亮的煮鸡蛋。毛球盯着那碗面条，犹豫了一小会儿，还是吃了。我知道，他的犹豫并非是想拒绝水莲的好意，以此表明他反对水莲抛弃蝈蝈。他的犹豫，是因为碗里那两个鸡蛋。在我们山里，是不能给客人煮两个鸡蛋的，要么一个，要么三个或更多。两个鸡蛋是骂人的，暗示男性生殖器的一部分。要是在煮了两个鸡蛋的碗里，再泡上一根油条，再好吃的东西，客人都会摔碗而去。这是我们山里祖上传下来的规矩，可见，我们山里人的先人，还是很有文化和想象力的。

水莲是地道的山里人，她应该知道这个规矩。或许老板家做饭的保姆往面条里打鸡蛋时，她并没看见。也许她看见了，不便言语。老板家能给毛球做面条，还有鸡蛋，够给她面子了，哪能计较里面煮几个鸡蛋呢。

毛球捧着碗，以极快的速度用筷子把那鸡蛋夹碎了，让人看不出只有两个鸡蛋。他的眼泪挂在眼角，声音微颤，说：“也就是过生日，才舍得吃面条煮鸡蛋，还得自己做。”他捧起来就吃。吃人嘴短，他竟然说起李老板一家人的好，说人往高处走，水往低处流，水莲要真的能嫁给李老板家，也没什么不好。广盛瞪他一眼，说道：“吃东西也堵不住个嘴！”见毛球那眼泪巴巴的样子，广盛觉得自己的话有些重，掏出一支烟来，夹在毛球的耳朵上，自己抽出一根来，点燃，蹲下来大口大口地抽。烟雾很快朦胧了他的脸。

广盛这次出来，也是想抓两个现钱，给儿子买一身衣服，买辆玩具小汽车。他前一段时间上县城战友家去，见城里的孩子真是享福，要啥有啥，他就想让儿子也像城里的孩子那样。但我觉得，买这两样东西，广盛的钱还是够的，我猜想他其实是想出来散散心，或者说，是出来会会山菊。

这个下午，斜眼李勇开着小轿车，接水莲到云梦镇上去了一趟。黄昏时，又把她送了回来。回来后，水莲手上竟然多了一枚戒指。那戒指在夕阳下，闪着刺眼的亮光。那不是金的，银的也不会这么粲然。一定是钻戒吧。我们谁也没见过钻戒，只听说过。从水莲姐脸上那快乐而满足的表情看，那绝非一枚普通的钻戒。我们想，她不会再下田了，她以后肯定永远不会下田了。我们村子里，别说那么好的戒指，就是金戒指，也只有陈老师的女人戴，而他的女人，是不下田干活的。

蝈蝈望一眼水莲的结婚戒指，一屁股瘫坐在地上，像一只落风的帆，看他那样子，恐怕再也鼓不起来了。

晚上，蝈蝈默默地收拾行装，他要回家。广盛按住了他忙碌的手。广盛说：“蝈蝈，你想开些，是你的，就是你的。不是你的，干脆利索地把她放下。你不能为一个女人活着，你最终要为自己活着。”广盛的话，似乎有点哲理，但蝈蝈好像没太听懂，或者说听懂了，但他不信服。他挣脱开广盛的手，接着收拾自己的衣物。广盛说："你走也得明天，明天我送你。现在咱们上湖边走走。"

第二天，蝈蝈没走。蝈蝈不但没走，心情还显得很轻松，不时同毛球开着玩笑。我知道，他是装的，他内心肯定如刀割。但不管怎样，他留下来了。看他昨天的架势，是非走不可的。广盛可真会做思想工作。

广盛同他说了什么呢？

十九

剩下的活不多，广盛让大伙抓点紧，说十天八天，就把李老板家的秧插完了，季节也到了，咱们不再接别的活，回家各人干各人的事。他这么一说，我就有点想家。还是家里的菜好吃，没多少油，但火烧得旺。

无论多累，广盛总是等我睡下后，装作解手，就出去了，很晚才回来。我知道，他是抓住这最后的时间，频频与山菊约会。回到村子里，人多眼杂，就没这么方便了。我想，广盛选择与我同床睡，肯定也是考虑到我是个学生，懂事，嘴不乱说。他这么信任我，我不能辜负他，所以每次他出去，我总是装作不知道。他回到床边时，我故意把呼噜打得震天响。

其实我根本睡不着。他一走，把我的脑子也带走了，于是，我脑子里满是他们在一起的情形。我知道，这都是我的幻想。这天晚上，当这种幻想像现实似的出现在我脑子里时，我不能自已，借助右手，滋了一泡快活尿，弄得身上黏糊糊的。事后我有些沮丧，骂自己不是个东西。

月亮蒙着一层光晕，我们的心情也如这月夜，半明半暗。我们一分不少地拿到了工钱，但水莲却不再同我们回去了。当毛球从广盛手中，接过他分得的那几百块钱时，他说："难为水莲了，不是她，咱们的血汗钱怕是要不回来了，至少要扣去很多。"广盛说："这是你凭力气挣来的，与水莲没有关系。"

广盛把钱递给我，我去接，他却把钱紧紧攥在手中，我没抽出来。广盛说："红明，你还是去复读吧，读书考上大学，才能实实在在地走出农村。我真怕你拿着这钱，到作家培训班打了水漂。"

我说："你不相信作家培训班？"广盛说："学个木匠泥瓦匠的，得三年才出徒为师，他们三个月能教出你一个作家？作家这么容易当成，那不遍地都是作家了？"

我说："他们教创作理论，作品还得我们自己写。你相信我吧，我从小作文就好，我读小学时写的第一篇作文，就送到乡中心小学当范文读。"广盛猛吸一口烟，火光照亮了他的脸。他眼里，那疑惑的光并没散去，手却松开了。我抽出了属于我的钱。我一查，多了两百。我往回找，广盛说："你拿着吧，你的培训费不是九百块吗？"

二百块钱，他也是一棵秧一棵秧插来的。我鼻子一酸，眼泪就往眼角涌。我控制着自己，不让眼泪流出来，就像村头那口井，水满满的，就是不外溢。我说："算是我借你的。"广盛说："什么借不借的，既然你要去，你就好好学吧，翅膀硬了时，你就飞出咱山沟沟。"我鼻子更酸，酸到了心底，有一滴泪，到底不争气，滴落下来。

我想，我以后要是成作家了，一定要写写他。如果我挣了一笔像样的稿费，我就请全村子的老少吃一餐，在辗场摆上二十张八仙桌。

我这么想，回望李老板家的大谷仓，体育馆似的立在那里。我想象着他们家镇上的独门独院的三层楼，那批发超市。水莲要是回去同蝈蝈过日子，靠种田，一辈子也奋斗不来三层楼房和超市。月亮透过云层，天地朦胧一片，我的心也是朦胧的，我不知水莲留下是不是一件好事，她以后真能成为李老板家的主人吗?

山货说："明年我可不来这湖里栽秧，不出来吃这下眼食。明年我在家养鸡养蚕，哪儿也不去。"他的话，我们都不当真，他脑子里时常涌出一些想法，却没有一样付诸行动。

山菊说，她明年还要出来。在山里，上哪儿弄现钱?辛辛苦苦种的粮食卖了，也拿不来现钱。我心里清楚，这么苦的地方，她还想来，除了钱，还有广盛。

广盛还想再劝水莲，让她同我们一起回去。他说，水莲是他带出来的，出来多少人，回去就得多少人。水莲不回去，他没法向她爹交代。山货说："怕什么，水莲又不是小孩子，是她不愿意回去，又不是我们把她卖了。再说，他女儿找了个有钱人，她爹高兴还来不及呢。"

毛球说："嫁个有钱人好是好。只怕过个三年五载的，人家看上更年轻漂亮的，不要她了，那时，她就成了过花嫂……"他说这话时，眼光不经意扫着了山货。揭人不揭短，他急忙压住自己的话，可"过花嫂"三个字已出。山货阴沉着脸，一句话没说，毛球自己弄了个大红脸。

我心里也陡地被针刺了一般。我知道过花嫂在我们山里意味着什么，这一点，我从娘的哭诉中，就能感觉出来。娘与爹吵架，爹动手打娘，娘总是哭诉着说：“你这个没良心的，我的命咋这么苦，我还不如一个过花嫂咧……”我当时恨爹，暗自发誓，将来一定要娶个过花嫂，报复他。现在，我改变主意了，我可不喜欢吃剩饭的感觉。

广盛吸一口烟，把烟蒂扔在地上，一只脚踩上去，前脚掌狠狠地旋转着。他自言自语：“自个儿的路自个儿走，自个儿脚上的泡自个儿拿针挑。”说完，他向李老板家东侧的树林走。我跟上去，我喜欢广盛，愿意同他多待一会儿，但我猛地想起他又是去会山菊，便知趣地躲开了。其实我有时候也挺聪明。我走了几步，回头偷看广盛的背影，脸上火辣辣的，仿佛去偷情的是我。

蝈蝈盯着自己的双手，手里是他新拿到的工钱。他盯着钱，一会儿把钱放在右手，一会儿倒腾到左手。仿佛那钱是烙铁，在烧烫着他。钱是好东西，我第一次见人拿了钱这样手足无措。我想起了水莲手指上那光闪闪的钻戒。仿佛那枚钻戒，反射的不是太阳的光，而是一道道麦芒，刺得我心痛。

蝈蝈想去找水莲，但男子汉的尊严阻止了他。水莲主动来见了他一面。水莲塞给他一块表，那表闪着金黄色的光，随着手的移动，那一道道光顺次移动，像太阳的光芒，异常漂亮。水莲说她说过的话，一定要做到。她一定要给蝈蝈买表。蝈蝈不要，水莲塞给他就走了。水莲转身时，我看见她眼圈红红的。看得出，她对蝈蝈还是有感情的。蝈蝈愣在那里，手里握着那块表。他仰头，像是在克制自己的泪。他自言自语说："我先收着吧，回家给建弟，他读书，用得着。"建弟是水莲的弟弟，叫红建。

水莲就这么留下来了。她送给山菊一个手镯子，玉的。那是一只翠绿色的玉镯，我想，一定是翡翠的吧。水莲送给山菊玉镯，其实是想把山菊当媒婆，多在村子里给她说点好话，让她回娘家不至于挂不住脸面。山菊接了玉镯，盯着它，眼睛出现了光亮，但那光瞬间暗下去了。她不敢要。我捕捉到了她眼里的光，广盛大概也捕捉到了。广盛说："你要是喜欢，就戴着吧。"广盛的话，冷冰冰的。山菊说："我不要，我才不要她的东西呢。她甩了蛔蛔，攀高枝，我最看不上的就是这种人，我才不要这种人的东西呢。我这就给她送回去。"

山菊嘴上这么说，却往手上戴。她说她试试，完了就摘下来，给水莲送回去。她戴上了，却怎么也撸不下来。毛球要帮他，山菊说："你笨手笨脚的，哪个要你帮忙？你要是弄断了，伤了我的手好说，镯子可是赔不起。我上水莲那里，让她帮我撸下来。"她说着，就向李老板家快步走去。她回来时，手里果然没有玉镯，但一脸快活。我估计她偷偷地收下了。

二十

我醒来时，霞光照进来，清新的空气驱走了牛棚陈积的味道。这是我到湖里来之后，唯一一次睡到太阳升起。我们就要离开武湖了。看着蛔蛔那么沉默，沉默得就像哑巴，我受不了，跑去找水莲。因为我们今天清晨要走，她昨日已经住到李老板家了。我找到她时，她正对着霞光远眺。湖风吹动她的衣襟，吹拂着她的黑发。她的身影的确很美，像一位女神。我喊："水莲。"她回头看我一眼，小声说："叫李娜。"

我这才想起，读初中时，她给自己改了名。她本来叫李水莲，她嫌这名字俗气，一听就是个农村娃，就自己改叫李娜，我们听起来不顺耳。我们从"李娜"这个名字里，知道她多么渴望做一个城里人。然而，一个名字又能怎样，她连高中都没考上，更别说上城里读大学。现在好了，她很快就成为武汉郊区的人了。

我喊一声李娜姐，话一出口，只觉得全身肌肉一阵酸麻。水莲不肉麻吗？她递给我五百块钱，说："这是我的工钱，你把钱给我爹，告诉他，别为我担心，我在这里挺好的，过年我就回去看他。"

我说："水莲姐，不，李娜姐，蝈蝈哥天天睡不着觉。"

水莲沉默片刻，说："等回了山里，他就睡得着了。"说完，她转身要走。

我这人好奇，凡事想弄个水落石出。我想起那些打架斗殴的地痞，后来为什么不来了呢？这个问题压在我心里，一直压着。他们真的是被广盛打怕了？还是像毛球猜测的那样，是李老板雇来的人，以此吓唬我们？我问："那次打架的人，是不是李老板雇的呢？"水莲说："应该不会吧？你说呢？"

我问她，她反过来问我，她可真狡猾。可怜的蝈蝈！我要为他做最后的努力。我说："水莲姐，蝈蝈说你要是不嫁给他，他就打一辈子光棍。你忍心让他打光棍吗？"水莲笑道："这话你也信？

现在有人嫁他，他立马就会结婚。”她这话我信。我们的物理老师，喜欢我们的历史老师，那个全校最美的女老师。物理老师曾立下誓言，说如果历史老师不答应他的求婚，他就一辈子不娶。他绝不同我们历史老师以外的女人进行物理运动和化学反应。可是，历史老师嫁给武汉大学一位教授后，仅一个月时间，他就闪电式地结了婚，以至于这位一直研究历史的女老师感慨道：人的誓言，是多么不可信啊，从古至今！从古至今！

我们提着自己的蛇皮袋。蛇皮袋并不丰满，里面塞着我们出行的全部家当。我们沿着长长的土路往东走。走了几步，广盛停下来，他让我再去喊一声水莲。他说，回不回去，是水莲姐的事，咱们要做到仁至义尽。

我把我的蛇皮袋放在广盛的脚下，跑向李老板家。李老板的老婆在她家的朱漆大门旁拦住了我。她告诉我：“你们走吧，水莲身体不好，在床上躺着哩。”她冲我诡秘一笑，说：“怕是有喜了。”她完全是在羞辱我，也是在羞辱水莲。我虽然未谙男女之事，好歹也是高中生，知道怀孕恐怕没这么快。我一阵恶心，以百米冲刺的速度，逃离李老板家。

我们行了很长一段路，碰见一辆拉脚的敞篷拖拉机。广盛与他们讨价还价后，我们挤了上去。车一开动，大伙的话就多起来。他们说水莲，多好的姑娘，咋变成这样呢，她以后不会有好结果。那样的姑娘，不要也罢。毛球说，水莲嫁给那样的人，只怕过几年，斜眼喜新厌旧，她就会变成过花嫂，那她这辈子就惨了。

毛球再次提到“过花嫂”这三个字，山货忍无可忍，他咬牙切齿骂了句："闭上你的臭嘴！" 毛球就闭了嘴，别人却还在说。他们说水莲的坏话，其实是在间接地安慰蝈蝈，给他失落的内心找平衡。蝈蝈却不领情，他把头上的草帽摘下来，使劲扔了出去。草帽飞碟似的，飞出老远。没人再吱声，敞篷车静下来。如果不是敞篷车，这压抑的空气，非得把人闷死。

阳光下，我眼前晃动着绿莹莹的光，若有若无。我沿光寻过去，光源来自于山菊，她手上还戴着那只翠绿的玉镯子。我的猜测没错，她到底收下了水莲送她的玉镯，而且这么着急地戴上了。我盯着那只玉镯，真的很漂亮，那光绿得可人。广盛也发现了玉镯，他说："你不该要水莲的东西。"山菊说："她让我当她的媒人，媒人总不能白费口舌吧。"广盛说："当媒人？以后他们出现啥情况，你负得了责任吗？"山菊说："我负什么责？当年媒婆子把我连骗带哄，嫁到你们山沟里，现在我的男人瘫了，废了，谁来负过责？"广盛无言以对。

没了水莲，我心里有些空。我想，她一定是为了李老板不扣我们的工钱，假应允这门亲事，来个金蝉脱壳。等我们走了，她就会偷偷跑出来，来追我们。我不时回头看，拖拉机碾起一阵烟尘。我希望水莲沿着长长的土路，在烟尘中向我们奔跑过来，就像好些电影里那些个结尾时的镜头。但是，长长的土路上空寂无人，只有路旁的刺槐，静静地立着，枝叶间，还有一些迟开的槐花。但我已嗅不到它们的香味了，拖拉机排出的废气，掩盖了一切。